诺贝尔奖获奖者散文

那些快乐的时光

(印)泰戈尔 著
涂 帅 李鲜红 贾艳艳 译

江苏凤凰文艺出版社
JIANGSU PHOENIX LITERATURE AND
ART PUBLISHING, LTD

图书在版编目（CIP）数据

那些快乐的时光 /（印）泰戈尔
(Rabindranath Tagore) 著；李鲜红, 涂帅, 贾艳艳译
. -- 南京：江苏凤凰文艺出版社, 2017.10
 （诺贝尔奖获奖者散文丛书）
 ISBN 978-7-5594-0643-9

Ⅰ.①那… Ⅱ.①泰… ②李… ③涂… ④贾… Ⅲ.
①散文集 – 印度 – 现代 Ⅳ.① I351.65

中国版本图书馆 CIP 数据核字（2017）第 133930 号

书　　　名	那些快乐的时光
著　　　者	（印）泰戈尔
译　　　者	李鲜红　涂　帅　贾艳艳
责 任 编 辑	黄孝阳　王　青
出 版 发 行	江苏凤凰文艺出版社
出版社地址	南京市中央路 165 号，邮编：210009
出版社网址	http://www.jswenyi.com
印　　　刷	北京时捷印刷有限公司
开　　　本	880×1230 毫米　1/32
印　　　张	10.5
字　　　数	257 千字
版　　　次	2017 年 10 月第 1 版　2017 年 10 月第 1 次印刷
标 准 书 号	ISBN 978-7-5594-0643-9
定　　　价	38.00 元

（江苏凤凰文艺版图书凡印刷、装订错误可随时向承印厂调换）

目　录

我的回忆录 …………………………………………… 001
  一　我的回忆 ………………………………………… 001
  二　教育开始 ………………………………………… 002
  三　里面与外面 ……………………………………… 005
  四　仆役统治 ………………………………………… 014
  五　师范学校 ………………………………………… 017
  六　做诗 ……………………………………………… 020
  七　各种学问 ………………………………………… 021
  八　我的第一次旅行 ………………………………… 026
  九　练习做诗 ………………………………………… 028
  十　斯里干达先生 …………………………………… 030
  十一　我们的孟加拉文课结束了 …………………… 032
  十二　教授 …………………………………………… 034
  十三　我的父亲 ……………………………………… 038
  十四　和父亲一起旅行 ……………………………… 044
  十五　在喜马拉雅山上 ……………………………… 053
  十六　回家 …………………………………………… 058
  十七　家庭学习 ……………………………………… 063
  十八　我的家庭环境 ………………………………… 067
  十九　文字之交 ……………………………………… 073

二十	发表	078
二十一	巴努·辛迦	079
二十二	爱国主义	081
二十三	《婆罗蒂》	087
二十四	艾哈迈达巴德	089
二十五	英吉利	091
二十六	洛肯·帕立特	102
二十七	《破碎的心》	103
二十八	欧洲音乐	110
二十九	《瓦尔米基的天才》	112
三十	《晚歌集》	117
三十一	一篇论音乐的文章	119
三十二	河畔	122
三十三	再谈《晚歌集》	124
三十四	《晨歌集》	127
三十五	拉真德拉尔·密特拉	134
三十六	卡尔瓦尔	137
三十七	《自然的报复》	139
三十八	《画与歌》	141
三十九	一段中间时期	142
四十	班吉姆·钱德拉	144
四十一	废船	147
四十二	亲人死亡	149
四十三	雨季和秋季	153
四十四	升号与降号	155

孟加拉印象 ··· 159
　导　言 ··· 159
　　一八八五年十月 ·· 160
　　一八八七年七月 ·· 160
　　一八八八年，谢丽达 ·· 161
　　一八九〇年，沙扎德普 ·· 162
　　一八九〇年，迦利格拉姆 ·· 163
　　一八九一年，迦利格拉姆 ·· 164
　　一八九一年一月，沙乍德普附近 ·································· 165
　　一八九一年二月，沙乍德普 ······································ 166
　　一八九一年二月，沙乍德普 ······································ 168
　　一八九一年二月，在路上 ·· 169
　　一八九一年六月，居哈里 ·· 169
　　一八九一年六月，沙乍德普 ······································ 170
　　一八九一年六月，沙乍德普 ······································ 171
　　一八九一年六月，沙乍德普 ······································ 173
　　一八九一年六月，沙乍德普 ······································ 174
　　一八九一年七月，沙乍德普 ······································ 174
　　一八九一年八月，回卡塔克的运河汽船上 ·························· 176
　　一八九一年九月七日，蒂兰 ······································ 177
　　一八九一年十月，谢丽达 ·· 178
　　一八九一年卡提克月（十月），谢丽达 ····························· 179
　　一八九一年卡提克月（十月）三日，谢丽达 ························ 180
　　一八九二年一月九日，谢丽达 ···································· 181
　　一八九二年四月七日，谢丽达 ···································· 182
　　一八九二年五月二日，波尔普 ···································· 183

一八九二年杰斯塔月(五月)，波尔普 …………… 184
一八九二年杰斯塔月(五月)十二日 …………… 184
一八九二年杰斯塔月(五月)十六日，波尔普 …… 186
一八九二年五月三十一日，波尔普 …………… 187
一八九二年杰斯塔月(六月)三十一日，谢丽达 … 188
一八九二年六月十六日，谢丽达 ……………… 189
一八九二年阿萨尔月(六月)二日，谢丽达 …… 189
一八九二年六月二十一日，去格伦达的路上 … 191
一八九二年六月二十二日，谢丽达 …………… 192
一八九二年六月二十五日，沙乍普 …………… 193
一八九二年六月二十七日，沙乍普 …………… 193
一八九二年六月二十九日，沙乍普 …………… 194
一八九二年八月二十日，谢丽达 ……………… 195
一八九二年十一月十八日，波利亚 …………… 196
一八九二年十二月二日，纳托尔 ……………… 197
一八九二年十二月九日，谢丽达 ……………… 197
一八九三年三月，周二，巴利亚 ……………… 198
一八九三年二月，卡塔克 ……………………… 199
一八九三年二月十日，卡塔克 ………………… 200
一八九三年三月，卡塔克 ……………………… 201
一八九三年五月八日，谢丽达 ………………… 201
一八九三年五月十日，谢丽达 ………………… 202
一八九三年五月十一日，谢丽达 ……………… 203
一八九三年五月十六日，谢丽达 ……………… 204
一八九三年七月三日，谢丽达 ………………… 204
一八九三年七月四日，谢丽达 ………………… 205

一八九三年七月七日，沙乍普 ·················· 207

一八九三年七月十日，沙乍普 ·················· 207

一八九三年八月十三日，帕提萨 ················ 208

一八九三年八月(斯特拉文月)二十六日，帕提萨 ······ 209

一八九四年二月十九日，帕提萨 ················ 209

一八九四年二月二十七日，帕提萨 ·············· 210

一八九四年三月二十二日，帕提萨 ·············· 211

一八九四年三月二十八日，帕提萨 ·············· 212

一八九四年三月三十日，帕提萨 ················ 213

一八九四年六月二十四日，谢丽达 ·············· 214

一八九四年八月九日，谢丽达 ·················· 215

一八九四年八月十日，谢丽达 ·················· 215

一八九四年八月十三日，谢丽达 ················ 216

一八九四年八月十九日，谢丽达 ················ 217

一八九四年九月五日，沙乍普 ·················· 218

一八九四年九月二十日，去狄革帕提阿的路上 ······ 219

一八九四年九月二十二日，去波利亚的路上 ········ 220

一八九四年十月五日，加尔各达 ················ 220

一八九四年十月十九日，波尔普 ················ 221

一八九四年十月三十一日，波尔普 ·············· 222

一八九四年十二月七日，谢丽达 ················ 223

一八九五年二月二十三日，谢丽达 ·············· 223

一八九五年二月(法尔冈月)十六日，谢丽达 ········ 225

一八九五年二月二十八日，谢丽达 ·············· 225

一八九五年七月九日，去帕布纳的路上 ············ 226

一八九五年八月十四日，谢丽达 ················ 227

一八九五年十月五日，库什提 ················ 228
　　一八九五年十二月十二日，谢丽达 ············ 229
成就人生 ······································· 230
　一　个体与宇宙的关系 ························· 230
　二　灵魂意识 ··································· 241
　三　恶的问题 ··································· 254
　四　自我的问题 ································· 266
　五　爱的实现 ··································· 280
　六　在行动中获得实现 ························· 295
　七　美的实现 ··································· 305
　八　无限的实现 ································· 310

我的回忆录

一　我的回忆

我不知道是谁把画绘在记忆的画本上；但无论他是谁，他所绘的是图画；我的意思是说他不只是用他的画笔一五一十地把正发生的事描摹下来。他先经过理解再根据自己的喜好把它绘出来。他把很多大的东西画小了，也把很多小的东西画大了。他面无愧色地把幕前的东西放到幕后，或把后面的东西放到前面来。总而言之，他是在画画，而不是在书写历史。

如此，从生活的表面来看，种种事件过去了，也在人的内心里留下了一套图画。这二者相符合却不是同一件东西。

我们没有空闲去详查我们内心的画室。当中的一部分时常吸引我们的目光，但更大的一部分却总在无人看见的黑暗地带。为什么那永远忙碌的画者老在作画；他何时才能绘完；想在哪家画廊陈列他的画作——谁知道呢？

几年前，当我被问到有关我过去的生活时，我便有了去窥探这间画室的机会。我本以为在那里为我的传记选取一些材料，我便能满意。后来我才发现，我一打开画室的门，生活的记忆不是生活的历史，而是一个不知名的画者的原创。散播四周的五颜六色，不是外界光线的反射，而是出自画者自己的，来自他心中情感的激情喷发。因此画布上的记录可不像法庭上的证据那般言之凿凿。

虽然从记忆的库存里收集准确的历史这一尝试可能毫无结果，但在回顾这些图画时却有一种魅力，一种令我着魔的魅力。

我们旅行的路途，我们憩息的路旁小亭，在我们正在行走时还不是图画——它们太必需了，太明显了。但在进入夜晚的旅舍之前，我们再回望我们在生命的清晨所走过的城市、田野、江河、山坡，那时，在逝去一天的光和影当中，它们就真的是一幅幅的图画了。这样，当我有这样的机会时，我就好好地回顾了一下，而且觉得我的注意力全被吸引住了。

我的兴趣被激起，难道只是因为这是我自己的往事而引发的自然情感吗？当然这其中必定有些个人的情感，可这些图画本身也有其独立的艺术价值。在我的回忆录中，没有一件事情是值得永久留存的。但主题的好差不是写回忆录的唯一理由。一个人真实地体会到的事情，只要能使别人也能体会到，对于我们的同类来说也是重要的。在记忆中成型的画面如果能用文字写下来，它们在文学上也是配占一席之地的。

我的确是把我的记忆的画面当成文学材料来贡献的。倘若把它看成是一个自传，那会是一个错误。因为那样去看的话，这些回忆既无用处，也不完全。

二　教育开始

我们三个男孩子是在一起长大的。我的两个同伴①都比我大两岁。他们师从老师学习时，我的教育也启蒙了。但至于那时我学了些啥，倒没在记忆中留下来。

---

① 指的是哥哥绍门德拉纳特和外甥——大姐的儿子——绍多普罗沙德，即下文中六哥和萨提亚。泰戈尔的母亲共育有十五个儿女，管理着一个四世同堂、人口上百的大家族。他排行十四，有六个哥哥，一个没活多久就夭折的弟弟，因而可以说他是家中最小的。

我时常能记起的是"天上淅沥下雨,树叶婆娑摇曳"①。在学习这样的词句前,我刚经过像 kara,khala 这样的双音练习的狂轰滥炸;我念着"天上淅沥下雨,树叶婆娑摇曳",这对于我来说是"原始诗人"的第一首诗。直至今天,那些日子的欢乐图景还铭刻在我心上。我明白了,为什么韵律对于诗歌来讲是那么的必要。因为有了韵律,诗词似乎结束,但似乎又没有完结;倾诉结束,但它的回响犹在;心灵和耳朵互相不断玩着押韵的游戏。这样,我在自己生活的漫长日子里,在我的知觉中,一次次谛听到雨水淅沥声和树叶婆娑声。

我童年时还有一段插曲,在我心里记得很牢。

我们家有个记账的老先生,名叫卡拉什,他就像我们家的一员。他说话特别风趣,老是拿老老少少任何人打趣;新来的姑爷,新进的亲戚,都成为他特意嘲弄的对象。让人很疑心他就是死了,幽默也不会离他而去。有一次,家里的大人正忙着通过扶乩与阴间通讯,乩笔板上有一回画出了"卡拉什"字样。人们就问他那边世界里生活怎样。"你们休想从我嘴里得到什么,"他回答道,"你们不用花费什么就想得到我死后才知道的东西吗?"

这位卡拉什曾为逗乐我,对着我叽里呱啦地唱着他自己编的歪诗。诗中我是男主人公,热切地期待着女主人公的来临。我在听他唱时,注意力全部关注在诗中一幅光彩照人的绝代新娘的画面上:她坐在未来的新娘的宝座上,从头到脚都戴着宝饰,还有从未听说过的豪华的婚礼准备。这些让大一点的、聪明一点的人听了都会觉得晕头转向;但是使这孩子感动的、让美妙欢乐的画面在他的幻想中飞掠过的,还是那迅捷铿锵的尾韵和摇曳回荡的节奏。

这两段通过文字引起的欢乐,至今仍留在我的记忆里——此外,

---

① 孟加拉儿童初级读本里的韵文。

还有幼时的古诗:"雨点滴滴下,潮水涨河上。"

我记得的第二件事,是我学校生活的开端。有一天我看见我六哥和比我大一点的外甥萨提亚,两人启程去上学,把我丢在家里,因为我年龄不够。我还从未坐过马车,也未曾出过家门。因而当萨提亚他们回到家,绘声绘色地向我讲述着上学路上遇到的惊险故事时,我觉得我再也不能呆在家里了。我们的家庭老师试图以一句睿智的忠告再加一记响亮的耳光来驱散我的幻想:"你现在哭着闹着要进学堂,将来恐怕你更要哭着闹着离开那呢!"对于这位老师的名字、相貌、脾性什么的,我已没有任何记忆了。但对于他那分量极重的忠告和分量更重的手掌的印象,现在仍然还未消失。我这一生还从未听过比这更为真实的预言。

我的哭闹使我年龄不到就被送到东方学堂去了。至于在那儿学了些什么,我是毫无印象的。但学堂中的一种体罚方式深深地镂刻在我的心上:只要有不能背诵功课的小孩,都会被罚站在长凳上,两臂平展,掌面向上,上叠几块石块。关于这种体罚方式能在多大程度上引导小孩对事物有更好的认识,这个问题可以留给心理学家去讨论。我就这样在极其年幼的时期开始了我的学校教育。

我最初接触文学是有其根源的,来自于仆人当中流行的一些书籍。其中最主要的是译成孟加拉语的查纳克耶[①]的经文和克里狄瓦斯的《罗摩衍那》[②]。

那一天读《罗摩衍那》的画面,还清晰地浮现在我的眼前。

---

① 为古天竺哲士,辅佐檠陀罗笈多(Chandragupta)建立印度有史可查的第一个统一王国——笈多王朝。西方学者多将其比为马基雅维里,实则查纳克耶不尚阴谋,而以王道自任,故东方学者誉之为"印度孔子"。其著作有《查纳克耶经》等行世,数千年来流传于五天竺,可谓家喻户晓,犹《论语》之于中国。

② 与《摩诃婆罗多》并列为印度两大史诗,在印度文学史上被称为最初的诗。作者传为蚁蛭,大约公元前三四世纪至公元二世纪之间成书。全书是诗体,用梵文写成,主要写罗摩与妻子悉多悲欢离合的故事。

那是个阴天。我在靠大路的一个楼廊上玩耍。正玩着玩着,忽然,我忘了是什么原因了,萨提亚吓唬我道:"警察!警察!"我心中对于警察的认识是极其模糊的。但我能知道的是,一个犯了事的人一旦落入了警察的手里,那他必如一个可怜鬼不小心落入了鳄鱼的锯齿似的嘴巴里一样,掉下去就没有了。我实在想不出像我这样的无辜小孩如何才能逃脱那样无情的刑罚,一下子就逃窜到了里屋①,后背发凉直抖,想着警察还在后面追来呢。我忙把这大祸临头的噩耗向我母亲吐露,但她似乎并不慌张。然而,料定再出去会不安全,我于是坐在母亲房间的门槛上,读着我母亲她姑妈的一本书面包裹有大理石纹纸面包书皮、书页已折角的《罗摩衍那》。四合的楼廊,天井似的内院,午后阴暗的微光洒落在院子里。我的姑奶发现我正为书中的一段悲惨情节哀哭时,过来把我的书给拿走了。

三　里面与外面

我幼年不知奢侈是什么。总体来说,那时的生活水准比现在要简单得多。此外,我们家的孩子也不用过分照顾。事实是,照顾的过程对于监护人来说也许是偶尔为之的乐事,可对于我们孩子们来说纯粹是一件麻烦事。

我们要受仆人们的管教。为了不给他们自己添麻烦,他们几乎抑制了我们自由活动的权利。但是免于娇生惯养的自由弥补了这种约束压制的不足。我们的心灵由于没受到持续的溺爱、纵容和漂亮衣着的诱惑,因而显得清澈明亮。

---

① 泰戈尔家族是个宗法联合大家庭,这个大家庭像个村庄。在府邸里,已经成婚的成员有自己单独的住所。男的住在外屋,女的住在里屋。

我们所吃的饭菜同珍馐佳肴沾不上边。我们所穿的衣服只会招来当今小孩的讥笑。在我们不满十岁时,不论任何情况下都不让我们穿鞋袜。天冷的话,就在身上的布衣上顶多加上一件棉布外褂。那时,我们从来没有想过我们的吃穿是很差的。不错,当我们年迈的裁缝尼亚玛蒂有时忘了给我们的外衣上缝上口袋时,我们会提出抗议,因为那时还没有哪个小孩家里穷到连把衣服口袋装满的零花钱都没有的地步。由于老天爷慈悲的施与,富贵人家和穷苦人家的小孩其财富倒也相差不大。我们那时每人有一双拖鞋,但多半不会穿在脚上。而是把拖鞋踢到前面去,追上去再踢,这种习惯使得每一次拖鞋都受到重击,跟拖在脚上一样容易磨损。

我们家里的长辈无论在衣、食、住、行、谈话、娱乐还是其他方面,都与我们相距甚远。我们瞥见了他们的饮食起居,我们却触及不到。现在的大人们把自己放得过低,对小孩来说,他们太容易接近了,从而成了小孩各种欲求的目标。我们的东西可从来没有一件是能毫不费力就得到的。很多小得不值一提的东西对我们来说都很稀罕。在大多数情况下,我们总是抱着这种奢望聊以自慰:待有一天我们长大了,就能够得到遥远的未来为我们储存的心爱的东西。这样,无论我们得到的是多么微小的东西,我们心里的快乐却是无以复加的;从果皮到果肉,我们从来舍不得扔掉一星半点。今天家境富裕的孩子所获得的食物,多半没有被消化而给糟蹋掉了;他们世界的大部分都在他们身上浪费掉了。

我们常在外屋东南角的仆人房里度过光阴。仆人中有个叫夏玛的,来自库尔纳地区,黝黑黑、胖乎乎的,留着卷发。他把我放在屋里一个他选好的地方,用粉笔在我站的四周画了一个圆圈,然后一本正经地竖起指头警告我,说只要我一越过这个圆圈便会有灾祸临头。而这样的灾祸是物质上的还是精神上的,我倒不是十分了解,但一阵巨大的恐惧还是紧攥住了我。我曾在《罗摩衍那》中读到,悉多因为走出了罗奇曼所画的圆圈而遭遇了可怕的灾难,因此我不敢怀疑眼前的这种可能性,只好一动不动地呆在那个地方。

在这屋子的窗台下有个水池,一道石头台阶直达水面;水池西头的院墙边有一棵参天榕树;南头还有一行椰子树。我在那个圆圈里转着,靠近窗台,透过拉下来的百叶窗,一整天像看画本似的不断凝望着下面水池四周的风景。从一大早开始,住在这附近的人就一个一个地来水池沐浴了。我知道每个人在什么时候到来,也熟悉每个人独特的沐浴方式。有个人用手指头堵上耳朵,在水里泡上那么几下就走了。还有个人不敢整个身子下到水里,只把浸湿了的毛巾在头上拧几下便觉心满意足。再有个人小心地用两手飞快地划拨开水面上的脏物,而后在一阵突然而来的冲动之下,一头扎进水里。有这样一个人,没有任何征兆地从台阶顶上一下跳到水里。还有人缓缓地从台阶上一步步走进水里,嘴里还念着晨经。有的人总是急匆匆地一洗完就回家。还有人一点儿也不赶,悠闲地洗着,洗完又好好地擦拭一番,把湿的浴衣换下穿上干净的,再仔细地整理着腰边的褶子,然后在外屋的花园里绕上几个弯,采上几朵花,这才慢悠悠地回家去,浑身洋溢着因干净清爽而带来的愉快。沐浴一直要到晌午才告完毕。之后沐浴场因没有任何人影而归于沉静。在水池里只有一些徐徐凫水的鸭子还在寻找水蜗牛,或是整天不停地梳理着自己的羽毛。

寂静覆盖水面后,我整个的注意力就被榕树下的影子吸引住了。有几条从空而来的树根沿着树身爬下来,在树的底座绕成一个盘根错节的黑圈。仿佛对于这片神秘的区域,宇宙的法令还没有找到入口;仿佛从古老世界的梦幻乐园里逃出了天兵的看守,徘徊着进入现代的光明当中。我在那里都看了些什么人,他们都做了些什么,我无法用明确的语言表述出来。关于榕树我后来写道:

> 交错盘杂的根从你枝身上悬垂下来，
> 噢，古老的榕树，
> 你像忏悔中的苦行僧一般日日夜夜伫立着，
> 你可曾记得那个孩子，
> 他的想像与你的阴影戏闹？

惜哉！那棵榕树已经不在了，那面照着这位庄严的树大王的水镜也不复存在了！许多曾经在水池里斋戒沐浴过的人也一同随着榕树的影子模糊了。那个看着这一切的孩子也长大了，正在计算着那穿越这个错综复杂的事物的日夜之交替，而这错综复杂的事物便是他扔在四处后又把他包围起来的树根。

走出家门对于我们来讲是禁止的。事实上，我们甚至没有走遍全部屋子的自由。我们只好从栅栏里面往外窥视自然。有一件我们触及不到的、无限的东西，那叫"外面"，它的闪光、声音和香气，时常从栅栏的空隙里触摸我。它似乎在栅栏外摆出许多想同我一起玩耍的姿态。可它是自由的，我是受束缚的——我们不可能相会。这种诱惑因而更加强烈。如今那道粉笔线是抹掉了，但那个禁圈仍然存在。远方的依然遥远，外面的依旧远离我；我回忆起我长大后写就的一首诗：

> 驯养的鸟儿在笼里，自由的鸟儿在树林，
> 机缘到了，他们相逢，此乃命中注定。
> 自由的鸟儿叫道："哦，我的爱，让我们飞到林中去吧。"
> 笼中的鸟儿悄声道："来吧，让我们都住在笼子里吧。"
> 自由的鸟儿道："在栅栏里哪有展翅飞翔的空间呢？"
> "可怜呐，"笼中的鸟儿叫道，"在天空中我不知道哪里栖止了。"

我家屋顶凉台的护墙比我的个头还高。当我长高了些,当仆人的管教松弛了些,当家里娶进一位新娘子时,作为她闲时的同伴,我得到了认可,可以有时在中午到凉台上来。这个时候全家都已吃完午餐;家务活也稍告一段落;里屋里便是一片午睡后的寂静;潮湿的浴衣搭在护墙上晒着;乌鸦在院角垃圾堆旁啄着残食;在这午休的寂静里,笼中的鸟儿就从护墙的空隙里,同自由的鸟儿喙对喙,亲密地交谈着!

我站立凝望着……我的目光首先落在内花园较远一边的一排椰子树上。穿过这些树可以看见"新积园"和它周围的棚房及水池,水池的边上就是送牛奶的女工塔拉的牛奶房;再远些,和树梢交错在一起的,就是各种形式、高低不同的加尔各答的屋顶凉台,反射出中午阳光耀眼的白,一直延展到东方灰蓝色的地平线上。有几处远一些的房子,其屋顶通向凉台的楼梯,看上去犹如一只上指的手指头向人眨着眼色,暗示我里头的神秘。我犹如一个站在宫殿门外的乞丐,想像着有无数的珍宝藏在密室里却无法得到,我无法说出这些陌生的房子里面充满着哪些游戏和自由。从充满灼热阳光的天空最深处,一只鸢鸟微细尖锐的叫声直达我的耳边;从与"新积园"相连的巷子里头,走出一个卖手镯的小贩,经过在午休中安静下来的房子,叫卖着"卖手镯啰,卖手镯啰……"我的整个身心便从劳作的世界中飞逸出去了。

父亲很少在家,他总在外头漫游[①]。三楼上他的房门总是紧闭着。我常把手伸进百叶窗的缝隙,弄开门闩把他的房门打开,在屋里靠南的沙发上一动不动地横躺着,度过一下午。起初这屋子老是关闭着,然后人能偷偷地进去里面,这样就给人以很深的神秘意味;再有南面凉台的空旷,在阳光的照射之下泛着光影,不由让人心生白

[①] 作者的父亲是个虔诚的宗教徒,爱好出游,几乎每年春季或秋季都要离家到处旅行。

日梦。

　　这屋里还有另外一处吸引着我。自来水管的安装那时在加尔各答才刚刚开始,在它第一次的输送取得了令人欢欣喜悦的胜利后,它也毫不吝啬地覆盖到印度的各住宅区。在自来水管的黄金年代,水能一直流上三楼我父亲的屋里。打开淋浴的水龙头,就是不到洗澡的实际时间,我也尽情地洗着——与其说是为了舒服,倒不如说是想放任一下自己的随心所欲。自由自在的喜悦和害怕被抓的恐惧在我心头交替着,使得来自市政府的淋浴水就像快乐的箭头一样射进我颤栗着的心里。

　　也许正是因为和外界接触的机会微乎其微,才使得这种接触的快乐那么容易就能直达我的心里。当物质充裕时,心灵就怠惰了,把一切都交给物质,忘了对于一个成功的快乐筵席来说,内心的禀赋远比外在的装备来得重要。这是一个人在他孩童时能给他的最重要的人生经验。他占有的东西又小又少,但是他很快乐,无须更多的东西。而对于那些为众多玩具所累的不幸孩童来说,他们的游戏世界已经被毁掉了。

　　把我家的内花园叫做花园是有一点过了。它里面有一棵象橡树,两棵不同种类的李树,一行椰子树。园当中有石头铺就的圆坛,圆坛中有裂缝,已被各种各样的杂草所侵,这些草长在石缝里,如同插上了一面面胜利的旗帜。只有那些不愿因受忽略而死去的花草,继续毫无怨尤地各自开着长着,没有把任何的不满和毁谤倾倒给园丁。园子北角上有个打谷棚,碰到家里用得着时,内院的人们就偶尔在那聚会。这个农村生活最后的残余物已自甘失败,羞愧地、偷偷地退出了我们的生活。

　　我依然觉得亚当的伊甸园也不见得会比我家的这座花园生色多少;他和他的乐园原来都同样是赤裸的,也不必用物质的东西来装饰。只是等到他尝了知识树上的果子,进而充分吸收之后,对于家具和装饰的外在需求才得以不断增长。我们的内花园就是我的乐园;对我来说它就够了。我清晰地记得初秋的黎明,我一醒来就往那里跑。被露水打湿了的花草的香气迎面向我扑来。凉爽清新的阳光早晨,就从花园的东墙上头,从颤动着的椰子树的穗叶底下向我窥视。

在屋子的北边还有一片空地,我们至今仍叫它谷仓。这名字表明,在久远的过去,这地方是个用来储存全年粮食的场所。那时候,就像襁褓中的兄弟姐妹一样,城镇和乡村相似的地方随处可见。如今这种相似性已是难以找寻了。只要逮到机会,我就会把谷仓当成我假日的常去之地。要说我到那只是去玩是不太确切的——吸引我的是那个地方本身,而不是游玩。为什么这样说,我也不清楚。也许是因为这是块荒芜之地,又在一个人迹罕至的角落,这才对我有了魅力。它完全位于居住区域的外面,也没贴上有用的标签;并且,它不仅没有用处,也未曾装饰:没有人在这上面种过什么东西。毫无疑问,正是因为这些,才使这片荒芜之地难以拒绝一个小孩的自由驰骋的想像力。任何时候,只要我能找到一个逃离监护人看护的空隙,跑进这间谷仓里,我就觉得我真的是在度假了。

在我们的房子里还有一处地方是我始终未能找到的。一个和我一起玩的、年龄差不多的女孩称这地方叫"王宫"。"我刚去过那里。"她有时这样告诉我。但不知为何,那个她答应带我一同去"王宫"的吉利日子却一直没有到来。那一定是个美妙的地方,玩的东西和玩的游戏都是美妙的。在我看来,这个地方一定离我很近——也许就在第一层或是在第二层楼;唯一肯定的是永远到不了那。我不知道我曾问过我的同伴多少次:"你只须告诉我,这地方到底是在房子里面还是外面?"而她总是回答说:"不在外面,不在外面,就在这房子里头。"我于是坐下来想:"那么它会在哪里呢?难道这房子的哪一间我会不清楚不成?""王宫"的国王是谁,我从不在意去弄明白;但他的宫殿在哪,我仍然没有找到;有一点是很清楚的——"王宫"就在我们的房子里头。

今天,当我回顾童年的那些日子时,我一次次回想起:我总觉得生活和世界充满着一种神秘。我感到每一个地方都隐藏着这种神秘。每天,我心里产生的最大问题是:什么时候,啊!什么时候揭开这种神秘呢?我仿佛感到,大自然捏紧自己的拳头,微笑着问我们:"猜猜看,这里面有什么东西?"我们想像不出还有什么东西是她所办不到的。

我清楚地记得那颗我在南边凉台的一角种下又每天浇水的番荔枝的种子。一想到这颗种子会长成大树,我便处于一种不安的热望当中。番荔枝种子现在仍在发芽,可以前的那种热望已经没有了。过错不在番荔枝上,而在我的心里。

我们有一次从一位年长的堂兄的假山上偷了一些石头,自己也堆成一个小假山。种在假山缝隙里的草木因为我们过于殷勤的照看,只是靠其植物的本能才得以苟延残喘,直至夭折。这座小山头带给我们无尽的欢乐和惊奇,非言语所能尽述。我们的这一作品对于大人们来说也是一件奇妙的东西,对此我们没有疑问。然而,当我们正想把这点寻求证实的那天,我们屋角的这座小假山,连同一切石头和草木都消失不见了。课堂地面上不宜堆假山这种知识,是如此突然而又粗暴地灌输给我们,我们不免感到极其震惊。当我们意识到我们的幻想和大人们的意志之间存在着巨大的鸿沟时,从地面上把石头的重压解除这事,就这样留在了我们的脑海里。

那个时候生活的脉搏是多么亲切的在我们面前跳动着!大地、河水、树叶和天空都在对我们说话,容不得我们不去理会它们。多少次我们怀着深深的遗憾,因为我们只看到大地的上层而对大地的下层一无所知!我们所有的计划就是如何去探测大地的灰色外壳下面的一切。我们想,如果我们能够一竹竿接着一竹竿地鼓捣下去,兴许我们能有所触及它的最深处。

在马格月期间①,外屋里埋下一排排用于搭灯架的木头柱子。马格月的第一天就开始在地底下挖掘洞穴以立柱子。准备过节对于小孩子来说总是很有兴致。但挖洞这样的事情却对我来说特别有吸引力。尽管我年复一年地看着他们挖洞——看到洞口越挖越深,直至看不见里头的挖掘者,但是从来没有任何特别的发现,值得王子或者骑士什么的去探求——可每一次我都有一种神秘之箱已被掀盖的感觉。我觉得一年年的过去了,差的那一点点却总未完成。帘幕已启,却未推开。我想大人们当然可以想做什么就做什么,但他们为何只满足于挖得那么浅呢?如果我们小孩子也可以做主的话,大地最深处的秘密就不会总是这样被闷闭在它的尘土外衣之下。

想到在蔚蓝的苍穹之后,四处都蛰伏着天空的神秘,这极大地刺激着我的想像。我们的老师给我们讲解孟加拉科学读本的初级读本,告诉我们天空这个蓝色的球状物并不是一个大盖子时,我们是多么的震惊啊!"把梯子一个一个地搭上去,"他说,"你一直往上爬,但你永远无法碰头。"我心想他怕是舍不得他的梯子吧。于是瓮声瓮气地追问道:"要是我们再搭上更多、更多、更多的梯子呢?"当我意识到再多的梯子也是白搭时,我不由得惊吓住了,怔怔得想着这个问题。最后,我断定这种令人极为震惊的事情只有世界上的老师们才会知道!

---

① 印历十月,相当于公历十二月至一月。

四　仆役统治

在印度历史上，奴隶王朝的统治时代是个不快乐的时代。回到我自己被仆人管教的那段历史当中，我也找不出在那段时期有什么让人光荣和快乐的事情。"国王"经常换来换去，但我们所遭受的限制和责罚却从未有过丝毫变化。然而我们那时没有机会从哲理的角度对这个问题加以思索；我们的脊背只得极力忍受落在上面的击打：我们把它当成宇宙的律令加以接受。这律令便是"大的"打人，"小的"挨打。我花了很长时间才知道与之相反的才是事实："大的"受苦，"小的"才是使人受苦的根源。

猎物自然不会站在猎人的立场上去看待善与恶。正因如此，那警觉的鸟儿，在子弹射出前，向它的同伴发出警告的啼声，会被猎人视为恶毒。我们在挨打时，我们的嚎叫就会被打我们的仆人认为是不礼貌，进而被当成是对仆役统治的暴动。我不会忘记，为了有效地镇压这种暴动，我们的头曾被强行按入当时还在使用着的大水罐里。毫无疑问，这种嚎叫对于引起它的人是讨厌的，而且还可能招致不愉快的结果。

我现在有时想，为什么仆人们会给我们如此残酷的对待？我不承认那主要是因为我们的行为举止方面有什么不对的地方，才招致他们把我们放在了人类仁慈的界限以外。真正的原因应该是我们所有的负担都压在了仆人们的身上，这种负担乃至对于最亲近的人也是一种不可承受之重。如果能认可，孩子就是孩子，让他们跑，让他们玩，满足他们的好奇心，事情就不会那么复杂了。你总想把孩子关在家里，叫他们乖乖地呆着，或是禁止他们玩游戏，这样，无法解决的问题就产生了。于是孩子的负担，因其孩子气而轻松所致，就沉重地落在了监护人的身上——就像寓言故事里的马，由于不让它用自己的脚走路而把它扛了起来。虽然为这个负担花钱请来了扛这匹马的人,可每走一步,也不能让他们从这可怜的畜生身上减轻一点负担。

对于我们童年时期的大多数"暴君",我只记得他们的拳击掌打,其他的什么也记不起来了。仅有一个人物耸立在我的记忆里。

他的名字是艾思沃尔。他曾做过乡村教师,是个一本正经、循规蹈矩、沉着冷静、庄严高贵的人物。在他眼里,大地似乎显得太过于泥土气了,水也显得太少,以致不能使土地够得上干净,因此他得不断地与这惯常的尘土状态作战。他用闪电般的速度把水桶戳进水池里,以便能从没被污染的深处取水。他就是那个在水池里沐浴时,不停地把水面的肮脏物划拨开,然后猛然一头扎进水里,像是出其不意去逮水的人。走路时,他的胳膊甩出老远。在我们看来,仿佛他连自己也不肯相信自身衣服的洁净程度。他的整个行为举止都显示出这样的一种努力:清除一切因通过没有设防的道路而到达大地、水、空气和人身上的瑕疵。他的严肃深不可测。他头微偏着,用深沉的嗓音吞吐出精挑细选的语词。他的文学辞令成了大人们背后的笑料。他的一些夸张的语句在我们家的妙语如珠节目栏上占有永久的地位。但是我拿不准他所使用的表达方式在今天是否还能那样地好听,因为书面语和口语从前有如天地之别,而今已然接近。

这位往昔的老师找到了一种让我们晚上安静下来的方法。每天晚上他把我们召集起来团团围在一盏残破的蓖麻油灯下,向我们朗读着《罗摩衍那》和《摩诃婆罗多》[①]。一些仆人也过来加入到我们听众当中。油灯把巨大的影子向上投射到屋梁上,小壁虎在墙上捉着虫子,蝙蝠在外面凉台上飞来飞去地跳着狂舞,我们则安静地张着嘴

---

① 印度古代史诗。据说它是印度传说中的大圣人毗耶婆创作的,反映了古代印度各阶层的生活,被誉为印度古代社会的百科全书,长达二十多万行,是《荷马史诗》的八倍。

巴听着。

我依然记得有一天晚上,我们听的是俱舍和罗婆①的故事。这两个勇敢的少年扬言要使其父亲、伯父、叔父的名声扫地。在这间灯光昏暗的屋子里,那种沉默紧张的氛围,让我们的心里燃起了热切的期望。那时天已很晚了,我们所给定的睡前时间快要过完了,然而故事的结局却还远得很。

在这紧要关头,我父亲的随从基肖里过来解围,用达苏拉亚②充满节奏感的快步诗句替我们飞快地结束了这个故事。自此,对于克里狄瓦斯的十四音节柔和缓慢的歌调的印象,一扫而空。我们都被这韵律和头韵的滚滚洪流冲走了。

有些时候,这样的阅读会引起对经典典籍的讨论,这时总要依照艾思沃尔那充满智慧而又深奥的宣言来了断。他也是我们家看管孩子的仆人之一,他的地位在我们家族社会中是位于许多人之下的,但他就如《摩诃婆罗多》里的毕斯玛老爷爷一样,其威仪足以把他从下面的地位提升到上面。

我们这位严肃的、受人敬重的仆人有一个缺点。为了记述的正确性,我觉得我不能不提及。他吸食鸦片。这让他进而贪求丰美的食物,因而当他早晨给我们送牛奶时,在他的心里,牛奶对他的吸引力就远大于他对牛奶的排斥力。如果我们稍稍流露出一点对于这顿早餐的自然的厌恶表情,那么即便他有那种为我们的健康负责的责任感,他也不会一再勉强我们吞咽下去。

关于我们对固体食物的消化能力,艾思沃尔也有狭隘的看法。我们坐在晚餐桌上,一只上面叠满了一张张烙饼的又厚又大的圆木

---

① 《罗摩衍那》中罗摩的两个儿子。
② 达苏拉亚(一八〇六—一八五七),用孟加拉语写作的印度诗人。

托盘,送到我们的面前。他开始小心翼翼地,从相当的高度把几张烙饼往我们的碟子里丢来,唯恐把他自己的手弄脏了①。这些烙饼在他迅速而又冷淡的手法之中,生硬地落了下来,就像用暴力从神的手里抢夺来的东西,再施与人那般不情愿。接下来他就问我们是不是还要一点。我知道那个最能让他满意的回答。为了不使他失望,我就没再要了。

艾思沃尔还受托管理着我们每天下午的点心钱。他每天早晨都问我们想吃什么,我们知道报出最便宜的东西就是他觉得的最好的食物,所以有时我们就要一点炒米花作为点心。很明显,艾思沃尔对于我们的饮食可不像对经典典籍那样既费力又拘谨。

五 师范学校

在"东方学堂"上学的时候,我找到了一种方式,可以让我暂时脱离仅仅作为学生的角色。在我家凉台上的边角上,我开办了一个班级。木头围栏是我的学生,我做老师,手里执着一根藤条,端坐在它们的面前。我来决定哪一个是好学生,哪一个是差学生——不仅如此,我还能分辨出哪个安静哪个淘气,哪个聪明哪个愚笨。那几根围栏遭受了我那么多持续不断的拍打,它们要是有生命的话,也一定渴望死了算了。而且我越是把它们打怕了,它们就越是让我生气,直到我都不知道如何才能把它们责罚个够。我是怎样地对那些可怜的哑巴学生施以暴政,现在已无证据可查了。后来我的学生由木头围栏换成了铸铁的围栏,而那之后新一代的学生没有受过那样的教育——它们是不可能有同样的感触的。

---

① 饮食时,抓东西吃的手倘若碰到食具之类的东西,会被认为是宗教仪式上的不洁净。

我由此懂得，与内容相比，风格的掌握要容易得多。我毫不费力就从老师们的言行上学到了一切暴躁、性急、偏袒和不公正，他们教的其他东西，却被我抛到九霄云外去了。好在我不是那么有力量的人，能在任何有生命的东西身上发泄自己的残暴。尽管我的无生命的木头学生和"东方学堂"的学生存有差异，但也不妨碍我的心理能和"东方学堂"老师们的心理一致。

我在"东方学堂"呆的时间不长，因为后来我进师范学校的时候年纪仍然很小。我记得师范学校唯一的特色，便是在上课之前，所有的孩子都得在长廊上坐成一排，口里吟唱着歌曲。这显然是想在枯燥无味的课程里加入一些欢快成分。

可惜的是，歌词是英文的，曲调也是洋味的，我们压根儿不知道我们是在唱着什么咒语；而这种毫无意义的单调乏味的操练也不能使我们欢乐。但这并没有扰乱学校当局他们那种自以为是的自我满足：给我们提供这样一种难得的消遣。他们认为，深入检测这种恩赐的实际效果，未免多余；他们很可能认为，孩子们没有顺其所意地快乐起来是种罪过。不管怎样，他们很满足于使用所找的那些歌，连歌带曲都是从那本提供这理论的英文书上来的。

这些歌里的英文到了我们的口里会变成什么语言，只能留给语言学家去研究了，我只记得这样一行歌词：

Kallokeepullokeesingillmellalingmellalingmellallng.

想了半天我才猜到它的一部分原词。其中的那个 Kallokee 它原来的词形是什么，仍然让我迷惑不解。其他的我想是这样：

……fullofglee, singingmerrily, merrily, merrily!

当我对师范学校的回忆由模糊渐变清晰的时候,它一点儿也不甜蜜。我要是能和其他小孩交往的话,学习的痛苦兴许不至于那么让人难以忍受。但实际却是不可能的——大多数小孩在举止习惯上是那样令人讨厌。因此,在课间休息时,我常一个人跑到二楼上,整段时间都坐在窗口眺望着大街。我在心里数着:一年,二年,三年……也不知有多少年头要像这样度过。

在所有老师当中,我只记得一位。他的语言是那样的肮脏下流,出于看不起他的原因,我一直拒绝回答他的任何问题。这样我整学年一声不吭地坐在他班上最后一排座位上,在其他同学都在忙着听讲时,我一个人呆在一边,想解决许多疑难问题。

我记得,在这些难题中,我曾深深地思考怎样才能不用兵器就能打败敌人。我至今还记得,在同学们背诵课文的一片哼哼声中,我怎样为这个问题而走神。如果我能训练出一批狗、老虎,还有其他什么凶猛的动物,在战场上排上那么几队,我想,这可以很好地作为鼓舞士气的前奏。然后再添上战士的勇猛,胜利是绝不会得不到的。这一简单而又奇妙的战略,在我的想像中越来越鲜明生动时,我方的胜利也得到了确信。

在工作进入我的生活之前,我总发现很容易找到成功的捷径;等到我工作以后,我才发觉难对付的还是难对付,困难的还是很困难。明白这点,当然让人不那么高兴;但这还不像努力去寻求捷径的不快那样糟糕。

在这个班级中的第一年终于过去了,我们用孟加拉语参加了瓦查斯帕蒂老师的考试。在所有的学生当中我得到了最高的分数。那位老师向学校当局控诉,说我在考试中受到了偏袒。于是,我又考了一次。这次学校管理者就坐在考官旁边,考下来,我还是得了个第一。

六　做　诗

那时我还不到八岁。我堂兄的儿子乔提比我大好几岁。他对英国文学刚入门道，以巨大的热忱背诵着哈姆雷特的独白。他为什么有教我这样的小孩写诗的念头，我也说不清楚。有一天下午，他把我带到他房间里，要我写首诗。接着，他又给我讲解十四音节的帕亚尔韵律①的句法结构。

在那之前，我只看过印刷在书本上的诗——没有被用笔勾掉的错字，看上去没有什么疑问，也不用费心力，甚或没有人的任何弱点。我连想都不敢想我能写出那样的诗歌来。

有一天，一个小偷在我们家里被逮。我害怕得直颤抖，却不能克制住自己的好奇心，鼓起勇气去现场瞧了他一眼。我发现，他只不过是个普普通通的人！当我们的看门人严酷地对待他时，我十分同情他。我在诗歌方面也有这种体验。

在我随意地把几个词填成一行时，我发现它们变成了"帕亚尔"诗行。我觉得做诗的梦幻破灭了。直到如今，当可怜的诗歌受到粗暴的对待时，我便觉得不快，就如我看过那个小偷而感到的不快一样。有许多次，我已心生怜悯，可又控制不住那狂躁不安的手，直痒痒地想再下手。小偷很少受那么大的苦，也没有受过如此多次的粗暴对待。

第一次的敬畏感克服之后，我感到一发不可收。我设法请我们的一个庄园管理员送我一本蓝色纸样的练习簿。我亲手用铅笔在里边画上一些大小不均的横杠，开始在上面涂上诗句。

---

①　一种三节拍的韵律。

像刚刚长出新角的牝鹿,到处用头去碰撞一样,我总是用自己刚写出的诗,去为难大家。比我大一点的哥哥①以我会做诗而感到特别骄傲,在家里到处找人听我吟诗。

我想起了有一天我们两人从楼下的庄园办公室出来,在成功地征服了管理员之后,我们遇到了《国家报》的编辑拿巴戈帕尔·米特。他刚走进门来,我哥哥立即截住他:"您好!拿巴戈帕尔先生!不想听听罗宾写的诗吗?"我就毫不迟疑地吟唱起来。

我的诗作还不够编成诗集。我这个"小诗人"把所有的诗作都揣在口袋里。我一人身兼作者、印刷者和出版者;我的哥哥,则作为宣传者,成为我唯一的同事。我写了一首关于莲花的诗,就在楼梯口当场朗诵给拿巴戈帕尔先生听,音调之高,犹如我的热情之高涨。"写得好!"他微笑着说,"但诗中的 dwirepha② 是什么呢?"

我是怎样得到这个词的,我已不记得了。普通的词也能同样地合乎韵脚,但这个词是我在整首诗中寄予希望最多的一个。这个词无疑给了我们的庄园管理员相当的印象。但令人奇怪的是拿巴戈帕尔先生不以为然——相反,他笑了起来!我敢肯定,他不是我的知音。我再也没有给他吟过诗。我现在比那时年岁增长了许多,但是,在什么能够和什么不能够于我的听众中取得了解这一方面,我仍无进步。无论拿巴戈帕尔先生怎样微笑,dwirepha 这个词,就像一只吃多了蜜而醉的蜜蜂,粘在原地,一动不动。

七 各种学问

师范学校的老师当中有一位也在我们家里做家教。他身形精

---

① 作者是家里七个弟兄中最小的一个,这里指的是他的六哥。
② 孟加拉文,已不用的古字,即蜜蜂。

瘦、面容冰冷、声音尖锐。看上去他就像是一根棍子。他上课的时间是从早晨六点到上午九点半。跟着他,我们的阅读范围从孟加拉文的通俗文学、科普读物直到叙事诗《云使》①。

我的三哥②非常热衷于传授我们各种各样的知识。因此我们在家里学的比在学校里必学的科目还多。天刚破晓,我们便要起来,穿上腰布,跟一位盲人拳师学一两套拳。操练完毕,还没抖掉身上的灰尘,我们就得披上外褂,开始读文学、数学、地理和历史。放学回来,我们的图画和体操老师已在家里恭候多时了。晚上,阿戈尔先生来教我们英文。我们要到九点以后才能休息。

星期天的早晨,我们上毗湿纽的歌唱课。接着,几乎每个星期天,悉多纳特·杜塔来给我们上物理实验课。这门功课引起了我极大的兴趣。我还清楚地记得,当他把盛水的玻璃器皿里面加了锯末,放到火苗上,给我们看加热变轻了的水怎样往上走,冷水怎样往下,最后又怎样整个地开始沸腾的时候,我心中满是惊奇。当我得知水是牛奶的一部分,当牛奶被煮之后就会变浓,那是因为水会变成气体从牛奶中脱逸出去时,我那天也为此兴高采烈。星期天悉多纳特先生要是不来,就不像是一个星期天了。

星期天里,还有个把钟头会由一位坎贝尔医学院的学生来给我们讲解人体骨骼。因为这个缘故,我们的课堂里挂着一具用金属线连接起来的骷髅和骨殖。最后,还寻出一点时间让塔瓦拉纳先生来教我们死记硬背梵语语法。我不能确定到底是骨头的名字还是语法学家的"经文"更难发音,我想应该是后者要难得多吧。

---

① 迦梨陀娑的抒情长诗,写一个被贬谪到南方山中的夜叉,因思念妻子,特托北去的空中雨云带信。

② 教育作者和他的同伴的重担,落在了三哥海明德拉纳特的身上,他强调不能用英语,而要先用祖国语言孟加拉文教育儿童。

在我们的孟加拉文有了长足的进步之后,我们就开始学英语。阿戈尔先生,我们的英语老师,白天在医学院上大学,晚上就来教我们。

书本告诉我们,火的发现是人类的最大的发现之一。我可不想反驳这点。但是有件事老萦绕在我的心上:鸟类的孩子是十分幸运的,因为它们的父母在傍晚不用点燃灯烛。它们的语言课一大早就开始了,并且你一定也看到了它们是多么热情地攻读自己的功课!再说,别忘了它们也无需学习英语!

这位医学院的大学生,也即我们的英语老师,其身体是如此之健康,即便他的三个学生心里热切地共同渴望他能不来,他也不缺席,哪怕一天。只有一次,他因头被打破了而不能起床。在医学院里的印度学生和英印混血儿学生打架时,一张椅子朝他扔了过来,击中了他。这个事件令人遗憾;我们却不把它看成个人的痛苦。在我们看来,他伤痛的恢复,也不必那般迅速呀。

到晚上了。大雨哗啦啦下着,喷水枪似的。我们的巷子里水深过膝。水池里的水位已满,溢出到花园里来了,可以看见贝尔树灌木似的树梢露在水面上。在这样一个令人愉快的雨夜,我们的整个身心都沉浸在一片狂喜之中,就像迦昙婆树①散发出它的香穗一般。我们老师预定到来的时间已过了几分钟了,他还没出现。但是还不能肯定……我们坐在凉台上,远望着巷子里,可怜巴巴地注视着。忽然间,我们的心怦怦狂跳,似乎要昏厥过去,那把熟悉的黑伞,在这样的天气下,竟然不屈不挠地拐过巷角来了!不可能是别人吧?当然不可能是!在这个广袤的世界里,也许可以找到另外一个跟他一样执

---

① 意译"白花",即昙花。产于印度之乔木,此树之叶发芽甚速,叶常不绝,故经年常青。雨季(约六月中旬)开花,有香气,花期至九月。花为球形,宛如圆继,白色而带淡黄绿。又印度教徒以此树为圣树。

拗的人,但是在我们这个小巷子里根本不可能。

从总体上回顾他的教学时期,我不能说阿戈尔先生是个要求严格的老师。他没有用棍棒来管束我们,甚至连他的训斥也不像是责骂。不管他有什么样的优点,但是他教课的时间是在晚上,他教的科目是英语!我敢肯定,就算是一位天使,在任何一个孟加拉孩子的眼里,也会像是一位"亚玛"①的使者,如果他在孩子一天痛苦的学校生活结束后,再到他们的身边点燃一盏阴惨昏暗的油灯教他们英文的话。

我记得是那般的清楚,有一天,我们的老师努力想使我们有感于英国语言吸引人的地方。带着这个目的,他津津有味地为我们朗诵了从英文书里选出来的几行——说不清是散文还是诗歌。效果却大出意外。我们哄笑起来,有些过分,以至于他那个晚上早早就让我们放学了。他一定意识到,为他自己的观点作辩护是不容易的。要我们声明同意还得经过好几年的争论。

阿戈尔先生有时会让外面知识的清风吹进我们枯燥无味的课堂里。有一天他从口袋里掏出一个纸包来说道:"今天我要给你们看一件造物主所创造的奇妙的东西。"说着就打开了纸包,给我们出示人体发音器官的一部分,一面详细讲解它的结构的精妙之处。

我仍然记得他当时带给我的震惊。在那之前,我总觉得是整个人在发声,从来没有想到说话的行为可以这样割裂开来看。无论部分的结构是多么奇妙,但肯定不比整个人那样美妙。我当时可没想到那么多,这才感到十分惊愕。而老师也许没有看到这一点,所以当他谈论这个话题时,我对他的热情没有反应。

---

① 死亡之神,阎王。

还有一天,他带我们到医学院的解剖室里去。一具老妇人的尸体平展着放在桌子上。这个倒没有怎么吓着我。但是在地上横躺着一只被切断的人腿,却让我感到极不舒服。以一种支离破碎的方式去看一个人,在我看来,是那么可怕,那么荒唐,以至于过了许多天,我还摆脱不了那发黑的、呆板的腿的印象。

学完了帕瑞·萨尔卡尔的第一册和第二册的英文读本,我们就开始学麦克库劳奇的读本。一天终了,我们的身体已经极度疲倦,心里十分渴望到内屋里去。这本又黑又厚的读本,充满了难懂的字句,内容也极不吸引人。在那段时间里,萨拉斯瓦蒂①母性的温情还不十分明显。那时候,孩子们的书本不像现在的那样,里面充满了图画。而是在每一课文的入口,都排列着一队音节分开的生字的哨兵,禁止通行的重音符号就像一把把瞄准的刺刀,阻挡了进入小孩心灵的通道。我曾不断地朝这密集的队伍进攻,但总攻不下。

我们的老师常常列举他的其他聪明弟子的成绩之好,以此来羞辱我们。我们当真感到相当羞愧,对提到的那些聪明的学生也不怀好感,但是这些也无助于驱散缠绕在那本黑色读本上的阴暗。

老天爷悲悯世人,他在一切沉闷的东西上都施加了催眠般的魔力。我们一上英文课,瞌睡虫就开始爬上头。往眼睛里洒点水,或到走廊上跑跑步,都只是权宜之计,没有多大的效果。如果碰巧我的大哥从这里走过,瞥见我们这种为瞌睡所苦的样子,我们这天晚上就不用再上课了。马上,我们的瞌睡就完全治好了。

---

① 萨拉斯瓦蒂是梵天的妻子,印度神话中司掌智慧、艺术与音乐的女神。在佛教中,她被称为辩才天。她的形象一般是身穿白衣,双手演奏维纳琴,一手持书,一手持佛珠,坐在莲花上,或者骑着一只象征着纯洁和思辨的白天鹅。

八 我的第一次旅行

有一次,当登革热在加尔各答肆虐的时候,我们这个大家庭里的一部分人,就到恰图先生的河边别墅里避难。我们也在这些人当中。

这是我的第一次旅行。恒河河岸就像我前生前世的老友一样拥我入怀。在仆人房的前面,是一片番石榴小树林。坐在树荫下的凉台上,凝望着从树干豁隙中流过的水流,我的一天就这样过去了。每天早晨醒来,不知怎么地,我总觉得身边的每一天都像是一封刚到的画着金边的信件,有些未曾听过的消息在等着我去开启信封。唯恐错过了任一小段,我总是急匆匆地漱洗完毕,跑到外面的椅子上去。恒河的水每天潮起潮落;不同船只,其驶法各异;树影从西边横移到东边;在对面河岸树影碎隙的边缘上,一股金色的生命血液涌进了夜晚天空的胸怀。好些天,从清早开始,天就阴沉沉的了;对面河岸的树林在变黑;黑影接着移过河面上。再接着,大雨就忽地一阵下了下来,遮掉了地平线;对面河岸的淡影含泪道别;河水膨胀起来,带着抑郁的喘息;潮湿的风在头上树叶中间自由自在地吹着。

脱离了墙壁、横梁和楼梯的屋子,从屋里出来,我觉得我在外面获得了新生。在和自然万物开始交往的时候,一顶狭隘天性的破污外罩似乎从世界上抖落了下去。我敢肯定,我早餐用来蘸烙饼的甘蔗糖浆,和因陀罗①在天上畅饮的长生不老仙酒没有什么区别。因为,长生不老不在酒里,而在品酒人的身上。那些一心想求长生不老的人,是无法求到的。

---

① 在汉译佛经中为"天帝"、"帝释天"、"帝释"或"天帝释"。印度神话中的天神之王,雷雨之神。在后起的神话中,他的地位降至大梵天、湿婆和毗湿奴之下,但仍被称为神王。他的肤色黄里透红,嗜喝苏摩酒。

房子后面是块四面围墙的圈地,里面有个水池,几层台阶从沐浴台直通到水边。沐浴台边有一棵大海南蒲桃树,四周是长得很浓密的各种果树。在这浓浓的树影当中,水池隐秘地安卧着。这个幽静的小内花园里的这种朦胧的美,对我有种奇妙的魅力。它和房子前面河岸的那种开阔宽广是那般的不同。它就像屋子里的新娘,在她午睡的幽闭当中,躺卧在她自己绣成的花褥之上,喃喃地诉说她心中的秘密。许多次,我独自在海南蒲桃树下度过中午的一段时间,梦想着水池深处可怕的夜叉之国①。

我怀着极大的好奇心,想去看孟加拉的乡村。它的一簇簇村舍;它那茅草屋顶的凉亭;它的巷子和沐浴场所;它的游乐和集会;它的田野和市集;我想像中所见的它的全部的生活,都极大地吸引住我。这样的一个村庄就在我们的院墙之外,对我们却是禁止的。我们走出了家门,但并没有走进自由。我们本来是关在笼子里的,现在是停在了树枝上,可还是带着链子。

一天早上,我们的两位长辈到村庄里逛逛。我再也不能抑制心中的热望了,趁着没人察觉,偷偷地溜了出去,远远地跟着他们后面。我走在浓荫的小巷子里,两旁是些密密的、带刺的"塞欧拉"树篱,巷子旁边有个长满绿色水草的水池。我狂喜地把一幅又一幅的图画尽收眼底。我记得那里有个光着身子的人,天都已经大亮了,还在水池边上忙着洗漱,用一根树枝嚼烂了的那头刷牙。我那两个长辈忽然发觉我跟在他们后面,"滚开!滚开!马上给我回去!"他们骂道。他们觉得我丢了他们的脸。我光着脚丫,外褂上没系围巾,也没穿晨衣。我没穿出门的衣服,而这好像是我的错似的!我从来还没有穿

---

① 夜叉鬼,阴间独有的鬼怪生物,是民间传说里阴间的鬼差,全身皆黑,有些画里的夜叉的头部如驼峰状,无发,手持铁叉,面目狰狞可怖。

过袜子,也没多少衣服,所以不但那天早上失望地回去了,以后也没能弥补我的欠缺,得到出门的允许。虽然"外界"的那扇门从后面关住了,但前面的恒河却能把我从一切束缚当中解脱出来。我的心灵,只要它愿意,随时都可以登上河面上的船只,快乐地驶出,往地图上还没标注的地方赶去。

这是四十年前的事了。从那时起,我再也没有踏进那个素馨花荫的别墅花园。那所房子和那些树木应该还在那里,但我知道,它们不可能和以前一样了——我现在哪能从那里再得到跟从前一样的美妙新鲜感觉呢?

我们回到了城里乔拉桑戈①的房子。我的日子,从此就像一口口的饭,被吞咽进了师范学校豁开的大口里。

九　练习做诗

那本蓝色的练习簿不久就写满了诗,像虫窝一样密密麻麻布满了各种网状的斜线和笔划粗细不一的字词。这个小作者做诗的那种热切,使他很快就把练习簿的页面弄皱了;边角也磨损了,爪子似的卷曲着,似乎要去抓里面的诗作。可是后来,那个蓝色的本子不知流入了哪一条"忘川"河里,连同一张张的书页也被卷走了。这该令人宽慰,因为不管怎样,它逃避了到印刷所路上的那阵痛苦,也不用担心要在尘世中面世。

我不能说,我只是被动地见证了我诗人名声的传播。尽管萨特卡里先生不是我们班的老师,但是他很喜欢我。他写过一本关于自然历史方面的书——我希望没有一位尖酸刻薄的幽默家会想在这上

---

① 位于加尔各答市中心,泰戈尔家族的府第所在之处。

面找出他喜欢我的什么原因。有一天,他把我叫去问道:"那么你写诗,是吗?"我没有隐瞒事实。从那时起,他时不时地叫我去完成一首四行诗,把我自己写的对句添加在他给我的对句后面。

我们学校的戈文达先生是一位皮肤黝黑的矮胖子。他是学校的管理者。身穿一套黑西服,坐在二楼的办公室里,看着教学目录。我们都很害怕见他,因为他是带着鞭子的法官。有一次,我因为躲避几个小混混的纠缠,而跑到他的办公室里去。欺负我的是五六个大孩子。我没有其他人为我作证——除了我的眼泪。我还是胜诉了。打那时起,戈文达先生在他心中的某个温柔角落,为我留了一个位置。

有一天,在课间休息的时候,他把我叫到他的办公室。我带着恐惧和颤栗进去了。我一走到他面前,他就立刻向我发问:"你写诗?"我毫不迟疑地承认了。他便委托我写一首我忘了是哪种道德教诲诗。他的请求里,透着屈尊俯就及和蔼可亲,不由得让我这个学生心存感激。当第二天我把写好的诗交给他的时候,他把我带到最高年级的班上去,让我站在学生们面前。"朗诵吧!"他命令道。我就大声地朗读起来。

关于这首道德教诲诗,唯一值得赞扬的地方便是:不久它就被弄丢了。它给那班学生留下的道德影响,离道德教诲十万八千里——它所引起的情感不是对于作者的尊敬。大多数同学说这首诗绝不是我自己写的。其中一个学生煞有介事地说,他能够拿出我从中剽窃的那本书来,但也没有人非得让他拿出来;对那些相信我的人,证明的过程确实是一件很麻烦的事。最终,追求诗歌声名的人开始惊人地增加;可他们所用的方法,却不被认可是通往道德成长的道路的。

现在年轻人写诗已是司空见惯。诗的光环消失了。我记得那时候,少数写诗的女子是如何被看作上天在人间创造的奇迹。现在,如果有人听说哪个年轻女子不会做诗,人们不免感到怀疑。诗歌在小孩身上的萌芽,远在他达到孟加拉文最高年级之前,就开始了。因此,没有一个现代的戈文达先生会注意到我所描述的那种诗才了。

十 斯里干达先生

这个时候,我有幸得到一位听众,此类听众以后再未碰到过。他对什么都太容易喜欢,接纳能力太无限制,因而完全不适合作任何评论月刊的评委。这位听众老人就如一颗烂熟的阿方索芒果——其脾性中没有一点尖酸味道,亦无半点粗鲁。他亲切的脸上,胡须刮得很干净,没有一丝遮掩。嘴里一颗牙也没有。大大的、微笑的眼睛永远闪耀着快乐的光辉。说话的时候,嗓音柔和而又深沉,就连嘴巴、眼睛和双手似乎也在说话。他是个波斯文化的守旧派,不懂一个英文字。跟他寸步不离的东西是一根放在身子左边的水烟筒和一把位于膝上的锡塔琴①。从他的喉咙里流出不断的歌声。

斯里干达先生并不需要等待别人正式介绍,因为没有人可以抵御他那恳切的心里自然发出的谈话请求。有一次,他带我们到一个很大的英国照相馆里去照相。在那里,他用混杂着印度语和孟加拉语的语言,向照相馆的老板天真地诉说,说他很穷,但又极其想要照张相。老板被他打动了,微笑着给他减了价钱。在那个从不讨价还价的英国商店里,他那种还价方式听起来也没觉得有任何不妥,这都是因为斯里干达先生是那样的天真,毫不理会他那样做有可能冒犯他人。有时,他会带我们到一个欧洲传教士家里去。在那里,因为他的弹唱,因为他对传教士女儿的关爱,因为他毫不吝啬地赞美传教士夫人那穿着靴子的小脚,都使聚会无比活跃起来。别人做出此等可

---

① 一种形似吉他的印度弦乐器。

笑的事情或许会使人厌烦,但是他那坦率的天真却讨得了大家的欢心,并吸引他们加入到他的快活当中去。

斯里干达先生与粗鲁和傲慢无缘。曾经,我们家里加聘了一位稍有名气的歌唱家。但当他喝得烂醉时,就用不好听的语言来挖苦斯里干达先生的歌唱。斯里干达先生总是不动声色地忍受着,不想做出还击的样子。后来,那人不可救药的粗鲁导致了他被解聘,这个时候,斯里干达先生急切地为他说情。"不是他的错,是酒精惹的祸。"他一再这样说道。

他不忍见到任何人悲伤难过,甚至也不忍听到有关悲伤难过的事。因而哪个小孩什么时候想要折磨他,只需念一段维达亚萨加尔[①]的《悉多的流放》,他就十分难过起来,摊开双手,表示抗议,苦苦哀求对方不要再念下去。

这个老先生跟我的父亲、我的哥哥们和我们都能交朋友。他跟我们每一个人仿佛都是同年。就像每一块小石子都可以使水流来回起舞和嬉闹一样,最小的刺激也能使他欣喜若狂。有一次,我写了一首颂歌,里面不乏关于人世的磨难和忧伤的讽喻。斯里干达先生确信我父亲一定会非常高兴看到这首完美的虔诚的颂歌。带着无限的热情,他自告奋勇地把这首诗给我父亲看了。好在我当时不在我父亲的旁边。后来却听说我父亲觉得这首诗很好玩,说人世的苦痛怎会那么早就感动他的小儿子,使其多愁善感做起诗来。我确信戈文达先生,那位学校管理者,一定会因为我的诗歌有这么严肃的主题,而对我表达更多的尊敬。

在唱歌方面,我是斯里干达先生的得意弟子。他教我唱一支《我不再上瓦拉遮去了》的歌。并且拉我到每个人的屋里,叫我唱给他们

---

① 维达亚萨加尔(一八二〇——八九一),孟加拉语作家。

听。我在唱时,他弹着他的锡塔琴,给我伴奏。唱到合唱时,他也加入进来,反反复复地唱着,微笑着对每个人依次点头,仿佛在促使他们更加热烈地欣赏这首歌。

他是我父亲忠实的崇拜者。他把一首颂歌《因为他是我们心里的心》嵌入他的歌调里。当斯里干达先生把这首歌唱给我父亲听时,他激动得从他座位上跳将起来,一面用劲地弹着锡塔琴,一面唱着《因为他是我们心里的心》。然后,在我父亲面前挥舞着手,把歌词换成了"因为你是我们心里的心"。

当这位老先生最后一次拜访我父亲时,我父亲已在钦苏拉河边的别墅里卧床不起了。斯里干达先生也正为人生中最后一次疾病所苦,不能独自起来行走,必须把眼睑撑开才能看得见东西。在这样的情形下,他由他的女儿扶着,从他的住处比尔希姆到钦苏拉。费了好大的劲,他才从我父亲脚下拿走一点尘土①,回到他在钦苏拉的寄住地,几天后他就在那里咽下最后一口气。我后来从他女儿那里听到,他到他那不朽的青春里去时,一首《主啊,你的慈悲是何等的甜美!》还停留在他的嘴唇上。

十一　我们的孟加拉文课结束了

在学校里,我们的班级已仅次于最高班。在家里,我们的孟加拉文的提高程度可比在班里教的快多了。我们学完了阿克谢·达塔的通俗物理学,也学完了叙事诗《云使》。我们上物理学时,没有结合任何有形物体来学,所以,我们对于这门功课的认识,还相应地停留在书本上。事实上,我们花在这门功课上的时间完全浪费了;而对于我

---

① 印度习俗,从长辈脚上拿起一点土来碰自己的额头,是对长辈行的礼节。

们的心灵,这比什么都不做还要浪费。学叙事诗《云使》对我们来说,也不是一件快乐的事。再好吃的东西,如果是扔在你头上,你也不会觉得有味。用叙事诗来教语言,就如用一把剑来刮胡子——既委屈了剑也为难了下巴。一首诗应该基于感情来教,把它诓来权作"语法兼词典",是不打算跟知识女神萨拉斯瓦蒂和解的。

我们的师范学校生涯突告终结,其中必有文章。我们学校有一位老师,想从我们家的图书馆里借一本密特拉所写的我祖父的传记。我的侄子兼同学,萨提亚,鼓起勇气,自告奋勇地去跟我父亲提这事。他断定一般的孟加拉文很难打动我父亲,所以他特地编造了一段很准确但结构过分细致的仿古文句。我父亲一定觉得我们的孟加拉语学得过头了,有操之过急而失败的危险。第二天早晨,跟平常一样,我们的书桌放在南面的凉台上,黑板挂在墙上的钉子上。一切俱备,只待尼尔卡玛尔先生来给我们上课的时候,我们三个被召唤到楼上我父亲的屋里去。他说:"你们今后不必再上孟加拉文课了。"我们快乐得手舞足蹈。

尼尔卡玛尔先生就在楼下等着我们,我们的书本还在桌子上摊开着。他的头脑里无疑还有这个念头:让我们再读一遍《云使》。但是,就像一个人临终时,日常生活中的种种事物似乎都不真实了,一下子,在我们看来,每一件事物,从老师到墙上挂黑板的钉子,都像幻景一般虚空了。唯一让我们头疼的,就是如何礼貌地把这个消息告诉尼尔卡玛尔先生。最后当我们嗫嚅着说完时,黑板上的几何图形诧异地瞪着我们,《云使》的无韵诗在茫然旁观。

我们老师的临别赠言是:"因为责任所在,我对你们有时也许严厉一些——不要把这个放在心上。以后你们会知道我教给你们的东西的价值的。"

我真的领略了它的价值。因为我们是受着我们自己的语言的教育,我们的头脑因而更为活跃。教育应该尽可能模仿吃饭活动。当吃第一口时,味道就有了,胃的功能被唤醒,直到它被装满食物,胃液这时也充分调动起来。但如果用英文来教孟加拉孩子,就不会是这个样子。第一口咬下去,就有可能把两行牙齿绞松——就像嘴里一场名副其实的地震!等到他发现这口食物不是一块石头,而是可以消化的糖果时,他的大半生已过去了。当一个人在词语拼写和文法结构上干噎着,费力得唾沫星子四处飞溅时,肚子里却仍旧感觉饥肠辘辘。待到最后感觉稍有滋味时,胃口却没有了。如果整个头脑不是从一开始就被调动起来,它的能量就是到了最后也不会得到发挥。在四周盛行英语教育的那个年代,我的三哥勇敢地坚持让我们学孟加拉文。我把自己的感激虔诚地奉献给已升入天堂的哥哥。

十二 教　授

　　一离开师范学校,我们就进了孟加拉私立中学,一所英印混合的学校。我们觉得自己已经长大了,有了些许自尊,能够迈向初步的自由。实际上,我们在这所中学里唯一的进步就是走向自由。老师教给我们的,我们从不懂。我们也没想去努力学习,我们不努力学习对于其他人也没什么两样。这里的同学讨人嫌,但还不让人可憎——这真让人安慰。他们在掌心里写上"屁股"一字,一边热情地跟我们打招呼:"你好!"一边把手掌拍到我们的后背上。他们还从后面猛戳我们的肋骨,接着目光他移,做出一脸无辜状。他们把烂香蕉轻轻地涂抹在我们的头上,在未被察觉之前偷偷溜掉。不过,我们现在的状况就像走出烂泥地,来到了石岩上——我们还会担心,但已不怕弄脏。

　　这所学校对我们来说有一大好处。这里没人会抱哪怕是渺茫的希望，认为像我们这种孩子能够在学习上取得进步。这所学校很小，经费也不足，因此在学校当局的眼里，我们有一个最大的优势——我们会按时缴纳学费。这样，就算是拉丁文法课也不会成为我们的绊脚石，连犯异常严重的错误，也不会使我们的脊背蒙受损伤，而这跟可怜我们没有关系——学校当局对老师们都打过招呼了！

但是，尽管没多少害处，这所学校毕竟是一所学校啊。教室里，四面墙壁像警察一样看守着我们，特别地沉闷。房子像鸽子的笼子，不像人的居所。里边没有装饰，没有图画，没有一点颜色，没有一处地方可以吸引孩子们的心灵。事实上，对于孩子们的好恶爱憎，这构成他们大部分心理的东西，在这里是完全不闻不问的。很自然，当我们踏进校门进入那狭小的四方院子时，我们整个人都变得萎靡不振——逃学就成为我们的家常便饭。

在这件事上，我们找到了一个同谋。我的哥哥们有一位波斯语家庭老师，我们叫他门希①。他人到中年，瘦得皮包骨头，仿佛只有一张黑羊皮纸蒙在他的骨架上，里面没有任何血肉的填充。他可能很懂波斯文，英文知识也不赖，但是他的抱负不在这两方面。他相信他棍术的精湛，恐怕只有他唱歌的技艺才可与之媲美。他时常站在我们的院子当中，阳光下，用一根短棍，耍出一整套奇妙滑稽的动作——他自己的影子就是他的敌手。我自不必说他的影子从来没有战胜过他。最后，他大叫一声，露出胜利般的微笑，猛然敲击影子的脑袋，影子便屈从地昏倒在他的脚下。他唱歌时，鼻音很重，又总跑调，听上去就像是从阴间传来的可怕的呻吟和呜咽的混合体。我们的歌唱老师毗湿纽偶尔揶揄他道："你看，门希，像你这样唱，会让我们把嘴里的面包都呕吐出来的！"对此，他唯一的答复便是一个轻蔑

---

① 孟加拉语，意思是书记。

的微笑。

这就可以看出,门希还是乐于听好话的。事实上,只要我们乐意,无论什么时候我们都可以怂恿他写信到学校给我们请假。学校当局从不费心去细看那些信,他们也知道,从教育的效果上看,我们上不上课都是一样的。

现在我自己也开办了一所学校,孩子们在里面有各种各样的淘气行为。孩子们自会淘气——老师们却对此不依不饶。当我们当中有人对孩子们的淘气行为过于忧虑不安,而决定给他们应得的惩罚时,我自己学校时期的许多不端行为,列队现在我的眼前,朝我微笑。

我现在很明白,孩子的错误其实是成人在以自己的标准来衡量孩子,忘了孩子如同水流,活生生而又流动着;因此,在这种情况下,任何一点缺点都不必那么大惊小怪,因为奔流的速度本身就是最好的纠正方式。水流何时停滞,危险就何时而至。所以,应该是老师,而不是学生,要提防到错误的行为。

这所学校里有一间单独的茶点室,是为满足孟加拉孩子种姓的需要而设立的。这是我们和一些同学结交朋友的地方。他们都比我们要大一些,其中的一位需要大书特书。

他的特长是魔术。他很精于此,甚至发表了一本关于魔术的小册子,在书的封面上他的名字旁边加上了个教授的头衔。我从来没有见到一个学生的名字出现在印刷品上,因此我对他——我指的是作为魔术教授——怀有深深的敬意。我怎么让自己相信,任何可疑之事都可以在这方方正正的印刷字样里,找到它们的容身之地?能够把自己的话记录在擦不掉的墨迹之中,这还是件小事吗?不用遮掩,也不害臊,自认不讳地站在世界面前——对这种超强的自信,我们怎能不相信呢?我记得有一次,我从一个印刷所里得到我名字的字模,当我把它沾上墨汁印到纸上,发现我的名字印出来的时候,想想这是多么值得纪念的一件事啊。

我们常常请我们这位作家兼朋友的同学搭乘我们的马车。如此我们彼此就有了交往。他对戏剧演出也还在行。在他的帮助下,我们在练拳的场地上竖立起一座戏台,用颜料纸糊在撑开的竹架上。但是来自于楼上不容置疑的反对声,阻止了这戏台上的任何演出。

后来,在没有戏台的情况下也演出了一出关于误会的喜剧。这出剧的作者我在这本书上已经对读者介绍过了。他不是别人,正是我的侄子萨提亚。那些习惯于他现在沉着恬静样子的人,当听到当年他所创造出来的那些把戏时,一定会大为吃惊的。

接下来我要叙述的事情发生在后来,在我大约十二三岁的时候。我们这位魔术师朋友讲到许许多多东西的奇怪特点,我十分地好奇,想亲眼看看。但是他所提到的那些材料一概地非常稀奇少有,并且来自远方,若没有水手辛巴德的帮助,是几乎没有希望得到的。有一次,教授偶然失口,说出一件容易得到的东西。有谁会相信,在一种仙人掌的汁液里浸透又晾干了二十一次的一粒种子,能够在一小时内萌芽开花结果呢?尽管我不敢怀疑一位名字印刷在书上的教授的话,我还是决定试验一番。

我让我们家的园丁给我准备大量的乳白色汁液。在一个星期天的下午,前往屋顶凉台一个秘密处所,开始用芒果核做实验。我埋头于把芒果核浸湿又晾干,晾干又浸湿——但是成人读者们也许没有耐心问我试验的结果。我一点也不知道,同一时间,萨提亚在另一个角落里,在一小时内,使他自己创造出来的神秘花木,生出根、发出芽来,后来还结了奇怪的果实。

打那天的实验后,我渐渐察觉教授有点躲着我,不愿再和我坐在马车的同一边,似乎总在畏避着我。

一天,他突然提议大家都轮流从教室的椅子上跳下去。他说他要观察我们不同的跳跃方式。这种科学般的好奇出在这样一位魔术教授身上并不奇怪。个个都跳了,我也跳了。他摇晃着头低沉地哼了一声。无论我们怎么追问,也别想从他那里掏出什么话来。

又一天,他告诉我们,说他有好几个朋友想跟我们来往,请我们和他一道到他朋友的家里去。我们的监护人没有异议,我们就去了。那间屋子里的一群人似乎都很好奇,他们迫切希望听我唱一曲,我唱了一两首。我那时还只是个孩子,不可能像公牛一般吼叫。他们一致认为:"相当悦耳的嗓音啊。"

当茶点端到我们面前的时候,他们坐成一圈看着我们吃。我生性腼腆,不习惯面对生人。而且,在我们的仆人艾思瓦管教那段时期得到的习惯,使我成了一个食量永远不大的人。他们似乎都对我胃口的娇弱很有印象。在这出戏剧的第五幕,我收到了教授给我写的几封奇怪又热烈的信件,在信里他把整个情况都揭露出来了。让事情在这里落幕吧。

我后来在萨提亚那里了解到,在我用芒果种子试验魔术的时候,他成功地使教授相信,我是一个着男装的女孩,监护人把我扮成男装,为的是让我受到更好的教育,因而我本是一个女扮男装的人。对那些在想像的科学方面好奇的人们,我需要解释一下,据说,女孩子在跳跃时,左脚总是先于右脚往前去的。在教授的实验中,我就是如此跳跃的。那时我一点也没意识到我跳的是多么错误的一步啊!

十三　我的父亲

在我出生后不久,我父亲就常在外面旅行。所以毫不夸张地说,我小时候几乎不认得他。他有时忽然回家,带回一些我们很想与之交朋友的外地仆人。有一次,他带回一个年轻的旁遮普仆人名叫里努。他从我们这里所得到的热烈欢迎,不亚于兰季特·辛格①。他不但是个外地人,还是个旁遮普人——他把我们的心偷走,有什么奇怪呢?

我们对于整个旁遮普民族,就像对史诗《摩诃婆罗多》中的毗摩和阿周那②一样敬重。他们是武士;如果他们有时战败了,也明显是他们敌人的过失。我们感到很光荣,家里就有一个来自旁遮普的里努。

我嫂子有一件装在玻璃盒子里的军舰模型,发条上紧时,它就应和着音乐盒的叮叮声,在蓝色丝绸样的海波上摇过来晃过去。我苦苦哀求把这军舰借给我,好让我去给我所爱慕的里努看看,来展示它的奇巧。

由于我们常年被关在家里,任何异域风味的事物,对我都有着非同一般的魅力。这也是我那么敬重里努的原因之一。也是这个原因,那个穿着绣花长袍来卖玫瑰油和香油的犹太人,加布里埃尔,引起我那么大的兴趣;还有那穿着布满尘土的宽大裤子,带着行囊和包袱的高大的喀布尔人,也在我幼小的心灵里,有着极大的迷恋。

不管怎样,父亲回到家,我们能在他周围走来走去,能和他的仆人在一起,我们就心满意足了。我们其实是近其身不得。

有一次,当我父亲外出在喜马拉雅山时,英国政府的战机,俄国的入侵,成了人们焦虑不安的话题。有个好意的太太,把这逼近的危险,在想像中扩大了一番,讲给我母亲听。谁晓得俄罗斯人会从哪一条西藏通道,忽然像毁灭的彗星一样闪击进犯呢?

我母亲对此非常惊慌。也许家里其他的人没有和她分担忧虑,

---

① 辛格(一七八〇——一八三九),旁遮普名王,有"遮普之狮"美誉。
② 毗摩和阿周那都是《摩诃婆罗多》中般度王的儿子,二人均英勇无比。

因此，在对大人们的同情丧失了信心之后，她转而寻求我稚嫩的支持。她问我："你可不可以给你父亲写封信，向他报告俄罗斯人进犯的危险？"

这封携带着我母亲焦虑不安讯息的信，是我给我父亲写的第一封信。那时我既不知一封信怎样开头，也不知怎样收尾，一点也不知道怎么写。我就去找玛哈南达，管我们庄园产业的书记。最后写出来的信，其称呼的方式无疑是正确的，但在情感上逃不出和管产业的文书文字分不开的陈腐气息。

我收到父亲的回信。父亲叫我不要担心；如果俄罗斯人来了，他单枪匹马就能撵走他们。这个信心满满的担保，似乎没能达到解除我母亲的担心的效果，但却把我从对父亲一贯的胆怯当中解放了出来。从那时起，我想每天都给父亲写信，因此我不断地去打扰玛哈南达。他受不了我的纠缠，就先拟出草稿叫我去抄。但是我不知道还有邮资要付，我以为只要把信交到玛哈南达的手里就能到达目的地，没必要再担心了。根本没必要说，尽管玛哈南达比我大得多，但这些信件从来没有到达喜马拉雅山山顶。

在父亲出游在外相当久之后，哪怕只回来几天，整个家庭都能感觉到他的存在。我们能看见大人们在一定的时间内正式地穿上他们的长袍，步法拘谨、态度严肃地朝他的屋里走去。如果嘴里正嚼着"班"①，得先把它吐掉。每个人看起来都那么小心翼翼。为确保一切不出问题，我母亲会亲自下伙房监督烹调。那个执职杖的老克努，穿着白色制服，头裹饰巾，守在我父亲的门口，警告我们不要在父亲午睡时，在他的房前的凉台上大吵大嚷。我们得蹑手蹑脚地走过，低声地说话，连往屋里窥视也不敢。

---

① 一种咀嚼提神物，用蒌叶、槟榔及酸橙等制成。

有一次，我父亲回来给我们三人行佩戴圣线的仪式①。在瓦当塔瓦吉施先生的帮助下，他收集了些《吠陀经》②中的旧礼节作为行礼之用。有好几天，我们几个被要求以正确的发音来朗诵《奥义书》③里的选句。父亲安排好我们，在"婆罗门教"的名义下，和毕查拉姆先生一同坐在经堂里。最后我们被剃光了头，戴上金耳环，我们三个小婆罗门在三层楼的一个地方，进行了三天的静修。

这真是好玩。我们戴的耳环给了我们一个很好的把柄，可以用来揪彼此的耳朵。我们在一间屋子里发现了一面小鼓，我们把它拿出来站在凉台上，看见哪个仆人从下面走过，就匆匆敲打一下。这就使得那人不由抬头来看，可立刻又得掉转头，目光赶紧缩了回去④。总而言之，我们不能宣称这三天的静修是在苦思冥想中度过的。

但是我相信像我们这样的孩子，在古时候的隐士中并不罕见。如果古老的经文上说，十岁或是十二岁的舍罗堕陀或是舍楞伽罗婆⑤整个童年时期都在侍奉和颂诵曼陀罗经文，我们可不必强求自己毫无保留地相信它。因为有关幼童天真活泼的本性的书，是比经文更古老、更可信的。

---

① 即标志着进入各个年龄时期的圣带授予仪式，是印度教社会里的习俗。所谓圣线，是一根白线，仅适用于婆罗门、刹帝利、吠舍三个所谓高等种姓的人佩戴。

② 又译为韦达经、韦陀经、围陀经等，是婆罗门教和现代的印度教最重要和最根本的经典。它是印度最古老的文献材料，主要文体是赞美诗、祈祷文和咒语，是印度人世代口口相传、长年累月结集而成的。"吠陀"的意思是"知识"、"启示"的意思。"吠陀"用古梵文写成，是印度宗教、哲学及文学之基础。

③ 印度古代哲学伦理著作。它与梵书、森林书构成吠陀文献，它们都对《吠陀本集》进行解释和传授。一般认为有二百种奥义书。中心内容是宣传"梵我合一"和"轮回解脱"的唯心主义和神秘主义哲学。其哲学内容有多种含义，多种形式，对印度后来的各种哲学派别产生了不同的影响。

④ 在圣带授予仪式还没完成的时候，非婆罗门倘若看一眼受仪人，就会被认为有罪。

⑤ 《沙恭达罗》中沙恭达罗义父干婆的两个徒弟。(《沙恭达罗》为印度古典梵语诗人、剧作家伽梨陀娑的代表作。描写净林修女郎沙恭达罗和国王扇陀的恋爱婚姻故事。)

我们正式成为婆罗门教徒后,我开始喜爱诵读《伽亚耶特利》①。我心无旁骛地冥思着。要充分理解这首祷文诗的意思,在我那种年纪几无可能。我记得很清楚,我费了很大的劲,祈求先神"大地、天空"的帮助,来扩展我的知觉的范围。很难说清楚我是如何感受或是如何想的,但有一点是确定的:搞清楚字义,不是人类的理解力最重要的功能。

教育的主要目的不是去解释字义,而是去叩开孩子的心门。任何一个小孩,当问到在叩门声中,他心里有什么被唤醒了,他八成会说些傻里傻气的话。因为他心里所知觉的东西,远比用言语表达的要宽广得多。那些只信大学考试,把大学考试当成一切教育效果检测的人,是不重视这一事实的。

我能记起许多我不能理解但却使我深深激动的事情。有一次,在河边别墅的屋顶凉台上,我大哥在阴云忽变、暮云四合之际,大声朗读起伽梨陀娑的《云使》中的几节诗句。我不懂,但也没必要懂一个梵文字。他朗诵时的那种洪亮的节奏,那种心醉神迷,对我已是足够了。

还有,在我还没完全理解英文之前,一本有大量插图的《老古玩店》②就被我捧在手上。尽管至少有十分之九的字词不认识,我还是看完了整本书。我以十分之一的模糊的了解,纺织出一条彩色的线条,把插图给穿连了起来。任何一个大学考官都会给我一个大大的零分,但这种读书的方式,证明我还没有愚蠢到得零分的地步。

还有一次,我坐父亲的住船陪他到恒河上旅行。在他所带的书

---

① 《梨俱吠陀》中的一首诗。每个婆罗门早晚祈祷时必须背诵。《梨俱吠陀》为婆罗门教、印度教最古的经典,也是印度上古诗歌总集。约公元前一千多年成书。主要内容是对自然诸神的赞歌。

② 英国小说家狄更斯作于一八四一年的长篇小说,描写资本主义社会中小资产者崩溃的悲惨命运。

里,有一本是旧版本的由福特·威廉所译的胜天的《牧童歌》①。书是用孟加拉文写的。诗句没有断行、分开来印,而是像散文一样一行连着一行连下去。我当时一点梵文也不懂,但因为我懂孟加拉文,好些字词都是熟悉的。我说不出我读了几遍《牧童歌》,却很记得这么一句:

　　在孤寂的林中小屋度过的那一夜,
　　在我的心中散发出一种朦胧的美。

那个梵文字"Nibhrita-nikunja-griham"意为"孤寂的林中小屋",这对我理解这句诗词来说完全够了。

我得自己去寻找胜天的复杂的韵律,因为诗词的断句、分行,在这本笨拙的散文式编排的书里,是看不出来的。这种对诗词断句分行的寻找,给了我极大的愉悦。当然我还是没有完全懂得胜天的含意,甚至断言我能部分地了解,也不准确。但是字词的音调、轻快的韵律,在我心中潺潺流淌,如同一幅幅极美的图画。我把全书抄了下来,留作自己欣赏。

当我稍大一些,读到伽梨陀娑的《战神的诞生》②中的一首诗词时,同样的事情也发生过。那诗词极大地感动了我,虽然我能理解意思的只是这些字:"微风带着神圣的曼达基尼③下泻的喷雾,摇撼着喜马拉雅山雪松的叶子。"这一句使我极想领略全诗之美。后来有一位老师向我讲解了接下来的两行,那阵微风又"吹散了急切的猎鹿人头

---

① 胜天是十二世纪的一位著名梵文诗人。《牧童歌》是一部在印度文学中具有代表意义的艳情诗集,以黑天和罗陀的爱情故事为内容。
② 即《鸠摩罗出世》,一个美丽动人的神话传说,是《罗摩衍那》的插曲之一。十七节长的史诗,一千零九十六节,或约四千四百行的韵文组成,主题是神湿婆(主宰世界的毁灭和重生,为印度广为崇拜的主神之一。印度人相信,万物更迭,毁灭的同时意味着重生。日为湿婆,实为男性)娶妻生子,其子战胜了强大的恶魔。
③ 恒河在天上的部分。

上的孔雀羽毛"。这一"奇想"是那么空洞,让我有些失望。我要是依凭自己的想像力来写上那么几句,会胜过它的。

无论什么人,当他回顾自己的童年时期,都会同意他那时最大的收获不是在于他完全了解多少。我们的弹唱诗人就很懂这个道理。在他们的说唱中,有很大的一部分是充塞耳朵的梵文和深奥的话语。这些并不打算让一般的听众完全了解,而只是为了暗示。

这些暗示的价值,对于那些以物质上的得失来衡量教育的人,也决不能予以轻视的。那些人坚持把所有账目列在一起,精确地计算他们传授了多少功课,又应得多少报酬。但是,孩子们和那些没有受过太多教育的人们,他们居住在一个原始乐园里。在那里,人们不必完全理解他的每一步就知道怎么做。只是当乐园失去之后,那种不得不了解一切事物的不幸日子就到来了。不必经过枯燥无味的理解过程而能抵达知识的路,是一条宽广的路。如果这条路被堵住了,虽然世界上的买卖照常进行,但大海和山巅就无从抵达了。

因此,就像我刚刚说过的,虽然我在那般年纪还不能领悟到《伽亚耶特利》的全部意义,但是在我心中有些不必全懂就能体会的东西。我想起有一天,我坐在我们教室一角的水泥地上,苦思冥想着《伽亚耶特利》中的经文时,我的眼里溢满了泪水。我不知道为什么会有那么多泪水,对一个很严格的盘问者,我很可能给出一些和《伽亚耶特利》毫不相干的解释。事实上,在一个人的意识最深处所发生的一切,外在的他并不总是能够知道的。

十四　和父亲一起旅行

圣线佩戴仪式结束之后,我剃光的头给我带来了巨大的烦恼。

无论英印混血儿的同学多么偏爱和"神牛"①有关的事物，他们缺乏对于婆罗门教的尊敬却是远远皆知的。因此，我们的光头除了受到飞弹的袭击外，还会成为他们取笑的靶子。当我正为这种可能性一筹莫展时，有一天我被召唤到楼上父亲的屋里去。他问我喜不喜欢跟他一块儿去喜马拉雅山。离开孟加拉中学到喜马拉雅山去！我喜欢不？啊，我真想大声地欢呼，把天空震裂，这也许会让人知道我喜欢到什么程度。

在我们离家的那一天，父亲按照他的惯例，召集全家人到祷告厅里行宗教仪式。我从长辈们的脚上拿走一点尘土后，就跟父亲上了马车。我平生第一次有了一套新做的衣服，父亲亲自选定了衣服的式样和颜色。还有一顶金线刺绣的天鹅绒帽子，这使我的全套衣服显得很完整。我把这顶帽子拿在手里，心里却发愁，怕它戴在我光秃秃的头上会有不好的效果。我一坐进马车，父亲一再要我戴上帽子，我就只好戴上。等他的脸一转向别的地方，我就把它摘下。而后一看到他的眼睛，帽子只好又回到它应有的位置上。

父亲非常讲究他所安排和吩咐的一切事情。他不喜欢处事模棱两可，或是悬而未决，而且从来不允许邋遢和迁就。他有一套意义明确的规范来调整他和别人彼此之间的关系。在这方面，他与他同胞的通性是不相同的。他对别人，这样那样的一点粗心不要紧，可同他打交道时，我们却得很谨慎。与其说他反对的是我们做得太多或太少，不如说是没有达到他的标准。

父亲有一种方式，在心里构想他所要做的事情的每一个细节。在任何节庆需要聚集的场合，他不能参加时，他就在心里设想和安排

---

① 印度是牛的天堂，牛被当作神灵受到崇拜。婆罗门教相信牛是圣物，湿婆神之牛，名难陀（Nanda），湿婆经常骑着它巡游天庭。

每一件东西应放在什么地方,家里每一个人应担负什么职责,客人坐在哪个座位,没有一件事他会想不到。节庆完后,他就叫每个人分别对他汇报,如此,他就得到了一个完整的印象。所以当我跟他一块儿旅行时,虽然他不会设置任何障碍阻止我的自娱自乐,但是在其他方面,他为我规定的那些严格的行为规范里,没有给我留下任何空隙。

我们的第一站是在鲍尔普尔呆了几天。萨提亚跟他的父母不久前曾来过这里。没有一个有自尊心的十九世纪的小孩,会相信他旅行回来后讲的那些旅行见闻。但我们却不一样,我们没有机会去学习可能与不可能之间的界线。我们学过的《摩诃婆罗多》和《罗摩衍那》没有给我们任何线索。我们那时候也没有插图本的儿童读物来为我们指引方向。管理这个世界的所有谨严的法律,我们都是在触犯了它们之后才学到的。

萨提亚告诉我们,除非是一个经验非常丰富的人,进到火车车厢里是一件极其危险的事情——稍微滑一下,就一切都完了。上车后,得尽全力抓紧座位,否则车开时的震颤,谁也不知道会把人扔到哪里去。因此,我们到达火车站的时候,真是胆战心惊。接着我们竟那样容易地走进了车厢,以至于我总觉得最糟糕的情况还会到来。当我们最终得以可笑地顺利出发,没有一点冒险的样子的时候,我又感到悲哀失望。

火车一路疾驰。宽阔的田野,田边青绿的树木,以及安卧于树荫下的村庄,犹如一连串的图画飞掠过去,又像大量的幻景一般消失不见了。我们抵达鲍尔普尔时已是黄昏时分。我坐进轿子,眼睛就阖上了。我想完整地保存那全部美好无比的景象,以便在晨光熹微之中眼睛一睁开就能让它重新展现在面前。我担心,可别在黑暗朦胧中丧失它的完整形象,减弱自己的新鲜感。

清晨醒来,起身走到外面,我的心里震颤不已。比我先来这里的那一位告诉我,鲍尔普尔有一特色全世界任何地方都找不到,那就是从主楼到仆人居住区的小路上,虽然没有一点遮挡物,但只要人走过时,一线阳光也晒不到,一滴雨点也淋不到。我开始去寻找这条奇妙的小路,但是读者诸君也许不会奇怪,我直到今天也没有找到。

我是在城镇里长大的,从来没有见过稻田。因为读过放牛娃的故事,我已在想像的画布上,画出了一幅可爱迷人的放牛娃的画像。我从萨提亚那里听说,鲍尔普尔房子的四周都是成熟的稻田,在稻田里和放牛娃嬉戏玩闹是每天必做的功课,要是能和他们一起割稻、煮饭、吃饭,那就最好不过了。我迫切地四处张望,可在这赤裸贫瘠的荒地上,哪里有稻田呢?放牛娃也许在这里的某个地方,但怎样把他们和其他孩子分辨出来却成了问题!

但没过多久我就把我不能看见的东西给忘掉了——我所看到的就已足够多的了。这里没有"仆人统治",束缚我的唯一围墙是地平线上的淡青色树木,这是森林女神把它镶在这旷野四周的。我可以自由地在这里面四处走动。

那时我还是个孩子,父亲对我的走动从不横加阻拦。在沙地凹陷的地方,雨水犁开了很深的畦沟,冲刷出了一道道小型的山脉,上面堆满了红砂和各种形状的鹅卵石,细小的溪流从中穿过,成就了小人国[①]的地形。我从这地方采集了许多奇形怪状的小石子,放在外衣的衣兜里,带回去给父亲。他从来不会对我的劳动不屑一顾。相反,这引起了他极大的热情。

"多美啊!"他赞叹道,"你从哪里找来的这些石子呢?"

"还有很多很多,成千上万的呢!"我大声叫道,"我每天都可以带

---

① Lilliput,英国作家乔纳生·斯威夫特所著小说《格列佛游记》中的假想国,其居民身高仅六英寸左右。

那么多回来。"

"那好啊。"他回答道,"为什么不用这些石子来点缀我的小山呢?"

我们曾尝试在花园里挖一个水池,但因地下水太过浅,只好放弃,没能完工,挖出来的土堆成了一个小山包。在这山顶上,父亲常坐在那念他的晨经。他在那打禅时,对面是一直延伸到东边地平线上起伏的原野,太阳就从那边升起。他叫我给他装饰点缀的就是这座小山。

离开鲍尔普尔的时候,我心里很苦恼,因为我不能把收集起来的石子带走。现在我仍然很难意识到,我不能仅仅因为我把东西收集在一起,就拥有绝对的权利要求和它们保持亲密关系。如果命运准许我坚持要把石子带在身边这一祈求,那么我今天就绝不会如此大胆地嘲笑这件事情了。

在一个沟壑中,我偶然发现了一块洼地,充满了像小河般涌流的泉水,小鱼在其中嬉戏,竞相逆流而上。

"我发现了一处很好的泉水,"我告诉父亲说,"我们可不可以用来沐浴,用来饮用呢?"

"这正是我们想要的东西。"他同意了,和我一道欢天喜地,并且吩咐以后就从那里取水。

在这些小型山坡和谷底之间漫游,我从不感到厌倦,希望能够发现一些从来无人发现的东西。我就是这块土地上的利文斯通[①],这里的一切还没人发现,并且如同把望远镜倒过来看那般细小。这里的一切,矮小的海枣树、短矮的野李树和短小的海南蒲桃树,都和我发

---

① 戴维·利文斯通(一八一三—一八七三),英国探险家、传教士,维多利亚瀑布和马拉维湖的发现者,非洲探险的最伟大人物之一。

现的小山脉、小河、小鱼那般和谐一致。

也许是为了教我学会小心谨慎,父亲交给我一些零钱,叫我管理,并且要求我记账。他还让我负责每天给他那贵重的金表上弦,想培养我的责任感,但他没有想到会有毁坏的危险。我们早晨出去散步时,他让我把钱施舍给路上遇到的乞丐。最后我总是不能给他一个正确的账目。有一次,我算出的余款比他给我的总额还要多。

"我真的应该请你做我的账房总管,"父亲说,"钱在你手里似乎有办法增加起来!"

我以坚持不懈的热情来给他的表上弦,不久这金表就被送往加尔各答的钟表店里修理去了。

这让我想起,后来父亲叫我管理庄园地产,在每个月的第二或是第三天,我都得把账目呈到他面前。由于他视力每况愈下,我必须先把每项的数目念给他听。如果他在某个地方有疑问,他就要问个详细。我若是企图略过或者隐瞒任何我担心他听了不会满意的项目,最后一定会被他发觉的。因此每个月的头几天,我都很紧张。

像我上文说过的那样,父亲有把任何事情都妥妥帖帖地在心里作个安排的习惯——不管是账目上的数字、节庆的安排,还是产业的增减和变换。他从来没有亲眼看过在鲍尔普尔新建的念经堂,但他询问过每一个去过鲍尔普尔又来看他的人,因而对念经堂的每一个细节都很熟悉。他有极强的记忆力,只要他掌握了情况,就从不忘记。

父亲在他的那本《薄伽梵歌》[①]中,标注出他最喜爱的诗句,叫我把这些诗句连同译文抄下来给他。在家里我是一个地位无足

[①] 印度教经典之一,源于史诗《摩诃婆罗多》的第六篇《毗湿摩》,是著名插话之一。它又是一部综合性的哲学诗作,主要摄取数论、瑜伽、吠檀多三派的哲学和伦理观念,宣传通过修炼瑜伽,使"梵我合一",达到脱离生死轮回的涅槃境界。

轻重的小孩,但在这里,当这些重要的事情托付给我的时候,我感到很光荣。

这时我已扔掉了那个蓝色的练习簿,得到了带封皮的李特式日记中的一册。现在我务必使我写的诗不能缺乏外表上的自尊,这不仅只是写诗,在我的想像里,我已经把自己当成是一个诗人。因此当我在鲍尔普尔写诗的时候,我喜欢伸展四肢,躺在一棵小椰树底下。在我看来,这才是真正做诗的方式。就这样,躺在没有铺着草皮的坚硬的石块地上,在一片炙热当中,我写出了一首关于《普利色毗王的失败》的英雄诗篇。它虽有盖世的气概,但终不能幸免于死亡。这本装有封皮的李特式日记,也追随其姊姊——蓝色练习簿——的脚步,散失了,没有留下任何地址。

我们离开鲍尔普尔,一路上在萨希尔甘杰、迪纳普尔、阿拉哈巴德和坎普尔都有短暂的停留,最后在阿默尔特萨尔停了下来。

在路上有一件事永远镂刻在我的心里。火车停在某一个大站上,检票员过来检票。他好奇地看着我,似有疑问又不肯说出口来。他走开了一会儿又带回来一个同伴。两个人在车厢门口踌躇了半天,又走了。最后站长过来了。他看了看我的半价票,然后问:

"这孩子没超过十二岁吗?"

"是的。"我父亲回答。

我那时只有十一岁,但看上去比我实在的岁数要大些。

"你必须给他买全票。"站长说。

父亲的眼里冒出怒火,他二话没说,从钱夹里拿出一张纸币,递给站长。当他们把多余的钱找回时,父亲鄙夷地把这钱扔回给他们。站长站在一边,因其卑劣的怀疑已泄露,而感到无比羞愧。

阿默尔特萨尔的金色庙宇,如梦般地回到我的心上来。很多早晨我陪着父亲到湖中心的锡克教的古鲁达尔巴尔①里去，庙里唱经不断。父亲坐在众多顶礼膜拜者中间，有时也跟随着唱起赞歌。当他们发现有陌生人参加唱经仪式时，表示出极其热烈的欢迎。我们回去的时候，总是满载着冰糖和其他糖果祭品。

　　一天，父亲邀请一位唱诗班的成员到我们住的地方来唱圣歌。这个人离开时也许对于其报酬喜出望外，结果便是那么多的唱诗班的歌手跑来侵扰我们，我们不得不采取严格的防御措施。当他们发现我们的房子不得其门而入时，这些歌唱家就在街上拦截我们。我们早晨出去散步时，时不时地会出现一把冬不拉琴②横挂在一人的一边肩膀上，看到这个，我们就像鸟儿看到猎人的枪口一样。确实，我们变得异常警觉，远远听到冬不拉的琴弦声，就把我们给吓跑了，根本不可能把我们装进猎袋里去。

　　到了晚上，父亲会坐在花园对面的凉台上，我被叫来唱歌给他听。月亮升起来了，月光透过树枝，映照在凉台的地面上，我用贝阿伽曲调唱道：

　　　　啊，在生命最黑暗之路上的同伴……

　　父亲低头合掌凝神屏气地听着。直到现在我还能回忆起这幅夜景。

　　我曾提到，父亲听斯里干达先生说起我那首颂神的处女诗作时，感到好笑。我记得后来我是如何得到了回报。在一次入冬月节的时

---

① 锡克教是诞生并流行于印度部分地区的宗教。"锡克"在梵文的原意是"门徒"，因该教教徒自称祖师的门徒。锡克教强调人人平等，男人之间互为兄弟，女人之间互为姐妹。他们奉行严格的一神论，及礼拜几代祖师。"古鲁达尔巴尔"为锡克教寺庙，为锡克教第五世祖师阿尔琼·代夫所造，兰季特·辛格在位时，庙上加了一个金箔覆盖的铜顶，因此被称为"金庙"。

② 哈萨克族的弹弦乐器，常用于伴奏，即"东不拉"。

候,有几首颂歌是我作的,其中的一首是:

眼睛看不见你,你是每只眼睛的瞳孔……

那时父亲已在钦苏拉卧床不起了。他把我和我哥哥乔迪叫了去。他叫我哥哥用手风琴给我伴奏,让我把我作过的颂歌一一唱给他听,有几首还得唱两遍。当我唱完后,他说:"如果这个国家的国王懂孟加拉语,也能欣赏孟加拉文学的话,毫无疑问他会奖赏你这个诗人的。既然情况不是这样,我认为我应该做点什么。"说完,他就递给我一张支票。

父亲随身携带了几卷彼得·帕尔利丛书,把它作为教材来教我。他挑选出《本杰明·富兰克林传记》作为开始,他原以为读这本书就像读小说一样,既能愉悦人,又能学到东西。但我们开始后不久他就发现自己错了。本杰明·富兰克林是一个过于世俗的人。其狭隘的权衡利弊的道德观引起了父亲的厌恶。在某些方面,父亲对于富兰克林世俗的精明感到非常不耐烦,不由得用激烈的言辞来斥责他。

在这之前,除了死记硬背过几条梵文文法之外,我没有接触过梵文。父亲让我直接跳读梵文读本第二册。在我们一起读书时,父亲叫我自己学习词尾的变化。我在孟加拉文上取得的进步对我帮助极大[①]。父亲同时鼓励我开始用梵语写作。我用从梵文读本学来的词汇,构成夸张的、带有大量响亮的 M 音和 N 音的复合字句,创造出一种妖魔一般混杂的神仙语言。但是父亲从来不会嘲笑我的冒失。

接下来我们又学普罗克特的《通俗天文学》,父亲用浅显的语言给我讲解后,我再把它译成孟加拉文。

[①] 大部分孟加拉文的文学用语,是直接从梵文来的。

在父亲为他自己所带的书籍中,最吸引我注意力的是吉本[①]的十或是十二卷本的《罗马帝国衰亡史》。这些书看起来相当枯燥无味。"作为小孩,"我想,"我是万分无奈才不得不读了许多书。但是一个大人,除非他高兴他才去读书,为何还要跟自己过不去,读这些无味的书呢?"

十五　在喜马拉雅山上

我们在阿默尔特萨尔呆了一个月左右,近四月中旬时,就向达尔胡西山进发。在阿默尔特萨尔的最后几天里,时光仿佛永远不会流逝似的,喜马拉雅山对我的召唤实在太过强烈了。

我们坐着轿子上山时,沿路的山坡都映照在春天里稻花盛开的美景中。每天早晨,我们饮完牛奶、吃过面包就动身。日落之前就在下一个驿舍歇息。一整天,简直目不暇接,眼睛一点儿也得不到休息,总担心,别把哪儿的美景遗漏了。从山路转入一个山峡,沟壑万丈,层林叠翠,树荫下流出涓涓清泉,潺潺作声,宛如静修林中的小姑娘在打禅入定的梳髻仙人的脚下戏谑的欢笑声,从黝黑的覆满青苔的岩石上潺潺流过。行到这里,轿夫就把轿子放下,休息一会儿。我饥渴的心大声疾呼:我们为什么要放弃这样的地方,我们为什么不永远在这里停留呢?

这就是第一次目睹景色的好处:刚开始时,心里还不知道,还会有许多这样的景色不断涌现。但当这一点为精于算计的心理所知时,它对外界的注意力就立刻有所保留。只在它相信某件东西是实在稀有罕见的时候,它在事物的估价上才不再吝惜。因此在加尔各

[①] 爱德华·吉本(一七三七——七九四),英国历史学家。

答的街市上,我有时会把自己当作一个异乡人。只有在这种情况下,我才发现有那么多的东西值得一看,而由于我们没有倾注注意力,就会把它们遗漏了。就是心里那种真正想看的饥渴愿望,才使得人们到外地去旅行的。

父亲把装有零碎现钱的钱夹交我保管。他可没什么理由认为我是保管这笔数目可观的路途费用的最佳人选,他若把它交到他的随从基肖里的手里,他一定会感到安全得多。因此我只能猜想他是要培养我的责任心。有一天,在我们抵达一个驿舍时,我忘了把钱夹交还给父亲,而把它落在桌子上,这给我讨来一顿训斥。

我们每到一个驿舍下来,父亲就叫人把椅子摆放到驿舍外面去,我们就坐在那儿。天暗了下来,从山岭清爽的空气里,星辰闪耀出了美妙的光辉,父亲指着星座给我看,或是给我上天文课。

我们在巴克劳塔住的地方是在最高的山顶上,虽已近五月,但这里依然冰冷刺骨,山坡上背阴的一面,冰雪仍然没有融化。

就是在这种地方,父亲也允许我四处自由地漫游,一点儿也不感到担心。我们房子底下不远有一山嘴,长满了浓密的喜马拉雅山雪松。手拿一件镶着铁头的工具,我独自去山林里探险。在这庄严的森林里,这些高树连同它们巨大的影子,就像许多巨人在**矗**立着——这许多世纪它们在这里度过了无限的光阴啊!而这个几天之前才来此处的孩子,居然能够毫无阻碍地进入它们的腹地,在树干下面爬来爬去。我一走进森林的阴影里,就仿佛感到一个妖魔的存在,如此清凉,犹如一只纯冷的太古蜥蜴,而覆盖着落叶的地上,那闪着方格状的光和影,就是蜥蜴的鳞甲。

我的屋子在房子的一端。躺在床上,透过无帘的窗户,我可以看见遥远的雪峰,在星光中模糊地闪光。有时候,很难说准是什么时辰,睡眼矇眬中,我看到父亲裹着红披巾,手擎油灯,轻手轻脚地从我床沿走过，走到装着玻璃窗的凉台上，默坐在那里打禅入定。再睡一觉，天还未破晓，我就发现他在我床边把我推醒。到了父亲指定的要我背诵梵文词尾变化的时间。抛开温暖舒适的毛毯，在刺骨寒晨中起床是多么折磨人啊！

太阳这时已升起来了，父亲也已念完早经，和我一道饮完牛奶，然后，他吟唱起《奥义书》中的经文，再一次向神明祈祷，我站在他的旁边，静静地谛听。

之后，我们出去走走，但我怎能跟得上他的步伐呢？许多比我大的人都跟他不上呢！因此，跟了一会，我就放弃了，从山边的某条近路跌跌撞撞地回来。

父亲从外面回来后，要我读一小时的英文。十点之后我们到冰凉的水里沐浴。没有父亲的允许，叫仆人给我加一壶热水调匀凉水，也是白搭的。为了给我鼓劲，父亲就给我讲述他年轻时沐浴过的冰冷得难以忍受的冷水浴。

另一桩苦行就是饮用牛奶。父亲非常喜爱牛奶，并且能饮很多。也不知是我没有从他那里继承到这种能力，还是由于我之前提到的家庭的不利环境，我对于牛奶的食欲却是可悲地缺乏。不幸的是我们常在一道饮用。因此我不得不乞求仆人的慈悲，承蒙他们的仁爱（或是脆弱），从那之后我的牛奶杯里有一半多都是泡沫。

午餐之后，仍是读书。这真是让血肉之躯难以忍受啊。我那被打断了的晨间睡眠现在开始发作了，对我进行报复，不可遏制的困意袭来，我头一歪差点摔倒。然而，当父亲因可怜我而把我从这困境中解脱出来时，我的睡意立刻就烟消云散了。接下来，嘿！上山去玩了。

我拿着那件镶着铁头的工具，从这山峰跑到那山峰，父亲也不反对。我觉察到父亲一辈子都不干涉我们的自由。有好几次我的言行都不合乎他的口味和判断,他只要稍加暗示,就可以制止住的;但他没有这样做,他觉得内心禁忌的力量未产生之前,最好还是等待;我们若只是消极地去接受某种正确或适当的做法,他是不会感到满意的。他希望我们全心全意地热爱真理,他深知,没有爱而单纯地执行命令是虚假;他懂得,真理的道路迷失了,还可以失而复得,但用外力强迫一个人或使一个人盲目地接受真理,最后反而会阻碍他走上真理的道路。

在我很年轻的时候,我曾怀有这样的梦想:坐牛车沿着大干路到白沙瓦去旅行。没有人支持这个计划,无疑还有很多人竭力反对,认为太不切实际了。但当我把这向父亲提出时,他确信这是个了不起的想法——火车旅行是有名无实的!从这看法谈起,他接着向我讲述他自己步行和在马背上的冒险之旅,可对于这当中的艰难困苦和危险却只字未提。

还有一次,我刚被任命为"原始梵社"[1]的秘书。我到公园街父亲住的地方,告诉他说我不赞成婆罗门教徒在行圣礼时拒绝其他种姓的人参加。他毫不迟疑地允许我去矫正这一做法,说如果我能够的话。我得到准许,却发现我还缺少力量。我能发现缺陷但却不能创造完美!那些能够创造完美的人在哪里呢?我身上能吸引那种人的力量在哪?我有办法在我破坏的地方建设新的东西吗?在那种人出现之前,不管是什么形式,总比没有形式要好——这一点,我觉得一定是父亲对于现有秩序的看法,他只是不想让我灰心丧气才没有指出改变的艰难。

如同他许可我随心所欲地在山间漫游一样,在寻求真理上他也

---

[1] 这个社团主张改革印度教中一些不合理的传统,主张要重视科学,向西方学习,但并不盲目崇拜西方文明,也珍视印度固有文化。

让我自由地选择自己的道路。他不会因为我有犯错的危险而阻止我，也不会因为我有遇到愁苦的可能而担心受怕。他在我们面前树立的是一个标准，而不是一根规训人的棍子。

我常向父亲提起我们家庭里的情况。无论什么时候，只要我收到家里任何人的来信，我都立刻交给父亲看。我真觉得自己成了一个媒介，通过我，父亲获得了别的地方无从得到的情况。父亲也把我哥哥们写给他的信给我，让我给他读。通过这种方式，让我懂得如何给他写信，因为他决不轻视外在形式和礼节的重要性。

我记起在我二哥的某封信里，他用某种梵语的措辞向父亲抱怨说他忙得焦头烂额，连脖子都快要被工作套住了。父亲叫我解释一下信里我二哥的情状，我把我的理解说了。但他认为另一种解释会更确切些，我过度的自矜使我坚持和他争辩到底。换作别人也许会用责骂让我闭嘴，但是父亲耐心地听我把理由说完，然后尽力陈述他的看法。

父亲有时候也讲些好玩的故事给我听。他有许多他那时代的阔气少爷们的笑谈。那时候有些花花公子，皮肤娇嫩得连达卡细平布上的绣花边都嫌太粗糙。所以他们在穿细平布的时候，就把花边扯下来，一时期，这竟成了时髦。

我第一次听父亲讲一段我觉得特别好玩的故事，说的是有一个卖牛奶的人，别人怀疑他在牛奶里掺水。其中有个顾客想探个究竟，就不断派人来看他挤奶，派的人越来越多，他的牛奶就越来越淡。最后，那个顾客亲自跑来要他解释。卖牛奶的公开宣称，如果更多的人来监看他挤奶并要满意的话，那么他的牛奶就只好用来养鱼了！

就这样和父亲度过几个月之后，他就让他的随从基肖里送我回家了。

十六　回　家

紧紧套在我身上的锁链，自我一离家就咔嚓一声永远断开了。我一回到家，就感觉身价大增。我以前在家，近在咫尺却没人想到我，现在因为我曾不在他们眼前，我却成了受宠的对象了。

在回家的路上，我已预先尝到了受人尊敬的滋味。我这样带着仆人，独自旅行，全身洋溢着生气，神采飞扬，再加上那顶引人注目的平金小帽子，我在车上遇到的所有英国人，都不敢小觑我。

我回到家，对我来说不仅仅是旅行归来，而且也结束了仆人房里的流放，回到内屋里我应得的地位上去。当内屋的家人聚集在我母亲的屋里时，我现在也开始受到欢迎。我们家里那位最年轻的新娘子也把感情和关心倾注在我的身上。

在褓褓时期，不用乞求就可唾手得到女人的抚爱。婴孩需要抚爱，如同需要阳光和空气一样，他无须进行任何意识活动，便本能地领受了它。而正在成长的孩子，则往往渴望从妇女过分关切的罗网中解放出来。但如果一个不幸的孩子，一旦在应该获得抚爱的时刻，却被剥夺了这种权利，他就会变得一无所有了。我的境况就是如此。因而，在"仆人统治"中长大之后，当我突然获得女人抚爱的甘霖滋润的机会时，我不会不欣然领受它的。

在内屋离我还很遥远的那些日子，它是我想像中的乐土。外界的旁观者会认为，闺房好像是一座监牢，但对我来说则是全面解放的寓所。那里既无学校，更无老师。并且，在我看来，那里任何人都不必做他不喜欢做的事情。幽闭中的闲暇，更有神秘的意味。人在里面可以尽情玩闹，做他想做的事，不必向大人汇报。我的小姐姐就是如此，她虽然也和我们一起上尼尔卡玛尔先生的课，但无论她功课好坏与否,老师都无动于衷。十点钟时,我们必须匆匆忙忙吃完早饭,准备上学,而她呢,竟甩着小辫子,优哉游哉地走开,步入闺房,把我们逗得心都乱了。

当那位新娘子,戴着金项链,走进我们家里时,内屋的神秘更加深了。她,从外面来,又变成我们家的人,虽然陌生,却有亲切感,出奇地吸引着我。我急切地想同她友好。但每当我千方百计靠她近点时,我的小姐姐就忙把我推开,气势汹汹地嚷道:"你们男孩来这儿有何贵干?滚到外面去!"失望加上受辱,让我逃之夭夭。从她们闺房的玻璃门外,能看到一切新奇的玩意儿——陶瓷和玻璃制品——色彩和装饰都十分鲜艳。我们就是连摸一下都被认为不配。无论如何,对于我们男孩子,那都是些稀罕奇妙的东西,给内屋增添了些许魅力。

多次的被拒后,我和内屋渐渐疏远。对于我,内屋和外面世界一样,都是触及不到的。因而,我所得到的内屋的印象,看起来就像图画一样。

夜里九点之后,上完阿戈尔先生的课,我进屋睡觉。一盏昏暗晃动的灯笼,挂在装有软百叶帘的长长的甬道里,甬道连通内外屋。在它尽头的拐角,有四五层楼梯,是光线照射不到的地方。下了楼梯,我走到第一个方院的回廊上,一条柱子似的月光从东方天上斜照在回廊的西角,余处皆是黑暗。在这一方的光明之中,女仆们团坐在一起,伸着腿坐在地上,把废棉花搓成灯芯,一边低声地谈着她们乡村里的家事。许多这样的画面都持久地印在我的记忆里。

晚餐后,我们在廊上洗好手脚,才躺到宽大的床上去。我们的保姆之一,亭卡里或是珊卡里,就过来坐在我们的床沿边,对我们低声诉说一个王子在旷野荒郊里一直漫游的故事。故事讲完后,屋里一片寂静。我面向墙壁,凝视着灰墙上剥落的地方东一处西一处、黑一块白一块地在微弱的光线中模糊闪现。隐隐约约中,那里似乎也闪现出我幻拟出的许多奇异景象,模模糊糊地我就这样睡着了。有时在半夜,在睡眼蒙眬中,我听见守夜的斯瓦鲁卜在巡视楼廊时发出的吆喝声。

如今,新秩序到来了。我终于可以从内屋这一我所想像的陌生的梦境里,得到我久已渴望的关怀和认可。当这自然的、应该是每天都该得到的东西,忽然连同它累积的欠账,一股脑儿补偿给我时,我不能保证我头脑没有发昏。

这个小旅行家满是旅行的故事。多次复述之后,已有疲态,叙述也变得越来越散漫了,以至于最后竟与事实不相符合。叹哉!就像这世上的一切事情一样,这故事也渐渐变得陈旧起来,说故事的人的劲头不免受挫,因此他得每次增添一点亮色加以渲染,以使故事一直新鲜。

从山上旅行回来,在闺房的凉台上,由我母亲召集的晚间露天集会,我成了主讲人。想在自己母亲的眼里成为众人喜爱的对象,这种念头诱我难以抗拒,正如这种名气得来不费工夫一般。我在师范学校念书时,在某个读本上头一次看到说,太阳比地球大千百倍,我立刻把这个说法告诉母亲。力求向她证明,看来很小的人,在他身上或许有相当大的东西。我也常常把孟加拉语法书上,在讲到做诗法或是修辞学时所用作例子的诗句背给她听。现在我就在她在晚间集会上讲些从普罗克特书上捡拾得来的零碎的天文知识。

父亲的随从基肖里曾一度是达萨拉提叙事诗弹唱团的一员。我们在山上旅行的那几个月中,他常对我说:"噢,小弟[①],我们若是有你在我们说唱队,我们定会演得非常好。"他这句话,让我心痒痒,在我

---

① 仆人们称主人和女主人为父亲母亲,称他们的孩子为弟妹。

面前展开了一幅漫游的画面：做个小乐师，东走走，西唱唱。我从他身上学到了许多歌曲。这些歌曲可比我对太阳这个发光体和土星上的卫星的有关讲述，更受人欢迎。

但是我取得的最能吸引母亲的成就，在于当时内屋的妇女们只能满足于克里狄瓦斯的《罗摩衍那》的孟加拉译本，我却跟父亲读过大圣贤瓦尔米基[①]写的梵文韵律的原文。当我把这告诉母亲时，她喜出望外地说道："给我朗诵几段《罗摩衍那》吧，快朗诵吧！"

但是不幸的是，我朗诵的瓦尔米基的《罗摩衍那》，只限于梵文读本的一小段节选，但就连这段节选我也不能完全掌握。而且，当我再次循着记忆搜索字句时，我发现我的记忆力欺骗了我，许多我以为能记得的，都变得模糊不清了。但是母亲急于看到她儿子非凡才能的展现，在她的热心等待之下，我竟没有胆量跟她说"我忘了"。因此，在我朗读的那一段中，里面的意思与瓦尔米基的原意有着天壤之别。坐在天国里的怀有慈善之心的那位圣贤，一定会宽恕那个孩子为求母亲的赞许这一荣耀而做的鲁莽之事，但是马都苏丹[②]，骄傲的捕捉与毁灭者，是不会饶恕的。

对于我非凡的才干，母亲不能抑制她的情感，想让家里所有的人都能分享她对于我的赞赏。她对我说："你一定要朗诵给德维琼德拉[③]听听。"

一听这话，我的心顿凉了半截，暗想："这下逃不过了！"我说出所有我能想到的逃脱朗诵的理由，但母亲就是不听，她把我兄长德维琼德拉叫来。他一到来，母亲立刻就欢迎他说："你来听听罗宾朗诵瓦

---

① 瓦尔米基即蚁垤，传为《罗摩衍那》的作者。
② 印度教大神毗湿奴的另一称号，意思是杀死骄傲的恶魔马都的人。
③ 她的长子，大学者、诗人、音乐家、哲学家和数学家，长诗《梦幻的远征》是一部优秀的抒情诗，诗中运用了极美的韵律，能与斯宾塞的《仙后》媲美，被称为孟加拉的不朽著作。创造了孟加拉速记体，最早把钢琴引入孟加拉音乐。

尔米基的《罗摩衍那》,朗诵得多么娓娓动听啊!"

没有退路,非得朗诵不可了!但是马都苏丹大发慈悲,只用他一点儿贬损骄傲的能量就把我放过了。我兄长一定是在忙着自己写作的时候被叫过来的。我刚朗诵了几首颂诗,他就说了声"很好",便离开了,他并不想听我把梵文译成孟加拉文的朗诵。

我得到了进出内屋的这种新荣耀后,我感到要继续学校的生活是难上加难了。我使用一切可以逃避的手段来逃脱孟加拉中学。后来,他们又把我送进圣·泽维尔中学。结局当然也是好不了多少。

我的兄长们做过一段时间的努力之后,对我完全绝望了——他们就连责骂也不责骂我了。有一天,我大姐伤心地说:"我们原希望,罗宾能长大成人,但他太使我们失望了。"我感到我在这个社会上几乎毫无价值。然而,我还是不能下定决心去被拴在学校的磨盘里,受它无尽的折磨。这个磨盘,跟一切真实和美相脱离,就像是一个医院和监牢的可恨残酷的混合形式。

关于圣·泽维尔中学,有一个珍贵的片段,我至今还记忆犹新——就是学校里的老师们。他们并不都是最好的,特别是教我们班的老师,我说不上尊敬与否,他们一点儿也脱离不了教书机器这一称号。这种机械呆板的教育是如此无情地强大,再加上严格维护宗教习俗的石磨,年轻的心会真的被碾干的。我们在圣·泽维尔中学得到的就是这个机器推动的磨盘式的教育。但是,如我所说的,我还有一个回忆,使我对于老师的印象足以提高到理想的程度。

这就是关于神父代·佩奈兰达的回忆。他和我们没有多大的接触——若是我没记错的话,他只是在短期内代过我们班上一个老师的课。他是西班牙人,说英语时似乎有点口吃,也许因为这个缘故,孩子们上课时都不太留心他所说的。我感到,孩子们对他的怠慢使他不快,但他一天一天温顺地容忍着。不知为什么,对于他,我心中充满了同情。他的脸型并不俊朗,但他的相貌对我有着奇异的吸引力。每当我看到他时,我总见他聚精会神,专心致志,好像有一种深沉的宁静,永远笼罩在他的身心周围。

我们有半小时的时间摹写字帖,这段时间我常心不在焉,手里拿着笔,思想却在到处漫游。有一天,代·佩奈兰达神父在监督这门课。他在教室里我们的椅子后面来回踱步,他一定是多次看见我的笔尖没有滑动。突然,他在我的椅子边站住,俯下头,把手轻轻地搁在我的肩上,关切地问道:"你哪里不舒服吗,泰戈尔?"这只不过是一句简单的问话,但却让我无法忘怀。

别人我不晓得,可我在他的个性里,看到了一颗伟大的心灵。直到今日,一想起他,我就仿佛进入神庙的专注宁静之中。

还有一位老神父,孩子们都喜爱,他就是亨利神父。他教高年级班,因此我不太了解他,但我记得一件关于他的事情——他会孟加拉语。有一次,他问尼拉达[①],他班里的一个孩子,他的名字的词源是什么。可怜的尼拉达,对有关他自己的一切,一直都不当回事——特别是关于他的名字,从来也没有费心去了解。所以,对这个问题,他根本没有准备。但是在字典上那么多深奥的、不认识的字当中,若被自己的名字所难倒,就如被自己的马车轧死那样滑稽和不幸。因此,尼拉达毫不羞愧地回答道:"Ni 是没有,rode 是阳光;因此 nirode 就是使阳光没有了!"

十七　家庭学习

格亚姆先生是瓦当达瓦吉许先生的儿子,现在成了我们的家庭

[①] Nirada,尼拉达是梵文"云"的意思。是 nira(水)和 da(给予者)的组合。在孟加拉语中发 nirode 音。

老师。当他发现他不能使我的注意力维持在学校的科目上时,就绝望地放弃了这种努力,而另辟蹊径。他带我读伽梨陀娑的《战神的诞生》,一面翻译给我听。他也读莎剧《麦克白》给我听,先用孟加拉文解释了课文,然后把我关在课室里,直到我把当天所读的都翻译成孟加拉诗文为止。如此这样,他让我把全剧都译成了孟加拉诗文。幸亏我后来把这段译文弄丢了,因而在这个程度上我被免除了"羯磨"①的负担。

拉姆沙尔瓦梭先生的职责是负责提高我们的梵文水平。他也同样放弃了那毫无结果的、对他的不情愿的孩子们教授文法的做法,而代之以和我一道读《沙恭达罗》。有一天,他心血来潮,要把我翻译的《麦克白》送给维德亚萨加尔②先生看看,并且把我带到了他房间里。

那个时候,拉吉克里许那·穆克吉③刚好也在维德亚萨加尔先生家,和他坐在一起。我走进这位大学者的堆满书籍的书房时,我的心扑扑地跳得厉害;他那静肃的容貌也无助于我胆量的重振。然而,这是我平生头一次面对这么有名气的听众,我心里不由激起一股想博取声名的愿望。在我离开那回家时,我相信我有理由热情奔放。至于拉吉克里许那先生,他没有多言,只是告诫我,在女巫角色这一部分,所使用的语言和韵律,要仔细地使它与用在其他人物角色上的区分开来。

在我少年时代,孟加拉文学数量很少,我想我一定是把当时可读的和不可读的书都读遍了。少儿文学那时还没有发展到有自己独特类型的地步——但我确信对我并没有什么害处。现在渗入到文学仙酒里的流质,在给年轻人饮用时,只考虑到他们身上的幼稚成分,丝

---

① 宗教术语,梵语音译,意为"作业","业"发生后不会消除,决定今世或来生的善恶报应。
② 孟加拉大学者、教育家和社会改革家。
③ 穆克吉(一八四五——一八八六),用孟加拉语写作的印度诗人和评论家。

毫没有把他们当作成人。儿童的书籍应当含有一部分他们能懂的和一部分他们还不能懂的东西。在我们的童年时代,我把能拿到手的两个极端的书都看了,看得懂的和看不懂的都尽收眼底、心里。这就是世界本身如何在小孩意识中的反映:孩子懂的东西变成了孩子自己的;而超越孩子理解的东西,会引导他向前进。

当代那班都·米德拉①的"讽刺文学"问世时,我正处于不宜于阅读此类东西的年龄。我们的一位女亲属手里头正看着一份,但不管我如何恳求,她就是不肯借给我看。她总是把它给锁起来。越得不到,我就越想看看。我暗自较劲,必须要且一定要读到这本书。

一天下午,她正在玩纸牌。她的一串钥匙系在她所穿的纱丽②的一角,搭在她的肩上。我对于玩纸牌从不关注,事实上,我对纸牌娱乐不能忍受。但是我那天的表现却几乎没有显露出这一点,反而是极度热心地在旁观看。最后,在一方快要得分的那种热闹和兴奋之际,我趁机去解开那系钥匙的结。可我手脚实在笨拙,加上紧张而又匆忙,就被她抓住了。这纱丽和钥匙的主人微笑着把纱丽从肩上放下,把钥匙放在膝上,继续玩纸牌游戏。

后来我忽地有了一条妙计。我这位女亲属很喜爱嚼"班",我就赶紧去给她弄了点放在她面前。这样,就会使得她嚼完之后要站起来吐掉"班"渣,当她中计站起来时,钥匙就掉在了地上,她只好把它又搭在肩上。这一次钥匙让我偷到了,"小偷"逃走了,书也读到了!书的主人想要责骂我,却没骂出口,我们两个一笑了之。

拉进德拉尔·米德拉博士③曾编过一种附有插图的散文月刊。

---

① 代·米德拉(一八二九——八七四),孟加拉语的剧作家。
② 印度妇女传统服饰,纱丽是指一块长达十五码以上的布料,穿着时以披裹的方式缠绕在身上。印度妇女擅长利用扎、围、绑、裹、缠、披……等技巧,使得纱丽在身上产生不同的变化。
③ 拉·米德拉(一八二四——八九一),印度历史学家。

我三哥的书架上,有一份这月刊的全年合订本,我设法弄到了。反反复复浏览它的喜悦心情,我至今还在回味。许多假日的正午,就是这样度过的,我伸展四肢,仰卧在床上,把这本四四方方的书刊放于胸口,读着一角鲸①,或是古代卡齐②奇特的断案,或是克里希那与库玛里之间的爱情故事③。

为什么我们现在没有了这种杂志呢?我们一方面有哲学和科学的文章,一方面有枯燥乏味的故事和游记,但就是没有那种普通大众能够舒舒服服地阅读的朴实无华的散文集——就像英国的《钱伯斯》或《卡塞尔》或《斯特兰德》——它们能够给普通读者提供简单却令人满意的精神食粮,给予最大多数的人以最大的用处。

我年少时,还看到另外一种月刊,名叫《愚人之友》。我在大哥的图书室里找到了几本合集,我就坐在他书房的门槛上,朝着南面小小的一方凉台,一天又一天贪婪地读着。我就是从这本杂志的书页里,第一次见识了比哈利拉尔·吉卡拉沃尔迪④的诗文。在我当时所能读到的诗歌中,他的诗文最能打动我。他的抒情诗中的那种天真活泼的笛子旋律,唤醒了我心中沉睡的田野和林沼之歌。

同样在这些书页里,我也为《保尔和薇吉妮》⑤译文本中哀婉动人的爱情故事落过许多泪。美妙的大海,海岸上椰树林在微风中摇曳着,林外的小山坡上,山羊在活泼地跳跃着,相互嬉戏——这些都在

---

① 一种齿鲸,雄的有一长牙。
② 伊斯兰教的法官。
③ 克里希那即黑天,天神毗湿奴的第八个化身,以牧童身份出现在人间,与牧女之间的爱情故事。
④ 吉卡拉沃尔迪(一八三八—一九○三),孟加拉现代抒情诗创作的先驱者。他以优美细腻的风格,写出了《孟加拉美女》等许多抒情诗集,赞美祖国的山河,抒发对祖国的热爱和祖国独立的向往。
⑤ 法国作家贝尔纳丹·德·圣皮埃尔(一七三七—一八一四)的代表作,描写一对少年男女纯真的恋爱故事。

加尔各答的某个屋顶凉台上,化成一个清新而又令人愉快的幻景。啊,还有在那荒岛的林中小径里,上演着孟加拉的小读者和头裹花巾的小薇吉妮之间的恋爱追逐!

接着又读到了班吉姆①的《孟加拉观察》,它使孟加拉人大为倾倒。等待下月份的刊物发行出来已经够让人受了,而且还要等家里的大人们都看过才能轮到我看,这简直是受不了!如今,只要哪个愿意,他就能把《钱德拉谢克尔》或是《毒树》一口气吞咽下去。但是那种渴望和期待的过程,一个月接着又一个月,中间偶然释放一下短暂的阅读的快乐,把每一期的内容放在心头反复回想,同时急切关注、等待下一期。满足的快乐与未满足的渴望,如焚的好奇心与短暂的解渴,在心里交替着,这种阅读原作时拖长的快乐,怕是没人再能尝到了。

萨拉达·米特和阿克什·萨卡所编的古诗刊,也激起了我极大的兴趣。家里的大人们是这刊物的订阅者,但他们不太经常阅读,因此我要得到它并不难。微特雅帕蒂②古怪的、讹用的迈蒂利语③,因其晦涩难懂,更吸引了我。我试着不看编者的附注,而去理解他的意思。我在自己的笔记本上,摘录了所有出现过的难懂的字词及其上下文。我还按照自己的理解记下其文法上的特点。

十八　我的家庭环境

我年轻时期有一个很大的优势,便是在我家里有着浓厚的文学艺术氛围。我记得在我很小时,我常倚在凉台的栏杆上,那里可以看

---

① 班吉姆·钱德拉纳特·查特吉(一八三八——一八九四),印度孟加拉语作家,印度现代文学的先驱者,主要作品有长篇小说《毒树》、《阿难陀寺院》等。
② 十四世纪印度毗湿奴派优秀诗人,代表作为《黑天颂》。
③ 印度东部的一种语言,主要在比哈尔邦和尼泊尔东部地区使用。属于印度—雅利安语支东支,和属于中支的印地语有别。

见那座有客厅的独立建筑。每天晚上这几间客厅的屋子都是灯火通明。华丽的马车一直停到门廊底下,宾客络绎不绝。我搞不太懂里面会有什么样的集会,我只是在我的住处,从黑暗中不断地凝视着一排排亮灯的窗户。中间隔断的空间虽然不大,但在我的幼童世界与这些亮光之间的鸿沟,却是无边无际的。

我的堂兄伽南德拉刚得到塔卡拉特纳①先生写的一个剧本,要在我们家里排演。他对于文学和美术的热情是无限的。他是一个团体的中心人物,那个团体里的成员一直有意识地尽己所能,从各方面引进我们现在所能看到的文艺的复兴。一种体现在文学上、音乐上、美术上、戏剧上的明显的民族主义,在他身上和在他的周围觉醒了。他对各国的历史都很感兴趣,已经开始用孟加拉文撰写历史研究,但是还没有完成。他翻译并发表了梵文戏剧《优哩婆湿》,还有许多有名的颂歌都是出自他的手笔。在创作爱国诗歌上,可以说他是我们的领路人。这是在当"印度教徒集会"②还是个每年一度的政治节日时,在集会上总是唱他那首《我很羞愧歌唱印度的荣耀》。

我堂兄伽南德拉英年早逝时,我还只是个孩子。但是只要见过他的人,都忘不了他那俊朗、颀长和庄严的外貌。与人交往时,他有一种无法抵御的影响力。他能把人们吸引到他的周围而且永远和他联系在一起,只要哪里有他的强大的吸引力,哪里就决不会有分裂的问题。他是我们国家中独特类型的人物之一,这种人以他们个人的魅力,很容易立足于他们的家庭里或是乡村里。在任何一个国家,只要有大的政治、社会或商业团体的存在,这种人会很自然地成为民族领袖。能把许多不同的人组织到一个团结的团体,这种能力取决于

---

① 塔卡拉特纳(一八二二—一八八六),孟加拉著名剧作家。
② 由泰戈尔家族组织,是孟加拉进步运动,这个集会被称为印度国民大会的政治组织前身。

一种特殊的天才。在我们的国家,这种天才都被白白浪费了,在我看来,真是可惜的很,就像是从天上摘星星来当火柴用一般。

我记得更清楚的是他的弟弟,我的堂兄古南德拉①。他也总使这家庭里充满了他的存在。他那宽大仁慈的心,对亲戚、朋友、客人和家属都一视同仁地接纳。无论是在他宽阔的南面凉台上,泉水边的草坪上,还是在水池边钓鱼台上,他总在主持着一个不召自来的集会,像一个"好客"的化身。他在艺术和才智方面广泛的欣赏力,让他总是闪耀着热情奔放的光焰。对于别人的任何有关节庆、嬉戏、戏剧或是其他娱乐活动中的新颖想法,他总是一个爽快的支持者。有了他的帮助,就会开花和结果。

我们那时候年纪还很小,不能参加那些活动,但是他们掀起的那股欢乐与活力的波浪,时常奔涌而来撞击着我们好奇的心门。我记得有一次我大哥写的一出讽刺剧在我堂兄的客厅里排演。从我的屋子这边,倚在凉台的栏杆上,我们能听到通过对面洞开的窗户里传出来的哄堂大笑声,和里面一阵阵滑稽的歌声夹杂在一起。我们偶尔也能瞥见阿克谢·玛正达的绝妙的滑稽戏,我们猜不准唱的是什么,但总希望有一天能够知道。

我记得有一件微不足道的事情,是怎样使我赢得了堂兄古南德拉对我特别的好感。除了有一次得过品行优良的奖赏以外,我在学校里从来没有得过奖。在我们三人中,我侄子萨提亚是功课最好的一个,他有一次在考试中表现很好获了奖。我们从学校一回家,我就从马车里跳将出来,把这个绝好的消息告诉了正在园子里的堂兄。"萨提亚获奖了!"我一边跑向他,一边大喊道。他微笑着把我拉到他

---

① 是阿本宁德拉纳特和伽甘南德拉纳特的父亲。兄弟二人皆为艺术家,领导了印度的现代艺术运动。

膝前去,"那你没有得奖?"他问道。"是的,"我答道,"不是我,是萨提亚得奖了。"我对萨提亚优良成绩的由衷喜悦,看起来特别地感动了我的堂兄。他转向他的朋友们说起这事,并说这真是值得表扬的优点。我很清楚地记得我当时是多么的莫名其妙,因为我没有从那方面去想我的感受:我没有在考试中得奖却因此从堂兄那里得来表扬,这一点并不会使我的心情好多少。给孩子礼物没有害处,但这礼物不应该作为报答而给,让孩子忸怩不安,对他们的健康是不利的。

午饭之后,古南德拉堂兄就来我们这边屋子里处理庄园事务。我们家大人们的办公室是这样的一种俱乐部,在里面可以自由地谈笑和讨论生意上的事情。堂兄常常倚靠在长椅上,这个时候,我就会找个机会挨到他跟前去。

他时常跟我讲印度历史故事。我仍然记得当我听到克莱夫[①]在印度建立了英国统治,之后回到英国却割喉自杀了时,我不胜惊讶。一方面,新的历史已经创立;另一方面,悲剧的一章却隐藏在人心神秘的黑暗里,即将掀开。外表多么辉煌的成功和内心如此沉重的失败,二者岂能共存呢?这个问题整天萦绕在我的脑际。

有段时间,古南德拉堂兄不许他自己对我口袋里存有任何疑问,在轻微的鼓动之下,我就毫无愧色地把我的手稿掏了出来。我几乎不用说明我的堂兄不是一个严厉的批评家,事实上,他给出的见解,倒可以作为对我作品绝佳的宣传。然而,当我诗作中的某首稚嫩到了太冒失的地步时,他也忍不住地"哈哈"大笑起来。

一天,在一首叫《印度我的母亲》的诗里,在一行之末,我所能想到的唯一可押的韵的那个字是"车子"的意思。我必须把这"车子"拉进来,尽管连一条可让这"车子"通行的道路也无迹可寻,——押韵的

[①] 罗伯特·克莱夫(一七二五——一七七四),征服印度的英国殖民主义者。

坚决要求,是不会听信于任何理性的说辞的。可古南德拉堂兄一阵狂笑的大风,就把这受欢迎的"车子"吹回到了那条不可能有车子通行的道路上,从此便杳无音信了。

我大哥那时正忙于写他的杰作《梦幻的远征》,他的坐垫放在南边凉台上,前面摆一张矮桌。古南德拉堂兄每天早晨都会来我大哥那坐一会儿,他广泛的欣赏能力,犹如春风般催助我大哥诗歌的萌芽。大哥一会儿写,一会儿朗诵自己的作品;对于自己创造出来的奇思幻想大笑不止,把凉台都震得抖颤起来。

大哥写出来的东西比他实际用到定稿上的要多得多,他的诗的灵感是如此丰富,像过于繁盛的芒果小花,在春天的芒果林荫中铺下了一层毯子。《梦幻的远征》撕扯丢弃的稿纸,也散掷得满屋子皆是。要是有人把这些稿纸都保存起来的话,今天真可以当作满满的一篮花朵,用来装饰我们的孟加拉文学。

在门口偷听,在屋角偷看,我们曾充分地分享了这个诗歌的筵席。它是如此丰盛,又如此富余。我大哥当时正处在创作才华横溢的黄金时期,从他笔下奔涌出一道道毫不停息的滔滔波浪,汇成了一股诗的想像、韵律与词句的洪流,带着洋溢着喜悦的胜利欢歌,涨满又泛溢出了它的两岸。我们能够充分理解《梦幻的远征》吗?那时我们非得要完全理解才能欣赏它吗?我们也许得不到海洋深处的珍宝——即使我们得到了又能如何呢?——但我们陶醉于在海岸边与道道波浪相嬉戏的快乐中,在它们的冲刷之下,我们生命的血液是怎样欢快地流淌于每一根动脉和静脉血管中啊!

我越想到这段时期,就越意识到我们再也没有了那种叫做穆杰利斯[①]的东西。在我童年的时候,我们看见了这一作为前

---

① 孟加拉语,意思是不请自来的非正式集会。

一时代特征的亲密社交的余晖。那时候,左邻右舍的感情是那样地强烈,因此穆杰利斯成了必需。那些促进其礼节的人受到很大的欢迎。现如今,人们只为事务而相互拜访;或是作为社会义务,而不是以穆杰利斯的方式聚在一起。他们没有时间,相互之间也没有以前时代那样的亲密关系!我们过去见到的交往是何等的亲密欢快,纷纭嘈杂的谈话和时断时续的笑声,使得屋内和凉台上都是那般的欢畅啊!我们祖先能成为团体和集会的中心,能肇始和保持活泼有趣的闲谈,这种能力现在都消失不见了。人们依然来来往往,可是这些同样的屋子和凉台却显得那般空洞与荒凉了。

在那个时代,每样东西,从家具到宴会,都是为多数人的快乐而设计的。因此无论这些东西显得多么华丽宏大,也没有一点傲慢的意味。这些附属品,从那以后,在数量上是增加了,但它们已变得冷漠无情,也不了解能使高低贵贱的人们同样感到十分自在的艺术。那些赤裸的和衣衫褴褛的人们,如果没有得到允许,光凭着一副笑脸,是再也没有使用或是占据它们的权利了。现在我们在盖房子或是设计家具时,一心想要模仿别人,殊不知人家有他们自己的社会,有着宽泛的适宜性。我们犯的毛病是,我们丢掉了我们原有的东西,但是我们没有找到办法在欧洲的标准上面重建新的东西,结果我们的家庭生活就变得落落寡欢了。我们的交往,仍是因着事务或是政治的目的,从不单纯只为交往的快乐而交往。我们也不再创造机会,仅仅是因为我们热爱我们的同胞,就把他们聚集在一起。我想像不出,还有什么比社交上的悭吝更为丑陋的东西了。因而,当我回想起童年时的那些人,从他们心底发出的那些朗朗笑声,常使我们减轻了人间俗事的负担时,他们仿佛是从另外一个世界来的访客。

十九　文字之交

在我幼年时期有个朋友,他对我文学发展阶段的帮助是无法估量的。阿卡什·乔杜里是我五哥的同学,英国文学硕士,酷爱和精于英国文学。另一方面他也对老一代孟加拉作家和毗湿奴派①诗人情有独钟。他熟悉好几百首孟加拉无名诗人的诗歌,他会放声高吟这些诗歌,既不理会曲调与效果,也不顾及他的听众脸上现出不情愿的表情。他自身及外部世界,都没有什么力量能够阻止他大声地为他的音乐打拍子,离他最近的桌子或是书籍,都可以被他灵巧的手指敲出有力的鼓点,使听众快活起来。

他也是那种拥有无限才力从一切东西里获取欢乐的人。正如他在歌声中对美好的事物极力颂扬一样,他也乐意吸收一切事物中点滴的精华。他拥有一种飞快地创造出极好的抒情诗和歌曲的卓越天赋,但他不以作者自居。对于他用铅笔创作出来的散乱成堆的稿纸,他从不加以注意。他对于他旺盛的创作力很是淡漠。

他创作的一篇长诗在《孟加拉观察》上发表后,获得非常好的评价,我听到过许多人演唱过这首诗歌,但歌手却不知道这诗词的作者。

对于文学的真正喜爱,比博学多才可贵得多。正是阿卡什先生对文学的非常喜好,才唤醒了我自己对文学的欣赏能力。对于友谊和文学批评,他是同样地心胸宽大。在陌生人中间,他犹如鱼儿离开了水一般不自在;而在朋友中间,智力和年龄的差异,对他则无伤大雅。同我们这些孩子们在一起,他也是个孩子。当他在晚上很晚从

---

① 毗湿奴,印度教三大神之一。

大人们的穆杰利斯中告辞出来的时候,我总是硬把他拉扯到我们的课室里去。在那里,他坐在我们的书桌上,温和的气度不减当年,使他自己成了我们这个小小集会的灵魂人物,给它带来了生气。在许多这样的场合里,我听过他对某些英语诗歌进行忘乎所以的讲解;我们请他参加某些有关文学欣赏问题的讨论、文学批评问题的探索,或是热烈的争辩;或者有时候,我给他读些我写的作品,他对之报以极大的赞赏。

我五哥乔迪楞德拉①,是我文学道路和情感培养上的主要促进人之一。他自己是个很热情的人,也喜欢唤起别人心中的热情。他没有让我们年龄的差异②阻碍我们之间智力和情感上的自由交流。这种自由交流,是他给予我的莫大恩惠,别人是不敢给的。为此,许多人还对他进行过责怪。与他的友谊,使我能够摆脱掉我身上的那种羞怯。在我幼稚时期受过严酷压抑的心灵,对于这种交往的需求,就像炎暑渴望云霓一样。

如果我的桎梏不被这样砸碎,我也许会终生成为残废的无用之辈。那些手握权柄的人总是不厌其烦地举出自由被滥用的可能性,作为压制自由的理由。但在自由里,若没有这种滥用的可能性,它也不配称为真正的自由。任何东西的正确运用,是从对它的滥用当中获得的。至于我的问题是,我至少可以真心实意地说,从我的自由中所产生的损害,总是会指明摆脱这种损害的道路。任何事若强灌进我的耳朵,硬要我吞咽下去、铭记于心,我恰恰是不会掌握住的。除了自由地学习外,那种学习只能使我痛苦。

我的哥哥乔迪楞德拉让我无阻碍地行走在自我认识的道路上。

---

① 一位富有激情的音乐家、诗人、剧作家和艺术家。
② 相差十三岁。

从那时起,我的天性开始盛开出自己的花朵,当然,与此同时芒刺也可能伴随而生。我由于切身的经历,与不幸相比,更害怕创造幸福的强迫性与专制性。对于惩罚成性的警察,政治上的或是道德上的,我都有一种十足的恐惧心理,因此而产生的奴役状态,对人性来说是一种恶性肿瘤。

曾经有段时间,我的哥哥一连数日坐在钢琴旁边,聚精会神地创作新歌调。曲调泉水似的从他跳跃的手指之下涌流了出来,阿卡什先生和我,坐在两边,为了便于记忆,就在调子成型之后忙着替这些新调编歌词①。在诗歌写作上,我的学徒生涯就是这样过来的。

当我们步入少年时期时,我们家庭里的音乐氛围已是很浓厚了。这给我带来有利的一面:不用费劲,我的整个身心便吸收了很多音乐知识;不利的一面,则是我没有独自通过循序渐进的学习,去掌握音乐的技巧。因此,对于音乐上的所谓精通,我是没有得到的。

自从我从喜马拉雅山回来以后,我获得了越来越多的自由。仆人的管制结束了;我通过许多方式使学校生活的羁绊也放松了;我家的家塾先生也没有多大的施展余地了。甘先生以杂乱无章的方式带我读完《战神的诞生》以后,又讲了其他两三本书,就离开去从事法律的生涯了。后来,来了一位普拉遮先生。头一天他让我翻译《威克菲尔德牧师传》②。我发现我并不讨厌这本书;但当这件事鼓舞了他,要为我学习的进展做出更为详细的规划时,我就简直逃之夭夭了。

正如我说过的那样,家里的大人们对我失望了。对于我的前途,他们和我自己都不屑于寄予希望。因此,我可以自由地把我的身心

---

① 记谱的方法当时还没有应用,现在最流行的记谱法之一,就是作者的这位哥哥后来发明的。

② 奥利弗·哥德史密斯(一七二八——一七七四)为其作者,英国小说家,诗人,戏剧作家以及散文家。

都投入到我的稿本上,把它写满。这样填满起来的作品是不可能比期望的更好。在我脑子里除了热蒸汽外,什么也没有。充满热气的水泡在懒惰的幻想的漩涡周围,无目的无意义地鼓起来又落下去。没有演变成什么形式,只有运动时的心神烦乱,一个水泡吹起,瘪下去,再吹起来。其中不少成分不是我的,是从其他诗歌中借来的。属于我自己的只是我心中的烦躁、沸腾和紧张。运动是产生了,但力量的平衡还没有成熟,结果只能是盲目的混乱。

我的嫂子①酷爱文学。她读书并不是为了消磨时间,她所读过的孟加拉文书籍充盈着她整个的心灵。我是她文学上的伴侣。她是《梦幻的远征》的忠实崇拜者。我也是,尤其是因为我是在创作这首诗作的氛围中长大的,它的优美,渗透交织在我心里的每一根纤维中。幸好我完全没有力量来模仿这首诗,所以我从来不敢有一点这样的企图。

《梦幻的远征》可以比作一座寓言的超级宫殿,里面有无数的厅堂、内室、通道、角落,以及壁龛里装满的设计奇巧、做工精致的雕刻和画像;在周围的地面上,满处可见花园、亭榭、流泉以及纳凉处所。不但富有诗一般的思想和充盈的想像力,丰富多彩的语言和表达也卓尔不凡。如此的创造力,带来如此壮丽的结构,在其所有艺术细节上都做到了圆满,这可不是一件小事情,而这也许就是为什么我从来不敢去模仿的原因。

这时候,比哈利拉尔·吉卡拉沃尔迪的叫做《吉祥诗》的组诗,在《雅利安哲学》上发表了。我的嫂子深深地被这组抒情诗的柔美所感动。其中的大部分她都能背诵下来。她时常邀请这位诗人到我们家里来,还亲手为他绣过一个坐垫。这就给了我一个机会,能够和诗人

---

① 即作者家里的新娘,上面提过的作者五哥的妻子。

交朋友。他慢慢变得很喜欢我,我去拜访他,从早到晚,一呆就是一整天。他的心胸跟他体格一样宽大,一轮想像的光环,就像诗的星群一般,总在围绕着他,这仿佛是他更为真实的形象。他心中永远充满真诚的艺术喜悦,无论我什么时候去拜访他,我都能与他分享到这种喜悦。炎热的正午,我常常见到他在三楼的小屋里,懒散地匍匐在凉爽的、磨光的水泥地上写他的诗歌。我不过是一个孩子,而他对我的欢迎总是那样真诚而热烈,使我在接近他的时候,从不感到尴尬。这时,他完全沉浸在他的创作灵感中,忘记了周围的一切,他总是把他写的诗歌读给我听,或者把歌词唱给我听。他的嗓音里并没有显出唱歌的天赋,但也不是完全无腔无调。人们是能够得到他诗作里的用意的。当他闭上眼睛,发出洪亮而低沉的嗓音时,其脸上的表情弥补了演唱的缺憾。我似乎还能听到他唱着他自作的歌曲。我有时也将他的歌词配曲,唱给他听。

他相当崇拜瓦尔米基和迦梨陀娑。我记得,曾经有一次他用最大声朗诵了迦梨陀娑的描写喜马拉雅山的诗篇后说:"在这里面,一连串的长[a]音不是偶然的,诗人是有意为之,从 Devatatma 到 Nagadhiraja,一直重复这一声音,来帮助他表达出喜马拉雅山的雄伟和壮丽。"

那时,我的最高志向是想做一个像比哈利拉尔先生那样的诗人。若不是由于嫂子——他的热诚的崇拜者——从中阻挠的话,我可能已使自己相信我的作品和他的有些相像了。她总是不断的提醒我一句梵文格言:汲汲于诗名的平庸之人会成为讥笑之箭的牺牲品!她很可能知道,如果我的虚荣心占了上风,那么日后就会很难控制住的。因此她既不赞扬我做诗的能力,也不夸奖我唱歌的水平;倒是她从来不肯错过一个在我面前称赞别人歌唱的机会,来使我相形见绌;结果是,我渐渐地完全相信了我嗓音的缺陷。我对于我写诗的能力的担忧,也开始困扰着我。但是,因为这是剩下的唯一可以使我有机会维护我的自尊的活动领域,我岂能允许别人的判断来剥夺我所有的希望。况且,我内心情感的抒发是如此的迫切,因而要阻止我在诗歌方面的探险,简直是不可能的事情。

二十 发 表

  我的作品到那时为止还仅限在家庭圈子之内。那时候新出版了一本叫做《知识幼苗》的月刊,跟这个刊名称称的是,有了一个萌芽期的诗人做了它的投稿者。它开始不分青红皂白地发表了我所有的"诗人的疯话"。直到今天,在我心里的某个角落,还有一种担心,就是当我的末日审判来临时,会不会有几个热情的文学警察,不顾隐私的要求,要进屋搜查一番,他们走到被遗忘的文学的最深内屋里,把这些诗作拿出来,无情地供人众目睽睽。

  我的第一篇散文也是在《知识幼苗》的书页之中问世的。这是一篇评论的文章,并且围绕这个还有一段来历。

  一本没有署名的叫做《布班莫希尼的天才》的诗集出版了。阿卡什先生在《萨达拉尼》上,菩地卜先生在《教育报》上都用极其热烈的评论文章来颂赞这位新的诗人。我的一个朋友,年龄比我大,我们的友谊也是从那时候开始的,他常把他收到的署名布班莫希尼的信给我看。他是这本诗集的狂热爱好者之一,常常把表示敬意的书或者是布①送到那位著名女诗人的住址。

  这本诗集中有好几首诗,无论是在思想感情还是语言文字上,都那样地欠缺抑制。因此,我不承认这是妇女写的。让我看过的那些信,使我更不可能相信这位写信者是女性。但是我的疑虑并没有减

---

① 以布料来当礼品,是习惯上的敬爱或者季节祝贺的表示。

少我那朋友的忠诚,他继续崇拜他的偶像。

接着我就发起了对这位诗集作者其作品的批评。我洋洋洒洒且又渊博地指出抒情诗和其他短诗的显著特点。我的巨大优势是,印刷出来的东西是那般毫不羞愧地、无动于衷地现在纸面上,不戳穿作者的真实学识。我的朋友看后心情大为激动,跑到我面前,气愤地威胁我说,有一位文学学士正在撰写文章准备反驳我。一位文学学士!我一下怔住了,说不出话来①。我觉得就像我小时候听到我的侄子萨提亚喊警察来了一样。我能看到,论战中,竖立在我那微小的声名之上的胜利之柱,在权威的旁征博引的无情打击之下,轰然倒塌在我的眼前,我再次向公众读者露面的大门也会永远关闭。唉!我的批评文章,你怎么诞生在这样一个不幸的时辰啊!我终日在忧心忡忡中度过。但是,像萨提亚的警察一样,这位文学学士最后也没有现身。

二十一　巴努·辛迦

我之前说过,我是阿克什·萨卡和萨拉达·米特两位先生所编选出版的毗湿奴派虔诚诗②诗集的热心的学生。那些诗的语言,大都与迈蒂利语夹杂在一起③,让我觉得难以理解;但是,就是因为它们难懂,我才花了更大的劲去掌握它们的意义。我对那些诗的感觉,就像

---

① 作者十四岁后就没上学了,没有获得学位。对于学位证书,他的同胞是推崇备至的——在英国统治下的印度,甚至在今天的印度,学位证书在谋求政府职务时无疑是一张护照。

② 中世纪宗教改革运动中的有形神派,即毗湿奴教派。信奉毗湿奴大神的化身罗摩和黑天。该派头领用诗歌形式宣传教义,主要诗人有杜尔西达斯和苏尔达斯。泰戈尔欣赏的是孟加拉地区的杜格纳姆·拉拉纳等诗人的毗湿奴虔诚诗。

③ 公元十二至十七世纪的印度迈蒂利语文学被称为虔诚文学时期。中世纪印度掀起了宗教改革运动即信爱运动。这个运动又分为有形神派和无形神派,它们反对正统的印度教,反对偶像崇拜和繁文缛节,主张宗教信仰平等自由。宗教改革家一般是诗人,他们通过诗歌,宣传宗教教理想和改革主张,形成了虔诚诗歌运动。迈蒂利语虔诚诗人主要有遮纳希尔,纳姆代沃,杜格纳姆等。

对种子里还未萌出的胚芽,或是尘土之下未被发现的神秘那般,充满了极大的好奇。我进入这个诗歌的宝库中越来越深的黑暗地带时,希望能够找到一些未知的珍宝,这种热情一直在我心中高涨着。

在我对这些诗歌那么专注时,一个念头在我心里出现,我想把我自己的诗作,也包裹进那样的神秘当中。我从阿克什·乔杜里那里听到有关英国小诗人查特顿的故事①。关于他写的诗我一点也不知道,也许阿克什先生也不知道。我们若是知道的话,这故事也许就失去了其迷人之处。碰巧,这故事的戏剧成分激起了我的想像力,不是有许多人受骗于他的对古典文学的成功模仿吗?最后这不幸的青年死在自己的手里。我把故事中自杀的这一部分搁置在一旁,准备去仿效查特顿的才华。

一天中午,浓云密集。在午休时间享受着云翳的令人快意的阴凉,我匍匐在内室的床上,在石板上写着仿迈蒂利语的诗 Gahanaku-sumahunjamajhe……②我对这首诗非常满意,迫不及待地就对我头一个碰到的人念了出来。这里碰巧没有人认得迈蒂利语,因此一点危险也没有,他最后只得严肃地点头说:"好,写得真好!"

有一天,我对那位我刚刚提到过的朋友说:"在清理原始梵社图书室里的旧书时,发现了一本破损的诗歌手稿,我从这手稿上面抄了

---

① 托马斯·查特顿(一七五二—一七七〇),十二岁时写了一些诗篇,模仿十五世纪英语词汇和拼写法,冒充十五世纪的布里斯托尔僧侣诗人托马斯·罗利所写,并称他于布里斯托尔的圣玛丽—雷德克里夫教堂发现罗利的手稿,因而公之于世,名为"罗利诗篇"。一七六九年,查特顿把"罗利诗篇"里的几首诗寄给英国著名学者和文学家贺拉斯·华尔浦尔。华尔浦尔很欣赏这些诗,真以为这是十五世纪的作品。查特顿是天才的诗人,极善于模仿。他虽然运用了十五世纪的英语词汇,但他的诗歌节奏和观点却相当现代化。

② 这首诗的大意是:
 甜蜜的笛声抖动着浓密的花丛,
 抛开畏惧和羞涩,亲爱的来吧。

毗湿奴派古诗人名叫巴努·辛迦①的几首诗。"一面我就对他念了几首我所模仿的诗。他的热情被极大地激起来了,"这些可能连微特雅帕蒂或是钱迪达斯②也写不出来!"他狂喜地赞叹道,"我真的必须把这稿子拿去给阿克什先生,让他发表。"

这时我把我的诗稿手本给他看,向他确定这几首诗决不是微特雅帕蒂或是钱迪达斯写的,因为作者就是我自己。我朋友的脸沉了下来,喃喃地说,"不错,不错,这些诗一点也不差!"

当这些"巴努·辛迦"的诗在《婆罗蒂》③发表出来的时候,尼希甘特·吉特尔吉④博士正在德国。他写了一篇印度和欧洲的抒情诗的比较的论文。巴努·辛迦被尊称为现代诗人所无法媲美的古诗人之一。这就是尼希甘特·吉特尔吉博士取得博士学位的那一篇论文!

无论巴努·辛迦是什么人,如果他的作品落入到现代的我手中,我发誓我决不会上当受骗。在语言上它们也许刚好及格;因为古诗人所用的不是他们的母语,而是一种摹拟的语言,在每个诗人笔下都不相同。但是在情感上,他们都没有丝毫的矫揉造作。只要把巴努·辛迦的诗放在诗歌创作的原则上检验一下,就会露出马脚,显出破绽。这些诗歌没有我们古代风笛的迷人歌调,里面只有现代外国手摇风琴的叮当声。

二十二　爱国主义

表面上看起来,我们的家庭里似乎移入了许多外国风俗,但是在

---

① 毗湿奴派古诗人,常把自己的名字放在诗的末节,以代署名,巴努和罗宾(作者泰戈尔的名字)在孟加拉语里都是太阳的意思。
② 十四至十五世纪印度毗湿奴派优秀诗人。
③ 由作者五哥乔迪楞德拉纳特创办的文学月刊,主编为作者大哥哲理诗人德维琼德拉纳特。为孟加拉文学开辟了一条新路。
④ 孟加拉学者。

它的心中，闪耀着永不摇曳的民族自豪的火炬。我父亲在他一生革命的枯荣沉浮当中，从来没有舍弃过他对于国家的真心热爱；这种对国家的真心热爱在他的子孙后代中形成了强烈的爱国感情。但是爱国决不是我所写的那个时代的特征。那时候在我们国家，受过教育的人，在语言和思想上，和他们的祖国都很疏远。但是我的哥哥们一直在学习孟加拉文学。一次有位新的姻亲给我父亲写了一封英文信，父亲立刻就给他退回去。

"印度教徒集会"是一个每年一度的集会，由我们家人帮助成立起来的。拿巴勾帕·密特先生被指定为管理人。这也许是想要实现印度独立的第一个尝试。一首为民众传诵的国歌《印度万岁》就是我二哥在那时候写的。吟唱赞美祖国的歌曲，朗诵爱国诗篇，展览本国的工艺美术，鼓励民众的才智和技艺，是这集会的特色。

在寇松爵士在德里接见典礼的日子，我写了一篇散文——在利顿爵士[①]召开御前会议的时候，我写的是一首诗。那时期的英印政府怕俄国人，这是真的，但是他们不会怕一个十四岁的诗人的笔锋。所以，尽管在我的诗里并不缺乏和我年龄相称的火热的情感，但是那些官员，从总督到警察局长并没有显出惊慌。《泰晤士报》上也没有刊登任何令人痛哭流涕的读者来信，预言说因为殖民地监护人的漠不关心，帝国就要迅速地倾覆[②]。在"印度教徒集会"的会议上，我在树下背诵了这首诗，听众中还有诗人纳宾·森[③]。我长大以后，他还对我提起过这件事。

---

① 利顿（一八三一——一八九一），一八七六至一八八〇年的印度总督。
② 一八七七年元旦，印度新总督拉尔德·利顿在德里召开御前会议，会上大摆莫卧儿帝国式的豪华排场。那些日子，印度各地面临可怕的饥馑，饥饿而死的骷髅随处可见。泰戈尔写的那首诗，就是用来揶揄那种残酷的不平。
③ 纳宾·钱达尔·森后来在回忆录里描述了这位风度翩翩的少年，用响亮的嗓子朗诵感人肺腑的诗篇时给他留下的深刻印象。当他问及少年是谁，有人告诉他，就是"大仙"代温德拉纳特·泰戈尔的幼子。

我的五哥乔迪楞德拉负责一个政治协会①,老拉吉那拉因·鲍斯是这协会的主席。这个协会在加尔各答一条偏僻胡同里的一所破旧楼房里举行会议。会议是在一片神秘的气氛当中进行的。这种神秘就是唯一使人敬畏的地方,因为实际上,在我们的思想探讨或活动里,并没有任何使政府或人民感到害怕的事。家里的其他人,都捉摸不透我们在什么地方度过了下午。房子的前门上了锁,会议室一片黑暗,口令是一句《吠陀》经文,我们用极低的声音交谈。光是这样就足使我们激动,不需要别的了。尽管我还只是个孩子,但我也是其中一员。我们把自己包裹在这样一种纯粹狂乱的气氛当中,就像一直乘着热情的翅膀,直冲云天。我们没有害羞、胆怯和恐惧,因为我们的主要目的就是沉浸在我们自己的狂热当中。

勇敢也许有时会有它的弱点,但是它永远值得人们对它的尊敬。在所有国家的文学作品里,我们都看到一种不懈的努力,使人们不断地对勇敢表示敬仰。因此不管在什么国家,什么特定的地方,什么特定的人,他们都是不能逃过这种追求勇敢的意志的呼唤。我们必须尽可能去顺应它,让我们的想像力自由驰骋,聚在一起高谈阔论,热烈地歌唱。

人天性中的那种根深蒂固并且被他所珍视的才能,如果其所有出口都被关闭,所有通道都被堵上的话,无疑会造成一种违背自然的状况而使人堕落颓废。在英帝国政府的全面规划中只打开通向牧师就业的一条路,这是很不够的——如果不给冒险的勇敢留个出路的话,人的灵魂定会迫切希求解救,去寻觅秘密的道路,而这条道路是曲折的,其结果也是不可想像的。我坚决相信,如果在那时,政府因疑虑重重而生出威吓的话,那么这个政治协会的年轻会员正在表演

---

① 一个秘密社团,名叫"生气勃勃协会",目的是争取印度的政治解放。

着的喜剧,就很有可能变成一出严酷的悲剧。不管怎样,这出戏现在已经结束了,连威廉堡①的一块砖也没有受到损害,我们现在回首这段往事,也只有微笑。

我的哥哥乔迪楞德拉开始忙着设计一套印度国民服装,把种种不同的设计图样提交到协会里去。缠腰布被认为是不切实用的,裤子又太洋气;他因此想出了一个折衷的方法,却把缠腰布改坏了,又没有把裤子改好:在裤子的前后,加上了一条像缠腰布的褶子一样的装饰品。那顶头巾和太阳帽的可怕的混合物,就连我们当中最热心的会员也没有胆量把它叫做装饰。普通的人哪有胆量这样穿戴,大白天,我的哥哥也毫不畏惧地穿上这全套服装,在一天下午从家里一直走到门外候着的马车上去,对于亲戚、朋友、门丁和马车夫的瞪视,一概神情淡漠。许多勇敢的印度人,可能随时准备着为国献身,但我确信,面对通衢闹市,只有很少人肯穿上这种为全印度设计的服装,即使这样做,对国家是有好处的。

每一个星期天,我哥哥都会召集一个"狩猎"会。许多未获邀请就来参加的人,我们连认都不认得。这里面有木匠、铁匠,还有社会各阶层的人。在这"狩猎"会里只缺少流血,至少我记不起有这种事件。它附带给我们的东西是那样地丰富、那样地合意,使我们感到没打到猎也是无关紧要的。在我们清早出去的时候,嫂子就给我们准备烙饼和配菜;因而,纵然不能指望我们打猎的运气,我们也从来没有空着肚子回去。

玛尼克土拉郊区并不缺别墅。最后我们总是随便跑进一个别墅里,坐在水池边的浴场台阶上,不分贵贱,大家纵情地狂啃着烙饼,最

---

① 威廉堡是位于印度加尔各答胡格利河(恒河的一条重要支流)东岸的一座城堡,建于英属印度时期,得名于英格兰国王威廉三世。

后剩下的只有盛饼的碗盘。

卜拉遮先生是最热心的、不嗜血的猎人之一，他是市立学校的管理者，曾一度做过我们的家庭老师。有一天他耍了一个好玩的把戏，来蒙骗那座我们闯进去的别墅的园丁，他说："喂，我叔叔最近来过吗？"这园丁赶紧恭敬地行礼，一面说："没有，先生，老爷最近没有来过。""好吧，给我们弄些绿椰子吧。"就这样，这一天我们吃过烙饼之后，还喝上了很好的椰子水。

有一个小地主也来参加我们的集会。他有一座河畔别墅。有一天我们不顾种姓的禁忌在这别墅里共享野餐。下午起了一阵特大的风暴，我们就站在河边通向水面的台阶上，大声地唱歌来给这风雨伴奏。我不敢确切地断定，我们能从拉吉那拉因先生的歌声中，清楚地分辨出所有音阶中的七个音符。他的放声高歌，如同古梵文作品里的原文被注释淹没了一样，因而，在拉吉那拉因先生的演唱中，他四肢动作和脸部表情的有力展现，盖过了他那虚弱无力的声乐表演。他脑袋左右晃动着来记乐拍，与此同时，风暴却跟他那飘拂的胡须过不去。当我们坐着马车回家时，天色已晚，风雨骤歇，云亦四散，星辰渐出，黑暗愈深，气氛静寂，村径荒凉，两旁树林里无数像狂欢节的烟火一般的萤火虫，在无声的狂欢中四处歌舞着。

我们这个协会的目标之一，就是鼓励火柴和其他类似小工业品的生产制造。为了这个目标，每个会员要贡献出自己收入的十分之一。火柴是必须造成的，而火柴杆却很难得到。虽然我们都晓得一捆干的椰树叶主脉[①]掌握在能干的人手里，能够发挥出多么火热的能量，但在它的接触之下燃烧起来的不是一根灯芯。多次试验后，我们终于成功地制造出一满匣的火柴。这样显现出来的爱国热情，并不

---

① 椰树叶的主脉可用来做矛、箭和火把。

是这匣火柴的唯一价值,因为花在制造火柴上面的钱,足够全家的火炉烧一年。此外还有一个小小的缺陷,就是这些火柴自己划不出火来,必须另外有火把它们点着。但是,如果它们能够继承一点产生出它们的爱国之火,那么就是在今天也仍会有销路的。

消息传来,说有一个年轻学生在试制一部机器织布机。我们立即跑去看了。我们都没有足够的知识来测试这架织布机的实际用途,但是我们对此的信任和期望,决不逊于任何人。这个可怜的人在购买机器上欠了一笔债,我们替他还清了。后来有一天我们看见卜拉遮先生头上围着一条薄薄的土制毛巾跑到我们家来,"这是从我们的织布机上织出来的!"他欢呼着高举两臂跳了一个作战前的舞蹈。而这位卡拉遮先生头颅的外部,那时毛发已经灰白了。

最后一些老于世故的人加入到我们的协会里来,给我们尝了知识之果,就把我们这个小小的乐园解散了。

当我第一次认识拉吉那拉因先生的时候,我年龄还不够大,不能欣赏他多方面的趣味。在他身上,含有许多对立面。尽管他须发皆白,却和我们当中最小的那位一般年轻;他年高德劭的外表,却像一件雪白外衣使他青春永不褪色。连他渊博的学问也不能对他有所毁损,因为学问带给他的是绝对的单纯。直到他生命的尽头,他那奔流不息的尽情欢笑,从来没有被老成持重、健康不佳、家庭不幸、思想艰深或是知识庞杂所阻隔断,尽管以上这些在他一生当中大量出现。他是理查逊[①]的得意门生,又是在英语的学习环境中长大的,但是他把这个他早期习惯带来的障碍抛在一边,转而热诚而专注地献身于孟加拉文学。这个极其温和的人,在爱国主义上却充满了最炽热的

[①] 塞缪尔·理查逊(一六八九——七六一),十八世纪英国著名小说家,其创作的《帕梅拉》或者《美德有报》被认为是第一本英国小说。

火焰,仿佛要把他祖国的缺点和贫困统统烧成灰烬。对于这位笑容甜美、热情燃烧、永远青春的圣贤的回忆,是值得我们同胞珍视的事情之一。

二十三 《婆罗蒂》

总的来说,我这一段写作的时期,对我来说是一段心醉神迷的时期。许多夜晚我都在无眠之中度过,并不因什么特别原因,而只是出于一种与习惯倒着走的欲望。我常在课室里昏暗的灯光下长时间独自读书;远处教堂的大钟,每隔十五分钟就敲上一遍,就好像我度过的每一个小时都拿来拍卖掉了;抬死者的杠夫们大声喊着"神啊",沿着吉特坡路一路走到尼土拉的火葬场里去,他们的吆喝声时不时地在耳畔回响。有几个夏天的月夜,我会像不安的魂灵,游荡在屋顶花园的盆和桶的光影之间。

谁要是想都不想,就把这些当作单纯的诗意,那就错了。就连大地,尽管它已经相当老了,也会偶尔出离其一贯的稳定性而使我们惊讶;在它的早年时代,还没有变得坚硬顽固以前,它热情横溢,活动猛烈,恣情奔放,纵情冒险。在人的青春早期,也会发生同样的事情。只要构成他生活的材质还没有最后成形,它们就易于在成形的过程中骚动不安。

这段时间我哥哥乔迪楞德拉决定创办《婆罗蒂》,我们的大哥担任编辑。我们的热情从此有了新鲜的食粮。我这时才十六岁,但是我并没有被排斥在编辑行列之外。在此的不久前,年轻的心受着虚荣与狂妄的驱使,我写了一篇对于《云使》的评论。正如酸涩是未熟芒果的特征一般,谩骂乃不成熟批评家的特点。当别的力量欠缺时,针刺的力量就是最尖锐的了。我就是通过在这首不朽的叙事诗上留下爪痕,如此来寻求不朽。这篇狂妄的批评就是我第一次对《婆罗蒂》的投稿。

在第一期里我还发表了一首长诗,叫做《诗人的故事》。这部作品除了心灵的自我夸张之外,对世界没有任何认识。因此,这诗里的主角很自然是个诗人,并不是作者自己的真实面目,而是他所想像或者翼望的面目。说他希望他做到他所描述的那样,也是不对的;这更代表他认为人们对他所期望的,就是会使世人点头赞叹说:"是的,真是一个诗人,名副其实。"在这诗里,有对普遍之爱的巨大炫耀,它是萌芽诗人所钟情的主题,因为它十分堂皇叙述也容易。当一个人的心里还没有初次接触到任何事物的真相,别人说过的话就是他可资效仿的对象时,要在表达上做到简洁和抑制都是不可能的。那么,在竭力夸大那本身就是真正伟大的东西时,就不可能避免怪诞与可笑。

读了童年时代的这些倾述,我自己也不禁汗颜。我也担心,在我这之后的作品中,也可能有意无意地隐藏那种硬要施加影响的企图。我的大声喧哗无疑掩盖住了我要叙述的东西。有朝一日,我会露馅的,人家会戳穿我的老底。

《诗人的故事》是我第一部以书籍形式印刷出来的作品。当我和二哥到艾哈迈达巴德的时候,我的一个热心的朋友出乎我的意料,把它印刷出版了,还寄了一本给我。我不能说他做了一件好事,但是那时候它在我心里激起的,可不像是一个怒不可遏的法官那样的急于裁决。他得到了处罚,但并不是作者给他的,而是那些手掐着钱袋的大众。我听说那些销不出去的书,在好长时间内都沉重地压在书店的书架上和这位走霉运的印刷者的心上。

我最初替《婆罗蒂》写稿时期的作品,是不适宜于出版的。没有什么比在过于年轻时就匆忙把自己的作品付梓更能确保带来成年时期的忏悔了。但这也有挽回的一面:那种急于看到自己作品印刷出来的不可抵御的冲动,在人生的早期就萎靡下去了。读者是些什么人,他们怎么评判,还有什么印刷错误没有更正,诸如此类的担忧,都像婴儿时期的疾病一样,一一经历,这样就可以让人在以后的生命中,以一种健康的心态从容不迫地写好自己的文学作品。

孟加拉文学还不够成熟,不能充分发挥它内在的影响力来控制它的爱好者。在得到写作经验的同时,孟加拉语作者必须从自己心里发展出这种抑制的力量。这就使得他在相当长的时期内,不可避免地创造出许多拙劣的作品。能自如地运用合理的才能去创造奇迹,这种抱负从一开始就困扰着他,因此在他早期的作品中,总是很明显地看出,他试图一步一步地超越自身的自然能量以及真和美的界限。到能发现我们正常的自身,学会尊重我们的固有才能,这是一个时间问题。

不管怎么说,我做过许多年轻人的傻事,糟蹋了《婆罗蒂》的书页,我为之感到羞愧。但是使我羞愧的不单是文字上的缺点,还有它粗暴的无礼、过度的放肆和夸饰的造作。同时我也可以直率地承认我那时期的作品,充满着一腔热情,而这热情的价值决不是细微的。那是这样的一段时期:如果犯错是自然的,那么那种孩子气的希望、信仰和快乐也是自然的。如果错误的燃料对于维持热情之火的燃烧是必要的话,那么那些适合烧成灰的就变成了灰,而在我人生当中这股热情之火燃烧的,决不会徒劳无功。

二十四 艾哈迈达巴德

《婆罗蒂》创刊后的第二个年头,我二哥建议带我到英格兰去。当父亲同意了他的请求后,这种不请自来的"恩赐",对我来说真是个惊奇。

我们第一步是我先陪二哥到艾哈迈达巴德去,他在那里担任地区法官。二嫂和他们的孩子那时都在英格兰,因此那房子实际上是没人住的。

法官的官邸被称为国王的花园,是古代国王的宫殿①。在那面支撑着宽大凉台的墙脚下,一股沙伯尔默迪河的夏天很浅的河水,流过它广大沙床的一角。我二哥去法院上班,我就独自被留在空旷的宫殿中,只有鸽子"咕咕"的叫声,打破午间的寂静;一种无法解释的好奇心使我不断地在这空虚的房间里漫游。

在一间很大的内室的壁龛里,我哥哥放了不少书。其中有善本的丁尼孙诗集,书中字体印刷得很大,还有许多插图。对我来说,这本书和这宫殿一样静寂无声。我也同样地在它的画页上徘徊漫游。这倒不是因为我不能理解其诗文,而是因为它对我发出的言语更像是模糊不清的喁喁低语而不像字句。我在哥哥的图书室里还找到了一本哈柏林博士编的梵文诗选,由老斯拉姆普里印刷所付印的。这本诗选也出离我的理解范围,但诗文里洪亮的梵文字句和韵律的步调,使我总在《阿摩卢百咏》诗句中间应和着它们轻擂的鼓声行军般地行走。

宫殿塔楼上的顶屋,是我幽静的隐士般的小屋。我仅有的伴侣是一窝黄蜂。在夜晚除了黑暗还是黑暗中,我独自睡在那里。有时候一两只黄蜂从它们的窝里掉到我的床上,如果意外地我碰巧翻身滚到它上面,这遭遇对黄蜂可是不愉快的,对我则是刺人的不舒服。

有月光的晚上,在这临河的广阔凉台上来往信步,是我的随想曲之一。在凉台闲步时,我第一次为我的歌词作曲。那首献给玫瑰女

---

① 它是诃尔勒姆王子在十七世纪修建的一座宫殿。这个王子就是后来修建泰姬陵的莫卧儿王朝沙赫吉汉国王。这座建筑物现为古吉拉特邦邦长的官邸,是受到保护的纪念性建筑。少年诗人在房屋最高层居住的小屋,现在按原样陈列。

郎之歌就是其中之一，在我所有出版的作品里，它仍然占有一个位置。

发觉我的英文知识是那么不完整，我决定借助字典的帮助，读完几本英文书。我从很小时起就养成一种习惯，不会因没有完全理解，就打断我阅读的进行，而是十分满足于我的想像所搭建的那些了解不全的结构。甚至今天我还在收获由这种习惯带来的好的和坏的结果。

二十五　英吉利

这样在艾哈迈达巴德度过六个月之后，我们就启程前往英吉利。在那不幸的时刻，我开始写信给我的亲人和《婆罗蒂》，介绍我的旅程。那些书信只是年轻气盛、虚张声势的产物。然而，现在我对收回它们已无能为力了。在那样的年纪里，心里不肯承认最强烈的自豪感乃在于他有去了解、去接受、去尊重的能力；并且谦虚谨慎、虚心好学是使他进步的最好方式。别人的钦佩和赞美反而被看作是怯弱或卑躬屈膝的表现，把惹是生非、挑剔挖苦甚至攻击别人当作知识分子激情的表现[1]。通过谩骂来建立我自己的优势感，这种做法遮遮掩掩，也欠缺普通的礼貌，如果它不会太使人痛苦的话，今天也许偶然会使我感到好笑。

实际上，我从小就几乎和外界没有什么来往。就在这种一直与外界隔断的情况下，让我在十七岁的年龄就一头扎进英格兰这个茫茫的社会大海之中，并得以不至于沉下去，这对于我来说，是有相当的忧虑与苦恼的。但是因为我的嫂嫂和她的孩子们恰好都在布赖

---

[1]　下这样的结论显然是苛刻的。因为这些信札毕竟真实地描写了他所见到的十九世纪的英国生活，字里行间处处闪耀着他敏锐的观察力和深邃的理解力的火花。这些书信后来以《旅欧信札》为题出版。

顿,我在她的庇护下经受住了第一波冲击。

那时候冬天即将来临。有一天晚上我们正在炉边闲谈,孩子们跑了进来告诉我们一个兴奋的消息,说是外面下雪了。我们立刻跑了出去。外面极冷,天空泻满了灿白灿白的月光,地上覆盖着皑皑白雪。这可不像我所熟悉的自然的面貌,而是全然不同的一样东西,就像一个梦。近处的一切仿佛都隐退得远远的,只剩下一个苦行僧凝静的白色雕像在俯首沉思。只在一出门之顷,就突现出这样一种如此美妙、如此广大的美,这在我还从来没有遇见过。

在我嫂嫂热情周到的照顾之下,在同孩子们的嬉闹玩耍之中,我的日子过得很欢快。我那奇怪的英语发音,极大地逗笑了他们,但对于这个我却看不出有什么好笑,尽管其他游戏我都纵情投入。我怎能对他们解释在 warm 中的 a 音和在 worm 中的 o 音,没有一个合乎逻辑的分辨方式呢?我是倒霉的,我必须忍受嘲笑的强力打击,而那实在是因为英语的拼写过于变化莫测的缘故。

我很快就相当熟练地弄出一些新的方式,来使孩子们总有事忙并且总感到有趣。这种技巧以后对我很有帮助,而且至今也还是对我有用的。但是我自己却不再感到我急中生智的能力还是那般的无限丰富了。这是我第一次把整个身心都交给孩子们,我不由精神活跃,热情洋溢。

但是我出来旅行并不是为把海那边的家换成这边的家。我的目的是学习法律,以后回去当一个律师。因此有一天我被送进布赖顿的公立学校。校长仔细地打量了我一番之后,头一句话就是:"你有一个多么漂亮的脑袋呀!"这个小小的细节永远留在我的记忆中,因为她,那位在家里一心想要抑制我的虚荣心的人[①],曾给我一个印象,

---

① 即作者五哥的妻子。

说我的头颅①和相貌,跟很多人比起来,相对来说,还是极其平庸的。我希望读者不要不把这个算做我的优点,因为我私下相信了她的话,暗暗地悲叹造物者在造我的时候怎会那样吝啬。在许多别的场合里,我发现英国朋友对我的评价与她平日里所说的不同,我心里不由认真地考量着这两个国家在口味标准上的分歧!

在布赖顿学校有一件事看起来非常好:同学们对我一点都不粗鲁无礼。相反地,他们常常把桔子或是苹果塞在我的口袋里就跑开了。我只能把他们这种不平常的行为,认定为我是一个外国人的缘故。

我在这个学校呆的时间也不长——但这不是学校的错。达勒格·帕立特先生②那时正好在英格兰。他能看出这可不是让我继续学习下去的好方法,他成功说服我哥哥,让他带我到伦敦去读书,把我一人丢在公寓里③。这所选定的公寓面对着摄政公园。那时正值隆冬时节。门前一行树上一片叶子也没有,立在那里,参差不齐的枯枝上包裹着一层白雪,对着天空瞪视——真是一派冰寒刺骨的景象。

对一个新到的异乡人来说,再没有比冬天的伦敦更为冷酷的地方了。我既不认识附近的任何人,也不认得路。立在窗前独自凝望外面的那种日子,又回到我的生活里。可这一次,景物却不迷人。大自然的眉头是紧锁的;天空是雾蒙蒙、灰沉沉的;如死人的眼睛一般暗淡无光;地平线缩做一团,因为这广袤友好的世界从来没有给它一个招呼的微笑。这间屋子的装饰很简单,却有一架小手风琴,在白天过早地就结束了的时候,我就信马由缰地弹着琴。有的时候有印度

---

① 那个时代,人们对颅相学很是狂热。
② 著名的印度律师,后被封为爵士,是作者二哥终身的朋友。他的儿子洛肯·帕立特,曾在牛津大学读书,和作者成为知交。
③ 帕立特对作者二哥说,要从英国教育中得到真正的收获,就应该让作者单独生活。

人来看我,虽然我跟他们交情不深,但当他们站起来要走的时候,我感到我有意想拉住他们的衣角,把他们留下。

住在这公寓的期间,我请了一个人来教我拉丁文。他那瘦削的身材和破旧的衣服,并不比那光秃秃的树更能经受冬天的摧残。我不知道他有多大年纪,但是很明显地可以看出他比他真实的年龄大得多。有几天在上课期间,他忽然一下子记不起一些字句,茫然地露出愧色。他家的人把他当作怪人。有一种理论使他着了魔。他相信在每一个时代,占支配地位的思想意识总会在整个世界的不同人类社会里反映出来;在不同程度的文明下,它可能表现为不同的形象,但在基本上是一体的,也是相同的;也不管这些不同的社会之间存在什么样的外部联系。他最大的专注就是沉溺于收集事实、记录事实来证实他的理论。无暇顾及他事,以致家中无食,身上无衣。他的女儿们对于他的理论只报以微小的尊重,也许更常埋怨他的昏头昏脑。有几天,可以从他脸上看出他找到了一些新的证据,使他的论文有了相应的进展。在这种情况下,我就开始提及这个话题,为他的热情煽风点火。另一些天他垂头丧气,无精打采,仿佛已不堪重负。我们的课程就步步停顿下来;他的眼光游离,遁入空旷,他的心思也无法拽拉回到拉丁文第一册的书页上来。我很可怜这个身体上受着饥饿、心灵上又担负着理论重负的人,对于我的拉丁文,我虽然不抱任何进步的幻想,但我也下不了决心把他辞退。这种徒有形式的拉丁文学习,在我住在这公寓的期间,一直拖了下去。在我离开公寓的前夕,和他结算课酬薪金的时候,他哀怜地说:"我什么也没有教你,只是浪费了你的时间,我不能接受你的任何报酬。"我费了九牛二虎之力,才说服他收下这笔酬金。

虽然,我的拉丁文老师从来不曾拿他的理论来为难我,然而,今天我不能不相信它。我坚信,人类的思想是通过一种深奥的媒介联系着的,社会的某一方面的变革会影响到另一方面。

帕立特先生又把我放在一个叫做巴尔卡尔的家庭老师家里。他让学生住在家里,帮他们准备入学考试。除了他那温柔娇小的太太之外,这个家庭没有一件东西配得上吸引人。我们可以理解这种家庭老师会怎样地去招揽学生,因为这些可怜的小东西不大会有自己选择的机会。但是去想在何种情况下,这种人娶到这样的太太,是令人苦恼的。巴尔卡尔太太努力地从她的爱犬上寻求安慰,但是每当巴卡尔要惩罚他太太的时候,他就折磨她那条可怜的狗。所以她对这不幸的动物的情感,愈发使得她更加敏感起来。

在这种境况下,当我嫂子从德文郡的道尔盖给我写信,邀我前去时,我简直是欢天喜地地跑到她那儿去。我说不出我多么喜欢那里的山和海,鲜花覆盖的牧场,松树林子的浓荫,还有我那两个活泼爱闹腾的小伙伴。然而,我有时会被疑问所扰,不得安宁,就是为什么当我的眼睛饱赏着美景,心灵浸透着喜悦,悠闲的日子,充满了纯粹的快乐,穿越无边的蔚蓝太空,而这时居然却听不到诗歌的召唤。因此有一天我带了稿本和雨伞,沿着多岩石的海滨行走,去完成自己诗人的使命。因为不能光依靠我的韵律和幻想,所以我选择的地点是毋庸置疑地优美。那边有一小块平坦的悬岩,像永远渴望什么似的伸向大海;悬岩前面就是泛着泡沫的蔚蓝色的波浪,在脚下流动不息,让人感觉摇晃在水面上,晴朗的天空也微笑地在这摇篮曲中睡着了;悬岩后面,长满了青翠的松树,那伸展开去的绿色松梢的阴影,宛如那困倦的林中仙子脱下的衣裳一样地摊开着。坐在岩石的宝座上,我写了一首诗,题为《失事的船》。假如那时候我为慎重起见把它沉在海里,那么今天我也许会相信它是一首好诗。但是我得不到这种安慰,因为它存在我的心里,虽然可以把它从我的作品里驱逐出去,但一张传票又可能把它给拘了回来。

责任的信使是不会偷懒的。召唤又来了,我又得回到伦敦去。这一次我在司各特博士的家里找到一个庇护所。在一个天气清明的夜晚,我带着提包和行李,侵扰了他的家庭。只有满头白发的司各特博士、他的太太还有他们的大女儿在家。他们的两个小女儿,因为害怕一个陌生的印度人的侵袭,已经躲到亲戚家去住了。我想她们后来是听说我这人并不危险之后才回到家的。

在很短的时间里,我就成为了他们家庭中的一员。司各特太太待我像儿子一样,我从她的几个女儿那里得到的由衷的款待,甚至比从自己的亲戚那里得到的还要难得。

生活在这个家庭里,使我得到了一个信念——人类的本性处处都是一样的。我们总认为,印度的妻子忠于丈夫,献身于家庭的精神是举世无双,欧洲人是绝对办不到的。但是,至少我在司各特太太和理想中的印度贤妻良母之间,看不出任何差别。她把全部身心都扑在她丈夫身上。他们不算宽余的收入使他们没必要多找几个仆人,司各特太太亲自照料她丈夫所需,每一个细节都照顾周全。在他夜晚下班回来以前,她就亲手把他的扶手椅子和毛绒拖鞋放在炉火前面。她从不容许她自己哪怕有一刻忘记他所喜爱的东西,或者能够让他高兴的举动。每天早晨她都和唯一的女仆收拾好屋子,从顶楼一直到厨房,楼梯上的铜制栏杆、房门的球形把手以及其他家具都擦拭得锃亮锃亮。除了做些日常家务活之外,她还要应承社会责任的召唤。因为在一个好的家庭主妇的许多责任之中,能使自己的闲暇时间拥有真正的快乐,也不是最轻的。因而晚上,在做完了每天的家务后,她就热烈加入到我们的朗读和音乐活动当中。

有时晚上我就参加女孩子们转桌子降神的游戏。我们用自己的手使一张小茶几在屋里来回跳跃,一直到使我们接触到的任何东西都在震动摇晃。司各特太太不太喜欢这个游戏,她有时表情严肃地摇着头,怀疑孩子们所做的一切是否合适。但是她坚忍地看着,不愿扫我们年轻人的兴。直到有一天我们把手按在司各特先生的烟囱管帽上,让它旋转的时候,她这时就受不了了,她十分生气地冲上前来,禁止我们再去动它。她一刻也不能忍受撒旦和她的丈夫头上所戴的东西有任何关系的想法①。

在她的一切行为当中,对于丈夫的尊敬是最突出的。关于她的温良克己的回忆,使我很清晰地看到,一切女性的爱的最终的圆满,都要从尊敬中找到;如果没有外来因素妨碍它真正的发展,女性的爱就会很自然地发展成崇拜。在奢侈的家庭设施很丰富的地方,浅薄和无聊往往使白日和黑夜都失去了吸引力,这种爱就退化了,妇女的天性就找不到它的圆满的快乐。

我在这里住了几个月。我哥哥回去的时候到了,父亲写信叫我和他一道回去②。这个期盼使我非常高兴。我的国家的阳光,我的国家的天空,一直在默默地召唤着我。当我告别的时候,司各特太太拉着我的手,哭泣着说:"既然你必须这么快就要离开,那你为什么还要到我们这儿来呢?"这个家庭现在已经不在伦敦了。这位博士的家人有的已经到另一个世界里去了,其余的人散居在我不知道的地方。但是这个家庭永远活在我的记忆里。

在冬季的一天,当我走过唐布里奇·威尔斯的一条街时,看见一个人站在路旁。他的没穿袜子的脚趾从破靴子里露了出来,他的前胸也半裸着。他一言未发,也许因为乞讨是不许可的,但是他抬头看了我一会儿。我给他的钱币也许比他希望的多了些,在我走出几步

---

① 那时,盛行一种招魂术。这种与魔鬼建立的联系的游戏,玩起来会给人一种毛骨悚然的奇特恐惧感。司各特太太是一个虔诚的基督教徒,不喜欢这样的游戏。

② 这是个突然的决定。作者在那时期的书信中,表露出了对英国妇女赞美的自由思想,这引起了恪守传统的父亲的不安,怕他一人在英国会出乱子。

之后，他跟上来说："先生，你错把一块金币给我了。"说着他要把钱还给我。我本来不会特别记住这样的一件事，只因为同样的事又在别的场合发生过。当我第一次到达道尔盖火车站的时候，一个搬运工把我的行李送到站外的出租汽车上去。我在钱包里找了一通，没有找到零钱，在出租汽车发动时，我给了他一个价值半克朗[1]的硬币。过了一会儿他跑过来追我，大声喊出租司机停车。我还以为他看出我是一个不经世事的人，想设法再敲诈我一点钱。车停住后，他对我说："先生，你一定把这半克朗当作一个便士给我了！"

我不敢说我在伦敦从来没有上当受骗，但无论如何，却没留下什么非记住不可的事。在我心中慢慢产生的，主要的倒是这样的信念：只有可信任的人才会信任人。我是一个没人知道的异乡人，本可以大胆地轻易逃避付款，但是从来没有一个伦敦的店主不信任我。

在英格兰呆的整段时期中，我被卷入到一出滑稽剧里面，而我必须从头到尾把它演完。我偶然结识了一个高级英裔印度官员的遗孀。她非常友好，居然给我取个小名叫"鲁比"[2]。她的一位印度朋友用英文写了一篇哀悼的诗来纪念她的丈夫。要在这里阐述那首诗的优点或是措辞的得当，没有这个必要。可我的运气不好，偏偏碰上那位作者指出那首悼诗应当用贝阿伽曲调来吟唱。因此这位寡妇有一天请求我用这调子唱给她听。那时我就像一个傻孩子，勉强地应承了。不幸的是，那时候除了我之外，没有人能听得出贝阿伽曲调和那可笑的诗句结合在一起，是如此的滑稽有趣。在听到印度人对她丈夫的哀悼用本国的曲调唱出来的时候，这位寡妇看起来是被深深地感动了。我以为这件事会到此为止，但是还为时尚早。

---

[1] 即两个半先令。克朗为英国旧制五先令硬币。
[2] "鲁比"（Ruby）是英文"红玉"或"红宝石"的拼音，本是女孩的名字，作者名字的爱称应该是"罗宾"。

在各种交际场合中我频频碰到这位寡妇,在晚宴之后,我们走进客厅和女客们聚在一起的时候,她总请我唱这首贝阿伽曲调的悼诗。任一人,若期待听听印度音乐中非同一般的样本,也加入到她的恳求中。这时她就从口袋里掏出那首备好的致命的歌曲,我的耳朵开始发热,并伴有耳鸣。最后,还得低垂着脑袋,用颤抖的声音开始吟唱——但是我极其敏锐地意识到,在这屋子里,再没有人比我对于这表演更为肝肠欲断的了。唱完了,在吃吃的窃笑声中,他们异口同声地说:"非常感谢你!""多么有趣呀!"尽管这时还是冬天,我却浑身都被汗湿透。当我诞生时,谁能料到,那位尊敬的英裔印度人死后,竟会留给我如此巨大的折磨!

此后有一段时期,我住在司各特博士家里,在伦敦大学学院[①]听课,和这位寡妇就断了直接的联系。她住在伦敦郊区一个较远的地方,尽管我常收到她的邀请信,但由于我对于这首悼诗的恐惧,使我不敢接受她的邀请。最后,我得到她的一封紧急的电报。收到电报的时候,我正在去学院的路上,这时我在英格兰的日子快要结束了。我认为在离开前应当再见她一面,就成全了她的请求。

下了课我没有回家,直接从学院到火车站。那天天气坏极了,冷得要命,雪雾交加。我要到达的车站是这条线的终点。因此我心里没有一丝不安,认为没有必要去询问列车到达的时间。

所有的停车站台都在右边,我舒服地坐在右边的角落座位上读着一本书。那时天已经很黑了,外面什么也看不见。乘客一个一个地都到站下车了。我们到达了终点站的前一站,后又离开了。以后火车又停了,但是看不到一个人,没有灯光也没有站台。一个乘客是

[①] 创建于一八二六年,是伦敦历史最悠久最大的学院,也是第一所不理会申请者性别、宗教以及种族而招生的学府。

无法推测,为什么火车要在不是预定的时间和地点停留,因此我放弃了任何推断的想法,照旧看我的书。这时火车却开始向后开动了。铁路上的反常似乎也不是什么奇事,我一面这样想着一面还是看我的书。但是当我们又回到了终点站的前一站时,我再也不能置之不理了。我在车站上问:"我们什么时候到终点站呢?"回答是:"你就是刚从那地方来的。"我十分狼狈地问:"那么现在我们上哪儿去呢?""到伦敦去。"这时我才明白这趟车是往返车,在我询问下一次到那个地方去的车时,他们告诉我那天晚上再没有车了。作为对我的下一个问题的回答,我猜想在五英里之内,也没有什么客栈可住。

我在十点吃罢早饭后离开家,到现在还没有吃一点东西。当节制成为唯一的选择时,苦行者的念头就来得很容易。我把厚大衣的领子扣上,一直扣到脖子边,坐在站台的灯光下继续读起书来。我带来的这本是刚刚出版的斯宾塞的《伦理学资料》。我安慰自己说,我也许永远不会再得到这样的机会,来集中我全部的注意力到这个主题上。

过了只一会儿,一个搬运工过来告诉我说,开了一列特别快车,半小时之内就能到达这里。这消息使我特别振奋,《伦理学资料》也无法再读下去了。那地方我应该在七点钟到达的,最后变成了九点钟才到达。我的女主人问我:"怎么了,鲁比?你干什么来着了?"当我向她叙述我那奇妙的冒险故事时,我却没法感到骄傲。晚宴早已过去了;但是,我的不幸不能说是我的过失,我并没有预料到应得的处罚,特别是惩罚的执行者还是个女人。但是,这位高级英裔印度官员的寡妇,对我说的只是:"来吧,鲁比,喝一杯茶吧。"

我从来都不爱喝茶,但是我希望它或许会稍微缓解我那极度的饥饿,我勉强咽下一杯"熬出来的浓药"和一两块饼干。当我最后走进客厅的时候,我发现有一群老太太,其中有一个年轻美丽的美国人,与我主人的侄子订过婚,她仿佛在忙着进行一段婚前惯常的恋爱过程。

"让我们跳跳舞吧,"我的女主人说。我既没有那个心情也没有那个体力,来进行那样的活动。但是因为温顺,能够成就世界上最不可能的事情,因此,尽管这舞会主要是为订婚的这一对而组织的,我却不得不和一些年纪相当大的老太太们跳舞,而我与饥饿之间只有茶和饼干。

但我的不幸还没有结束。我的女主人问我:"今晚你在哪儿过夜呢?"这是一个我没有想到的问题。当我盯着她,说不出话来的时候,她对我解释说,当地的旅馆半夜就会关门,我最好即刻就赶去,不容拖延。幸而,友谊还不是完全没有,因为我还不必独自摸索去找旅馆,是一个仆人提着灯带着我去的。开初,我还以为这也许会因祸得福,我一进旅馆门,就问有什么食物可吃,肉啊、鱼啊、蔬菜,热的冷的都行!他们却告诉我说,我要想喝点什么的话,各种酒都有,就是没有吃的。这之后我希望在睡眠中可以忘记一切,但是就连安乐窝里,也似乎没有我的位置。这卧室里的沙岩地面极其冰冷,一张破床和一个破烂的脸盆架,是里面仅有的家具。

第二天早上这位英裔印度官员的寡妇请我去吃早饭。我发现摊开在桌上的冰冷的食物,也显然是昨晚的剩饭剩菜。如果昨天晚上,只要有一部分温的或是冷的拿给我吃的话,决不会对任何人有所妨碍,同时在跳舞时,我也不会太像那跳到岸上的鲤鱼那样,痛苦地扭动了。

早饭以后,我的女主人告诉我,她请我来,是为了让我唱那首悼诗给一位老太太听的,现在她卧病在床,因此我得在她的卧室门外对着她歌唱。她让我站在楼梯的尽头,指着一扇关闭着的门,说:"她躺在里面。"我就面向这个在门另一边的神秘的陌生人,唱出这首贝阿伽曲调的悼诗。这位病人听歌之后有什么反应,我之后没有听说过。

我回到伦敦以后,只得在病榻上来为我那愚蠢的温顺赎罪。司各特博士的女儿们对着我的良心央求说,不要把这种无礼的举动,当作英国人待人接物的典范。她们断言道,这是受了吃印度盐的影响。

二十六 洛肯·帕立特

我在伦敦大学学院听英国文学课的时候,洛肯·帕立特是我的同班同学。他大约比我小四岁。以我现在写回忆录时的年纪,四年的年龄差别是看不出来的。但是要在十七岁和十三岁之间发展友谊,那种年龄的沟痕是难以填平的。因为在岁数上还不够分量,稍大一点的孩子总要急着维护一副长者的尊严。但是对于小洛肯,我在心里并没有设置什么隔阂,因为我看不出他在哪一方面比我小。

男女学生都坐在学院的图书馆里学习。这图书馆是我们促膝谈心的地方。要是我们能安静一些的话,大致是没有人会抗议的,但是我这位年轻朋友的情绪总是那样地过于高昂,极其细微的事情也能引发他的大笑。在一切国家里,女孩子们在用功的时候,行为都比较反常。现在,当我回忆起那无数双蓝眼睛,向我们投来责备的目光,徒劳地想制止我们那抑制不住的欢乐时,我感到懊悔。但是在那时,对于那种在学习时被别人打搅的痛苦,我丝毫不感到同情。承蒙上天恩赐,我这一辈子也没有为学习被打扰而头痛,也没有为被打断了的学校功课而感到一丝不安。

伴随着我们不间断的笑声,我们也进行了一些文学上的讨论。虽然洛肯读过的孟加拉文学不比我读过的广博,但他的机敏才智弥补了这个欠缺。在我们讨论过的话题当中,有孟加拉语的拼字法。

这话题是这样引起的。司各特博士家的一个女孩子要我教她孟加拉文。当我教她字母的时候,我感到自豪,因为孟加拉文的字词拼法是讲良心的,在每一音步上都不以逾越规则为乐。我明确告诉她,英文拼法的毫无规则是多么可笑,只有在不幸的强迫之下,我们为了考试才对它死记硬背。但是我的自豪栽跟头了。后来发现孟加拉文的拼法,也是那样地不能忍受规则,但是习惯已经使我忽略了它有时违反规则的情况。

之后我开始去搜索一些规则,能够规约那些无规则的情况①。我很惊讶洛肯能够在我这个研究方面,给予我莫大的帮助。

在洛肯成为英印政府的公职人员回国后,那发源于伦敦大学学院图书馆的轻轻的谈话声,流入了更宽阔的河川。洛肯在文学上狂暴的欢笑,犹如我文学探险之帆上的风。当我在青春的黄金年龄,乘着散文和诗歌的双轮马车纵辔狂奔的时候,洛肯毫不吝惜的赞赏,使我的精力不敢有片刻的懈怠。许多不同一般的散文或是诗歌,都是在他那乡下的小平房里喷发的。很多次,我们的文学和音乐聚谈,在夜空星星的闪耀护卫之下,聚拢开始,又在清晨的星空下,如同清晨微风里的灯光一样,消散离去。

在萨拉斯瓦蒂脚前的许多莲花中,那朵友谊之花一定是她最钟爱的。在她的莲花池边,我没有沾到多少金色的花粉,但要说到美好友谊的馥郁芳香,我是不敢有半句怨言的。

二十七 《破碎的心》

在英格兰的时候,我开始写另一首诗,在归国途中继续写,一直到回家以后才把它写完,最后以《破碎的心》为题发表了。那时候我

---

① 这方面是作者终生的爱好,一九零九年他出版了《词汇学》一书。

认为这个诗剧①非常好。作者有如此想法并不值得奇怪,可是,当时它也不是没能获得读者的赞赏。我记得在这首诗发表以后,已故的蒂普拉邦王公派遣首席部长专诚来访,表达对我的祝贺,说王公很喜爱这首诗,并且对于作者将来的文学成就寄以很高的希望。

关于这一首我十八岁时候写的诗,且让我把我三十岁时候写在一封信里的话,记在这下面:

> 当我开始写《破碎的心》的时候,我才十八岁——既不算少年,也不算青年。在这个两个阶段交界的年龄里,还没有受到真理之光的直接启示——反射的亮光这里一片那里一片,余处皆是阴影。并且就如同天空似明微明、似暗微暗时的阴影一般,它的一切幻象都是拉长且模糊不清的,使得真实的世界看起来也像是一个幻想的世界。奇怪的倒是,不仅仅我是个十八岁的毛孩子,我周围的所有人都似乎成了十八岁的人了。我们都在一样的无根无据的想像世界中飘忽来掠过去,在那里,连最强烈的快乐与悲伤,都像梦境中的快乐与悲伤一样。在那里,没有真实的东西可供衡量,平凡就代替了伟大。

从十五六岁到二十二三岁,我这一阶段的生活是完全杂乱无序的。

在大地的混沌时期,水陆还没有清楚地分开,体积巨大、奇形怪状的两栖动物,在从淤泥地里生长出来的、没有树身的森林中行走。不成熟的心灵,其混沌时期的热情,也是这样的不平衡、强弱不均、奇

---

① 虽然这部作品是以戏剧形式写的,但实际上它是一部比戏剧因素更多的歌集,这是歌剧创作的一次艰巨的尝试。它有三十四章或称幕,共四千多行诗。

式怪样,在没有路径、没人知道的荒野里,出没徘徊于它无边的阴影中。它们对自己认识不清,也不清楚自己徘徊的目的;而且正因为它们不清楚,它们就易于老是模仿别人的东西。因此,在这个毫无意义的活动时期中,当我的未充分发展的才智,未觉察、也够不上它们所描写的对象的时候,就各自相互挤压着找个出口,都想通过夸大占得上风。

当乳牙要长出来的时候,它会使婴儿狂躁兴奋。直到乳牙都钻出来并开始帮助咀嚼食物,一切的烦躁不安才能消除。同样,我们早期的热情、冲动像疾病一样折磨着我们的心灵,只有当它们通晓自己与外部世界的真实关系时,才肯平静下来。

我在这个阶段的经历中所得到的教训,在任何一种道德教材上都可找到,但不能因此就小看它。那种把我们的欲望囚禁在心里,阻止其自由出入的做法,实际是在毒害我们的生活。自私也是如此,不让我们的欲望有活动的自由,阻碍它们达到真正的目标,这就是为什么自私总是伴随着不断加剧的不真实和放肆的行为。当我们的欲望在美好的事情当中,找到了无限自由的时候,它们就会摆脱不正常的状况,回归它们的本性,——这是它们真正的目的,也是它们存在的快乐。

我所描述的我的不成熟的心境,是那个时代的言教和身教所培养出来的。直到今天,这种影响有没有遗留,我不敢确信。回顾我刚才说到的那个时期,我想我们从英国文学所得到刺激多于营养。那时候我们的文学之神是莎士比亚、弥尔顿和拜伦,在他们的作品特性中,最激动我们人心的,是其强烈的情感。在英国人的社会生活中,热情的迸发是受到严格地抑制的,也许就为这个原故,这种强烈的情感支配着他们的文学,猛烈的情感积聚到一个不可避免的爆发,成为了其文学的特点。无论怎样,我们学着把这种难以控制的激动,看作是英国文学的精华。

阿卡什·乔杜里是我们的英国文学传授者,在他狂热奔放的英国诗歌朗诵中,有着非同一般的陶醉。罗密欧和朱丽叶爱情的癫狂,李尔王无力哀叹的激愤,奥塞罗烧毁一切的嫉妒之火,这些都能激起我们热烈的仰慕。我们拘束的社会生活,我们狭窄的活动领地,是被单调划一的树篱围起来的,使得暴风雨般的情感找不到入口——一切都是尽可能地安宁寂静。因此,我们的心很自然地向往英国文学中那带来生命活力的热烈情感。我们的情感不是对于文学艺术的审美欣赏,而是死水对于狂澜的热烈欢迎,尽管后者会把水底的淤泥搅到水面上来。

莎士比亚同时期的文学,代表着时代的战前舞蹈,这个"战争"就是文艺复兴进入欧洲,它猛烈反抗一切对于人性的严酷桎梏与束缚。对善恶美丑的审查,不是主要目的——那时候,人似乎一心想要冲破一切藩篱,进到生命最深处的庇护所里,去发现他自己强烈愿望的最终映像。这就是我们为何能在这种文学中找到那么强烈、那么充沛、那么奔放的情感表现之所在。

这种欧洲式酒神狂欢①的精神,找到入口,进入了我们古板的、中规中矩的交际界里,唤醒了我们,并使我们的生活有了生气。这种毫无束缚的生活,降临到我们那为旧习俗所窒息的心上,个中的喜悦,使我们眩晕,心里苦苦追求一个情感倾泻的机会。

英国文学中还有这样的一个时代,就是蒲伯②的普通节拍的慢调让位于法国革命的舞曲。拜伦就是这个时代的诗人。他的情感的恣

---

① 公元前七世纪,古希腊就有了崇拜酒神(同时也是葡萄酒之神、狂欢之神和艺术之神)狄俄尼索斯(Dionysus)的大酒神节。
② 蒲伯(一六八八——七四四),英国诗人。十六岁时写成《田园诗》,立即名噪一时。他的作品多用英雄偶句体,著名作品有《卷发遇劫记》,英译荷马的《伊利亚特》和《奥德赛》。

肆狂热,也打动了我们那颗蒙着面纱的心——即居于幽深角落里的新娘。

就这样,那股追求英国文学的热情,占有了我们那个时代青年人的心,这个激情的波涛从各个方向撞击着我的心。心刚苏醒,就活力四射,而不是压抑拘束。

然而,我们这边的情况和欧洲是那样地不同。在那边,对于束缚压制,其应激反应和不可忍受是从历史反映到文学上去的,它的表现和其情感是一致的。可以听到风暴的吼声,因为真有风暴在怒吼。那一阵从那而来的微风,吹皱了我们的小小世界,但它实际上的声音只略高于低语。如此看来,它不能满足我们的心灵,因而,当我们试图模仿飓风的吼鸣声时,就很容易把我们引到浮夸上去,——这是至今还持续存在着的一种趋势,而且也许是不容易矫正的。

这种情况的发生,在于英国文学中其真正艺术风格的节制与谨严还没有出现。人类的情感,只是文学的诸多因素之一,但不是它的目的——文学的目的是,存在于简单与限制之中极度充实的美。这样的观点,英国文学还没有完全承认。

我们的心灵从婴儿到老年,仅仅受着这种英国文学的浇铸,但是欧洲的其他文学,古典的和现代的,在其艺术形式上,因为有系统地对自我节制进行培育,从而显示出良好的发展。可这不在我们学习的范畴之内;因此,在我看来,对于文学作品真实的目标和方法,我们还没能达到正确的理解。

阿卡什先生,这位使我们逼真地感到英国文学强烈情感的人,他自己就是一个性情中人。与从自己的内心感受真理相比,那种在至善至美中实现真理的重要性,对于他就不那么明显了。他在理智上,对于宗教没有什么尊重,但是《黑母亲之歌》会使他眼里噙满了泪水。他心里感受不到那种追求基本真理的号召;什么能够使他感动,什么对来说就是真理,甚至于很明显粗劣的东西,也不会妨碍他把它当作真理。

无神论是当时英国散文作品中流行的主要基调,边沁①、密尔②、孔德③都是受读者喜爱的作家。他们的文章是我们青年人争论的依据。密尔的时代在英国历史上形成了一个自然的新时代。它代表着政体对外界的健康的反应,一些破坏性的力量暂时被带进来,让它们去清除那累积的思想垃圾。而在我们国家,文学上是接受了这些思想,但从不寻求在实践中运用它,我们只把它当作刺激物,来煽动我们作道德上的反抗。这样,无神论对于我们,只是一个麻醉品。

因为这些缘故,受过教育的人就主要分成两类。一类总是以毫无来由的推论,要把一切对于神的信仰击个粉碎,以此锋芒毕露。就像一个手心发痒的猎人,只要一监视到树顶或是树底的一只生物,就要去把它打死一样,任何时候,只要他们听到随便什么无害的信仰,潜藏在一个自以为安全的地方,他们就会立刻振奋起来,动身前往,把它推翻。有一位教我们时间很短的家庭老师,这样的行为就是他最得意的消遣。尽管我那时还只是一个孩子,但也逃不过他的攻击。并不是因为他有什么真才实学,或者他的观点是什么热烈追求真理的结果,他的观点大部分都是拾人牙慧的。尽管我使尽全力与他论战,但因为年龄的极不相称,我遭受过几次惨重的失败。有时候,我

---

① 杰里米·边沁(一七四八—一八三二),是英国的法理学家、功利主义哲学家、经济学家和社会改革者。他是一个政治上的激进分子,亦是英国法律改革运动的先驱和领袖,并以功利主义哲学的创立者、一位动物权利的宣扬者及自然权利的反对者而闻名于世。也是最具影响力的古典自由主义者之一。在伦敦大学学院历史上有重要地位,公认为伦敦大学学院的"精神之父"。

② 约翰·斯图尔特·密尔(一八〇六—一八七三),也译作约翰·斯图亚特·穆勒,英国著名哲学家和经济学家,十九世纪影响力很大的古典自由主义思想家。他支持边沁的功利主义。

③ 孔德(一七九八—一八五七),法国哲学家,社会学和实证主义的创始人。他认为,在整个世界发展中,群体、社会、科学甚至个人思想都经历了神学、形而上学、科学三个阶段。他所处的时代,神学思想已属过去,支配现代人的将是科学思想。

感到很是屈辱,几欲痛哭。

另一类不是由信徒,而是由宗教的享乐主义者组成。他们在聚集中寻求舒适和安慰,披着宗教形式的外衣,把自己浸泡在令人愉快的景象、声音和弥漫的香气中,他们沉迷于敬神的道具行头之中。对于他们艰苦的探求所带来的结果,这两类人都不怀疑或者否认。

虽然这些宗教上的越轨使我痛苦,但我不能说我一点都没有受过它们的影响。懵懂的青春,才智易狂妄,这种叛逆也就占有一定地位。我们家里所举行的任何宗教仪式,跟我一点关系都没有,因为我并没有从心里面去接受它们。我正忙于用自己内心冲动的风箱来煽起熊熊的火焰。但那不过是火的崇拜,供献祭品来增加火焰——没有别的目的。而正因为我的努力并没有把什么作为目标,所以这种努力是无限量的,总是超越指定的界限。

就像对于宗教,对于情感也是一样,我觉得毫无必要接受任何隐晦的信仰,我的激情本身就是一切。我记得当时有一位诗人写了如下的几行诗:

> 我的心是我的,
> 没有出售给别人;
> 它可能残缺、衰弱,
> 但我的心仍然是我的!

从事实的观点来看,心不必那样地忧虑,因为没有什么东西强使它裂成碎片。在真理上,忧伤是不值得拥有的,但是若把它辛酸的部分去掉,或许会别有一番风味。我们的诗人常常特别重视此种风味,而遗漏了他们在敬神仪式中沉迷的那位神。这种幼稚性,我们国家还没能成功摆脱掉。所以,甚至在今天,在我们还看不到宗教的真理时,我们只能从宗教的仪式里去寻求艺术的满足。因此,我们的爱国主义,大部分还不是效力于祖国,而是如何把我们的心理,调整到对祖国的一种可取的态度,这乃是可贵的做法。

二十八　欧洲音乐

我在布赖顿的时候,曾去听过音乐会中首席女歌手的歌唱。我忘了她的名字。她可能是尼尔逊夫人或是阿尔巴尼夫人。我之前从来没有听见过这样非凡自如地歌唱。就连我们最好的歌唱家,也不能隐藏起发音时的心力;他们竭尽全力地唱出高音或者低音,即使超出了它们的音域,也不感到羞愧。在我们国内,有一部分知音听众,认为凭藉着自己的想像,只要把表演保持得合乎标准,就是没有害处的。同样,他们对于曲调优美的歌曲的演奏者,其声音的刺耳或是姿态的粗鲁,并不在乎;相反,他们有时似乎有这样一种观点,认为这种细小的外部缺陷,把歌曲内部衬托得更加完美——就像那位伟大的苦行者玛哈德瓦①,外表褴褛,内心的神性却无遮掩地显露了出来。

这种情感在欧洲似乎完全缺乏。在那里,外表上的装饰,必须在每个细节上都完美无缺。连很小很小的缺陷,也会感到羞愧,不敢面对观众的注视。而在我们的音乐集会里,花半个钟头来调冬不拉的弦儿,或是把大鼓小鼓都敲到全音,也没有人在意。在欧洲,这些事情都是预先在幕后就做好了的,因为在幕前表演的一切,必须是毫无瑕疵的。因此在那里,歌手声音中的弱点也就无处遁形了。在我们国家里,一支歌曲的正确艺术表现,是主要的对象,一切努力都集中

---

① 玛哈德瓦意为"伟大的天神",即印度教大神湿婆。湿婆通常是瑜伽苦行者打扮,是苦行之神,终年在喜马拉雅山上的吉婆娑山修炼苦行。

在这上面。在欧洲,声音是文化的对象,人们用它来表演不可能的事情。在我们国家,音乐爱好者听到歌曲就满足了;在欧洲,他们必须看到那位唱歌的人。

这就是我那天在布赖顿所看到的。对我来说,这音乐会和马戏表演一样好看。但是,尽管我是那样地赞赏音乐会中的表演,我却不能欣赏那些歌曲。当我听到那些唱乐曲终了的华彩句的歌手,模仿着鸟的啭鸣时,我就禁不住要笑。我一直认为这是人类声音的滥用。轮到男歌手开始唱时,我才觉得宽慰多了。我特别喜欢那中音的歌唱,似乎里面有更多的人类情状,而不怎么像一缕幽魂从躯体里解脱出来的哀叹。

从那之后,我就听了更多也学了更多的欧洲音乐,我开始得到它的精神;但是直到现在,我确信,我们的音乐和他们的音乐,是居住在两个完全不同的院子里,不能从同一扇门进到心里去的。

欧洲音乐仿佛同物质生活纠结在一起,因此它的歌谱和生活一样,是多姿多彩的。如果我们试图把我们一样的曲调,加在各种各样的歌谱上,它们就会失去本来的意义,而变得滑稽可笑。因为我们的歌曲超越了日常生活的栅栏,惟有如此,它们才能把我们带往深如"慈悲"、高如"超然"的地方,它们的职责便是,给我们揭示出不可言说的生命最深处其神秘而又难解的图画,在那里,宗教的信徒发现他的隐修之处已经建好,甚至于享乐主义者也找到了他的凉亭,但是,那里容不下世上的忙碌之人。

我不敢断言我已经获准进入欧洲音乐的灵魂中。但是我从其外表上所了解的那一点点,就在某种程度上大大地吸引了我。在我看来,它是那样地浪漫。要分析我所谓的浪漫是什么意思,多少有点困难。我要说的是,它的丰富多彩的一面,犹如那生活的海洋中翻腾着的波浪,它时而沉入浪谷,潜入黑暗;时而浪花四溅,在阳光下闪烁,使人浮想联翩。还有相反的一面——它的完全扩展,就像天空中永不消褪的蔚蓝,也像遥远的、圆圆的地平线所暗示的广大无边。无论如何,我再说一遍,尽管有说得不是很清楚的危险,就是每当我被欧洲音乐所感动的时候,我就对自己说:它是浪漫的,它把生命的短暂以歌曲的形式加以表现。

在我们的一些音乐形式之中,并不是完全缺乏同样的表现;但是它没有欧洲音乐那样显著,那样成功。我们的音乐表露了洒满星星的夜晚,表露了黎明的第一道曙光。它们诉说着黑云下的漫天哀愁,诉说着春天在漫步于森林中时的无言的沉醉。

二十九 《瓦尔米基的天才》

我们有一本装饰华美的摩尔①的《爱尔兰歌曲集》,我常听到阿克什先生神魂颠倒地吟诵着里面的诗歌。这些诗歌,连同里面绘制的插图,使一幅古老的爱尔兰梦幻般的图画呈现于我的脑际。那时我没有听过它们原来的歌调,但是我以图画里的竖琴来伴奏,对着自己唱起这些爱尔兰歌曲。我渴望听到它们真正的歌调,学会它们,并且唱给阿克什先生听。不幸的是,有些愿望确实是在今生就如愿了,但又在过程中破灭。我到英格兰时,真正听过一些爱尔兰歌曲的演唱,也学会了一些,但是这反而终止了我继续学习的热情。这些歌曲很纯朴、哀怨而又悦耳,但总有点与我梦想中古老的爱尔兰音乐殿堂里充满的竖琴的寂静旋律格格不入。

---

① 托马斯·摩尔(一七七九—一八五二年),爱尔兰诗人。《爱尔兰歌曲集》中悲伤的抒情诗和异国风情叙事诗《拉拉鲁克》使摩尔在其有生之年受到人们的热烈欢迎。把爱尔兰的历史、民间故事、人物传奇编织进诗歌当中,唤起读者对爱尔兰绿色国岛风光的向往,引起了人们对爱尔兰神话故事的极大兴趣。

回国之后，我把学来的爱尔兰歌曲唱给我家里人听。"罗宾的声音怎么啦？"他们惊讶地问道，"听起来，多么可笑多么洋气啊！"他们甚至感到我说话的音调也变了。

在这种国外的与本国的曲调的混合培育下，《瓦尔米基的天才》①诞生了。这部音乐剧②的曲调，极大部分是印度的，但已使它从古典高雅中解放出来；使行空的天马，学会了在地上奔跑。听过这出音乐剧演唱的人，我相信都会作证说，让印度旋律的形式来为戏剧服务，是既没有贬低其价值也不是徒劳无益的。这种结合也是《瓦尔米基的天才》的唯一特征。把束缚旋律形式的枷锁松开，使其可以适用各种各样的处理，这种令人愉快的工作，使我一心一意地埋头干下去。

《瓦尔米基的天才》里面的几首诗词是配在严肃的古典调子上的，有些调子是我哥哥乔迪楞德拉作的；有些是以欧洲的调子改编的。印度曲调中的"提里拿"③风格，是特别适宜于戏剧的目的，常被戏剧所应用。两首英国的调子，用作绿林好汉们的饮酒之歌，一首爱尔兰曲调用作林中仙女的悲歌。

《瓦尔米基的天才》是一部不宜阅读的作品。如果不听歌唱，也不看表演，它的意义就丧失了。它也不是欧洲人所谓的歌剧，而是一出配有音乐的短剧。这就是说，它主要还不是一个音乐作品。歌曲本身很少是重要的或是吸引人的，它们只是剧中的音乐文本而已。

在我去英格兰之前，有时候我们家里有些文人来聚会。聚会上

---

① 剧情是以印度第一部长篇史诗《罗摩衍那》的作者——印度早期大诗人瓦尔米基的传说为基础的。传说，瓦尔米基原是强盗头子。有一天，他目睹了一件惨事——一个猎人射中了一对苍鹤中的一只，它的伴侣悲痛欲绝，此情此景打动了瓦尔米基的心。他的同情心通过阿努斯杜帕的韵律形式表达出来，他用这个韵律创作了第一部印度史诗。罗宾在剧里虚构了这样的故事情节：强盗头子不仅看到了鸟儿的惨状，而且被一个女孩子的哀号所感动，从而产生了恻隐之心。

② 不是为阅读而写的，只适合舞台演出。不同于欧洲通常所说的"歌剧"，是用音乐表演的戏剧。里面所有的对话都是用诗句来写的。这部剧的意义在于它音乐上的创新。

③ 印度的一中古典曲调。

有音乐,有诗歌朗诵,也有一些茶点提供。在我回国之后,又进行了这样的一次集会,碰巧也是最后一次。《瓦尔米基的天才》就是为这次的表演会而作的。我演瓦尔米基,我的侄女普拉蒂巴①演萨拉斯瓦蒂②——一小段历史在这名字之下记录下来了。

我在赫伯特·斯宾塞③的某部作品中读到,每当情感开始活动的时候,语言就呈现出音调的变化。事实上,语音和语调对于我们,就像愤怒、忧伤、快乐和惊叹这些口语中的表情一样地重要。斯宾塞这种通过对声音的情感调节,人类创造了音乐的说法吸引了我。我心想,为什么不以这种观点为基础,去写一个朗诵形式的剧本呢?我们国家的说唱演员在一定程度上也有这样的意图,因为他们时常就在说书之间忽然变成一种吟唱,而又在达到完全的曲调形式之前猛然停住了。像无韵诗比有韵诗更具灵活性一样,这种吟唱也是如此,尽管不是缺乏节奏,但它更能自由地适应文本的情感表现,因为它不用去遵守那正规歌调所要求的、较为严格的关于音调和时间的规则。既然情感的表现是它的目的,那么,关于形式上的缺点就不会使听众听着刺耳。

被《瓦尔米基的天才》这个新的创作方法的成功所鼓舞,我又写了同一类的一个音乐剧,它叫做《死神的狩猎》。剧情是以达萨拉塔王④误杀了一个盲隐士的独子的故事为基础的。这出剧在我家屋顶凉台上搭建的舞台上演出,观众看起来颇为剧中的悲苦所感动。后

---

① 这名字意译为"天才"。这个剧的标题采用"天才"一词包含着某种双关意思。
② 作者以艺术女神的名字为剧中的那位年轻女孩取名,是因为艺术女神显灵于他,并告诉他,为了在他心里唤起"人性",是她变成了那位女孩。
③ 斯宾塞(一八二〇一一九〇三),英国哲学家。他为人所共知的就是"社会达尔文主义之父",所提出一套的学说把进化理论适者生存应用在社会学上尤其是教育及阶级斗争。但是,他的著作对很多课题都有贡献,包括规范、形而上学、宗教、政治、修辞、生物和心理学等等。
④ 即十车王,印度史诗《罗摩衍那》的主角罗摩的父亲。

来,这剧中的很多地方经过小小的修改,合并在《瓦尔米基的天才》之中①,因而这个剧本没有在我的作品中单独发表。

很久以后,我写的第三个音乐剧《幻影的游戏》,是不同风格的歌剧。在这里面,重要的是歌曲,而不是戏剧。在头两个里,一系列戏剧性的场景,是串在一根歌曲的线上;而在这一个里,一花环的歌曲,只用一个戏剧情节的线头贯穿。它的特点是,这是个情感的剧本而不是表演的剧本。事实上,在创作这出剧本的时候,我是满带着歌曲的心情的。

在创作《瓦尔米基的天才》和《死神的狩猎》时所迸发出的那种热情,在以后的创作中从未出现过。在这两个剧本里,那一时期的音乐创作的冲动得到了表现。

我的哥哥乔迪楞德拉,整天都在他的钢琴上弹奏着,随其心意地赋予古典的曲调以新的形式。在他钢琴的每一根琴弦上,旧的调式呈现出意想不到的形式,表达出形形色色的新的情感。那些曲调,已习惯于它们质朴庄严的步法,当这样被迫按着比较活泼的、不按惯例的拍子列队行走时,显示出一种意料不到的敏捷与活力,相应地,我们也受到了感染。当这些曲调从我哥哥敏捷的手指底下生长出来,阿克什先生和我坐在两旁替这些新调编歌词的时候,我们能够清楚地听到它们在对我们说话。我不敢自称,我们配的歌词是好诗,但是它是这些乐曲得以表达的工具。

就是在这种创新活动带来的奔放的快乐里,这两个音乐剧本得以创作出来,因而,它们应和着每一个拍子欢快起舞,不管这拍子在技术上是否正确,也不管这曲调是本国的还是外国的。

---

① 瓦尔米基是印度史诗《罗摩衍那》的作者,两剧都取材于《罗摩衍那》的古老传说,所以能合并。

曾经在多次场合，孟加拉读者对我的一些观点或是文学形式表示严重关切，但奇怪的是，我大肆破坏那些公认的音乐观点的放肆行为，并没有激起不满；相反地，前来听的人都愉快地回去。阿克什先生的几首歌，还有改编自比哈利拉尔·吉卡拉沃尔迪的《吉祥诗》组诗的几首诗歌，都在《瓦尔米基的天才》中找到了位置。

我常在这些音乐剧的演出中担任主角。从我很小的时候，我就喜欢表演并且坚决地相信我有表演的才能。我想我已经证明，我的这一信念不是无根无据。我之前只在我哥哥乔迪楞德拉撰写的一个滑稽剧中，演过阿力克先生的角色。所以，这几次才真正是我头几次的表演。我那时候年纪很小，没有什么可以使我的嗓音感到疲倦或者不舒服。

那个时期，在我家里，一道音乐情感的瀑布日复一日、时时刻刻地奔流着，它溅起的水雾，四散开来，在我们的心中折射出彩虹色的全部音阶。接着，我们新生的能量，为其纯粹的好奇心所驱使，以青春的丰沛精力，在每一个方向都开辟出新的道路。我们觉得我们能够尝试和试验每一样东西，没有什么成就是不可能达到的。我们创作，我们歌吟，我们表演，我们在各方面都倾泻着自己的情感。我就是这样地跨进我的二十岁年纪。

我哥哥乔迪楞德拉驾驭着使我们的生活这样胜利奔腾的力量。他天不怕地不怕。有一次，在我还是个小毛孩，从来没有骑过马的时候，他让我骑上一匹马在他的旁边疾驰，对于他那不熟练的同伴，他一点也不担虑。在我同样年纪，当我们在希拉依德赫（我们庄园的总部）时，有消息说那边发现一只老虎，他就带我出去猎险。我没有带枪——如果我有枪的话，枪对我的危险性比对老虎的还大。我们把鞋脱在丛林边沿，光着脚爬了进去。最后我们爬到了一片竹丛里，竹子上面一部分带刺的竹壳已被剥落，在那里我总算勉强蹲伏在哥哥的后面,直到他把老虎射死;如果这只粗野的畜生,敢把它攻击性的巨爪按到我身上的话,我就连用鞋子来还击也做不到。

就这样,在一切危险面前,我哥哥给了我完全的自由,既有内在的,也有外在的。任何风俗习惯都束缚不住他,因此他才能去除掉我身上的畏缩胆怯。

三十 《晚歌集》

在我把自己封闭在自己心里的状态下,这样的状态我一直提到过,我写了一些诗,后来以《心的荒野》为书名收录在一起,包含在莫希塔先生所编的我的作品集中。其中有一首,后来发表在《晨歌集》[①]中,下面几句就是:

> 有一片广漠无垠的荒野名叫"心";
> 它那交错的树枝,像逗弄和轻摇婴儿一般
> 抖动和摇撼黑暗
> 我迷失于它的深处。

取了这诗里的意思,我给这一组诗取了这个名字。

在我的生活和外界没有来往时;在我沉湎于自己内心的冥想时;在我的想像,漫游于种种没有来由的情感、没有目的的希冀的掩饰当中时,我所写的许多诗,都没有收进这诗集里去。只有很少的几首本来发表在《晚歌集》中的,在《心的荒野》中有了位置。

---

① 与《晚歌集》一样,里面都是抒情诗,和作者配曲的诗歌剧或称音乐剧《瓦尔米基的天才》不同,它们之所以称为"歌",仅仅是为了强调其抒情性。在孟加拉文中,没有和英文"抒情"一词完全等义的词。

我哥哥乔迪楞德拉和他的妻子离家去做一次长途旅行，他们住的，对着屋顶凉台的三层楼上的屋子，就空了出来。我占有了这几间屋子和凉台，天天都在孤独中度过。如此这样，把自己关闭起来只与自己交流，我都不知道我是如何从我坠落进去的诗的沟壑中爬脱出来的。也许是因为我和我所想取悦的人分离了，他们对于诗歌的品味，曾塑造了思想寄予其中的模型的形式，我现在很自然地从受他们影响的风格中解放了出来。

我开始使用石板写作。这也有助于我的解放。我从前在上面纵情涂写的那个稿本，似乎需要一种相当高度的诗才迸发，而要激起这种诗才，我得找到方式与别人的诗歌相比。但是这石板很明显地适合我这时期的心情。它似乎在说："别怕，随意写吧，一擦就能统统抹去所写的东西！"

就这样无拘无束地写了一两首之后，我感到一阵极大的快乐从心底涌起。我的心里在说："如今，我写出的诗，终于归属于我自己的了！"千万别有人把这个误认为我的自豪。我倒是曾为我以前所写过的作品感到骄傲，因为我必须给它们以一切赞赏。但是我拒绝把它们称作自我的实现与自我的满足。父母在头胎孩子身上感到喜悦，并不是因他的容貌而自豪，而是因为他是他们自己的孩子。假如他碰巧是一个非凡的孩子，他们或许还会感到光荣——但这是两码事。

在这种喜悦的第一阵浪潮中，我对韵律形式的束缚毫不在意。就像溪流，不是笔直地流下去，而是依照自己的意愿，逶迤曲折地向前，我的诗歌也是如此。以前，我认为这样做是一种罪过，如今我不感到有任何疑虑。要获得自由，得先打破旧有的规则，再制订出新的规则，把自由置于真正的自治之下。

我的那些不讲规则的诗歌，唯一的聆听者便是阿克什先生。当他第一次听到我对他读这些诗的时候，他是又惊讶又高兴，有了他的好评,我的自由之路更加宽广了。

比哈利拉尔·吉卡拉沃尔迪的诗,用的是三节拍的韵律。这种三节拍产生一种圆满回转的效果,不像两节拍那样平板。它轻松自如地流转下去,像应和着脚镯的叮当声,轻轻地滑过。曾经有段时期我非常喜欢这种韵律。它更像骑自行车,而不像步行。对于这种大跨步,我已经习惯了。在《晚歌集》里,我不曾想到,我居然丢掉了这个习惯。我也没有受到其他任何一种束缚。我感到完全自由,毫无顾忌。我没想到、也不惧怕受到什么申斥。

我通过写诗获得的力量,免于传统的束缚,它引导我发现,我之前一直都在不可能的地方去寻求我内心本有的东西。纯属缺乏自信,才一直阻碍了我的自我回归。我感到自己就像是从桎梏的梦中醒来,发现枷锁已经打开。我跃出了非凡的一步,仅仅是为了确定我能自由地行动。

对我来说,这是我诗歌生涯中最值得纪念的一段时期。作为诗歌,我的《晚歌集》也许没有多大价值,事实上,也是如此,它们是够粗糙的。这些诗,不但在韵律上,在语言上以及在思想上,都没有固定的形式。它们唯一的价值,就是头一次我能够随我意愿,写我真想写的东西。即使这些诗作毫无价值,其中的快乐也是值得的。

三十一 一篇论音乐的文章

在父亲把我从英格兰召回时,我一直打算再学法律。有些朋友关心我学业的中断,催促他[1]再次把我送出去。这就使我开始了再度赴英的旅程,这一次是一位亲人跟我做伴。然而,我的命运,坚决地

---

[1] 此处指作者的父亲。

跟取得律师资格过不去,因此这一次,我甚至连英格兰都没有走到。因为某种原因,我们只得在马德拉斯上岸,回到加尔各答的家里了。个中原因,决不像它带来的后果那样严重,但因为这令人发笑的事,不是针对我的,我在这里就绝口不提了。我到拉克什米①神龛前的两次朝圣,都这样被击退了。但是,我希望法律之神至少会用赞许的眼光看我,因为我没有在法律文丛中增加什么累赘。

父亲那时正在穆索里山上。我惴惴不安地去他那儿。但他没有显出一丝生气的表情,相反,他流露了高兴的神色。他对于我的回转,一定从神明那儿获得了某种祝福。

在这次赴英出行的头一天晚上,我应了白求恩社的邀请,在医学院礼堂朗读了一篇论文②。这是我第一次公开演讲。K·M·班拿吉牧师那时是主席。论文的主题是音乐。把器乐放在一边,我试图阐明,把词句所要表现的更好地发挥出来是声乐的主要目的。我的论文内容贫乏。从头到尾,我又是吟唱又是演奏歌曲来阐明我的主题。朗诵终了,主席对我进行了恭维赞美,我认为一定是我年轻的嗓音,有其动人的效果,加上我的诚恳以及花样繁多。但是,我今天必须坦白承认,我那天晚上热情发表的观点是错误的。

声乐艺术有它自己特殊的功能和特色。当声乐艺术碰巧被安放在词句上的时候,作为曲调媒介物的词句,一定不要过于利用这个机会去代替调子。歌曲本身的财富是巨大的,它何必要来自于词句呢?倒是在纯粹的词句难以表意的地方,歌曲才开始它的登场。它的力量在于难以言说的领域之内,它对我们说出言语难以表述的东西。

所以,歌曲里的词句担负越轻越好。在印度斯坦的古典音乐里,

---

① 财富女神。
② 题目是《音乐和情感》,说明音乐的目的,应表达语言无法表达的情感。

词句是毫不重要的,让曲调以它自身的方式去打动人。当曲调形式获允自由发展时候,声乐就能达到完美的地步,从而把我们的意识提高到一个令人惊奇的水平。然而,在孟加拉,词句总是那样地不可抗拒,因此,我们地方上的歌曲没能充分发挥它的音乐能力,只满足于作它的姊姊——诗的艺术——的使女。从古毗湿奴诗派的诗歌到尼都先生的诗,都是从诗歌背景上来发挥它的魅力。但是,如同在我们国家,妻子以应承她的依赖来驾驭丈夫,我们的音乐也是如此,虽然只履行仆人的义务,结果却管辖了歌曲。

在写歌的时候,我常有这种感觉。我对自己哼唱着写出如下的句子:

> 不要把你的秘密藏在心底,我的情人,
> 轻声细语向我倾诉吧,但只对我。

我发现词句没法自身到达音调能把它带到的地方去。歌曲把我缠扰不休一再想要听到的秘密告诉了我,这秘密混合着林中沼泽地绿色的神秘,沉浸在月夜寂静的亮白中,从地平线外无限蔚蓝的面纱里面往外窥视——是一个融合大地、天空和水的亲密的秘密。

在我童年时,我听到一支歌曲中的一个片段:

> 是谁把你,我的情人,装扮成一个异乡人?

这一行诗在我心里绘制了许多美妙的图画,现在依然在我心头萦绕。有一天我坐下给我自己写的曲调作词时,心里充满了这一小段歌词。哼着我写的调子,我续写了以下歌词:

我认得你，从陌生地方来的女人，
　　你的寓所在海的那一边。

　　如果不先有那调子的话，我不知道接下来，诗会写成什么样子；但是这曲调的魅力，向我显示了那异乡人的千媚万态。就是她，我的心灵说，来了又去了，一位从神秘之海的彼岸来到这个世界的使者。就是她，我们在露湿的秋晨，在春天芬芳的夜晚，在心的最深处，时不时地瞥见——有时我们引颔向天，听她歌唱。像我说过的，歌曲把我迅速带往这位迷倒众人的异乡人的门前，因此，以下的词句就是写给她的。

　　很久以后，在鲍尔普尔的一条街上，一个行乞的歌手一面走一面唱：

　　这只无名的小鸟，是怎样轻快地飞进笼子，又飞了出去！
　　啊，要是我把它捉住，定要用爱把它的脚儿套牢！

　　我发现这个歌手说出了我想说的东西。这只无名的鸟，有时听任自己留在笼栅之内，对自己低语着无束缚的不可知的外界的音讯。我们乐意把它永远紧抱在身边，但是做不到。除了歌的曲调，谁还能告诉我们这只无名的鸟的来来去去呢？

　　这就是为什么我总不愿意把我的歌词结集成书加以发表的原因，因为那样的话，里面一定是缺乏灵魂的。

三十二　河　畔

　　我第二次赴英刚开始又返回家里的时候，我哥哥乔迪楞德拉和我嫂子正住在琼德拉纳格尔的河畔别墅里。我就到那儿去，和他们住在一起。

又是恒河！又是那些充满欢乐的悠闲和希望的悲戚的陶醉日子，像哀怨的河水，沿着阴凉的丛林两岸，潺潺流过。充满阳光的孟加拉天空，南风徐徐，流动的河水，正当而庄严的慵懒，从天边到天边，从绿野到碧空无限伸展着的悠闲，所有这些，对我来说，就像是食物对于饥饿，饮料对于干渴一样。在这里，我感觉真正像个家，并且，从这些东西里我体会到了母亲的爱抚。

这不是很久以前的事情，然而时间却带来了许多变化。我们那躺在绿荫环抱之下的河边小巢，现在已被许多工厂取而代之，它们巨蛇似的到处竖起嘶嘶作响的头颅，喷吐着黑烟。在当今的生活里，中午的炎热之中，就连我们精神上午憩的时间，都被缩短到最低限度，多方面的不宁侵犯着生活的每一个活动领域。这也许是使生活更美好，但我，可算作一个不全把它当作是好的人。

我在河畔度过的这些美好日子，就像是许多供献的莲花，在圣泉里一朵一朵流了下去。有几个雨天的下午，我用自编的曲调唱着古毗湿奴诗派的诗歌，拿手风琴来给自己伴奏，在十足的狂热中度过。有的下午我们就泛舟河中，我唱着歌，哥哥乔迪楞德拉用小提琴伴奏①。从"普拉维"调②开始，随着天空越来越暗，我们不断更换着音乐的调式，我们看到，当我们唱到"贝阿伽"调的时候，西方的天空，正把金灿灿的摆设收起，关上大门，接着，月亮从东方的树梢上升起了。

然后我们把船划回到别墅的河畔石阶边，在临河阳台里铺摊开

---

① 五十五年以后，即在一九三五年夏，七十五岁高龄的诗人花了几天时间，游览了恒河。在琼德拉纳格尔，船只停泊的地方，正是他青年时代度过愉快日子的地方，房子虽已倒塌，但他一眼便认了出来，沉浸在对往事的回忆之中。

② 印度古典调式往往随着季节或一天中的不同时间而变换，"普拉维"是薄暮的调式，"贝阿伽"是迟暮的调式。

来的褥子上坐定。这时候,一片银白色的宁静笼罩在水陆之上,河上几乎没有一条船,河岸的树梢变成一个深深的阴影,月光在风平浪静的河流上微微地闪烁。

我们住的别墅名叫"莫兰花园",一段石阶从水面引上长长宽宽的阳台,成为这房子的一部分。这房子,房间的结构布置并不匀称,也不在一个平面上。有的屋子要通过几层楼梯才能到达。那间俯瞰着河边石阶的客厅,镶有彩色图画的玻璃窗。

有一幅图画是一架秋千,从半隐在浓密树叶里的枝头垂将下来,在凉亭里方格式的光和影之间,有两个人在荡秋千;有一道宽阔的台阶,一直延伸到一个城堡式的宫殿里,穿着节日盛装的男男女女在这台阶上面上来下去。当阳光照临到窗上的时候,这几幅图画就光彩夺目,似乎要用节日音乐的气氛来充满河畔。一种遥远的、久被忘却的欢宴,似乎在光明的无言的词句当中自己表现了出来,这一对荡秋千的情侣,其恋爱中的喜悦,使得河岸上的林野,也同他们永恒的故事一起活了起来。

这房子最高的屋子是一个四面有窗的圆亭。我就把它用作写诗的屋子。从这里,除了看到周围的树梢和辽阔的天空,什么也看不见。我那时正忙着写《晚歌集》,关于这间屋子,我写过:

在这里,在无限的天空怀里,云彩安然睡去,
啊,诗歌!我为你盖好了我的房子。

三十三 再谈《晚歌集》

这个时期,我在评论界的口碑,是一个韵律破碎、说话口齿不清的诗人。关于我作品的一切都被称为伤感与隐晦。尽管当时我对这

些话不大理会,但这种批评不是完全没有根据。我的诗的确缺少现实的成分。但在我早年的幽闭之中,我从哪里去获取必要的素材呢?

但有一件事我拒绝承认。在批评我诗歌很感伤的后面,有一种暗含的讽刺,说这些诗是为了效果而无病呻吟的。视力良好的幸运者很容易嘲笑戴眼镜的青年,仿佛这青年仅仅为了增加光彩,才戴上眼镜的。对这可怜的人的毛病,有点反应是许可的,但如果指控这青年,说他假装看不见,那就太不对了。

星云不在宇宙之外——它只是天相的代表而已;把所有不够明确的诗都舍弃在外,不会把我们带到文学的真实上去。如果人性的任一方面得到了真实的表现,它就是值得留存的——只当它没能真实地表现的时候,才可以把它丢在一边。在人的生命中,有这样的一个时期,无法形容的伤感,不清晰的痛苦就是他唯一的真情实感。努力表现这种情感的诗,不能算是没有根据的——在最坏的情况下,它或许会毫无价值,但也不一定就是如此。罪过不在于表现出来的那些东西上,而在于没能把它们表现出来。

人是有双重性的。对于人的内心,即在他的思想、情感和事件的外在水流之下暗藏的潜流,我们所知甚少,也似乎无甚相干;即便是这样,作为生命历程中的一个因子,这个内在的人也不能被舍弃掉。当外界的生活不能和内心相互调和时,内在的他就会受到伤害,他的痛苦就会用一种难以命名、无法描述的形式,表露在外在意识上,这痛苦的呼声更类似于无声的呜咽,而不像那些有确切意义的词句。

《晚歌集》里所表现的沮丧与痛苦的根基,植于我心灵的深处。正如任何具有瞌睡意识的人为竭力保持清醒状态以同噩梦作斗争一样,深处的心灵挣扎着要从自己模糊不清的状态中解脱出来。这些抒情诗就是那段心灵挣扎的历史。诗和一切创造物一样,都有一个力量的对立面。如果分歧太大了,或是太一致了,在我看来,就没有诗的空间了。每当不调和的痛苦,奋力求得并表达它要达到和谐的决心时,诗歌就迸发成为音乐,就像吹笛子一样。

当《晚歌集》刚问世的时候,它并没有受到大肆的鼓吹,但它也不缺乏爱慕者。我还在别的地方提到过这件事,就是在拉米施·钱德拉·杜特先生长女的婚礼会上,班吉姆先生①站在门边,主人照例地以花环来欢迎他。当我走上前去的时候,班吉姆先生把花环从他自己脖子上取了下来,热情地把它套在我的脖子上,说:"拉米施,花环应该给他戴上,难道你没有读过他的《晚歌集》吗?"当杜特先生坦率承认还没有看过的时候,班吉姆先生马上对其中的几首发表了看法,他的举止,对我是极大的奖赏。

《晚歌集》让我得到一位朋友,他的赞许像太阳的光辉,刺激并引发了我青春年华的嫩芽。这位朋友是普莱雅纳特·森先生。在这之前,《破碎的心》使他对我完全放弃了希望。我用《晚歌集》把他争取了回来。跟他有交情的人都知道他是文学七海②中熟练的领航员。印度文学和外国文学的大路小路,他都常常来回走过。同他谈话,能瞥见思想世界中最罕见的景物。这对于我,是有最大的价值的。

他能以最充足的信心来表达他的文学观点,因为他不凭藉他那无助的品位来支配他的好恶。他的这种权威性的批评,对我的帮助是说不尽的。我常对他朗读我所写的一切诗歌,假如没有他那有区别性的欣赏的及时雨,那么,我很难说我的早期耕耘能否得到那样的收获。

---

① 即班吉姆钱德拉·查特吉。
② 印度童话和民间故事都说,世上有七个海和十三条江。

三十四 《晨歌集》

　　我在河畔的时候也写了一些散文,但都没有什么明确的题目和计划,只是在一种小孩捕捉蝴蝶的心情下写的。心中的春天来临时,五光十色、稍纵即逝的幻想产生了,在脑海里四处飞舞,这在平常是注意不到的。在我悠闲的那些日子,也许是因为一时的兴致,我要把产生在我心里的幻想收集起来。或者是因为得到解放了的自我的另一面,就是要挺起胸膛,决定想怎么写就怎么写;写什么并不是我的目的,只要写的人是我,这本身就足够了。后来,我在《杂题》的书名下把这些散文发表了,但是它们和初版一同夭折,在再版中也没有得到新的生命。

　　我想,在这时候,我也开始写我的第一本小说《王后市场》。

　　我们在河畔住了些日子之后,我哥哥乔迪楞德拉住进了加尔各答的苏达街靠近博物馆的一所房子里。我还是和他住在一起。当我在这里继续写作那篇小说和《晚歌集》的时候,一个重大的变革在我心里发生。

　　一天,在下午晚些时候,我在我们乔拉桑戈的房子的屋顶凉台上踱步。日落的余晖和黄昏的暗淡,以某种方式混合在一起,仿佛给予即将到来的夜晚以奇特美妙的魅力。连毗连的墙壁都愈发地美丽。我不由疑惑,在这个日常的世界中,平凡之物上的帷幕被掀开,难道是暮色中的魔力使然? 决不是的!

　　我立刻能够看出这是夜晚在我内心的效果,它的光影把我的"自我"消灭了。当"自我"在耀眼的白日里欢腾的时候,我所感知的一切都搅混在一起,隐藏住了。而现在这个"自我"被放在背景里去,我就能看到世界真实的一面。这一面是不平凡的,它充满着美和欢乐。

自从这次经历之后,我屡次特意压抑我的"自我",仅以旁观者的身份去观看世界,每次我都能得到一种特别愉快的感觉。我记得我也曾试着向一位亲人解释如何去看世界的真面目,以及在这幻象之后,我们身上负担的感觉是如何地随之减轻,但是,我相信我的解释没有成功。

之后我又得到一次顿悟,这种顿悟在我的一生中持续着。

从我们苏达街的房子里,能看到这条街的尽头和对面自由学校校园里的树。有一天早晨我偶然站在阳台上往那边看。太阳正从那些树的树梢上冉冉升起。在我不住的凝视中,在我眼前一张帷幕突然被掀开,我感到,世界沐浴在一种奇特的光明之中,欢乐和优美的波涛在四周翻滚。这光明立刻穿透了累积在我心头的重重叠叠的悲戚和沮丧,以这种无处不在的光亮充溢着我的心。

我就在那一天写了那首《瀑布的觉醒》,完全是像瀑布那般倾泻出来的。这首诗写完了,但是帷幕并没有把宇宙快乐的那一面夺走,而且此后世界上没有一个人或者一件事物对我是渺小无味的。发生在第二天或是第三天的一件事情,使人大为惊奇。

有一个性情古怪的人时常到我这里,他有一种习惯,老爱问种种愚蠢的问题。有一天他问我:"先生,你亲眼看见过神吗?"在我刚承认说我没有看过时,他就断然地说他看见过。我问他:"你看见的是什么?""他在我眼前翻滚跳动着。"这就是他的回答。

很容易想像,我们平日里是不太愿意同这样的人在一起进行这种深奥的讨论的,而且我那时正全神贯注于写作。但是,因为他是那种无恶意的人,我可不愿伤他那敏感的心,因此,我就尽可能容忍他。

有一次,当他在一个下午来我这里时,我真的很高兴见到他,便热烈地欢迎他。他那怪癖和笨傻的外衣似乎脱落下来了。这个我如此热烈欢迎的人,我认为一点也不比我低下,而且我们相处很好。当我看到他的时候,我心中没有半点厌烦;和他在一起,也不感到虚掷光阴。我心中充溢着无限的快乐,感到掀掉了一圈不真实的薄物,这薄物曾一直使我遭受不必要的、莫名其妙的不快与痛苦。

当我站在阳台上的时候,每一个过路人,不管他是谁,在他走过时,其步法、身材和容貌对于我都显得格外的奇妙——他们是宇宙之海上的波浪,从我面前流过。从孩提时期起我只用眼睛观察世界,现在我开始用我整个生命去观察世界。两个微笑的年轻人,一个的手臂搂住另一个的肩膀,从从容容地走了下去,这样的景象,我不能再把它当作是一件无关紧要的事。因为透过这些平凡的景象,我能够看到永恒的快乐之泉,从其最深处,无数欢笑的水花跳溅到整个世界上去。

我以前从来没有留心,人的四肢和面貌总是伴随着他的哪怕是很微小的举动而活动;现在,我随时都可以在各个方面见到它们各种各样的活动,这简直令我入迷。但是,我不把它们分开来看,而是把它们看作是人类世界上,在每个人的家里,在他们多种多样的需要和活动当中,同时在进行着的、令人惊叹的美丽伟大的舞蹈中的一部分。

朋友跟朋友一起欢笑,母亲爱抚她的婴儿,一只牛挨挤到另一只牛的身边,为它舔着身子,这些情形背后的无限广大,以一种几乎带有痛苦体验的震撼,直抵我的心灵。

在这时期我写过:

> 我不知道我的心门怎样忽地打开,
> 让世上的人群突然涌入,彼此问好——

这不是诗歌式的夸张。我倒是没有足够的力量来表达出我所感到的一切。

我在这种忘我的幸福状态下一连度过了些日子。之后我哥哥想到大吉岭去。我想,那再好不过了。在巍峨的喜马拉雅山巅,我定能对在苏达街所见到的那些东西看得更深入。反正,我要看看喜马拉雅山如何对我新的幻想才能展示自己。

但是,胜利欢悦是和苏达街上的那所小小的宅院紧紧相连的。一旦我登上山顶,环顾四周,我立刻意识到我失去了自己新的幻想。我的罪过一定是,我想像我可以从外界取得更多的真理。无论这座山中之王是怎样地刺穿天空,在它的礼物中,没有可以赠予我的东西;而那位赠予者,却能够在最肮脏的小巷里,一瞬之间,惠赐一个永恒的宇宙的幻象。

我徘徊在松林中,歇息沐浴在溪水旁,透过晴朗的天空,凝眸遥望着我仿佛没有发现过的肯吉姆肯塔①的雄姿。我必须去认识它,但不能端详太久。就像正当我凝神观赏着美丽的宝石时,盖子突然被阖上一样,我只能痴呆呆地望着它那封盖的盒子,虽然宝石在盒子里依然在闪闪发光。但是,就为着这盒子手艺的精美,把它误当成一个空匣也不会有什么风险的。

我的《晨歌集》写完了,它最后的回声连同我在大吉岭写的《回声》一起消逝。这些诗歌含意深奥、令人费解,因此有两个朋友为揣测其中的真实含意打了赌。我唯一的安慰是,他们谁也没有输掉钱,因为当他们来求我解答的时候,我同样无法解开这个谜。惜哉!我写像《莲花》和《湖》那种极其简单明白的诗的日子,已经一去不复返了。

但是,难道诗歌是为解释某桩事而写的吗?心里产生了感情,诗

---

① 喜马拉雅山上仅次于珠穆朗玛峰的第二高峰,即K2峰,也即乔戈里峰。

人才努力要通过诗歌形式表达出来。因此,当有人读了我的诗歌,说他不懂它,那么,我真是不知所措了。倘若有人一面闻一朵花,一面说他不懂它,那对他的回答是:这里不需要理解,它仅仅是香气而已。如果他还坚持,说这个我知道,但是它到底是什么意义呢?那就要么换个话题,要么说得更深奥一些,说香气就是宇宙的快乐在花朵里的具体显现。

词是有意义的,这就是它的困难之处。正因为如此,诗人把它们组成韵律和诗句,以便使它们的含意含蓄些,使感情能够得到一个自然流露的机会。

这种感情的表达决不是对基本真理的解释,也不是对科学事实的解释,更不是道德教诲。像一滴眼泪或是一个微笑,只是在内心发生的一幅图像。如果科学和哲学可以从诗里得到什么,那尽管让它们去得,但这不是诗歌存在的目的。如果坐船渡河时,你捉到一条鱼,那算你运气好,但决不能就此把那条渡船当作渔船;同样,倘若渡船的艄公没有抓到鱼儿,也不能责怪他失职。

《回声》写于很久以前,因此它逃过了人们的注意,现在也没有人来叫我算其含意的旧账。然而,不管它的别的优点或者缺点是什么,我能告诉读者的就是,我在诗里无意提出一个谜,或者狡狯地传达什么教诲。说真的,内容早就在我心中酝酿成熟,只是没有定名,我只是把它作为我希望的一个"回声"。

在宇宙诗歌的溪流的深处,清泉向外涌流时,它们的回声就从我们心爱的人的脸上、周围其他美丽的事物上反射到我们的心里。我认为这种回声我们一定喜爱,而不是那些碰巧由它反映的东西本身。因为,今天我们不屑一看的,明天却正成了我们全心热爱的东西。

我很长时间只从外在的幻象来观察世界,因此我看不到快乐的全部。忽然间,从我生命的最深处,一道光明找到了出口,迸射出来,替我把整个宇宙都照亮了，从此，宇宙看起来再也不是一堆事物或是事件，而是以一个整体被揭示在我的眼前。这种经历似乎向我讲述，从宇宙心中涌出的诗歌之流，流在时间与空间之上，就像喜悦的波涛回流到它的源头一样，一再回响。

当艺术家从充满感情的心中把他们的歌声表达出来时，真的是一种快乐。而当这歌声又飘荡回来让他听见时，这快乐又增加了一倍。倘若"原始诗人"的诗作，像喜悦的潮水一般，也如此回流到他身边，我们进而让它流经我们的意识时，我们立刻就能以一种不可言说的方式意识到这潮水流向的终点。在我们这样开始意识的时候，我们心中的爱启程了；我们的"自我"也从他们停泊的地方移动了，欣然地漂流下快乐的河川中，到它无限的目的地去。这就是我们在看到"美"时，心中所激起的希冀的意义。

从无限流向有限的水流——就是"真"，就是"善"。它受规则管辖，有固定的形式。它从有限回归到无限的回声是"美"与"喜悦"，难以捕捉，因此才使我们心醉神迷。这就是我通过一个比喻或是一首诗歌在《回声》中试图所说的。结果难以让人明白，也是不足为怪的，因为那时的意图本身就不清楚。

让我在这里记下我在上了年纪时，所写的关于《晨歌集》的信件中的一部分。

"世上空无一物，一切皆在我心"——这是一种属于特定时期的心理状态。当心灵开始觉醒，它张开双臂，想要拥抱整个世界，如同一个正在长牙的婴儿，认定世界上的一切东西，都是为着他的嘴而预备的。渐渐地，他知道了什么是他真正想要的，什么是他不想要的。接着，他那模糊不清的欲望就自我浓缩起来，再得到热量，也发出热量。

想要全世界，就是一无所得。当一个人把欲望浓缩起来，集自己所有的能力专注于任一件事物上时，他才看得见无限之门。《晨歌集》是我心中的自我第一次迸发出来，因此缺乏这种浓缩的任何表征。

然而，这个第一次的迸发，其弥漫一切的喜悦，也能引领我们去了解那些特定的东西。湖水在满溢的时候，会流成一条小河。在这个意义上，那个恒久的后来的爱，要比最初的爱狭隘些。它在方向上更为明确，每个单一都欲实现统一，这样推动着走向无限。它最终达到的，不再是原来那个内心欢悦的无限延伸，而是融入了超脱自身之外的无限真实当中，从而得到了它本身渴望的全部真理。

在莫希塔先生的版本里，《晨歌集》是放在以《出现》为题的组诗里发表的。因为在那些组诗里，可以找出我从《心的荒野》走向心灵公开的最初印记。从那时起，这颗朝圣的心，在各种心境下，以各种方式，逐渐地、部分地认识了世界。最后，在驶过那无数的渡口阶梯之后，它将要达到无限——不是不确定的模糊不清，而是真理的圆满实现。

在我童年时，我就喜欢和"自然"进行简单而又亲密的交流。我们宅园里的每一棵椰子树，从我看来都有其与众不同的性格。当我从师范学校放学回家时，我看见我们屋顶凉台的天边，灰蓝色的载满雨点的浓云堆积起来，我心里立刻就充满了最深沉的喜悦，这一幕我到现在仍然记得很清楚。每天早晨一睁开眼，刚唤醒的世界就像是我的游伴似的，总是欢快地找我和它一同出去；中午的天空，极其热烈，常常在漫长的、寂静的午憩时间的守护下，神秘而又迅速地把我从乏味的世界带进了与世隔绝的隐居深处；夜晚的黑暗，常把通往幻影之路的大门打开，把我带过七海十三江，经历一切可能与不可能，直到幻境。

后来有一天,在青春伊始,我那饥渴的心灵迫切需要食粮时,一道栅栏隔开了自由的里面与外面。我的整个身心,都在我不安的心的周围,停滞不前,在内心里造成一个漩涡,把意识囚禁在这急转的漩涡里。

心灵在饥渴之下压倒一切的需要,造成了内心和外在的失调,由此限制了我与自然的神交,我在《晚歌集》中对此进行了哀悼。在《晨歌集》中,我庆祝了栅栏上的一扇门,它的忽然开启,也不知受了什么震撼,透过这扇门,那种久违的东西失而复得,这东西本是旧识,只因被生生地拆开,现在我对它的认识显得更为深刻、更为圆满了。

就这样,我生命中的第一本书以合了又分,分了又合的几个篇章完结。或者更确切地说,完结这句话也是不对的。同样主题还要通过更为复杂更为详尽的解释持续下去,一直到一个更大的结局。每个人来到世上,其实都是在完成生命的一本书,这本书在它不同阶段的历程中,由不断加长的辐射线渐渐变成螺旋形。因而,猛一看每一片段似乎都与其他不同,其实它们都各又回到了同一的起点的中心。

在《晚歌集》期间写的散文,在我提到过的以《杂题》为题的书名下发表了。和《晨歌集》同时写的散文,是在《讨论》的书名下发表的。这两本散文集特点的不同,可以作为我那时内心变化无常的一个很好的索引。

三十五　拉真德拉尔·密特拉

大约就在这时候,我哥哥乔迪楞德拉有了把一切有名的文人聚在一起,创立一个文学学会①的想法。这个学会目的是为了收集权威性的孟加拉语言的技术术语,同时也以其他方式促进孟加拉语言的

---

① 指"智慧女神社"。

发展——在这点上,和现代的"文学研究院"工作所采取的方法也只有很少的差别了。

拉真德拉尔·密特拉博士热情地接受了关于创立这个学会的看法,并且做了这个寿命不长的学会的主席。当我去邀请维德亚萨加尔先生来参加学会时,当他听完我对于这学会目的的解释以及预备邀请的人员名单后,说:"我劝你们离我们这些人远些——你们与这些极有声望的人在一起,将一事无成,他们永远不可能在任何事情上取得一致的意见。"说完,他拒绝加入。班吉姆先生成为了会员,但我不敢说他对学会的活动有多大的兴趣。

坦白地说,在这学会存在期间,拉真德拉尔·密特拉独力支撑了一切。他从地理术语开始收集。草案稿是拉真德拉尔博士亲手编撰出来的,印刷后在会员中传阅以征求意见。我们也想把每一个外国国名,按照它的发音,把它们音译成孟加拉文。

维德亚萨加尔先生的预言应验了。叫那些要人去做事是不可能的。这个学会在萌芽后不久就枯萎了。但是拉真德拉尔·密特拉是一个多方面的权威,他本人就是一个学会。能荣幸地跟他结识,使我在这个事业上的努力得到了极大的回报。我见过许多当代的孟加拉文人,但没人留下过像他这样光辉的印象。

我常到位于玛尼克塔拉街的沃兹大院的办公室去看他。我早晨去,总看见他正忙于研究,年轻人不懂体谅他人,我总是毫不犹疑去打搅他。但是我从来没有见他为此而感到哪怕是一丝不安。他一见我就把工作放在一边,开始和我谈话。人人都知道他有点耳背,因此他很少有让我发问的机会。他总提出一些大的话题,滔滔不绝地谈着,就是他那种讲话的魅力把我吸引到他那里去。跟任何人交谈,也得不到如此多样的话题上的大量有启发性的观点。我总是入迷地听着。

我记得他是教科书委员会的委员，每一本送来审查的书他都读过，用铅笔作了注解。有时，他会从中挑出一本书来，作为具体的分析孟加拉语言结构的文本，或是作为一般的学科讨论文本，这让我受益匪浅。他没有研究过的学科很少，而他所研究过的学科，他都能清楚地阐明。

倘若我们没有指望那些我们想找的其他学会会员，而把一切工作都交给拉真德拉尔博士去做的话，现在的"文学研究院"一定会发现，它现在所忙于的一切，还不如他一个人所做的那么多。

拉真德拉尔·密特拉博士不但是一位造诣很深的学者，而且他还有一个引人注目的性格，从他外观上就可以显现出来。在公共生活上他满怀激情，但也能和和气气对我这样一个毛头小伙谈论最艰深的话题，而没有一点屈尊俯就的样子。我甚至充分利用了他的这种屈尊俯就，从他那里为《婆罗蒂》拿到一篇文稿《阎王的狗》。对于别的和他同时期的大人物，我就不敢冒昧去请求了，我就是去了，也得不到和他一样的响应。

然而，当他准备论战时，市政委员会或是大学理事会里的对手，怕他怕得要命。在那时期，克利斯图·达斯·帕尔是圆滑的政治家，拉真德拉尔·密特拉则是勇敢的斗士。

为了亚洲协会的书刊和研究的目的，他必须雇用一些梵文先生来替他做一些机械的工作。我还记得，这件事给了那些眼红他的人和卑鄙的诋毁者一个机会，说这些工作都是梵文先生做的，而拉真德拉尔通过欺诈，窃取了一切荣誉。直到今天，我们还常发现，这些工具僭取了成就的绝大部分，而把工具的使用者，当作是一个装饰性的傀儡。倘若可怜的笔也有思想的话，它一定会哀叹不平，因为它弄得一身墨污，作者却得到了一切荣耀！

令人奇怪的是，这位卓越的人物，纵然直到死后也没有得到他的同胞的赏识。理由之一,也许是因为举国都在哀悼在他之后不久去世的维德亚萨加尔,其他逝者就没有机会获得认可了。还有一个理由是,他的主要贡献是在孟加拉文学的领地之外,他没能进入人民的心中。

三十六　卡尔瓦尔

我们在苏达街的聚会,以后就自动地迁到西海岸的卡尔瓦尔去。卡尔瓦尔是卡纳拉区的首府,在孟买省的南部。它是梵语文学中的喜马拉雅山地带,产小豆蔻蔓和檀香树。我的二哥那时候在那里做法官。

这个群山环绕的小海港,偏僻到没有一点港口的样子。新月形的海岸,对着无边的大海伸开双臂,像渴望着什么似的,竭力想把无限拥抱起来。广阔的海滩边缘,有木麻黄树林,海滩的一端被卡拉纳迪河所切断,这条河流经两侧皆是重山的峡谷,从这里汇入大海。

我记得,在一个月夜,我们怎样地泛舟溯河而上。我们在希瓦吉①的一处古山堡下停住,上了岸,走进一个打扫得干净的农家宅院里。我们在一个地方坐定,那里可以看见月光掠过外面的围墙顶上,我们吃光了随身带来的东西。回来的时候,我们让小舟顺流而下。夜色笼罩着凝滞的群山和森林,在这条小小的卡拉纳迪河静寂的水流上,洒满了月光的魅力。我们费了很长时间才到达河的入海口,因而,我们不经海上回去,下了船从海滩上的沙地步行回家。这时,夜已深了,海上连细浪也没有,甚至那木麻黄树哀愁不断的沙沙声也静下去了。广阔沙地两旁的树影,一动不动地垂挂在其边沿,圆圆的地

---

① 希瓦吉(一六三〇—一六八〇),马拉塔联邦的盟主,曾统治印度西海岸全部马拉塔地带。

平线上,灰蓝色的山在天空的怀里恬静地睡着了。

穿过这无限纯白中的深深的寂静,我们几个活物和自己的影子一起往前走着,一语不发。我们到家的时候,我的睡眠陷入到更深的境界之中。我在那时写了一首诗,和遥远海岸的那一晚分不开。若是要把和它缠绕在一起的记忆分开,我不知道它将如何感染读者。这种怀疑,让我没有将它收在由莫希塔先生所出版的我的诗集里。但我相信,让它在我的回忆录里出现,或许不会被认为不妥。

> 让我陷下去,陷进午夜的深处。
> 让大地松开对我的怀抱,让它使我免于尘土的障碍。
> 啊,星星,尽管你们陶醉于月光中,但请你们远远地守望着我,
> 让地平线展翅在我周围飞翔,静静的。
> 让这里没有歌声、言语、声响、抚摸;没有睡眠,也没有唤醒,
> 只有月光,心醉神迷似的,对着天空,对着我。
> 世界,在我看来,像一艘船只,载着无数朝圣者,
> 消失在遥远的蓝天里。
> 水手的歌声越来越微弱,飘荡在空气中。
> 这时,我渐渐变小,小到一个点,
> 陷入无尽的夜的怀里。

有必要在这儿说明,仅仅因为在感情充沛时写了点东西,那东西不一定就很好。倒不如说,那个时候是丰沛情感的吐露。就像作家在表达时,完全摆脱感情是不可能的一样,诗人若与自己表达的感情过分密切,也不可能产生最真实的诗。回忆是支画笔,能最好地涂抹

出真实的诗歌的色彩。与现实靠得太近,对感情有过分强迫的味道,而想像呢,除非它能摆脱感情的影响,不可能有充分的自由。不仅诗是这样,一切艺术无不如此,艺术家的心灵必须有某种程度的超脱——人内心的"创造者"必须获准单独掌控。如果题材在作品中占了上风,结果无非是事件的复制而已,不是艺术家的心灵对它的反映。

三十七 《自然的报复》

我就在卡尔瓦尔写了《自然的报复》,这是一部诗剧。主角是一个修道士,他斩断了一切欲望与情感的镣铐,力求战胜人的本性,从而达到自我的大彻大悟。然而,一个小姑娘把他从与无限的交流中召回尘世,让他再次坠入人类情感的枷锁。修道士回来后认识到,在低微中可以看见伟大,在有形的界限内可以看见无限,而灵魂在爱中可以找到永恒的解脱。只是在爱之光中,一切有限才溶入无限。

卡尔瓦尔的海滩无疑是个合适场所,能使人认识到自然的美好并非想像的幻境,而是反映出无限的欢乐,因而能引我们沉浸其中。在宇宙于其定律的魔力中显现自己的地方,我们若对它的无限有所忽略,那并不奇怪;但在人的心于最渺小事物的美中直接接触到无限的地方,难道还有争论的余地?

人的本性通过心的小道,把修道士带到在有限上加冕的无限面前。在《自然的报复》里,一方面是满足于低贱地位和愚昧无知的乡村野夫、过路人;另一方面是修道士,弃绝了一切,甚至自己,沉湎于修炼,以实现超脱凡界。当爱填平了两方面人之间的鸿沟时,修道士与有家室的凡夫俗子的结合,那么凡界的低贱和天界的虚无就融洽无间了。

除了形式上稍稍不同之外,这是我亲身经历的事,也是关于迷人的光线的故事。人性的光,射进我遁世隐退的深穴中,使我更圆满地与本性融为一体。这《自然的报复》可以看作我以后的整个文学创作的序曲;或者更确切地说,我所有作品都是建立在这个主题上的——从有限之中获得无限的欢愉。

从卡尔瓦尔回来的途中,我在船上为《自然的报复》写了几首歌。当我坐在甲板上一面唱着一面写着第一首时,心里充满了极大的喜悦:

> 大妈,把你的爱子[1]交给我们吧,
> 让我们带他到牧场,在那里我们放牧着牛群。

太阳升起了,花苞绽开了,牧童们前往牧场;可是他们不会有阳光、鲜花,他们在牧场上的嬉戏也将索然寡味。在这一切之中,他们想要他们的克里希纳和他们在一起。他们想要看见大神细心装扮的可爱的形象;他们这样一大早出来,就是为了要在森林、田野、山峦、溪谷中,和他一起快乐地嬉戏——而不是远远地仰慕他,也不是要看他庄严的法相。他们携带的装备少到不能再少——一件朴素的黄衫,一个野花扎成的花环,就是他们所需要的全部装饰。因为,在欢乐盛行的地方,努力地去寻求它,或是通过铺张的仪式追求它,都意味着失去它。

从卡尔瓦尔回来不久,我就结婚了。那时我二十二岁。

---

[1] 指印度教大神毗湿奴化身的克里希纳。

三十八 《画与歌》

《画与歌》是一本诗集的名字,其中大部分的诗都是这个时期写的。

那时,我们住在劳阿尔·萨尔卡尔勒尔街上一所带有花园的房子里。南边毗连一个大布斯蒂①。我常坐在窗子附近,凭栏凝望着这个人口稠密的居留地的景象。我喜欢看他们如何工作、玩耍、休息,以及忙于日常生计的种种喧闹情况。这一切对于我仿佛都是一个活生生的故事。

那时我具有一种丰富的观察力。再小的单独的一幅画面,我也用想像的光芒和心中的喜悦把它包裹起来,并且每一幅画,都因其本身的哀婉动人而具有各种色彩。像这样单独地区分开每幅画,其乐趣同把它画出来一样,两者都是渴望的产物,渴望把自己耳闻目睹的事,镂刻在心灵上,用肉眼去窥探内心的奥秘。

假如我是一个画家,我一定努力用画笔画下那些日子的景象和想像中的永恒的形象。当时我内心十分活跃,有着如此多意识的活动,但是,我却没有作画的能力。我有的只是字句和韵律,而且,就是把它们作为画笔,我也仍然没有学会画出坚实的线条,颜料常泼出界限。可是,就像第一次用颜料盒的年轻人那样,我整天都用新生的青春那色彩缤纷的幻想涂抹着。假如现在用我二十二岁时的眼光来看这些画,即使画面粗糙,色调模糊,也仍能辨认出它们的一些特色。

我说过,我文学生涯中的第一本书随着我写完《晨歌》而告终。

---

① 仆人、工匠等的居住区。区内简陋的小屋鳞次栉比,有小径通马路。当时,这儿虽没有像今天那样拥挤,但仍有许多工人和下层人民的棚房搭在像作者居住的那类花园洋房周围。这类简陋的棚房或棚屋,被雅称为住宅区。

同样的主题这时用不同的表现形式继续着。我确信,这本诗集开始的许多诗篇都是没有价值的。就好比在新的开始时,多余的准备工作总是要做的。假如这些诗歌是树叶的话,它们就会适时地掉落。不幸的是,尽管不希望长期存留,然而书页至今仍牢牢地粘在一起。这些诗的特征是,即使对细微的事物,也加以密切关注。我在《画与歌》里,不遗余力地重视这些低微的事物,用来自内心的感情描绘它们。

或者,更确切地说,还不是这样。当心弦与宇宙万物合拍时,宇宙的歌声时时刻刻都能唤起心灵和谐的共振。正因为这乐声发自内心,因此,在作家眼里,没有什么东西是微不足道的。我眼睛所见的任何东西都能在我的心里找到回应。正如孩子一样,他们能与沙子玩耍,与石头,与贝壳,或与他们能得到的任何东西玩耍(因为他们心里有游戏的精神),当我们的心里充满青春的歌声时,我们也能认识到,宇宙这架竖琴把它各种和谐的琴弦伸向四面八方。离我们最近的事物,也能像别的东西那样为我们伴奏,没有必要去寻觅远处的。

三十九　一段中间时期

在写《画与歌》与《升号与降号》期间,出现了一种儿童杂志名叫《儿童》,它的寿命不长,像一年生植物。我二嫂觉得孩子们需要一本有插图的杂志。她的意思是,家里的年轻人出一份力,但她觉得这还不够,就亲自做编辑,请我帮忙写稿。

《儿童》出版一两期后,我去代沃卡尔拜望拉杰纳伦先生。因为归途中火车很拥挤嘈杂,我能找到的只是一张卧铺,上面的灯已经没有了罩子,我无法入睡。我思忖,我不妨利用这个机会为《儿童》构想一个短篇小说。尽管我搜索枯肠,这篇小说仍然毫无头绪。终于,睡意替代了创作,才搭救了我。我梦见一座庙宇的石阶,石阶上浸透了牲畜的鲜血——一个年幼的女孩站在那儿,用怜悯的口吻问她的父亲:"爸爸,这是什么,莫非是血?"她父亲竭力控制住自己激动的心情,用一种冷漠生硬的口吻回答她,以便平息她的好奇心。当我醒来时,故事就有了。我有许多这样得自梦境的小说和其他作品。我把梦中的这个情节编进蒂普拉邦王公戈宾达·马尼克耶的历史中,用它写成一篇短篇小说《贤哲王》[①],在《儿童》上连载。

那段日子过得自由自在,无忧无虑。没有什么特别的事急于通过我的生活或是作品表达。在人生的道路上我还没有加入到旅行者当中,只是一个看客,从我的路边窗子里往外观望。我不断看见很多人忙于生计,匆匆来往。春季、秋季、雨季不时地不请自来,同我相处一阵。

但我并不只同季节打交道。各种各样稀奇古怪的人,像船儿似的,漂离了他们停泊的地方,有时侵扰进我的小屋子里来。其中有些人,欺负我不懂人情世故,使出种种特别的手段以求进一步达到自己的目的。其实他们没有必要这样煞费苦心,占我上风。那时我涉世未深,我的欲求又很少,而且我也根本没有聪明到能辨别信仰的好坏。我常想,我资助了一些大学生的学费,对这些大学生来说,这学费就像他们没有读过的书那样,太多了。

有一次,一个满头长发的青年送来一封他虚构的姐姐给我的信,信里她请我保护她这个受继母虐待的弟弟,继母当然也是虚构的。这个弟弟不是虚构的,这是清楚不过的了。但对我来说,他"姐姐"的那封信,就像找一个神枪手去打一只不会飞的鸟那样,没有必要。

另一个年轻人来对我说,他正在为取得学士学位而苦读,但他现

[①] 五年后,他在自由体诗剧《牺牲》中又运用了这个情节。

在脑子有点毛病,不能去参加考试了。我很关切,但鉴于我对医学或是任何科学都远谈不上精通,我简直不知怎样给他出主意。但他接着解释,说他在梦里见到我的妻子在前世里是他的母亲,若是他能喝点我妻子的脚触碰过的水,他就能痊愈。"也许你不信这类事吧。"末了,他笑了笑。我说,我信不信没有关系,只要他认为有作用,就尽管要求。说完,我就设法给他一小瓶他希望的被我妻子的脚碰过的水,他说他觉得好多了。由于进化的自然规律,他从流体的水发展到了固体食物。后来他占据了我屋子的一隅,开始和他的友人在那里聚集抽烟,最后我不得不从烟雾弥漫中溜之大吉。无疑,他在逐渐向人表明,他的脑子可能有毛病,但却肯定不弱。

在这次经历之后,又经历了大量的考验,我才使自己相信前世的孩子。我的声名一定已传播开去,因为我之后收到了一封"女儿"的来信。可是这一次,我客气但却坚定地到此为止了。

这期间,我和斯里什·钱德拉·马祖姆达先生的友谊迅速成熟。每天晚上,他和普里亚先生总到我的小屋子里来,我们讨论文学和音乐直到深夜。有时就这样度过一整天。事实是,我的自我还没有塑造、培养成坚定明确的个性,因此我的生命就像一片秋天的云彩那样,轻舒地飘荡着。

四十 班吉姆·钱德拉

这时,我与班吉姆先生的交情开始了。我第一次看见他已是很久以前的事。那时加尔各答大学的老同学举行每年一度的聚会,钱德拉纳特先生是年会的领导人物。也许他心存这样一种希望:在未来的某个时候,我也能有资格成为其中的一员。不管怎样,他要我在年会上朗读一首诗。钱德拉纳特先生当时还很年轻。我记得他把一首关于战争的德语诗作译成英语,打算在那天亲自朗诵,他对我们满怀热情地排练了一遍。战士诗人对他心爱的佩剑的颂歌,有时可能是他钟情的一首诗,这能使读者相信,甚至连钱德拉纳特先生也有过年轻的时候;而且,那时的确是不寻常的。

正当我在大学生年会拥挤的人群中徘徊时,忽然见到一位人物,他鹤立鸡群,处在任何人群中也难以让人忽视。他魁伟白皙的容貌,焕发出一种引人注目的光彩,我禁不住对他产生好奇心——他是那天我唯一一心想要知道姓名的人。当我知道他就是班吉姆先生时,我更惊异了。在我看来,他的外貌和他的作品一样地卓越不凡,这真是非常惊人的巧合。尖尖的鹰钩鼻,紧抿的嘴唇,锐利的目光,无一不显示出无限的力量。他两手交叉在胸前,走起路来仿佛周围没人似的,此番神态,高出旁人——就是这点给我印象最深。他不仅像一个知识上的巨人,他的额上还有真正王子的印记。

这次聚会上出现的一件小事一直印在我心底,难以擦去。在一间屋子里,一位梵文学者向听众朗诵他自己用梵文写的诗,并用孟加拉文解释。其中有个典故,谈不上很粗鲁,但却有点庸俗。当这位学者对它进行解释的时候,班吉姆先生双手捂着脸,匆匆离开了屋子。我那时的位置正靠近门口。我至今仍能看见那个在我面前蜷缩着匆忙退走的身影。

从那之后我常渴望见到他,但总难如愿。终于有一天,我斗胆去拜访他,他那时在豪拉做代理法官。我们会面了,我尽力说些客套话。但我回到家里时,不知为何总觉得很羞愧,我这样未被邀请不经介绍就贸然前去看他,看起来就像是一个不懂礼貌的狂妄的年轻人。

后来,我在岁月的年轮上增加了几圈之后,获得了那个时代最年轻的作家的地位;但根据我的成就我将处于什么具体地位,当时尚未确定。我所得到的声望是掺杂许多疑问的,甚至有不少姑息宽容的成分。在当时的孟加拉,人们时兴给每个文人指定一个与西方某作家相类似的地位。于是,这个是孟加拉的拜伦,那个是孟加拉的爱默生,如此等等①。有人称我为孟加拉的雪莱。这是对雪莱的侮辱,结果却使我可能成为笑柄。

我那时公认的绰号是咬舌诗人。我的造诣很浅,生活知识贫乏,在我的诗歌和散文中,情感超过了内容。因此,任何人在我的诗文中,也找不到什么可使他有足够的自信对我的作品加以颂扬。我的穿着和行为都同样反常。我蓄着长发,过于追求标准诗人的气质。总之,我行为古怪,不能像普通人那样适应日常生活。

这时阿克什·萨卡先生已开始出版《新生》月刊,我偶尔也向它投稿。班吉姆先生刚停办他编辑的《孟加拉观察》,正忙于宗教性的讨论,为此他开始出版《修道士》月刊。我也给它写过一两首歌曲和一篇感情奔放的赞赏毗湿奴派抒情诗的评论。

从现在开始,我可以经常见到班吉姆先生了。他那时住在巴巴尼·杜特街。不错,我常去看他,但我们谈话不多。那时的我,还处在倾听而不是对人说的年纪。我热烈希望我们能进行一次活跃的讨论。但是我的羞怯,压倒了热烈讨论的动力。有几次桑吉布②先生在那里,他斜倚在靠枕上。见到他使我快乐,因为他是个和蔼的人。他喜欢聊天,听他聊天也使人快乐。读过他的散文的人一定会注意到,他的散文是怎样的欢乐轻快,流水一般,就像他的谈话一样。具有这种谈话才能的人很少,而具有把它变成文字这种艺术的人就更少了。

这时正是梵文学者萨沙达尔出名的时候。我是从班吉姆先生那里第一次听到他的。如果我没有记错,这也是班吉姆先生的功劳,是

---

① 当时班吉姆·钱德拉被称为孟加拉的司各特。
② 班吉姆先生的弟弟。

他把萨沙达尔介绍给公众的。正统印度教想借西方科学之力,以图恢复其威信的荒谬做法不久遍及全国。神智学①早些时候已为这一运动打下了基础。并不是说班吉姆先生完全与这一教派有关联。他在《修道士》上发表的解释印度教教义的文章里,看不出有萨沙达尔的影子——但这是不可能的。

这时我从我蛰居的一隅走到外面,这可以从我为这场论战写的稿子里看出来。其中有些是讽刺诗,有些是滑稽剧,还有一些是给报纸的信件。这样,我从情感的领地上下来,到了角斗场上,开始针锋相对。

在论战最激烈的时候,我不巧和班吉姆先生起了冲突。这场冲突的经过记载在当时的《修道士》和《婆罗蒂》上,没有必要在这儿重复。班吉姆先生在结束这场争论时给我写了一封信,可惜我现在已经把它丢失。假如这封信还在的话,那么读者就可以发现,班吉姆先生在拔掉这段不幸插曲的刺时显得多么宽宏大量。

四十一 废 船

受了报纸上的一则广告的引诱,我哥哥乔迪楞德拉一天下午到拍卖行去,回来时告诉我们,说他花了七千卢比买来一艘废船,现在只要再装配一台发动机和几间船舱,它就是一艘完全合格的轮船了。

我们的同胞只会用舌头说话,拿笔写字,却连一家轮船公司都没有,哥哥一定以为这真是莫大的耻辱。我前面说过,他曾试图为国家制造火柴,但没有能使火柴划着的磨擦材料。他也想使电力织机运

---

① 神智学,又译为通神学,是一种倾向于神秘主义的宗教哲学。神智社虽然在全印度设立了许多分社,成为社会和宗教改革的一个重要因素,但由于它认为印度的问题可以由恢复和重新实行古印度的理想和制度来解决,因而被许多人看成具有开倒车的性质。

转，但在他的种种艰辛努力之后，织机只生产了一小块土里土气的毛巾就停止了转动。现在既然想看到印度的轮船下水航行，他就买下一艘空空的旧废船，这条船在一定时间内装配完备，不仅添加了发动机和船舱，还加上了他的损失和破产。

但我们应该记住，因他的种种努力而导致的一切损失和苦难，落在他一人身上，所获的经验却留给全国。正是这些没有心计、不善经营的人物，才使国家的商业领域充满他们的活动。虽然潮落和潮涨一样快，它却留下肥沃的淤泥，增加了土壤的养分。收获时节来到时，没人想到拓荒者。但是，那些在活着时心甘情愿地拿他们的一切作为赌注进而损失一切的人，不可能在死后去在意这种被忘却的进一步的损失。

一边是欧洲轮船公司，一边是哥哥乔迪楞德拉一个人；这场商业船队的战争怎样惊人地扩大，库尔纳和巴里萨尔两地居民至今记忆犹新。在竞争的压力下，轮船一艘艘增加，亏损越来越大，而收入却逐渐减少，终于到了连印船票都不合算了。库尔纳和巴里萨尔间的航运交通的黄金时代出现了。乘客不仅坐船不用花钱，还免费享受格拉蒂斯①。他们还组成了一队志愿者，一面高举旗帜，一面唱着爱国歌曲，使乘客列队走向印度轮船公司。因此，尽管并不缺乏乘客，其他各种匮乏却开始迅速增加。

爱国热情永远不能影响算术，当狂热的火焰随着爱国歌曲的调子越燃越高的时候，在决算表上的亏损栏里，三乘三永远还是九。

不善经营的人常有这样的一种不幸：他们自己像一本打开的书那样，容别人看个仔细，但自己却从不去学习怎样看懂别人。而且，既然他们要花费一生的时间和所有的财力，才能明白自己的这个弱

---

① 一种甜点心。

点,因此,他们决无机会从经验教训中获益。当乘客都有免费的茶点,工作人员也没有挨饿的迹象时,哥哥的最大收获仍然是破产,然而,他却十分勇敢地面对。

每天来自战场的胜败战报使我们异常激动。终于有一天传来消息,"斯瓦德希"号轮船撞在豪拉桥上沉没了。这一最后的损失完全超出哥哥的财产所能承受的极限,无奈之下,只好停止经营。

四十二 亲人死亡

在此期间,死神出现在我们的家里。之前,我还从未与死神正面相对过。我母亲死的时候,我还相当小。她病了很久,我们甚至都不知道她的病是什么时候转为绝症的。她一直和我们同住在一间屋子里,单独睡一张床。后来在她生病期间,我们带她去坐船在河上旅行了一次,回来后,内屋三楼上的一间屋子就留作她用。

在她逝世的那个晚上,我们在楼下的屋子里睡得很熟。无法说清那是几点钟,我们年迈的奶妈边哭边叫跑来:"天哪,我的孩子,一切都完了!"我的嫂子为了使我们免受这半夜三更突如其来的打击,斥责了她几句,把她带走了。她的话使我差不多清醒了,我觉得我的心发沉,但不明白发生了什么事。早晨,当我们得悉母亲去世的消息时,我还不明白死的全部含意。

当我们走出屋子来到走廊上时,我们看见母亲躺在外面院子的一张床上。从她的脸上看不出一点死亡的可怖。死神在那天晨光中呈现的神态,犹如宁静酣睡一样可爱。对于生与生的缺失之间的鸿沟,我们还没有深切地感受到。

直到她的尸体被抬出大门,我们随着送葬的队伍前往火葬场,我才想到母亲再也不会从这道门回来,重新像往常那样处理家务,于是,一阵悲哀的风暴在我心田里翻滚起来。白天就这样消逝了,我们从火葬场回来,当走进我们那条小巷时,我抬头看了看三楼父亲住的那间屋子。他依然在前廊里纹丝不动地在那里打禅入定。

家里最小的嫂子①照顾我们这些失去母亲的小孩。她亲自照料我们的饮食衣着以及其他一切日常需要,不断亲近我们,好让我们不至于对母亲的亡故感到过于痛苦。生者的特点之一,就是有治愈那些不可挽回的、忘却那些无法补偿的力量。而在生命的早期,这种力量最强大,因此,任何打击都不会伤人太深,任何创伤也不会永留心底。因而死神降临在我们身上的第一个阴影并没有留下一片黑暗。它只是一个影子,平静地来,又平静地离去。

在我生命更晚一些的时期,春天刚到时,我把一把半开的茉莉花扎在头巾的一角,像野猫一样到处漫游。当我把那柔软的圆锥形花蕾抚摩我的面额时,母亲手指的触摸就会回到我的记忆里。于是我清楚地意识到,存于那些可爱的指尖上的温柔,恰如这每天都绽开的纯洁的茉莉花蕾。不管我们知不知道这一点,这种温柔在大地上是无限的。

在二十四岁②那年,我对死神的认知与体验是长久的③。泪水涟涟里,它的打击因每一次亲人的亡故而不断加重。童年生活的无忧无虑,让人能从最大的不幸中跳将出来,但随着年龄的增大,要逃避不幸却不那么容易,我的心只有完全承受那一天的打击。

直到那时,我还不了解由眼泪和欢笑组成的完整生活中会有裂

---

① 指五嫂。
② 当时他实际是二十三岁。
③ 指作者五嫂伽登帕莉·黛维的死。之后不到几周,童年时代照管作者学习的三哥海门德拉纳特也相继去世。

缝。我对它是那么的依恋,因此无法察觉它正发生的一切。当死神突然降临,生活的一个方面一瞬间出现了一个大窟窿,我就完全不知所措了。周围的一切,树木、大地、河流、日月星辰,依然像往昔一样存在着;唯有那个确确实实存在的人不存在了,像幻梦一般消失得无影无踪了。可对我曾经是那么的真实呀,因在各方面都同我的生活与身心有联系。当我环顾四周的时候,我觉得这一切是多么难以理解、自相矛盾啊!我怎样才能使仍然存在的与已经消失的相互协调呢?

出现在我生活中的那个黑暗的无底深渊日日夜夜使我着魔,使我迷惑。我不时回来站在那里向它凝视,想知道还有什么东西替代了那已消失的。虚无是一种我们觉得难以置信的东西;不存在的虚无是不真实的;而不真实的虚无是不存在的。正因如此,我们在什么也看不见的地方,坚持不懈地寻找和发现东西。

像被黑暗围困的幼苗,为了得到阳光,竭尽全力往上窜去一样,当死神突然投下虚无的黑色帷幕笼罩在心灵上时,人们总是拼命地想撕破黑幕,投身到光明中去。可一旦获悉,冲出黑暗的通道也陷入黑暗之中时,有哪种痛苦能与之相比呢?

然而,在这不堪忍受的痛苦之中,欢乐的火花似乎不时地在我心头闪现,我为此感到惊奇。生命并非坚固永久的东西,它本身就是一个悲讯,这使我沉重的心情有所减轻。我们不会永远囚禁在生活难以穿透的堡垒里——这个真理不知不觉使快乐的涌流成为第一位的东西。我终于自己抛弃了长久以来压在心头的重负——当我把它看作是自己个人的损失时,我就觉得痛苦,但当我学会用生活是通过死亡求得解脱的观点看问题时,我的心里就显得那么平静。

人世间无处不在的生存压力,以生死的均衡使自己保持平稳,因此才没有把我们压垮,不可反抗的生命力的可怕重量不是我们必须忍受的——这一真理,那一天像上天奇妙的启示那样突然在我心里显现。

当超然的精神在我心里越发增长,自然之美就越发向我呈现出一种深刻意义。死神赋予我一种必要的疏远和超然,使我得以在它的完整性里和它的美好图景里观察这个世界。当我看到以死神为背景的宇宙之画时,我感到它真正的美。

这时,我思想和行为上的古怪性复发了。要我服从当时的习俗风气,仿佛它们是严肃纯真的东西,不禁使我好笑。我不会对它们在乎。费心思量别人会对我抱以什么样的眼光,这种负担我心里完全没有。我常在时髦的书店里流连,上身只披粗布被单,赤脚趿着一双拖鞋。寒暑风雨,我总睡在三楼的凉台上。在那里,我可以和星星彼此凝视,而且可以第一时间去迎接曙光的到来。

这种特异的行为和任何苦行的想法无关。它更像是一种假日的狂欢,因为我发现,手执笞杖的老师只是一个虚构的人物,因而就从这种微不足道的校规中解脱出来了。假如我们在一个晴朗的早晨醒来,发现地心吸力减少到了一点儿,难道我们还会那么老实地行走在大路上?我们难道不会变换一种方式,从多层的高楼上一跃而过?或在遇到纪念物的时候,不必麻烦地绕行,就从它上面飞过去吗?一旦世俗生活的重担不再绊着我的两腿时,我就不会固守习俗的常规了。

在夜晚的黑暗中,如同一个盲人,我独自在凉台上摸索着,想在死神的黑色石门上寻找一个纹章或是记号。当晨辉落在我那未挂帐子的床上,我一醒来睁开眼时,薄雾四散,透明如镜;雾霭消散,山川林木的景色历历在目,于是露水润湿的人间生活的图画,在我面前徐徐展开,崭新而又美丽。

四十三　雨季和秋季

　　根据印度历书,每一年都由某一特定的星宿管辖。因此我发现,在生命的每一个阶段,一个特定的时期具有特别的重要性。当我回顾我童年生活的时候,下雨的日子给我印象最深。挟带着狂风的大雨淹没了凉台的地面。通向屋子的一排房门都关上了。佩莉,那个帮厨的老女仆,正从菜场回来,她的菜篮里装满了蔬菜,踩着泥浆一步一步吃力地走着,被雨淋得浑身都湿透了。我会莫名其妙猛冲到凉台上,欣喜若狂。

　　有件事在我心里也有印象:在学校里,我们班在一间用席子当外面隔板的柱廊里上课;整个下午,阴云四合,这时已堆积起来布满了整个天空。当我们抬头观看时,如注的雨点密密麻麻直浇下来;轰隆隆的雷声,也不时传来;仿佛有个疯婆子,用她闪电的指甲把天空两端撕开。席墙在阵阵狂风下颤栗着,仿佛要被刮进来似的,因为阴暗,我们简直看不清书了。先生同意我们合上书本,于是,我们不停地晃动着悬垂的两腿,任凭暴风雨为我们欢闹吼叫;我的心飞离了学校,直越过遥远的漫无边际的荒野,那地方,童话里的王子经常走过。

　　我还记得斯拉万月①的深夜。淅沥的雨声,钻进了我睡眠的间隙,带来一种比酣睡更深的欢乐的宁静。在不时醒来的间隙,我祈望第二天的早晨还能看见雨继续下着,我们的胡同浸在水里,水漫到沐浴水池的最上一级台阶。

　　但是,在我刚提到过的那个年龄,登上宝座的无疑是秋季。能看

---

① 印度历五月,相当于七、八月之间,是雨季的顶点。

到,秋季里,生活在清澈明朗的阿斯温月①中悠闲地展开。溶金般的秋阳,在清草露水的反射下,带上了柔和的色彩,我在凉台上来回踱着,用乔吉亚调写了一首歌:

在这晨辉下,我不知道我的心渴望什么。

秋季的白昼渐渐过去,家里的皿钟敲了十二下,中午了,调式变了,我的心里仍然充满了音乐,没有机会想到工作或义务地感召。我于是唱道:

在这慵懒的时光里,我的心啊,你和自己玩了什么悠闲的游戏?

下午,我躺在小屋地上的白漆布上,拿出一本画册想画画——决不是努力寻求画的灵感,只是想画点什么消遣而已。最重要的部分都画在我的心里了,没有一笔留在纸上。这时,晴朗的秋日下午,阳光透过加尔各答这间小屋的四壁,充满了整个屋子,仿佛往一只酒杯里斟满金色的醇酒。

不知什么原因,在那段时期,所有的日子,仿佛都是透过这秋季的苍穹,充实在这秋季的阳光里——秋季如催熟农夫的庄稼那般催熟我的诗歌;秋季用灿烂的光辉洒满我悠闲的谷仓;秋季以谱成在诗歌和小说中的喜悦溢满了我无忧无虑的心。

我认为,童年时期的雨季和青年时期的秋季这二者之间的巨大区别在于,前者是把我紧密包裹起来的大自然,以它众多的剧团、五

---

① 印度历六月,相当于九、十月之间,这时孟加拉开始放长假。

光十色的扮相和混合曲不断给我欢乐；而在秋天明朗的阳光下产生的欢乐，是因我自己。云彩和阳光的嬉戏放在了幕后，苦乐的低语却占有了心田。是我们的凝视，把沉思的色彩给了秋空的蔚蓝；是人类的热望，将伤心给了微风的叹息。

我的诗歌这时到达人类的寓所。在这里，不允许有不拘礼节的来往。门后有门，室内有室。曾经多少次，我们只是望一眼窗内的灯光就退出去了，只有宫殿门内的风笛声在我们耳中萦绕不散！心必须以心相待，意愿只能和意愿达成协议，要经过百转千回，互谅互让才能产生。当生活的出发点冲进其途中的障碍时，它在笑和泪中溅得浪花四溢，欢舞旋转，穿过那些不知其流向的涡流。

四十四　升号与降号

《升号与降号》是一首飘扬在人们宅前街上的小夜曲，一个进入神秘屋子的祈求。

> 这世界如此甜美，——我不想死去。
> 我希望寓居在永生的人类生活中。

这是个人对宇宙生活的祈愿。

我第二次动身去英国的时候，在船上认识了阿苏托什·乔杜利。他刚获得加尔各答大学文学硕士学位，前去英格兰做律师。我们只是在从加尔各答到马德拉斯的轮船上呆了几天，但很明显，友谊的深厚并不取决于认识的长久。在这不长的时间里，他心地的纯朴深深吸引了我，因此，我们的友谊似乎把先前长久的鸿沟填平了。

阿苏托什从英国回来时，成了我们中间的一个①。直到那时，他还没有时间或机会突破他职业的障碍，所以，他完全陷在里面。他的代理人的钱包尚未充分松开捆着他们金币的带子。但阿苏还是一个从各种文学园地里热心采集蜂蜜的人。那时候，渗透他身心的文学风气一点都没有图书馆里的摩洛哥山羊皮的霉味，而是具有一种来自海外的异国风味的芬芳。在他的邀请下，我们在遥远的林地里进行了很多次欢快的春游。

对于法国文学，他有特别的爱好。那时，我正在写一些诗歌，后来发表在题为《升号与降号》的诗集中。阿苏能够指出我的很多诗歌和他所知道的法国古诗之间的相似之处。在他看来，这些诗歌中的共同要素，是人世生活的欢乐对诗人的吸引，而这一点，在每一首诗歌中都有不同的表现。渴望更普遍的人生却未能实现，是其基本主题。

阿苏说："我会替你安排这些诗的出版事宜。"于是这任务就照着他说的，委托给了他。他认为以"这世界如此甜美"开头的那首诗是整组诗的基调，所以就把它放在这本诗集的最前面。

阿苏很可能是对的。童年时，我被禁闭在屋里，只能从内屋屋顶凉台围墙的空隙里，全身心地、贪婪地凝视外面丰富多彩的自然景色。青年时，人类世界同样对我产生强烈的吸引力。那时我还是个旁观者，从路边对它观望。我的心，好似站在河边，热烈地挥舞着手，向那朝着对岸破浪前进的船夫呼喊，因为生命渴望开始生命的旅程。

假如说，我那特别孤立的社会环境阻止了我进入人世生活的中心，这是不正确的。我看不出我同胞中那些毕生处于社会最深处的人，能比我有更多的生活亲切感。在我们国家里，生活有它的高堤，

---

① 指他娶了作者的侄女普拉蒂巴，即英迪拉戴维。他是孟加拉最有才华的作家之一。

有它的台阶,在它的阴暗的水面上有古树的浓荫,而在浓密的树枝上,杜鹃唱着令人陶醉的古老歌曲。尽管如此,它仍是一片死水。哪里是它的激流?哪里又是它的波涛?什么时候大海的高潮才汹涌地冲来?

那时,我从我们小巷对面的邻居那里听到了凯歌的回声吗?就是那河水随之涨落,一浪又一浪地穿过石墙朝着大海流去的凯歌的回声?没有!我的孤独生活之所以令人苦闷,就是因为没有人请我到人世生活的节庆的地方去。

假如人在幽闭中浑浑噩噩地过着逸乐懒散的日子,他会在深沉的沮丧中煎熬,因为这样他就会完全丧失一切社交生活。我痛苦地奋力想摆脱的就是这种沮丧。我的心拒绝响应当时那些简单而又狂热的政治运动,因为从中我没有看到任何民族觉醒的力量。他们对自己的祖国既不了解,也没有真诚地为祖国服务的思想。我被一种强烈的焦虑煎熬着,从我自己,从我自己的环境中冒出的一种难以忍受的愤懑困扰着我。我扪心自问:假如我成为一个阿拉伯贝都因人[1],也许比这种处境更好些!

在世界的其他地方,狂热追求自由生活的运动与抗争从未停止,我们却像求乞的少女,站在外面眼巴巴地看着。我们什么时候才有必要的资金把自己装饰一番前去参加呢?若非在一个分裂的精神处于绝对优势、无数的小圈子把人们分开的国家里,这种对更为广阔的人世生活的渴望就能得到满足。

我在青年时期对人世也怀着一种热望,就像我在童年时站在仆人用粉笔画的圆圈里向往外界的自然一样。它显得多么珍贵、多么难得、多么遥远啊!但如果我们不能跟它接触,如果没有风能从它那

---

[1] 阿拉伯沙漠上的游牧民族。

里吹来,没有水能从它那里流来,如果那里没有路可以让旅人自由来往,那么,在我们周围堆积起来的死亡就无法清除,反而会越堆越高,直到窒息一切生命。

  雨季里,只有乌云和大雨。而在秋季,天空中有光和影的游戏,但这并不能完全吸引人,因为田地里还有五谷丰收的希望。我的诗歌生涯正是如此,当雨季占优势的时候,我只有雾状的幻想,起风暴,下大雨。我的语词是模糊的,我的诗句是猛烈的。而在我的秋季的《升号与降号》里,不但空中有云的外观的游戏,也能看到五谷破土生长。于是,在与现实世界地交流中,语言力图明确,韵律力达形式的多变。

  就这样,我的另一本诗集结束了。内在与外在、亲人与外人结合在一起的生活日益接近我。我生命的旅程现在得通过人类的寓所完成。因此,我在旅途中所遭遇的善恶悲欢,不能再轻快地被看成是图画。什么样的成败与得失、冲突与融合,正在那里一直发生呀!

  我无力揭示和展现最好的艺术,有了它,我生活的"向导"欢快地引领我跨越生活的一切障碍、敌视和曲折,达到它的最深意义的实现。假如我不能说清这种意图的所有神秘之处,那么,不论我想表示什么,都会给人以误导。分析画像,只能得到它的尘灰,得不到艺术家的欢乐。

  现在,我把我的读者陪到了内殿的门前,请允许我在此告辞。

孟加拉印象

导　言

　　写这本书里所翻译的信时，我正处于我文学生涯里最具创造力的阶段。那时的我十分幸运：年轻且无声名之累。

　　年轻时我精力充沛而且有充足的闲暇时间。我觉得和写商务信件不同，写这些信是一件令人愉快的事情，也是生活中一种不可或缺的元素。这种文学作品是很奢侈的，因为它只有在思想和情感有富余的情况下才有可能累积而成。其他的文学作品始终是属于作者的，公开发表之后也是有益于作者的；而信一旦寄出就永远属于其他的个人所有，因而体现为一种更加彻底的割舍。

　　于是多年以后，来自大量这样的信件中的精选片段辗转再次回到我的面前时，不出人们所料，我因为得以重温我生命中因籍籍无名而享有最大限度自由的那段时光而感到由衷的高兴。

　　因为这些信和我公开出版的很大一部分作品是同步的，我认为它们之间这种平行的关系将有助于读者们理解我的诗歌，因为在同一片土地上再次走过，轨迹必然会被拓宽。这就是我把它们整理成册，奉献给我的同胞的原因。负责把这本选集翻译成英语的是我所认识人里的最佳人选，希望信里对孟加拉乡村景色的描述也能引起英语读者的兴趣。

一八八五年十月

一览无遗的海面上涌起一层又一层的巨浪,泛着白色的泡沫。这不禁令我想起某种试图挣脱束缚的困兽,我们在它的血盆大口之前建起家园,看着它愤怒地甩着尾巴。那是怎样强大的力量啊,卷起的海浪仿佛是那巨人的肌肉!

大地与海洋的宿怨恐怕自造物之初就开始了:干燥的大地缓慢而沉默地扩张它的领地,为孩子们创造出越来越宽广的栖息地;大海且战且退,翻卷着波涛哭泣着,在绝望中捶胸顿足。别忘了,大海曾经是至高无上的君主,拥有着绝对的自由。

大地从它的腹中隆起,篡夺了它的王位。从那以后,暴怒的老家伙就开始顶着灰白色的泡沫不断地哀号恸哭,一如暴风骤雨之中的李尔王。

一八八七年七月

我二十七岁了。这件事情近来一直如芒在背,让我无法释怀——似乎再没别的事值得我挂心了。

二十七岁了,这是一件无关紧要的小事么?——二十多岁的韶华已逝,即将迈向三十岁?——三十岁意味着成熟——在这个年纪,人们期盼是果实而不是新叶。但是,唉,果实的希望又在何方?我摇摇头,感觉这仍然充溢着世俗的轻浮,丝毫没有哲学的味道。

人们开始抱怨:"我们所期待的一切在哪里?我们赞美长出绿叶的嫩芽时所怀期待的一切在哪里?我们是否要永远忍受不成熟?该是让我们知道从你那里能获得什么的时候了。我们需要估计一下那些蒙着眼睛拉磨的批评家能从你身上榨出多少油水。"

不可能哄着这些人满怀希望地继续等待了。还没到这个年龄的时候,他们对我深信不疑;如今他们却说我有负众望。但是我该怎么办呢?至理名言不会来!我完全没有能力令众人获利。除了一点歌声,几笔闲谈,几句俏皮话外,我别无所长。于是,那些满怀期待的人愤怒不已;可是难道不是他们自己一厢情愿地去滋养那些期望的么?

自从那个美妙的白沙克月①的清晨,我在和风丽日、新叶鲜花中醒来,发现自己踏入了二十七岁,这些想法就一直困扰着我。

一八八八年,谢丽达

我们的游艇停泊在靠近河对岸的一个沙洲旁。眼前是向四周扩散开去一望无垠的沙滩。沙滩上仿佛四处可见潺潺的流水,事实上,有时像水一样闪闪发亮的,也只是沙子。

没有村庄,没有人烟,没有树木,也没有草叶——单调的白色当中,唯一打破沉寂的是那些偶尔露出底下湿黑土壤的巨大裂缝。

朝东望去,天空是无边的蓝色,沙滩是无边的白色,上下一片寂寥。下面的寂寥荒芜而冷峻,上面的寂寥纯净而轻盈——这样一幅无限苍凉的景色在别处恐怕是看不到的。

可是,转到西边,就有了水。平静而蜿蜒的河流,绵延到高高河岸上的树林掩映着的村舍——暮色中的一切都像是一个迷人的梦。我说"暮色",是因为我们是傍晚时分外出漫步的,所以这一点在我印象中尤为深刻。

---

① 白沙克月:孟加拉历的第一个月份,一般从公历的四月或五月开始。

一八九〇年，沙扎德普

县长坐在他帐篷前的廊上处理政务，人们在树荫下等候着。他们把我的轿子停在他面前，年轻的英国人彬彬有礼地接待了我。他头发的颜色很淡，偶尔有些地方颜色稍深，胡子刚刚冒出茬来。要不是他的脸极为年轻，人们可能会误以为他是一位白发老人。我邀请他共进晚餐，可他说已经计划好了要去别处安排一场猎猪活动。

回到家里，突然之间乌云密布，一场可怕的风暴挟着倾盆大雨袭来。我看不进书，也无心写作，于是便在一种莫名其妙的情绪之中从一间屋子踱到另一间。天色已经变得十分昏暗，雷声不断地轰鸣，闪电的光芒一阵一阵地刷过，突如其来的阵阵狂风攫住大荔枝树的脖子，拼命地摇晃它那蓬松的树冠。屋前的洼地很快就注满了雨水，我踱着踱着，突然想到应该让那位县长进屋来避一避雨。

我一面派人前去邀请，一面安排房间，结果发现仅有的一间空房早已被从横梁上悬下来的一大堆厚铺板所占据，上面堆满了肮脏的旧被子和破垫子。地上散落着仆人的杂物，一张污秽不堪的席子、几个水烟筒、烟叶、火绒和两只木箱，此外还有各式各样装满了杂碎物品的包装盒，比如生锈的壶盖、没底的铁炉、褪色的旧镍茶壶，还有一个满是糖浆的汤盘，被灰尘弄得黑糊糊的。一个角落里放着一只洗碗用的木盆，墙上的钉子上挂着湿漉漉的抹布以及厨子的工作服和便帽。房间里唯一的家具是一个摇摇晃晃的梳妆台，上面满是水渍、油渍和奶渍，布满了黑色的、棕色的和白色的斑点，各种污渍混在一起。梳妆台的镜子已经掉下来靠在了另一面墙上，抽屉已经成了各种杂品的贮藏所，从邋遢的餐巾到瓶架，全部落满了灰尘。

见此情形我一时间傻了眼，然后便开始传唤管家，传唤仓库管理员,召来所有的佣人,找来额外的人手,打水、架梯子、解开绳索、卸下木板、拿走被褥、一点一点地收拾玻璃碴子、把墙上的钉子一颗一颗地起出来。这时一盏枝形吊灯掉在地上,又是一地碎片,于是又得一点一点地拾起来。我自己飞快地把那肮脏的草席从地上掀起来,从窗口扔了出去,结果,害得我的餐友,一群以我的面包、糖浆和皮鞋油为食的蟑螂流离失所。

仆人带回了县长的答复。他帐篷的情况糟透了,他马上就过来。快点!快点!不一会儿便听有人喊道:"县长先生到。"我赶紧拂掉头发、胡须以及身上别处的灰尘。到客厅接待他的时候,我竭力装出一副优雅的样子,就好像我整个下午都一直在那里舒舒服服地休息似的。

握完手我和县长攀谈起来。表面上看我十分平静,心底却在为他的住处担心。终于不得不把客人领到他的房间时,我发现这间屋子还凑合能住。如果无家可归的蟑螂不搔痒他的脚板心的话,他对付着住一晚还是没问题的。

一八九〇年,迦利格拉姆

此刻我感觉到一种懒散的舒适和轻松的惬意。

这是我们这一带普遍的一种状态。这里有一条河,却只是盖着浮草懒懒地蜷在那里,没有什么水流可言。它似乎在想:"既然可以不流动干嘛要流动呢?"连两岸的莎草因为没有带着渔网前来的渔夫的打搅也几乎从不摇摆。

附近并排停泊着四五条大船。一位船夫正在甲板上酣睡着,他从头到脚都裹在被子里。另一条船上的船夫也沐浴在阳光里,悠闲地用纱线搓着绳子。第三条船的下甲板上,一位年纪稍长的船夫正赤膊倚在一支桨上,茫然地瞪着我们的船。

河岸上的人形形色色,可是他们有的慢悠悠地走来走去,有的抱膝蹲在地上,有的一直呆呆的不知道在看着什么。这一切是为什么,谁也猜不出来。

唯一的活跃的痕迹得在鸭群里找了,它们嘎嘎嘎地叫得正欢。只见它们时而把头探进水里,旋即又抬出水面,然后使劲地甩掉羽毛上的水滴,仿佛在一次又一次地探索着水底的奥秘,可每一次却又不得不摇晃着脑袋报告说:"啥也没有!啥也没有!"

这里的白天十二个小时都在阳光里昏昏欲睡,另外十二个小时则在夜幕笼罩下悄然睡去。在这样的地方,你唯一想做的事情就是盯着眼前的风景一看再看,展开想像的翅膀自由地飞翔,时而哼上一支小曲,睡意朦胧地点点头,如同在冬日的正午一位母亲背对着太阳,低吟浅唱中把她的小儿摇入梦乡。

一八九一年,迦利格拉姆

昨天我正在接见佃户的时候,五六个男孩子走上前来,在我面前笔直地站成了一排。我还没来得及发问,他们的发言人就开始了他显然精心准备好的演讲:"先生!阁下再次大驾光临敝村,实是万能之神的福荫,吾辈蒙童之大幸也。"他以这种语气连续讲了差不多半小时,不时会背错,停下来,抬头望望天,纠正自己的错误,然后再继续下去。我终于听出来,他要说的是他们的学校缺少长椅和矮凳的问题。他是这样说的:"因此类木制坐具之匮乏,吾辈不知何以为座,不知应座师尊于何处,更不知吾辈最尊敬之督学来察时,当奉何以为座。"

这里是让农民们用他们惯常的语言直截了当地表述他们的重大

要求的地方,稍微生僻一点的词在这样的场合下都会显得可悲的不伦不类。听着这么一个小人儿在面前不合时宜地出口成章,我不禁莞尔。然而,在场的执事和农民却对此似乎印象深刻,他们似乎还有些嫉妒,仿佛在抱怨他们的父母没有赋予他们这种向地主请愿的卓越口才。

没等这位小演说家说完我就打断了他,答应为他们筹措必要数量的长椅和矮凳。他丝毫也不气馁,让我把话说完后,他从中断的地方接着继续他的演说,直到一字不落地全部说完了,他才向我深深地鞠了一躬,带着他的小分队离开。也许即使我拒绝提供坐具,他也不会在意,但是如果他煞费苦心背下来的演说词哪怕只有一部分没能说完,他也会心怀怨恨的。所以,尽管还有更重要的事情要处理,我还是得听他讲完。

一八九一年一月,沙乍德普附近

我们离开了迦利格拉姆那条奄奄一息的小河,在另一条河欢快的水流中顺流而下。我们来到了一个地方,这里大地与河流似乎已经融为一体,河与岸穿着同样的衣裳,宛如一对婴儿时期的兄妹。

河流失去了它黏滑的外衣,河水向四面八方散流开去,最后形成了一片沼泽:这里一片草地,那里一泓清水。我不禁想起了这个星球的青年时代。那时,陆地刚刚开始从汪洋大海中崭露头角,固体与液体的领地还没有圈定。

在我们的停船位置的四周,竖着渔夫的竹竿。鸢鹰盘旋着,随时准备从网中叼鱼。圣洁的池鹭站在水边的淤泥中若有所思。此外还有其他各式各样的水禽。一片片的水草漂浮在水面上。沼泽里到处都有黏土淤积而成的稻田,无人播种,也无人打理①。静寂的水面上蚊虫密布……

今天拂晓时分,我们又上路了,穿过迦奇迦达(KachiKata)时,只见沼泽的流水在一条只有六七码宽的弯弯曲曲的渠道里找到了出口,水流湍急。要让我们这条笨重的游艇通过这条水渠的确是一次冒险。水流载着船飞速前进,水手们忙不迭用桨撑着,以防船撞到岸边。就这样我们又来到了开阔的大河上。

天上一直阴云密布,风里湿气很重,时不时地下起阵雨来。水手们全都冻得发抖。冷天碰上这样的阴雨天尤其令人不快。整个上午索然无味,糟糕透了。下午两点钟的时候太阳出来了,之后天气一直很好。此时的河岸变高了,上面覆盖着丛林,丛林里掩映着人居,一切显得那么地静谧而美丽。

这是孟加拉闺阁深处的一条无名小河,河道蜿蜒曲折。它不紧不慢地流淌着,将自己的爱慷慨地施予两岸。前来汲水的村姑们坐在河边,用湿毛巾用力地拭擦身体直到容光焕发才离去,淙淙的河水仿佛在絮叨着她们平凡的喜怒哀乐和家长里短。

今晚我们把船泊在了一个偏僻的河湾。这是一个月朗星稀的夜晚,周围看不到一条别的船。月光下河水波光粼粼。两岸是一片静寂。远处的村庄依偎着一线浓密的树林进入了梦乡。耳边只有尖锐的蝉鸣连绵不绝。

一八九一年二月,沙乍德普

一群吉普赛人在小河对岸安顿了下来,正好对着我的窗户。他

---

① 在肥沃的河边淤泥里,把稻种撒播下去以后只需等到稻子成熟时去收割,其余就什么都不必做了。

们用竹竿搭起框架,然后在上面铺上竹席和布片。总共只有三个这样的小棚,都很低矮,不足一个人站立的高度。他们白天都在户外活动,只有晚上才钻进棚子挤在一起睡觉。

吉卜赛人的生活方式从来就是这样:四海为家,不用交房租,只是带着他们的孩子、猪和一两条狗,漫无目的地流浪,所到之处总惹来警察戒备的目光。

我经常观察离得最近的那家人的生活。他们虽然肤色黑,但却长得很好看,身材匀称,体格健壮,像西北的农民。他们的妇女生得俊俏,身材颀长、苗条、结实,举手投足间透着洒脱和轻松,天生一副独立不羁的气度。我觉得除了皮肤黝黑以外,她们和英国妇女没有什么两样。

那家的男人刚把锅架到火上,正在劈竹条编篮子。女人先是举起一面镜子照自己的脸,然后用一块湿巾在脸上很使劲地擦了又擦。整理好衣裙后她焕然一新地走到男人身边坐下,时不时地帮着他一起做事。这些人才是大地真正的儿女,在大地上的某个地方出生,在随便的路旁长大,然后随便在哪里死去。不论白天黑夜都袒露在天地之间,他们的生活方式是独特的,但是工作、恋爱、孩子还有家务,这些却一样都不少。

他们一刻也不得闲,总是在做着什么。做完了自己的事情以后,一个女人砰地坐到了另一个女人的身后,解开她的辫子替她梳理起来。虽然我隔得远,听不到她们是否在聊天,但是我猜她们一定是在聊着这小竹棚遮蔽下的三家人的家庭事务。

今天早上这个宁静的吉普赛聚居地受到了巨大的惊扰。大概是八点半或者九点的时候,他们正在竹棚顶的席子上摊开他们的被褥以及各式各样用以铺床的破布,让它们晒晒太阳吹吹风。熬过了寒冷的夜晚之后大猪正带着猪崽们烂泥似的躺在一个坑里享受着温暖的阳光,却被猛冲过来的两位犬属家庭成员轰了起来,不得不开始四处觅食,它们边走边吭哧吭哧地抱怨着。我正在写信,时不时心不在焉地朝外看看。就在这时骚乱爆发了。

我起身来到窗前,发现吉普赛小村落那里聚了一群人,一个盛气凌人的人物正在那里挥舞着棒子破口大骂。领头的吉普赛人显然被吓坏了,正在紧张地试图解释。我估计应该是当地发生了什么可疑事件才把警察引到了这里。

直到此时,那个女人还旁若无人安静地坐在那里忙着削长长的竹条,对这场争吵置若罔闻。但是,突然之间,她就窜了起来,朝那个警察走过去,泼辣地指着他的鼻子厉声发表着她的见解。一眨眼的工夫那个警察的气焰去了四分之三。他想要温和地争辩几句都插不进话去,只好垂头丧气地走了,像变了个人似的。退到安全地带之后他回过头来吼道:"我只是要说,你们得从这里滚出去!"

我以为我对岸的邻居一定会立刻卷起他们的棚席和竹竿,带着他们的包裹、猪还有孩子离开,但是却没有这样的迹象出现。他们还是若无其事地继续劈竹条、做饭或者梳妆。

一八九一年二月,沙乍德普

邮局就在我们的物业大楼里,这很方便,因为信件一来我们就可拿到。有时邮局的局长晚上会上来和我聊天。我很喜欢听他的奇谈怪论。他会带着最严肃的表情告诉我一些最离奇的事情。

昨天他告诉我当地人是怎样尊敬神圣的恒河的。他说,如果有亲属去世,他们却无法把骨灰送到恒河里去的话[①],就从他的焚尸台

[①] 去世后火葬或水葬在恒河之中是印度教信徒的一大心愿。通常死者的尸体会在河坛上焚化,骨灰会被扫到河里,代表灵魂已经脱离躯壳、得到解脱。

上捡起一块骨头磨成灰收着。等遇到一位喝过恒河的水的人,再悄悄地把骨灰拌进日常的蒟酱卷①里请他吃,然后他们就可以欣慰地想像着他们亲属遗体的一部分已经接触了圣水,得到了净化。

我微笑着说:"这个故事一定是瞎掰的。"

他沉思良久后承认道:"嗯,也许吧。"

一八九一年二月,在路上

我们已经经过了大河,正转入一条小河中。

村妇们站在水里洗浴或者洗衣服,还有些人穿着她们湿漉漉的纱丽,用面纱蒙住了脸,把装满了水的水罐扛在左肩上,甩着右手臂往家走去。满身泥浆的孩子们正嬉闹着,其中一个孩子不顾跑调大声地唱起歌来,其他的则互相往身上溅水。

高高的河岸上,竹林梢头农舍的屋顶隐约可见。天空已经放晴,艳阳高照。天边留连着几朵残云,看起来像蓬松的棉絮。风也暖和起来了。

河面上只有几条小船,载着干木板和树枝,在疲惫的哗哗桨声中悠闲地向前移动着。河边的竹竿间晾着渔网。到处都是一派收工的气象。

一八九一年六月,居哈里

西天的浓云升起时我在外面甲板上已经坐了一刻多钟了。只见那些乌云翻滚着、散逸着,一束束血红色的光芒从这儿那儿的缝隙里

---

① 用蒌叶包裹的调料。

透出来。小船连忙驶进较小的支流,把锚牢牢地固定在了岸边。收割的人们也顶着割下来的稻子匆匆地往家赶去,后面跟着他们的耕牛,再后面是欢快地摇着尾巴的牛犊。

然后就听到一声愤怒的闷响,被扯碎了的云丝从西方急急赶来,仿佛是带着噩耗气喘吁吁而来的信使。最后,电闪雷鸣,风雨交加,眼前顿时群魔乱舞。狂风的盛怒之下,竹林呼号着被吹得东倒西歪。风暴如同一支巨大的驯蛇的魔笛,发出低沉的声音,河面上成千上万朵巨浪如同颈脉贲张的蛇群应声而起,乌云的后面仿佛有一个世界被击成了碎片。

我把下颌支在一扇背风敞开的窗缘上,任由思绪加入到这骇人的狂欢之中,它们在空中如突然放学的孩童般雀跃。可是被雨溅了个透湿之后,我不得不关上窗户,收起我的诗情画意,像一只被关进笼子里的鸟儿一样,安静地呆在舱里的黑暗中。

一八九一年六月,沙乍德普

我们停船的岸边草地散发着清香,地上的热气一阵一阵地向我袭来,是那么的真切。我觉得那是大地温暖而充满生机的鼻息,而她也一定能感受到我的呼吸。

稻苗在微风中摇曳,鸭子们时而把头伸进水中,时而整理着它们的羽毛。小船随着水波微微荡漾,除了跳板和船弦发出的微弱而哀伤的吱嘎声外万籁俱寂。

离此不远的地方有一个渡口。衣裳斑驳的人群正在菩提树下等着船返回。很快船就回来了,他们急忙挤了上去。这样的情景我看上几个小时都乐此不疲。今天是对岸小村子的集日,所以渡船才会那么地繁忙。人们有的扛着一捆捆的稻草,有的挎着篮子,有的背着包袱;有的人正赶往集市,有的则从集市归来。就这样,在这个寂静无声的中午,忙碌的人流在两村之间的河流上缓慢穿行。

坐在那里我不禁想到:我们国家的田野、河岸、天空以及阳光为什么都笼罩着这种深沉而忧郁的色彩? 我的结论是,那是因为对我们来说大自然显然是更重要的东西。天空自由,田野无垠,阳光把它们融合成了一个辉煌的整体。在这个整体中,人类显得是如此的卑微。他就像一条渡船,在两岸之间往来,虽然他嗡嗡的话语、回荡的歌声断续可闻,他在这个世界的集市上为自己的那些琐碎愿望奔走的情形依稀可见,可在这个广漠浩瀚的世界里那些是多么的微弱、多么的短暂、多么可悲的无意义啊!

看着对岸田野边缘那一线朦胧而遥远的青色树林,自然的美丽、辽阔而纯净的平和,它的沉静、无为、缄默和深邃与我们每天的那些鸡毛蒜皮、忧心忡忡和尔虞我诈的烦恼形成了鲜明的对照,令我不知所措。

大自然隐而不见,藏在云雾、白雪和黑暗之中的地方,人类觉得自己就是主人,他把自己的愿望、工作当成是永恒的,要让它们不朽,他寄望于子孙后代,他修碑立传,甚至还不辞辛劳地替死人修建墓碑。他忙得都没有时间去思考,有多少纪念碑倒塌了,而名字又有多容易被遗忘!

一八九一年六月,沙乍德普

河岸上倒着一根巨大的桅杆,一群一丝不挂的村童聚在一起商量了半天,觉得一边大声喊叫着一边推着它向前滚动会是一种新奇而过瘾的玩法。一旦达成共识,他们便开始付诸行动了。他们大声喊着:"嘿哟,兄弟们! 一起来! 使劲推!"桅杆每滚一圈,他们就哈哈地大笑一气。

其中一个女孩子表现得与众不同。和男孩们一起玩只是因为她没有别的玩伴,显然她对这种吵闹累人的游戏很不以为然。最后她一言不发地踏上桡杆,大大咧咧地坐在了上面。

这样难得的游戏就这样突然不能玩了！一部分男孩走开了,似乎表示放弃,却又忍不住忿忿地看着神情漠然的女孩。有一个男孩做出要把她推下来的样子,但是她却丝毫不为所动。年纪最大的孩子走上前去向她指出同样也可以坐的其他地方,可她却拼命地摇头,一边把手放到膝盖上,在她的座位上坐得更稳实了。最后他们不得不诉诸武力,终于成功了。

于是快活的叫喊声又一次直冲云霄,桡杆滚动得那么欢快,女孩也不得不把她的骄傲和矜持抛到一边,假装也很兴奋的样子,虽然她觉得那毫无意义。看得出来她自始至终都觉得男孩子们根本不知道怎样才是正确的玩法,他们总是那么幼稚！如果她有一个那种头顶扎着个粗粗的黑色冲天辫的黄色陶土娃娃的话,又怎么会降低身份和这些愚蠢的男孩一起玩这样的弱智游戏呢？

男孩子们突然又想出另一种很棒的消遣来。两个男孩抓住第三个男孩的双手双脚把他荡了起来。这一定是很好玩,因为所有的男孩子都热切地围了上来。女孩实在忍无可忍,满脸不屑地离开玩耍的地方回家了。

接着意外发生了。那个被荡的男孩被摔了下来。他一气之下离开了他的伙伴们一个人跑到草地上枕着双手躺了下来,似乎再也不想和这个邪恶、艰难的世界有任何瓜葛,打算永远枕着双手一个人躺在那里数天上的星星,看云彩做游戏。

年纪最大的孩子无法忍受这样不合时宜的弃世行为,他跑到那个郁郁寡欢的孩子跟前,把他的头放到自己的膝盖上抱歉地哄着他:

"好了,我的小弟弟!起来吧,小弟弟!我们伤到你了么,小弟弟?"不一会儿我就看到他们像两只小狗狗一样相互推搡起来!不到两分钟,小家伙又被荡起来了。

一八九一年六月,沙乍德普

昨晚我做了一个离奇的梦。整个加尔各答都包裹在神秘的氛围里,黑色的浓雾中房屋依稀可见,但感觉里面似乎有一些异样。

我坐着一辆出租马车走在帕克街上,经过圣泽维尔学院(St. Xavier'sCollege)①时候我发现它已经开始变大了,而且在浓雾的包围中快速长高,高到了不可思议的地步。然后我慢慢地意识到,加尔各答来了一群魔术师,只要付钱给他们,就能制造出很多这样的奇迹来。

到了我们的乔拉桑格祖屋(Jorasanko)时,我发现魔术师们已经在那里了。他们长得很丑陋,蒙古人种,胡子稀稀拉拉的,下巴上还戳出来几根长须。他们能让人变大。有些女孩想要长高,魔术师就在她们头上撒了些粉末,她们立刻就蹿高了。我逢人便说:"真是太离奇了,像做梦一样!"

然后有人建议说应该把我们的房子变大。魔术师答应了,但表示首先得拆掉一部分建筑。拆除工作完毕后他们开始要钱,说不给的话就不接着干了。出纳强烈抗议,说活还没干怎么能先给钱呢?听到这话魔术师勃然大怒,把房子扭曲成最恐怖的样子,人和砖都混到了一起,身体埋到了墙里,只有头和肩膀露在外面。

---

① 加尔各答大学下属最好的学院之一,学院成立于一八六〇年,有一百五十年的历史,是一所基督学院。

整件事看起来邪门极了。"你看看,"我对大哥说,"居然有这样的事情。我们最好请上帝来帮忙!"可是无论以上帝的名义如何诅咒他们,我觉得心快都快裂开了还是一句话也说不出来。然后,我就醒了。

一个很奇怪的梦,对么?加尔各答落入了撒旦的手里,在邪恶的黑雾中像魔鬼一样疯长。

一八九一年六月,沙乍德普

这里的老师昨天来拜访我。

他们坐了又坐,我死活也没能搭上话。每隔五分钟左右我才能提一个问题,他们三言两语就打发了我;然后我就百无聊赖地坐着,转钢笔、抠脑袋。

终于我斗胆提了一个有关庄稼的问题,可是作为教师的他们对此一无所知。

关于他们学生的问题我已经把能想到的都问过了,所以我又从头开始:他们学校里有多少男生?一个人说八十,另一个说一百七十五。我本指望一场争论会由此开始,但是没有,他们达成了妥协。

我不明白为什么一个半小时后他们会想到告辞。一个小时以前他们就完全有理由那样做了,或者,说实在的,干脆再坐十二个小时!他们的决定显然是根据经验作出的,完全没有什么规律可言。

一八九一年七月,沙乍德普

码头上还有另外一条船,在它前面的岸上站着一群乡下女人。显然她们有的正要踏上旅途,而其他人则在为她们送别。婴儿、面纱和灰发在这场聚会中混杂在了一起。

其中有一个女孩引起了我的特别注意。她约莫十一二岁,但是体态丰满而结实,说她十四五岁也会有人相信。她有一张迷人的脸蛋,很黑但是很漂亮。她的头发剪得很短,像个男孩似的,不过这和她单纯率真而机警的表情很相配。她手里抱着个娃娃,正打量着我,丝毫也不掩饰她的好奇,眼神中当然也少不得透露出一股天真和机灵。单是她那介乎男孩和女孩之间的气质就够引人注目了,混合了了男性的洒脱和女性的妩媚。我不知道我们孟加拉的乡村还有这种类型的女子。

这家人显然都没有太多忸怩作态的习惯。一个女人一边解开了发髻在阳光中用手指梳理着,一边扯开了嗓门和另一个船上的女人拉家常。从她们的对话中我得知她只有一个独生女儿,那孩子一点规矩都不懂,甚至亲疏好歹也不分。我还知道了哥帕尔的女婿是个没用的饭桶,所以他的女儿不肯去婆家。

最后船要开了,她们把我那有着胖胖手臂和无邪面容、戴着金手镯、神采奕奕的短发少女送到了船里。我猜想她正从娘家回婆家。他们全都站在那里,目送着小船渐行渐远,其中有一两个人用她们的纱丽的下摆抹着眼泪。一个小姑娘正搂着一位年纪稍长的妇人的脖子,默默地靠在她的肩上流泪,她的头发被紧绷绷地扎成了一个小辫。也许她是舍不得和一位亲爱的迪迪玛尼①分开,她走了以后就没人陪她玩娃娃,顽皮的时候也没有人教训她了……

看着一条船悄无声息地随波漂走似乎加重了离愁。这太像死亡了,斯人已逝,活着的人擦着眼泪回到各自的生活中。的确,悲痛不会永远持续。也许对于离开的人也好,留下的人也好,这悲痛已经逐

---

① 姐姐常常被称为宝贝姐姐(迪迪玛尼)。

渐减弱了。痛苦也是暂时的,遗忘才是永久的。但是不论如何真实的是痛苦而不是遗忘。在生离死别中,我们常常深切地感受到它是何等的真实。

一八九一年八月,回卡塔克的运河汽船上

我忘记带行李了,身上的衣服一天比一天邋遢,让人难以忍受。这件烦人的事情时时萦绕在心头,与我那并不过分的自尊格格不入。有行李我可以昂首挺胸精神抖擞地面对世人,没了它我只能避开众人的目光偷偷地躲在角落里。我穿着这些衣服上床,早上又穿着它们出现,汽船上到处是煤烟,天气又闷热潮湿,让人感觉浑身黏糊糊的,难受极了。

除此之外,我在汽船上还得忍受很多其他的折磨。同船的乘客形形色色,什么样的都有。有一位叫阿戈尔先生的,除了骂人以外什么都不会。还有一位音乐爱好者,坚持在夜深人静的时候演奏巴拉布变奏曲①,从各个方面令我确信他的表演实在是不合时宜。

汽船昨晚开始就在运河的一个窄沟里搁浅了。现在是早上九点多了,我半死不活地在拥挤舱面的一个角落熬过了一夜。我让侍者给煎些酥油饼作晚餐,他却给我送来了一些不伦不类的炸面团,而且没有配上蔬菜。看到我诧异而痛苦的表情,他很是歉疚,提出马上给我做个杂烩来。但是彼时夜色已深,我谢绝了他的好意,勉强咽了几口那干巴巴的东西。后来所有的灯都亮了,舱面上挤满了人,我就疲倦地睡下了。

蚊子在上方嗡嗡地飞舞着,蟑螂则在四处徜徉着。睡在我脚那

---

① 或称拉迦,或者印度古典音乐样式,被认为适宜于拂晓演奏。

头的一位乘客四仰八叉地躺着,我的脚底时不时地碰到他的身体。有四五个鼻子鼾声大作。还有几个被蚊子叮扰无法入睡的可怜家伙无奈地抽着水烟打发时间。当然最可恶的是那巴拉布变奏曲又在此时如约而至。最后,凌晨三点半的时候,一些无事忙开始大呼小叫地唤醒彼此。我也在绝望中起床坐到舱椅里等着天亮。噩梦般的一夜就这样过去了。

一位水手告诉我,汽船陷得太深,可能要花上一整天的时间才能把它拖出来。我向另一位水手打听会不会有别的去加尔各答的汽船经过,他微笑着回答说这是这条航线上唯一的一条船,如果我愿意的话,到了卡塔克以后还可以坐原船回去! 幸运的是,经过一番拖拽,他们十点的时候终于让它浮到了水面上。

一八九一年九月七日,蒂兰

巴利亚(Balia)的码头两旁的参天大树构成了一幅美丽的图画,大体而言运河让我想起了浦那(Poona)的那条小河。再仔细想想,我确定了如果它真是一条河的话我也许会更喜欢她。

运河的两岸是椰子树、芒果树以及其他多荫的树木,绿油油的草地缓缓地延伸至水中,上面点缀着一些开着花的含羞草。四处都是露兜树林,透过树叶的缝隙可以看到无垠的田野向远方延伸,田野里的庄稼雨后看起来如同天鹅绒一般柔软,目光似乎也能深陷其中。然后又是一些椰树和枣椰树掩映下的小村落,安详地蜷伏在低垂的季节云凉爽湿润的阴影下。

运河的柔波在此间穿行,优雅地沿着洁净而长满青草的两岸蜿蜒,较窄的地方镶嵌着一丛一丛夹杂着水草的睡莲,但我却不时遗憾地意识到它不过是一条人工开凿的运河而已。

它呢喃的水声无法追溯到时间初始的时候。它对一些遥远而人迹罕至的山洞里的秘密一无所知。它没有流淌过漫长的岁月,没有从旧世界带来优雅的女性名称,也不曾用它的乳汁哺育过两岸,甚至一个古老的人工湖也能比它来得庄严高贵。

可是,一百年以后,它两岸的树木将会长得更加高大,现在簇新的里程碑将会变得破损斑驳长满青苔,那镌刻在闸门上的年代一八七一年将变得久远而令人肃然起敬。到那时,如果我能托生为我的曾孙,再次来这里瞻仰卡塔克的河边地产,我对它的感受就会和现在不同了。

一八九一年十月,谢丽达

一条又一条的船停靠到码头上,结束了一年的劳作,出远门的人们纷纷回家过大祭节(Poojah)①,他们的箱子、篮子、包袱里装满了礼物。我注意到其中的一位在他的船接近岸边时换上了一条细心叠过的腰布,在他的棉质束腰外衣外面又加上了一件中国丝绸外套,仔细整理了一下脖子上精心系好的领巾,然后才高高地撑着伞向村子走去。

潺潺的流水穿过稻田,芒果树和枣椰树直插云霄,远处的天边飘着蓬松的云彩。微风轻拂,棕榈的枝叶随风摇曳,沙滩上芦苇花含苞待放。这一切分外地赏心悦目。

刚刚到家的心情,家人殷勤的期盼,秋日的天空,美妙的世界,轻柔的晨风带来树梢丛间无所不在的震颤以及河上的涟漪,这一切加起来令这位从窗口向外眺望的年轻人心中悲喜交加,不能自已。

---

① 此处是指印度东南地区最隆重的节日难近母节,纪念的是印度教三大神之一湿婆的妻子杜尔迦。"难近母"这个称呼取自她所消灭的罗刹"难于接近"。

从侧窗瞥到的风景唤起了新的渴望,或者说是唤醒了旧时的渴望。前天我坐在一扇船窗前时,看着一条小渔船从窗前飘过,船夫正在唱歌,歌声并不悦耳,却让我回忆起了多年以前的一个晚上。那时我还是个孩子,我们坐着一条船沿着帕德玛河(Padma)航行。一天晚上两点多的时候醒来,我看到宁静无波的河水在月光下熠熠生辉,一位年轻人独自划着一条渔船载歌而行,哦,他的声音有如天籁,那样美妙的旋律是我从来都没听到过的。

我突然萌发了要回到听到那首歌的那天,再体验一回生活的愿望。这一次我绝不会再虚度光阴,留下遗憾。我要吟唱着诗人的歌乘风破浪去浪迹天涯,用歌声抚慰人们的心灵,去亲眼看一看这个世界,让人们认识我,也去认识认识他们,像疾风一般藉着生命和青春游遍世界,然后再回来像一位诗人应该做的那样安享圆满而充实的晚年。

这个理想不算太高,对么?造福世界的理想无疑会更崇高些,但是我这个人的本性总的来说从来都没有过那样的抱负。我舍不得牺牲生命这宝贵的礼物去自讨苦吃,用斋戒和冥想以及不断的争辩来辜负这个世界和人心。能够像凡人一样生老病死,热爱和信任这个世界,我就满足了。我无法把它看作是造物主的骗局或是魔鬼的圈套,也不会费尽心思去追求天使的幻象。

一八九一年卡提克月(十月),谢丽达

自从来到乡下我就不再把人看作是孤立的个体了。就像河流要经过很多地方一样,熙熙攘攘的人流也蜿蜒地穿过树林村庄和城镇。人来人往但我却要永远流下去[①],这其实并不是真正的对照。人类由

---

① 语出英国诗人阿尔弗雷德·丁尼生的《小溪之歌》。

它大大小小的支流汇合而成,像河流一样,从它出生的源头不断地流淌直至死亡的海洋,两头是神秘的黑暗,中间是各种各样的游戏、劳动和喋喋不休的话语声。

那边农夫们正在田野里引吭高歌,这边一条又一条渔船飘过。时间一点点过去,阳光也炙热起来。一些人还在河里洗澡,另一些洗完了正提着装满水的罐子往家走去。就这样在河的两岸,几百年的岁月昏昏而过,漂荡在河面上的歌声里满是哀伤的和声:我要永远地流下去!

正午的静默中某个年轻的牧人正扯开嗓门呼唤他的同伴,赶着回家的船儿溅起阵阵水花,波浪轻轻拍打着村妇们浮在水面尚未摁下的水罐,除此以外还掺杂着一些不甚清晰的声音:喊喊喳喳的鸟叫声,嗡嗡的蜂鸣声,游艇随波荡漾发出哀怨的吱嘎声,这一切汇成一首温柔的催眠曲,就像是一位母亲在抚慰一个生病的孩子。"别心急,"她一边抚摸着孩子发烫的额头一边哼着,"别烦恼,别哭泣,停止你的挣扎,松开你的小手,放弃你的争斗,忘记一会儿,安睡一会儿吧!"

一八九一年卡提克月(十月)三日,谢丽达

那还是库迦格的月圆之夜[①],我一边在河边散步一边和自己对话。这几乎算不上是对话,因为光是我在说,而我想像中的伙伴只是沉默地听着。可怜的家伙根本没有机会为自己辩护,因为不正是我在迫使他像个傻子似的作答么?

[①] 库迦格的月圆之夜,意思是"大家都醒着",传说是夜吉祥天女拉克什米将会赐福给所有醒着的人。

可这是怎样的一个夜晚啊！正是我常常想要描绘却从来没能如愿的那种！河面上微澜不兴，河心沙洲较远的边缘之外，依稀可见河水主流最远的彼岸，从那里到此岸之间，闪烁着一带宽阔的月光。新近形成的沙洲岸上渺无人烟，连一条船、一棵树甚至一片草叶也看不到。

月亮仿佛从一片荒芜的大地上升起，任性的河流漫无目的地穿过一片了无生机的落寞，冗长的童话在一个孤寂的世界里戛然而止，所有的国王和公主，他们的大臣、朋友还有黄金城堡全都消失了，只剩下七大洋、十三条河还有那些爱冒险的王子们曾经出没的无边荒原，在苍白的月色里空自闪耀。我在那里来回地踱步，犹如这濒死世界最后的脉搏。其他所有的人似乎都在彼岸，那生命的彼岸，英国政府和十九世纪统治下、茶叶和烟草的彼岸。

一八九二年一月九日，谢丽达

这几天天气总在冬春之间徘徊。早上北风刮起，大地和水面都瑟瑟发抖，夜晚则陶醉在南风轻拂的月光里。

毫无疑问春天的脚步已经越来越近。沉寂了很长的时间之后，对岸的树林里又一次响起了帕皮亚①的叫声。人们的心也被唤醒了，村子里传来阵阵歌声，可见他们已经不再着急关门闭户钻进暖和的被窝里过夜了。

今晚的月亮很圆，她那又大又圆的脸庞透过左边敞开的窗户正凝望着我，仿佛是想窥探我是否在信里说了她什么坏话。她也许在怀疑，我们凡人对于她的瑕疵比对她的光辉更在意。

---

① 指鹰鹃。

沙洲上一只小鸟哀怨地啼叫着。河水似乎静止了。河上没有船。岸上岿然伫立的树林在水面上投下的影子也一动不动。天上的薄雾让月亮看起来就像是一只勉强睁开的惺忪睡眼。

从此以后，夜晚会越来越黑，明晚我从办公室回来的时候，这一轮明月，我流放期间①最要好的伙伴，将会离我更远一些。她也许在担心，昨夜对我毫无保留地袒露心迹是否明智，于是又把心意一点一点地遮掩了起来。

在陌生而落寞的地方，自然真正地变得亲切了。事实上想到过了月圆之夜，我将会越来越思念月光，我忧心忡忡已经好几天了。想到一直守候在河边的美丽和宁静将不复存在，我必须穿过黑暗回家，便觉得自己被放逐得越来越远。

总之我得记下来今夜是满月，今年春天里的第一个满月。此后的岁月里听到河岸上的鸟啼声、看到远处对岸船上的熠熠灯火、银光闪烁的宽阔河面、岸上树林边缘投下的模糊阴影，还有在头顶冷冷发光的苍白天空，我也许会偶尔想起这个夜晚。

一八九二年四月七日，谢丽达

河水落下去了，这条支流里各处水深都不及腰部。难怪要把船泊在干流里。岸上右边农夫正在耕田，他们不时地把牛牵到河边饮水。左边上方则是古老的谢丽达花园的芒果和椰果树，下面的浴坡上村妇们有的在洗衣服，有的在用水罐打水，有的在洗浴，她们边笑边用她们乡下的方言交谈着。

――――――――

① 应该是指作者受父命于一八九〇年只身前往帕布纳县定居，负责管理家中田产这段时间。本选集中的大部分信件都是在此期间写的。

年纪较轻的女孩们玩水似乎总也没个够,听她们大大咧咧快活的笑声真是一种享受。男人们照例严肃地在水里浸一浸就离开了,女人和水的关系则更亲近些:她们的谈笑声如同水的泼溅声一般简单而自然;水在强烈的光照下会干涸消退,女人在狠毒的目光里也会憔悴萎缩,但是两者都能承受打击而不至于破碎崩溃。没了水和女人,无法了解她们温柔拥抱中的奥秘,这个坚硬的世界将是一片荒芜。

丁尼生说女人之于男人如同水之于酒。今天我却觉得应该是如同水之于土地。女人对水感到更加亲切,她们在水中沐浴、在水中嬉戏、在水边聚会;从泉里、井里或是河流池塘中取水都被认为是适合女人干的活,而其他的负担就和她们不相称了。

一八九二年五月二日,波尔普

世上有许多看似矛盾的道理,其中之一便是:任何一个地方如果风景宏大,天空无边,浓云密集,感觉深不可测,也就是说"无限"显而易见的话,与之最相配的就是孤零零的一个人,如果出现了一群人,他们就会显得分外渺小而聒噪。

"一个"和"无限"是可以平起平坐,从各自的宝座上向彼此眺望的。但是人一多起来,人类与"无限"就会同时变得那么的渺小,需要彼此磕碰掉多少才能匹配啊!每一个灵魂都需要那么大的空间来扩展,在人群里大家都必须耐心等待着缝隙的出现才能偶尔露出一点点头来。

所以我们煞费苦心聚集到一起唯一的结果就是纵有这无边无际、深不可测的天地,我们也无法装满我们合拢的双手,伸出的双臂了。

一八九二年杰斯塔月(五月),波尔普

想要卖弄聪明却显得鲁莽的女人是让人难以忍受的,至于要显示滑稽无论成功与否对女人来说都是不雅的。因为滑稽是笨拙和夸张的,所以从某种意义上而言就意味着过分。大象很滑稽,骆驼和长颈鹿也很滑稽,所有的过度发育都很滑稽。

敏锐和美丽很接近,就像刺接近花一样。因此讽刺并非不适合女人,尽管来自女人的讽刺是伤人的。不过女人最好把那些带有粗笨意味的嘲讽留给我们这个比较粗犷的性别。男性的福斯塔夫[1]能让我们笑断肋骨,女性的福斯塔夫却只会崩断我们的神经。

一八九二年杰斯塔月(五月)十二日

晚上我通常会独自一人在屋顶平台上走走。昨天下午,我觉得应该带客人们参观一下当地的风景,以尽地主之谊,于是就和他们一起悠闲地出了门,让阿戈尔做我们的向导。

远远的,在地平线的边缘,有一带看起来是蓝色的树林,树林的上方升起了一条细细的深蓝色的云线,看起来特别的美丽。我想表达得更加有诗意一些,于是说那是抹在睫毛边上装扮蓝色美眸的蓝色眼线。结果同伴中有一个人没听到我说的话,另一个人没听懂,第三位则一句话就把我给打发了:"嗯,是很漂亮。"我便再也鼓不起勇气说第二句了。

走了大约一英里,我们来到了一个水坝上,水库的边上种着一排

---

[1] 莎士比亚剧作中一个搞笑的角色。

扇形棕榈树,树下有一眼天然的泉水。我们驻足观赏之时发现我们在北方看到的那一线云正朝我们的方向奔来,一路上体积不断变大,颜色也变暗了,同时还伴随着闪电的光芒。

我们一致认为大自然的美景还是回到房子里面去欣赏比较好,可是还没等我们回头,风暴就怒吼着,大踏步地跨过荒原来到了我们身边。没想到我刚才赞美美丽的自然夫人睫毛上的眼线的时候,她却在酝酿着像泼妇似的给我们这样一记耳光。

沙尘蔽天,几步开外就什么都看不清了。风暴的怒气愈演愈烈,地上扬起的碎砂粒像子弹一般打在我们的身上,狂风拎着我们的脖子往前拖,迎面是像鞭子一样抽过来的雨滴。

快跑,快跑,可是这条路坑坑洼洼的,平时就不好走,更何况是在暴风雨中,到处是水。我撞上了一丛带刺的灌木,停下来挣开的时候差点被风吹翻了。

就快到家的时候,一群仆人大喊大叫手舞足蹈地匆匆朝我们跑过来,活像是另一场风暴。有些人拉住我们的手,有些人叹息我们的窘境,有些人忙着引路,还有一些人则遮伏在我们背上,好像担心风暴会把我们一齐卷走似的。好不容易避开了他们的殷勤,我们气喘吁吁地进了房子,衣服湿漉漉,浑身脏兮兮,头发乱糟糟的。

从此我得出了一条经验,再也不会在小说或者故事里撒谎说一位主人公能从容容地在风雨中跋涉,脑子里还能想着他心爱的恋人的样子。在这样的风暴中,谁也不可能想起任何一张脸来,不管那张脸有多可爱。光是挡住沙子不让它们刮进眼睛就够他忙的了!

拉达在暴风雨之夜去赴她和克里什纳的约会是最为毗湿奴派诗人津津乐道的题材。可是我不禁想问,他们是否停下来想过,当她见到他的时候,该是怎样一副模样?发丝纠结自不必说,其余的妆饰的情况恐怕也是惨不忍睹的。当她满身泥泞地来到凉亭的时候,样子一定相当狼狈。

可是当我们读毗湿奴派(Vaishnava)诗人的诗的时候却没有想过这些。浮现在我们心灵画布上的是一幅如梦如幻的图画,在斯拉温月①里一个漆黑的风雨之夜,一位美丽的女子穿过繁花似锦的迦昙婆树丛,不顾一切地来到了贾木纳河(Jumna)边,只为见到她那绝世无双的情郎。她系紧了脚铃免得它们发出声音,她穿着深蓝色的衣裙免得被别人发现,可是她没有打伞来遮蔽风雨,也没有带上灯笼照路以防跌倒。

唉,有用的东西真可悲,在现实生活中那么重要,在诗歌里却被忽略了。不论诗歌如何努力想把我们从这些东西的束缚中拖出来都是徒劳的,它们将永远和我们在一起,以至于有人告诉我们,随着文明的进步,被淘汰的将会是诗歌,鞋子和伞的式样倒是会不断地推陈出新。

一八九二年杰斯塔月(五月)十六日,波尔普

这里没有教堂塔顶传来的钟声,附近也没有什么人住,鸟儿一旦停止了歌唱,夜晚便伴随着寂静降临了。在这里,夜初和夜深没有多大区别。在加尔各答,不眠之夜就像一条黑暗之河缓缓地流淌,你可以躺在床上细数它流过时发出的各种声音。但是在这里,夜晚就如同一泓开阔宁静的湖水,纹丝不动、安稳地睡着。昨晚辗转反侧之际,我感觉自己仿佛被包裹在浓浓的静止氛围里一般。

今天早上我比平时起得稍晚一些,来到楼下自己的屋子里后,我靠

---

① 七八月间,属于雨季。

着垫枕盘腿坐了下来。就这样,胸前放一块石板,我开始在晨风和鸟鸣声里写诗。我写得很顺利,嘴角不由得泛起一丝微笑来,眼睛半闭着,头随着韵律轻轻摇摆,嘴里哼着的东西逐渐成形,这时邮差来了。

我收到一封信、最近一期的《实践》杂志[①]、一本《一元论者》和几张校样。读完信,浏览了一遍没有切边的《实践》杂志后,我又回去点着头哼我的诗,完成之前我一件别的事也没做。

我不知道为什么写几页的散文也比不上写一首诗让我快乐。人的七情六欲用诗歌来表达形式是那么的完美,轻巧得仿佛用手指就能把它们拈起来。但是散文就像是满口袋的松散物件,沉重而笨拙,不能随意拎起来的。

如果我能每天写成一首诗,我的生命将在一种喜悦中度过。虽然我伺弄诗歌已经好几年了,却似乎还没能驯服这匹长着翅膀的飞马,还不能随心所欲地驾驭它。艺术的快乐,就在于能够随心所欲地飞翔;那么,即使回到俗世的樊笼之中,余音依然绕耳,心头依然雀跃。

小诗的灵感不请自来,我已经无法继续写剧本了。其实已有两三部戏剧的点子在我的意识边缘敲门了,可是受此影响,我迟迟不能将它们请入来。这事恐怕要等到寒冷的冬天去做了。除了《齐德拉》外,我所有其他的剧本都是在冬天写成的。在那个季节,吟诗的热情往往冷却下来,人们就有闲情去写剧本了。

一八九二年五月三十一日,波尔普

还不到五点,天却已经破晓。微风清爽地吹着,园里所有的鸟儿都已经醒来开始歌唱。布谷鸟更是像失去了控制似的。真不明白它

[①] 泰戈尔一八九一创办、并任主编及主要撰稿人的文学月刊。

为什么要这样不知疲倦地啼叫。这绝不是为了取悦我们,也不是为了宽慰相思的恋人①,它必然有自己的目的。但是,这也够可怜的了,因为这个目的似乎总也达不到。但是它并没有灰心,依然咕咕、咕咕地叫着,时不时发出热烈的颤音。这会是什么意思呢?

这时远处传来另外一只鸟儿微弱的咯咯声,既没有活力也缺乏激情,仿佛已经看破红尘,可又忍不住从那浓阴深处发出这小小的哀叹:咯咯、咯咯、咯咯。

对于这些有着柔软胸颈和多彩羽毛、无辜的有翅生灵的家务事,我们所知何其少也!究竟为了什么它们觉得有必要这样不懈地歌唱呢?

一八九二年杰斯塔月(六月)三十一日,谢丽达

这些繁文缛节真是可恶。如今我常挂在嘴边的一句话就是:"我宁愿做一个阿拉伯的贝都因人。"一个优秀、健康、强悍而自由的野蛮人。

厌倦了成天辩论和推敲那些正在腐烂的老古董,我感到自己渴望摆脱这日渐衰老的头脑和身躯,去感受一个自由而强健的生命的快乐,去拥抱那些宽广、坚定、无拘无束的思想和灵感,从习惯与理智、理智与欲望、欲望与行动之间永恒的矛盾之中解脱出来,无论那些思想和灵感是好还是坏。

如果真能从我这桎梏重重的生活中完全地、无限度地解脱出来,我将像风暴一样席卷四方,到处兴风作浪;像一匹野马似的疯驰而去,只为享受自身速度带来的快乐!可惜我是个孟加拉人,而不是贝

---

① 古代的梵语诗人常常自负地这么认为。

都因人！我只能坐在我的角落里，继续闷闷不乐、忧心忡忡、喋喋不休。我左思右想，像一条煎锅上的鱼，任那滚烫的油一会儿煎这一面，一会儿煎另一面。

算了吧。既然我无法彻底地野蛮，那就寻求彻底的文明吧。为什么要在这两者之间惹是生非呢？

一八九二年六月十六日，谢丽达

一个人独自在河上或者旷野里住得越久就越明了，再没有比简单自然地履行一个人的日常职责更美丽、更伟大的事情了。从地上的青草到天上的星辰，它们正是在做这样的事情。大自然里之所以会有那样深远的平和和卓越的美丽也不过是因为万物各安天命而已。

不过千万不要因此小看了它们各自做的那些事情。青草使出浑身的力气，用它细细的根尖吸来养分，只是为了长得像个草样；它并不奢望要长成一棵榕树，大地因此而得到了一张漂亮的绿地毯。而且事实上，在人类社会里能找到的些许的美好与宁静，也都来自细小责任的每天执行，而非丰功伟绩和巧舌如簧。

也许因为我们的生活并非时刻都能完整而生动地展现在我们眼前，一些虚幻的希望会充满魅力，一些能摆脱日常负累的辉煌未来画面会引诱我们，但它们都不是真实的。

一八九二年阿萨尔月（六月）二日，谢丽达

昨天是阿萨尔月①的第一天，人们以盛大的仪式庆祝了雨季的来

---

① 五六月之间，雨季的开始。

临。整个一天都很热,不过下午大堆大堆的浓云便卷涌而来。

我自忖道,这是雨季的头一天,我宁可被雨淋湿,也不愿意困在我那地牢似的船舱里。

在我的生命里,一二九三年①是不会再来了。这么说的话,还有多少个阿萨尔月的头一天会来呢?要数到三十个写《云使》的诗人②格外重视的——至少我觉得是这样的——阿萨尔月的头一天③,我的生命可算是够长的了。

有时候我会突然想到,我生命中的每一天都能各得其所,是一件多么幸运的事啊!它们有的被朝阳和落日映红,有的因为深暗的云彩而凉爽宜人,还有的像一朵洁白的花朵在月色中绽放,这是多大的一笔财富啊!

一千年以前,迦梨陀娑(Kalidas)欢迎了阿萨尔月的头一天;而在我的生命中,每一年这个阿萨尔月的头一天,为那位老优禅尼(Ujjain)诗人所吟咏的一天,给无数男女带来了悲欢离合的一天,总会在它自己的光辉中荣耀登场。

我的生命中每年都要失去这样一个伟大的历史悠久的日子;总有一天,迦梨陀娑的一天,《云使》的一天,印度的雨季永恒的头一天,将不再为我而来。意识到这点时,我感到我愿意好好地看一看自然,有意识地迎接每一天的日出,送别每一天的落日,像对一位密友一般。

多么盛大的一个节日,多么宽广的庆祝会场啊!而我们还不能完全地回应它,我们距离世界是那么的远!星光走了数百万里路到

---

① 指孟加拉纪年,相当于公历一八八六年。
② 指泰戈尔非常尊敬的印度古代伟大的梵语诗人、剧作家迦梨陀娑,《云使》是他有名的一首抒情长诗。
③ 在迦梨陀娑的《云使》中对雨季突如其来的精彩描述是这样开始的:阿萨尔月的头一天。

达了地球,却到不了我们的心里,我们还在数百万里之外啊!

我无意间跌入的世界里住满了奇怪的生物。他们总是忙着在自己周围建起墙壁和法规。他们那么小心翼翼地拉起窗帘,以防他们能看到外面!他们没有给那些开花的树也盖上布套或者搭起天篷来挡住月光,真是令我感到意外!如果来生是由今生的愿望来决定的话,我愿离开我们这颗遮遮掩掩的行星,托生到某个自由空旷的快乐王国去。

只有那些无法尽情地沉浸到美里面去的人,才会把它当作感官的对象来轻看,而那些尝到了它妙不可言的滋味的人,就知道极尽眼耳之力也不能及其万一,不对,就连人心也无力到达它所向往的尽头。

又及,我刚才提到过的那件事还没说完。别担心,这件事不用再写四页信纸,这就是,阿萨尔月头一天傍晚的大雨像巨大的矛头一般倾盆而来。完了。

一八九二年六月二十一日,去格伦达的路上

沙岸、种满庄稼的田野、村庄,各种各样的画面从两侧的视野中滑过,还有那天上的浮云和昼夜交接之际绽放的色彩。船儿悄无声息地从旁边飘过,渔夫们正在捕鱼;整整一天在流畅温柔的流水声中度过,广阔的水面在夜晚的沉默中静止了下来,像一个被哄入梦乡的孩子;无边天空中所有的星辰都在他的上方守护着。在这个无眠的夜里我坐起身来,两旁是沉睡中的河岸,只有偶尔一两声村畔林间豺狗的嗥叫和被巴特河的激流冲裂的碎块,从悬崖峭壁似的河岸跌入水中的声音,打破了寂静。

风景并不总是引人入胜的,一片草树不生的黄色沙岸延伸开去;

一条空荡荡的船被系在岸边;和朦胧的天空色调一致的河水流淌着;然而我却被莫名地感动了。我的童年是在奴仆的看管之下度过的,在那寂寞的囚室里,我熟读了《一千零一夜》,随着水手辛巴达在许多陌生的国度冒险,我猜想那时心中的愿望与渴求其实并未死去,而看到任何一条系在岸边的空船时,又被唤醒了。

如果小时候没有听过童话,没有读过《一千零一夜》和《鲁滨逊飘流记》,我知道,远远的河岸和辽阔的田野那边的景色决不会这样令我心动。事实上,整个世界,对我来说将会是另一番风景。

想像与现实在人的心里交织成了怎样的一个迷宫啊!各不相同的<u>丝丝缕缕</u>,或大或小,各种各样的故事、事件和画面是怎样地纠结在一起的啊!

一八九二年六月二十二日,谢丽达

今天清早还躺在床上的时候我就听到了浴场里女人们快活地发出阵阵呜噜呜噜①的叫声,这声音非常奇怪地令我感动,虽然说不出是为什么。

也许是这样快活的叫声让人想起了这世界上节日活动的洪流,这些活动大多与这个人并无关联。世界那么辽阔,人们的集会阵容是那么浩大,但是一个人与这些集会的连接是多么的少啊!远处生活的声音飘荡过来,带来了陌生人家的消息,让人觉得人类世界的很大一部分不承认不了解,也不可能承认和了解他,于是他觉得自己被抛弃了,自己和世界的联系是那么的松散,一丝隐约的忧伤慢慢地爬上了心头。

于是这些呜噜呜噜的叫声让我的生命,过去与将来,看起来像一

---

① 女人们在吉庆的时刻或是节日里发出的一种独特的、尖锐的欢呼声。

条漫长的道路,这些叫声从路的两端朝我奔来。这种感觉给我这一天的开头染上了色彩。

经理带着他的职员以及求见的佃户的出现立刻驱散了这有关过去和将来不甚明朗的浮想,一个活力四射的现在站在了我的面前向我致敬。

一八九二年六月二十五日,沙乍普

今天的信里提到了 A 君的歌唱,莫名地令我心痒难耐。生活中每一个小小的快乐,混杂在闹市的喧嚣中无人欣赏,此刻却向离家在外的游子之心提出了抗议。我爱音乐,加尔各答也不乏歌乐之声,而我只是充耳不闻。但是,这些一定是我的心所渴望的,虽然我可能没有体会到。

读着今天的信,我渴望听到 A 君美妙的歌声的愿望是那么的强烈!我立刻确信许多造物被压抑、亟待满足的渴望之一就是近在咫尺却被忽略的快乐。我们忙于追求空想的、不可能的东西的同时却让我们的生命忍饥挨饿。

曾经唾手可得最终却错过的快乐在我生命中留下的空虚不断地滋长着。总有一天我会觉得,如果一切可以重来,我将不再拼命追求那些无法企及的东西,而只把生命用于享受生活赋予我们的那些随处可见、日常琐碎的快乐。

一八九二年六月二十七日,沙乍普

昨天下午,天空中阴云密布,骇人极了,我不禁感到有些恐惧。我不记得以前什么时候曾经见过看起来如此怒气冲冲的云。

就在地平线上,大团大团深靛蓝色的云层层叠叠,彼此积压着,看起来就像是狂怒的魔鬼蓬松的胡子。

天空中好像有一头可怕的弥天大野牛,抖擞着鬃毛,低着头朝大地撞过来,乌云参差不齐的下缘那道血红的光仿佛就是从它的眼中射出来的。

地里的庄稼还有树上的叶子被即将来临的灾难吓得不住地颤抖,水面上泛起一层一层的涟漪,乌鸦也心烦意乱地叫着,疯狂地在空中乱飞。

一八九二年六月二十九日,沙乍普

昨天的信里我说过今晚我和诗人迦梨陀娑有个约会。当我点燃蜡烛,把椅子拉到桌前,做好一切准备之后,走进来的却不是迦梨陀娑,而是邮局的局长。一位活生生的邮局局长当然应该比一位已经去世的诗人优先,所以让他给如约而来的迦梨陀娑腾地方,我开不了口。他不会理解我的,所以我请他坐下,把老迦梨陀娑晾在了一边。

在这位邮局局长和我之间素有来往。以前他的邮局就在这幢物业大楼里的时候,我们每天都见面。我那篇《邮局局长》正是某天下午在这间房间里写的。那个故事发表在《指导者》杂志上的时候,他过来看我,不太以为然地提及那个话题时,脸上带着腼腆的笑容。不论如何,我喜欢这个人。他有很多我喜欢听的轶闻趣事,而且说话十分幽默。

虽然邮局局长离开时已经很晚了,我还是立刻开始读《罗怙世系》[①],读完了有关印都玛蒂"择婿典礼"[②]的所有内容。

[①] 迦梨陀娑的诗歌著作,他更多地是因为写作了《沙恭达罗》而为欧洲读者所了解。
[②] 一种古老的印度风俗,按照这种习俗,一位公主要把花环套在一群求婚者中自己中意的那一位的脖子上来选择自己的爱人。

相貌堂堂、穿着华丽的王子们坐在大厅里一排一排的宝座上。突然法螺和号角响起,苏南达挽着身穿新娘服装的印都玛蒂走进来站在王子座位中间的走道上。想像一下这样的画面真是令人愉快。

然后,苏南达向她介绍每一位追求者,印都玛蒂不带感情地深鞠一躬,然后继续往下走。这种谦和的礼仪是多么地美好啊!他们全都是王子,年纪也都比她大。因为她只是一位少女,表示拒绝就难免会失礼,如果不以她优雅谦和做补偿的话,这场面的美感将荡然无存。

一八九二年八月二十日,谢丽达

"要是我能住在这里就好了!"看着一幅美丽的风景画时人们常常会这样想,而正是在这里这样的渴望可以得到满足。人们感到自己像是生活在一幅色彩生动的风景画里,充满了生机和活力,全然没有现实的艰难。小时候看到《保罗和维吉尼亚》和《鲁滨逊飘流记》里树林和海洋的插图时思绪就会飘离现实的世界,这里的阳光把当年看着那些图画时的感觉又带回了我的心中。

我无法解释这样的感觉,也无法确切地解释它在我心中激起了什么样的渴望。它就像是连接我和世界之间的那根动脉里的液流中的悸动。我感觉那模糊而遥远的记忆仿佛在我的心中复活了。那时候我的身上长着青草,沐浴着秋日的阳光;柔和的阳光照耀下,一股温暖的、充满了青春气息的芬芳从我那宽广、柔软的绿色躯体的每一个毛孔中升起;当各种各样的土地、海洋和山峦一起在晴朗的蓝天下默默地延伸时,一个鲜活的生命,一种甜美的愉悦从我巨大的躯体里不知不觉地分泌出来,无声地倾泻出来。

我好像正感受着我们古老的大地在阳光亲吻下每天的欣喜若

狂,意识仿佛流过每一片草叶、每一根吮吸的根,随着树木的汁液上升,在起伏的麦田阵阵喜悦的战栗中和棕榈树叶的瑟瑟声中得到释放。

我与大地血浓于水的关系和我对它亲情一般的爱哽咽在喉间,不吐不快,但是我的感受恐怕没有人能理解。

一八九二年十一月十八日,波利亚

不知道你的火车现在到哪里了。此时此刻,太阳应该正从诺瓦迪车站附近高低不平、光秃秃的岩石地带升起。那一带的风景在朝阳的照射下一定鲜亮很多,远处的青山也渐渐地依稀可见了。

除了那些原始部落的人们用水牛耕耘的那点土地外很少有别的农田。铁道交叉口的两旁到处堆积着黑色的卵石,那种大块的卵石,干涸的溪流留下的脚印,还有停在电报线上的那些焦躁的黑尾鹊。躺在阳光下粗野荒芜、遍体鳞伤的自然,仿佛在一只光辉夺目、天真无邪的手地轻抚下变得驯服起来。

你知道这让我想起了怎样的一幅画面么?在迦梨陀娑的《沙恭达罗》里有一幕关于国王豆扇陀王的幼子婆罗多和一只小狮子嬉戏的描述。那孩子用他粉嫩的手指爱怜地抚摸着巨兽粗硬的鬃毛,而狮子则非常信任地,安静地趴在那里休息,不时地用余光对它的人类小朋友投来慈爱的一瞥。

要我告诉你,这些干涸的、散堆着卵石的水道让我想起了什么吗?我们读过的英国童话《树林里的婴孩》。还记得那一对小兄妹在被继母赶进森林的时候,怎样丢下一路的鹅卵石,在陌生的森林里留下他们彷徨的踪迹吗?这些小河就像是被送到这个世界中途迷路的婴孩,难怪他们要边走边留下卵石来做记号,这样他们可能回来的时候就不会迷路。然而他们却是有去无回的。

一八九二年十二月二日,纳托尔

孟加拉的日落中蕴含着一种深沉的情感和广袤的宁静:夕阳消失在镶嵌在田野边缘的树林后面,而树林则一直延伸到地平线上。

远远地,夜晚的天空俯下身来和大地相交,这情景美丽而哀伤。它在大地上留下一抹伤心的余光,让我们感受到"永诀"①的神圣哀痛,那弥漫在大地、天空和水里的沉默,无声胜有声。

屏息凝视间,我不禁想到,如果这静默失掉了自制,如果亘古以来这样的时刻一直寻求着的表现都宣泄出来的话,会有一种深沉的庄重、鲜活的动人的音乐从地面升上星空吗?

只要稍稍集中精力,我们便可以把这弥漫宇宙的光影与色彩的伟大和谐转换成音乐。只要闭上眼睛,用心灵的耳朵来感受这长流不息的活动画面的颤动。

但是我要多久描写一次的这样的日落和日出呢?每次我都能感觉到它们焕然一新的鲜活气息;而我怎样才能把这焕然一新的鲜活气息表现出来呢?

一八九二年十二月九日,谢丽达

大病初愈的我感到虚弱而又轻松,在这样的状况下大自然的调养真是令人愉快。我觉得自己和万物一般懒洋洋地在阳光下闪耀着

---

① 印度神话里普鲁沙和布拉克里迪,即神与造物之间的永诀。

我的喜悦,写信的事反而有些心不在焉了。

世界对我来说永远都是崭新的,就像是一位爱逾前世今生的老友,我们之间的交情长久而深远。

我清楚地知道在遥远的过去,刚刚进入青春期的大地是如何从她的海水浴池里起身,向着太阳祈祷致意的。我一定是从她新形成的土壤中长出来的一棵树,在最初脉动的清新感觉里舒展着我的枝叶。

大海不停地摇啊摇,像一位溺爱的母亲不断地爱抚着大地这个她新生的婴儿。我全身心地沉浸在阳光里,因这与生俱来的新生的狂喜在蓝天下颤抖着,用我所有的根系紧紧地抓住我的大地母亲,吮吸着她的乳汁。在这不假思索的狂喜中我的嫩叶绽出花朵盛开,乌云聚集的时候,它们宜人的阴影轻轻地抚慰着我。

从那以后漫长的岁月里,我一次又一次在这大地上以不同的形态转世托生。于是每次我们面对面单独地坐着的时候,古老前世的种种回忆就会渐次地浮上心头。

我今世的大地母亲坐在河边的麦田里,穿着阳光照耀下金色的衣裳,我在她的脚边、膝前和腿旁翻滚嬉戏。作为那么多的孩子的母亲,她心不在焉地应着他们没完没了的呼唤,非常耐心却也显得有些冷淡。她坐在那里,神情恍惚地盯着午后的天边,而我却不知疲倦地呢喃着。

一八九三年三月,周二,巴利亚

我不想继续流浪了。我渴望能有一个角落让我舒服地躺下,远离喧嚣。

印度有两种面貌:一方面她是一位主妇,另一方面她又是一位流浪的修行者。前者守着家园寸步不离,后者则根本没有家。我在自己身上也找到了这两种特质。我想要浪迹天涯看世界,但又渴望有个小小的蔽身之所,就像是小鸟需要有个小巢栖息,也需要广阔的天空飞翔一样。

我渴望一个角落是因为它可以给我带来心灵的宁静。事实上我的心其实是想要忙碌的,可是尝试着这样做的过程中它却不断地冲撞人群,结果失去了理智,从里面不断地撞击着我,这个囚禁它的笼子。其实只需要给他一点点悠闲独处的时间,一个四处看看、尽情思考的机会,它就能心满意足地表达出它的感受来。

我的心渴望的就是这样的自由独处,以便它能和它想像的一切单独待会儿,就像造物主思索他的造物一样。

一八九三年二月,卡塔克

在取得一定成就之前,让我们隐姓埋名地活着吧,我说。只配被人瞧不起的时候,我们凭什么要求得到尊敬?等在这个世界上赢得了一席之地,当我们有了能力影响世界的发展进程的时候,我们才能够微笑地面对其他的人。在那之前,让我们保持低调,管好自己的事情吧。

可是我的同胞们对此却似乎有着不同的意见。他们一点儿也不在乎我们那些应该在幕后得到满足的较为平凡和隐私的需求,一门心思地追求那些短暂的装腔作势以及自我炫耀。

我们的国家真是个被上帝遗忘的国度。要保持干劲的确很困难。我们得不到任何实质性的帮助。方圆几英里之内找不到一个可以从与他的交谈中获得生机与活力的人。附近也没有谁在思考、在感受或者在工作。一个有过奋斗历程或是真正活过的人都找不到。他们所有的人都忙着吃喝、上班、抽烟或者睡觉,或者絮叨着无聊的话题。谈到感情的时候他们会变得十分感伤,谈到理智的时候他们又十分幼稚。人们向往精力旺盛、坚定不移以及精明能干的人格;这些人都是那么地阴暗飘忽、与世隔绝。

一八九三年二月十日,卡塔克

他是个发育完全的"约翰牛"[1],无所畏惧的那种类型,长着一只巨大的鹰钩鼻子,眼神狡诈,下巴足有一码长。政府正在讨论取消我们在陪审团制度下受审的权力。这个家伙拽着这个话题的耳朵硬把它拖了进来,坚持要和我们的主人,可怜 B 先生辩出个究竟来。他说这个国家的人们道德水准低,他们并不是真的相信生命的神圣性,所以他们不配做陪审团员。

当我看到这些人坐在一位孟加拉人的餐桌旁,一面接受着他的热情款待,一面如此地大放厥词,居然还没有一丝愧疚,我深痛地感受到他们对于我们毫不掩饰的轻蔑。

晚饭后,我坐在客厅的一个角落,眼前的一切变得模糊起来。我似乎就坐在我那伟大的遭受到侮辱的祖国母亲的头边,她郁郁寡欢地躺在我面前的尘土里,完全没有了昔日的神采。我的心中有着说不出的沉痛。

那边的几位穿着晚礼服的"洋太太"和她们用英语进行的谈话以及时不时发出的轻快笑声看起来是那么地刺眼。对于我们来说,古老的印度是多么地丰富而真实,而英国人晚宴上的空洞的礼貌是多么地廉价和做作啊!

---

[1] 英国人的绰号。

一八九三年三月,卡塔克

如果我们开始给予英国人的鼓掌过多的重视,我们将不得不丢掉很多我们自己的好东西,转而接受他们的很多坏东西。

我们会以不穿袜子出门为耻,看到他们的晚礼服却不以为羞。我们将毫不在乎地抛弃我们古老的礼仪转而模仿他们的粗俗无礼。

我们将因为疑心它们有待改进而不再穿我们的大褂,戴着他们的礼帽却不以为怪,尽管没有什么头饰会比那还丑陋了。

总而言之,有意或无意地,我们将不得不依据他们拍手与否来剪裁我们的生活。

因此我告诫自己说:"哦,陶罐!看在老天爷的份上,远离那只铁罐吧!不论它是气势汹汹地冲你而来还是只是想过来像主人似的拍拍你的背,不论是哪种情况,你都会裂开,都会完蛋的,所以请记住老伊索的良言吧,我求你,远远地躲开吧!"

让那只铁罐去装饰豪门,你在穷人家还有事要做呢!如果你把自己弄碎了,那就哪里都去不成,只能回归尘土了,或者最多还能成为一只古董,在一个古玩柜里占据一隅,被最卑微的村妇用来打水都比那光荣得多呢!

一八九三年五月八日,谢丽达

诗歌是我的旧爱,我一定是在只有拉迪①那么大的时候就和她订婚了的。很久很久以前,我们水塘旁菩提树下的绿阴、内花园、房子

---

① 拉迪,他的儿子,时年五岁。

一楼的陌生区域、整个外部世界、女仆们唱的儿歌和讲故事,在我心中创造出了一个美丽的仙境。那段时间里发生的种种神秘事件已经在记忆中变得模糊,说不清楚了,但是有一点是确定的,我与"诗一般的想像"已经行过互换花环之礼①了。

然而我必须承认,我的未婚妻并不是一位吉祥的少女,不论她给人带来的是什么,总之不会是好运。我不能说她不曾给我带来过快乐,但是和她在一起想要心境平和是不可能的。她所中意的爱人能够得到足够的快乐,但是在她不懈的拥抱下他的心是要被绞出血来的。被她选中的那个倒霉的家伙是不可能成为泰然自若、清醒冷静的一家之主,舒舒服服地躺在社会地位上享福的。

有意或无意间,我可能做过很多不诚实的事情,但是在我的诗里却从来没有假话。那是一个圣殿,庇护着我生命中最深层的真理。

一八九三年五月十日,谢丽达

大团大团臃肿的乌云过来了,它们像巨大的吸墨纸一样吸光了我面前画面里金色的阳光。风里噙着泪水,湿湿的,一定是要下雨了。

这边风起云涌大事将近,多少人翘首企盼,那边高耸入云的希姆拉山峰上却一点迹象也看不出来。

想到这些农民,我们的佃户,老天爷稚嫩无助的大孩子们,如果没有送到嘴边的食物他们就会饿死,我的心中泛起一阵怜悯之情。大地母亲的乳房干瘪的时候他们就会不知所措,只能啼哭。可是只要填饱了肚子他们就会忘记之前的所有痛苦。

---

① 订婚礼。

我不知道较为平等地分配财富的社会主义理想是否可能实现，但是如果不能，那么老天爷的分配确实残忍，人类还真是不幸的生物。因为如果这个世界上一定得有苦难，那就让它存在吧，但是至少得留下一些希望，至少是一线可能，以敦促人性中较为高贵的部分怀着希望不断地奋斗去争取缓解这苦难。

他们通过分配天下的物产使得人人有饭吃有衣穿是一件非常困难的事情，那只是一个乌托邦的梦想。所有这些社会问题的确都很残酷。命运只允许人类保有这样一条寒伧的床单，掩盖住了世界的这个部分，另一个部分就得裸露着。减少贫困的结果是失去财富，而拥有这样的财富，我们将失去一个仁慈、美丽和强大的世界。

但是虽然西方依然浓云密布，这里却又一次阳光普照。

一八九三年五月十一日，谢丽达

这里还有一件令我愉快的事情。有时候一位纯朴忠实的老佃户来看我，他们对于主家的尊敬一点儿也没有改变。他们恭顺态度中包含着的美丽的纯朴和真诚令我汗颜。如果我不值得他们这样的尊敬会怎样呢？他们的情感一点也不会因此而失去它们的价值。

对于这些成年的大孩子我怀有和对小孩子一样的感情，不过还是略有区别。他们更加的孩子气。小孩子们有朝一日会长大，而他们却永远也不会。

纵然已是满面风霜、身躯老迈，一个温顺纯朴的灵魂依然能透射出夺目的光彩。小孩子们只是单纯而已，却没有这些人不假思索、坚定不移的忠诚。如果人类的灵魂可以通过任何一种看不见的潜流彼此沟通的话，那么我真诚的祝福一定能到达他们的心里并为他们带来幸运。

一八九三年五月十六日，谢丽达

下午洗过澡神清气爽，我在河岸上散了一个小时的步，然后登上了一条停在中流的新小艇，安静地躺在夜色中铺在船尾甲板上的一张床上。小S坐在我的身旁絮絮叨叨地说着，渐渐地，天空中的星星变得越来越稠密。

每天我都会问自己同一个问题：我还会在这星空下重生么？还能在这样美妙的夜晚、沉默的孟加拉河上、世界如此隐蔽的一隅拥有这样宁静的喜悦么？

也许不会了。也许景致会不一样，或者再生的我会有不一样的心思。也许还会有不少这样的夜晚，但它们也许不会再这般信赖、如此可爱、不顾一切地依偎在我的胸前。

奇怪的是，我最大的担心却是我可能会重生在欧洲。因为在那里人们是无法像这样对着无限的苍穹完全地敞开身心的，恐怕一躺下来就会遭到责骂。也许我会在某个工厂、银行或者议会发奋地奔忙。就像那里的道路一样，一个人的头脑必须铺上坚硬的石子才能承受得起那样的交通，必须严格地按照几何形状铺设，保持整洁干净。

我的确无法解释为什么这样慵懒、梦幻般、沉浸在自我当中天马行空的心境是我最想要的。躺在我的小艇上的时候，我自觉和这世上最忙碌的人相比也毫不逊色，如果要我勒紧腰带卖力地干活，和那些忙碌世家的子弟相比我反而会显得格外羸弱。

一八九三年七月三日，谢丽达

昨晚风有如丧家之犬一般咆哮了一夜，雨到现在都没停。田野里无数的水流汇聚到了河里。浑身湿漉漉的佃户坐着渡船过河,有的人戴着斗笠①,还有的人拿着片山药叶子遮在头上。大货船继续滑行,坐在舵旁的水手被淋了个透湿,其他的船员在雨中使劲地拽着拖绳。鸟儿们犹豫地呆在窝里,但是人类的儿子们却继续前行,因为不论是怎样的天气,活还是要继续干的。

两位牧童正在我船的前方放牧。牛群把鼻子伸进葱翠的草丛中兴致盎然地吃着草,尾巴则不停地忙于驱赶蝇虫。雨滴和牧童的棍子同样不可理喻地持续地落在它们的背上,而它们却顺从地听之任之,只是埋头吃草,吃草,吃草。这些牛的眼睛是那么地温柔、和蔼而哀伤。我不知道老天爷怎么会认为把人类的负担全部强加到这种魁梧而又温顺的牲畜驯服的肩上是合适的?

河水一天比一天涨高。昨天在舱面上能看到的东西现在从船舱的窗口就能看到了。每天早上起来我都发现我的视野变得宽阔了。不久以前还只能看到远处村庄附近绿云一般的树林的顶部,今天却整个树林的都能看得见了。

大地和水像是害羞的恋人一般一天比一天靠近彼此。他们的羞怯即将褪去,他们的双手很快就会搂住彼此的脖颈了。我将在滂沱大雨中在这条满溢的河上享受着我的旅程。我都等不及要下令开船了。

一八九三年七月四日,谢丽达

今天早上天空中出现了一线阳光。昨天下午雨停了一小会,

---

① 用竹条和稻草做成的锥形帽子。

但是天边依然浓云密布,所以不能指望雨停太久。仿佛是一张厚重的云毯被卷到了一旁,不知什么时候一阵多事的风吹来,就会把它漫天地铺开,将蓝色的天空和金色的阳光全都捂得严严实实的。

今年天空中该存积了多少水分啊!河水已经漫过了沙洲地①,眼看就要淹没田里的庄稼了。可怜的佃农绝望中只好割下一捆捆半熟的稻子,用小船运走。他们经过我的船时我听到他们抱怨自己时运不济,不得不在稻谷即将成熟的前夕把它们割下来,种田人的痛心是不难理解的。他们唯一的希望只能是其中的一些谷穗已经结成谷粒了。

天意中一定还是有一些慈悲之心的,否则我们如何能从中分得一份呢?可是要看到它体现在哪里却是困难的。千百万无辜生灵的哀号似乎也无济于事。雨还在肆意地倾泻着,河水仍然在上涨,任何的恳求似乎都没能带来任何方面的救助。人们只好说这不是人类能理解的现象,并以此聊以自慰。可是让人们明白这个世上是有慈悲和公义这些东西还是很有必要的。

不过这只是气话而已。理性告诉我们,造物从来就不可能百分之百地完满。只要它不完满,我们就必须忍受欠缺和悲伤。除非它不是造物,而是上帝本身,否则它就不可能完美。我们敢这样祈祷吗?

我们想得越多,就越容易回到起点:为什么要有天地万物呢?如果我们不能下定决心否定事物的本身,那么埋怨它的附属物,悲伤,就是徒劳的。

---

① 沙岸上由一层耕土覆凝而成的地。

一八九三年七月七日,沙乍普

村子里的生活节奏从来都是不急不慢,劳逸结合的。渡船来来回回,带着伞的路人沿着纤道朝家走去,女人们用竹盘淘米,佃农们头顶着麻袋来赶集。两个男人砍着一段木头,发出规则的打击声。村里的木匠正在一棵大无花果树下修理着一条倒扣着的小船。一条杂种狗漫无目的地在河岸上来来回回地走着。几头母牛享受了一顿青草大餐后躺在那里消食,懒洋洋地前后摆动着耳朵,尾巴则摇来摇去赶着苍蝇。几只胆大包天的乌鸦落在了它们的背上,它们也只是偶尔不耐烦地甩甩头。

这单调的伐木声、木匠的锤声、哗哗的桨声、光屁股孩子嬉戏的欢笑声、农民们忧郁的曲子,还有更加响亮的油磨的吱嘎声,所有这些活动的声音,和着树叶的低语、鸟儿的歌声丝毫也不走调,所有的声音会合在一起像一支大的梦幻乐队的动人的曲调,演奏出一支绝妙而略显抑郁哀怨的乐曲。

一八九三年七月十日,沙乍普

关于我们一直在讨论的"沉默的诗人",我只想说,虽然不论沉默的还是说话的人,他们情感的力量是一样的,但是这和诗歌没有关系。诗歌不是情感的问题,它是形式的创造。

思想要经过诗人头脑中某种不可见的、精妙的技艺加工才能具体成形。这种创造力是诗歌的源泉。知觉、情感或者语言,都不过是原料。一个人也许有丰富的情感,另一个人有丰富的语言,第三个人两样都有;但他还必须同时具备创造的天分,才是诗人。

一八九三年八月十三日，帕提萨

穿过那些"湖泽"①来到卡里格雷村的时候，一个想法在我心中渐渐形成。这想法并不是现在才有的，但有时候旧的思想会以新的力量打动人。

水不再被岸局限而扩展为单调朦胧的一片时便失去了它的美丽。就语言而言，韵律就起着岸的作用，赋予语言形式、美感以及个性，正如河岸赋予每条河独特的个性，节奏使每一首诗成为个性化的创作，而散文则像眼前这毫无特色、毫无个性的"湖泽"。而且，河里的水是流动向前的，而"湖泽"里的水则通过扩张吞噬掉整个乡村。因此如果要赋予语言力量，就必须用韵律的狭窄加以约束。不然的话，它就会不住地扩散开去，而无法前进。

乡下人称这些"湖泽"为"哑水"，因为它们没有语言和自我表达。河流潺潺不止，诗句吟唱如歌，它们不是"哑文"。就这样，格律产生了形式、运动和音乐的美。约束不仅产生美，也产生了力量。

诗歌甘受格律的控制并不是盲从习惯的结果，而是因为这样做可以得到运动的快乐。有些愚蠢的人以为韵律是语言的体操或戏法，这么做目的只是为了赚几声喝彩。这是不对的。韵律的产生和一切的美在宇宙中的产生是一样的。词句在轮廓分明的范围里流动可以赋予韵律诗感染力，这一点就不是含糊而松散的散文所能做到的了。

---

① 河流经过孟加拉平原遇到低地就会扩散成面积无定的一片水，叫做"湖泽"。它们在干季只有大池塘大小，雨季则变得无边无际。村子由一连串像岛屿一样修建在四散突出的土包上的农舍构成，村子之间唯一的交通工具是船或者圆形的陶盆。

因为水是那么的清澈，船行过水，常常是相当深的水长着水稻的地带时，仿佛就像从稻田上滑过似的，看起来十分怪异。"湖泽"的其他地方则有着独特的动植物体系，有水莲、苇以及各种水鸟。结果，这些"湖泽"既不像沼泽也不像湖泊，而是具有自己的特色。

当我从江河进入"湖泽",又从"湖泽"回到江河的时候,这想法在心中渐渐明朗起来。

一八九三年八月(斯特拉文月)二十六日,帕提萨

我一贯认为男人是个粗糙的毛坯,而女人才是个成品。

无论从举止、惯例、言谈还是装饰而言,女人都是连贯一致的。原因是多年来自然给她指派了同一个明确的角色,并使她适应了这个角色。灾难、政治改革、社会理想的改变还都不能把她从她特殊的作用上转移开去或是破坏她们之间的内部关联。一直以来,她都在恋爱、照料、爱抚着,别的什么都不做;而且在这些事上学来的绝妙的技巧渗透了她的整个身心和一举一动。她的性格和行动就像花朵和香气一样是不可分离的。因此她没有疑惑也从不踌躇。

而男人的特性里却还有许多的空洞和疙瘩。每一种不同的环境和力量都会影响他的发展过程,在他的身上留下痕迹。这就是为什么有的男人会有一个开阔无边的前额,另一个会不负责任地长出一个硕大的鼻子,第三个的下颌又莫名其妙的冷峻。如果男人具有目的连续和统一性,自然一定已经为他精心制作了一个明确的模型,以便他能简单而自然的起着作用,而不必那么费劲。他就不必有这么复杂的行动规程,受外界干扰的时候也不会那么容易脱轨。

女人是在一个母亲的模型里造成的。男人没有这样原始的模型作为根据,那就是为什么他无法达到同等完美的美丽境界。

一八九四年二月十九日,帕提萨

有两头大象到我们这边的河岸上来吃草,它们引起了我极大的

兴趣。它们用一条腿踏踏地面,然后用鼻子的末端卷起青草,揪下一大片草皮、草根、泥土等等。它们继续这么甩来甩去直到根上的泥土全部被甩干净了才放进嘴里吃。

它们有时会心血来潮地把灰尘吸到鼻子里,然后呼哧一声把它们全都喷到身上,这就是它们大象式的化妆。

我喜欢看着这些过度发育的动物,它们巨大的身躯、惊人的力量、难看的体形以及它们的温驯和无辜。也正是它们的庞大和笨拙让我对它们产生了一种怜悯,它们的笨重之中透着稚气。而且它们的心脏很大,生气的时候它们是狂野的,但是冷静下来它们却又成了平和的化身。

因为巨大而显得笨拙,这并不使人反感,反而很有吸引力。

一八九四年二月二十七日,帕提萨

天空忽暗忽晴,突如其来的一阵风吹得小船的每一条接缝中都懒洋洋地吱嘎作响,日子就这么消磨着。

现在一点多了。沉浸在这样的乡村正午时光中,耳边是各种各样的声音:鸭子的嘎嘎声、过往船只带来的旋流声、洗浴的人洗衣服的声音、远处放牧的人赶着牲畜走过浅滩时发出的吆喝声,这一切让加尔各达桌椅之间单调乏味的日常生活变得难以想像起来。

加尔各达和政府办公室一样中规中矩。那里的每一天都像造币厂里出来的硬币一样齐整而锃亮。咳!那样沉闷得令人窒息的日子,分量分毫不差,没有哪天比另一天重要,都一样地一本正经、体面大方。

在这里我避开了我圈子里的要求,不必感觉自己像台上紧了发条的机器一样。每一天都是我自己的。带着放松的心情和我的思想在田野上漫步,完全不受时空的限制。大地、天空和水面上夜色渐浓，我低着头悠闲地走着。

一八九四年三月二十二日，帕提萨

我坐在船舱窗口向外看着河面，突然一只样子古怪的鸟越过河水飞到对面的岸上，在身后引起了一阵骚动。我发现那是一只刚逃脱了船上厨房里迫在眉睫的厄运跳入水中的家禽，此刻正发疯似地朝对岸窜去。就快到达彼岸的时候，残忍的捕逃者的魔爪就围了上来，它被胜利地拎了回来。我告诉厨师，我今晚什么肉也不想吃。

我真的必须停止吃荤了。我们设法吞咽鲜肉，只因为我们没有意识到自己做的是一件残忍罪恶的事情。有许多罪恶是人类自己创造出来的，有些罪恶被认为是有悖习惯、风俗或者传统的而被取缔了，但残忍是不在这些罪恶之内的。它是一种根本的罪孽，这一点是毫无疑问，不容狡辩的。只要我们不硬起心肠，就能清晰地听到它对于残忍的抗议，可是我们大家却一直轻松愉快地继续着残忍的罪行。事实上，任何不同流合污的人反而被授予怪物的称号。

我们对于罪恶的理解是多么虚伪啊！我觉得最高的戒律就是对于有情众生的同情。爱是一切宗教的基础。有一天我在一份英国报纸上读到，说有五万磅的兽肉被送到非洲兵站去，但在运到的时候却发现那肉已经腐坏。这批托卖品被退了回来，最后在朴茨茅斯以几磅的价格贱卖掉了。这是多么骇人听闻的对生命的浪费和对其真正价值怎样的漠视啊！有多少生物只是为了点缀一次宴会上的碗盘而被牺牲掉，而其中的大部分是会被原封不动地撤下席去的。

如果对于自己的残忍是无意识的，我们也许还是无罪的，但是如果在慈悲心起之后，仍然坚持只为参加别人对生命的掠夺而扼杀自己的良知，那就是对我们心中一切善念的侮辱了。我决定试行素食了。

一八九四年三月二十八日,帕提萨

天气变暖了,但我并不在意太阳的温度。暖风轻啸着吹过,时不时地停下来打个旋子,卷起它的尘土和枯枝落叶交织而成的裙子,又跳着舞走了。

今早却挺冷的,几乎像一个隆冬的早晨。说实话,我对洗澡并没有过分的热衷。要说明在所谓"自然"这个大东西里,的确在发生着什么事情是很困难的。一个无名的角落里出现了某个模糊的原因,忽然间一切就都变了样。

人脑的运转,和身外的自然一样的神秘,昨天我突然想到。一种奇妙的炼金术在动脉、血管和神经、在脑筋和骨髓里工作着。血流涌动着,神经颤动着,心肌起伏着,人体内的四季轮转着。接着又会起什么风,什么时候从什么地方吹来,我们一无所知。

这是我确信会过得很好的一天,我感到自己足够坚强,能跨越世上一切妨碍我的忧伤和考验,而且,我好像已经印好了下半辈子的日程表,安全地放在口袋里,心情十分轻松。第二天,不知道从哪一层地狱刮来了一阵大风,天色变得骇人起来,我开始怀疑起自己是否能禁得起这场暴风雨了。只因为血管或者神经纤维不知哪里出了点问题,我所有的力量和智慧都变得无用了。

我被自己体内的秘密吓住了。它使我都没信心谈论自己要做或者不要做什么了。它为什么总是如影随形地粘着我,这个我无法了解也不能驾驭的巨大秘密?我不知道它要引导我或是被我引导到哪里去。我不知道正在发生着什么,也没有人来问我将要发生什么,然而我必须装作有把握的样子,装作主动……

我觉得自己像是一架结构极其复杂、满肚子钢丝的活钢琴,但是我分辨不出演奏者是谁，而且对于其演奏的目的也只能猜测。我只能知道他弹的是什么，调子是愉快的还是哀伤的，是升半调还是降半调，调子合不合拍，基调是高还是低，但是，就算是这些，我敢说真的就知道么？

一八九四年三月三十日，帕提萨

有时当我意识到人生的旅途是漫长的，忧伤很多而且不可避免，就必须付出极大的努力来给自己打气。有些夜晚独坐在桌旁，我会盯着灯焰发誓要像勇士那样活着：坚定、沉静、不埋怨。这决心让我自信满满，好像自己真是一位勇者似的。可是脚一碰路上的荆棘，我又退缩了，开始认真地为前途担忧起来了。生命的道路又变得十分漫长，我也重新感到力有不逮了。

但是这最后的结论不会是真的，因为正是那些细小的荆棘是最难忍受的。打理心的家园必须节俭，需要花多少才花多少，决不在小事上浪费的。它的力量是精打细算地积攒起来，准备应付真正的巨大灾难的。因此，为小事哭泣流泪是唤不起同情的。但当忧伤最深的时候，努力的付出是毫不吝啬的。那时候，外面的硬皮被戳穿了，安慰喷涌而出，所有的忍耐和勇气都被释放出来全力以赴来尽它们的责任。就这样，伟大的忍耐力也伴随着巨大的苦难而来。

人性的一方面是追求享乐的，另一方面又向往自我牺牲。当前者遇到失望的时候，后者就得到力量并在这样找到的一个更完整的范围里，一种崇高的热情把灵魂充满了，因此我们在微小困难面前是个懦夫，而巨大的忧伤却能激起我们更真实的丈夫气概，使我们勇敢起来。所以，这里面有一种快乐。

人们常说说悲伤之中有快乐,这种说法并不矛盾,反过来说愉悦之中也是有缺憾,也同样不假。为什么会这样是不难理解的。

一八九四年六月二十四日,谢丽达

我来这里才四天,不过因为不去计算时间,感觉好像过了很久似的。我感觉如果今天要回加尔各达去我会发现那里发生了很多的变化,仿佛我独自一人站在了时间之外,感觉不到身外世界一点点发生的变化。

事实是在这里,离开了加尔各达,我生活在自己的内心世界之中,这里的时钟不遵守外面的时间,时间的长度是由感觉的强度来丈量;在这里因为外面世界不计算分秒,片刻变成小时,小时又变成片刻。我觉得时间和空间的细分似乎只不过是精神的幻觉。每一个原子都是不可计量的,每一个瞬间都是无限的。

小时候我曾读过一个非常喜欢的波斯故事。虽然当时还只是个孩子,但我觉得自己已经理解了它的深意。为了显示时间的虚幻性,一位僧人倒了些魔水在一只桶里,请国王进去泡一泡。国王刚把头浸进去就发现自己来到了海边的一个陌生的国家里,他在那里待了很长的时间,经历了很多也做了很多事情。他娶妻生子,后来妻儿又都死了,他丧失了一切的财富,正当他在痛苦中挣扎的时候,他忽然发现又回到了原来的房子里,身边围绕着他的朝臣们,在他为他的不幸斥骂僧人的时候,他的朝臣们说:"可是陛下,您只不过是把头浸到水里马上又抬了起来啊!"

我们的生命以及其中的苦乐,也同样地包裹在一瞬之中。不论在那一瞬间我们感觉到它是多么长久,多么强烈,只要一从世界的水桶里抬起头来,我们立刻就会发现这一切有多像一个琐碎而短暂的梦。

一八九四年八月九日,谢丽达

今天我看到一只鸟的尸体浮在水面上顺流而下。它死亡的经过不难猜测。它在村边的某棵芒果树上有个巢。它晚上回到巢里,和它软毛的同伴们挤在一起住,让它那小小的疲惫身躯在睡眠中得到休息。突然有一天夜里强大的帕德玛河轻轻地摇了摇她的河床,芒果树根上的泥土被冲走了。小家伙失去了它的小巢,在它长眠不醒之前只惊醒了短短的一瞬。

在毁坏一切的自然可怕的神秘面前,我自己和其他生物的区别就变得微乎其微。在城市里,人类社会总是位于前台,显得十分突出。它只关注自身,而对其他生物的苦乐的漠然近乎残忍。

在欧洲,同样地,人类是那么复杂而突出,因此动物在他眼里也就是个动物。对于印度人,人托生为动物,动物托生为人,灵魂轮回的想法并不奇怪,所以我们的经文里,对有情众生的怜悯并没有被看作夸张的情感而被取消掉。

在乡村和自然密切接触时,我性格中印度人的成分便占了主导,哪怕面对着的只是一只小鸟松软的胸腹中跃动着的生之喜悦我也无法无动于衷。

一八九四年八月十日,谢丽达

昨晚我被一阵冲水的声音惊醒了,那是河水突如其来喧闹的骚动,也许是河水突然猛涨的缘故——这个季节常有的事情。双脚会感觉到船板下种种不同的力量在运作。轻微的颤动、小小的摇摆、轻柔的上升和突然的颠簸,这一切把我和水流的脉搏连接了起来。

夜里一定有什么突然的刺激使得河水奔涌起来。我爬起来坐在窗前。一片朦胧的光使得汹涌的河水显得更加疯狂。天空中点缀着云朵。一颗硕大的星星的倒影，呈带状地在水上颤动，像是一道极深而灼热的伤口。两岸睡意朦胧，两岸之间则是这狂放的不眠的动荡，不顾一切地奔涌着。

在半夜里看到这样的场景，使人觉得自己变成了另外一个人，白天的生活只是一个幻觉。而今天早上那个半夜的世界又隐退到梦境里，消失在了空气中。这两种生活是这样地不同，但是对人类来说却又都是真实的。

白天的世界对于我仿佛是欧洲音乐：它的和谐与不和谐在交响乐的进程中水乳交融，夜晚的世界像印度音乐：圣洁、自由的旋律，庄重而生动。即使它们之间的对照是那么地显著，两种音乐还是一样令我们感动。这个对立的原则存在于创造的根柢深处，由国王和女王、白昼与黑夜、本源和变异、永恒与进化的统治交替统治着。

我们印度人是夜的子民。我们沉浸在永恒、本源之中。我们的旋律是独自唱给自己听的；它们把我们从日常的世界带入到寂静的超然之中。欧洲音乐是为大多数人的，带他们舞蹈着穿过人类悲欢的沉浮。

一八九四年八月十三日，谢丽达

无论我真实的想法、感受以及认识是怎样的，找到真实的表达才是它自然的宿命。在我心里有一种力量不断地朝这个目的努力，但是这力量不只是我一个人的，它还渗透在整个宇宙之中。当这股无所不在的力量体现在个人身上的时候，是按照它自己的天性行动，不受这个人的控制的。听任它的力量摆布是我们最大的喜悦。它不但给我们以表情,也给我们以敏感和爱情。这就使我们的情感每次到来的时候,都显得那样地新鲜,那样地不可思议。

当我的小女儿使我快乐的时候,她就融入到那原始的喜悦之神秘,也就是宇宙之中去了。我的慈爱就像崇拜似的被唤醒。我确信我们所有的爱都只是伟大的神秘的崇拜,只是我们没有意识到而已。否则它就是没有意义的。

和万有引力在物质世界里支配着大大小小的物体一样,这个万有的喜悦的引力贯穿着我们整个内心世界,仅仅窥其一隅是无法理解它的。《奥义书》对我们能从人和自然中会得到快乐的原因给出了唯一的合理解释:

> 万物皆由喜悦生。

一八九四年八月十九日,谢丽达

吠檀多似乎帮助许多人解除了他们有关宇宙及其由来的疑惑,但是我的疑问仍然没有得到解答。吠檀多的理论比其他的理论的确要简单一些。关于造物和造物主的问题,乍看简单,越追究就越复杂,但是吠檀多用割断戈尔地雅斯死结①的办法忽略了创造本身,这样问题的确就简化了一半。

世上只有梵天②,我们其余的人只是自己的想像,人类的头脑怎么会有地方放这样的思想,真是奇妙! 更奇妙的是这想法并不像听上去那样地不合逻辑,真正的困难反而是去证明世上真有东西存在。

---

① 希腊神话中按神谕,能解开此结者即可为亚细亚国王,后来此结被亚历山大大帝解开,后用于比喻问题或故事情节的关键或焦点。
② 印度教中信奉的创世主。

无论如何，就像现在月亮升起来了，我眯着眼伸展四肢躺在洒满月光的舱面上，温柔的风让我那倍受困扰的脑袋冷却下来。这时，周围的大地、流水和天空、河面的水纹、纤路上的路人、不时掠过的小船、田野那边的树林、月光下树影环抱中睡意矇眬的村庄的确像是幻境中的幻觉；但是它们比抽象的真理还真实地缠绕和牵引着人的心智。让人不免困惑从这些幻觉中解脱出来能得到怎样的超度。

一八九四年九月五日，沙乍普

意识到自己对空间的渴望已经变得那么的强烈，在这些我一个人主宰的房间里我尽情地享受着，敞开了所有的门窗。在这里写作愿望和力量都是我自己的，这在别处是没法比的。外界的喧嚣带着它的光亮、香气和声音蓬蓬勃勃地流入我的脑海，激发着我写故事的灵感。

下午的时光有着它们独特的魅力。温暖的阳光、那种沉默、那种寂静、那鸟鸣，尤其是乌鸦的呱呱声，还有那愉快而安静的闲暇感，这一切加在一起，让我欣喜若狂。

《一千零一夜》那样的故事似乎就是在这样的下午写出来的。在大马士革、布哈拉或是撒马尔罕和它们的沙漠上的车路，鱼贯而行的驼队、流浪的骑手、蓬松的枣椰树冠的凉荫里涌出的汩汩清泉、怒放的玫瑰、夜莺的歌声、施拉茨的美酒；它们张着鲜艳的天篷的狭窄市街，人们穿着宽大的长袍，裹着彩色的头巾，卖着枣子、坚果和瓜果；它们的宫殿，熏得喷香，窗边的蒙着梵锦的长榻和靠垫，摆设得十分华丽；它们的卓碧迪亚、阿米娜或是苏菲亚，穿着装饰华美的上衣、宽大的裤子、绣金的拖鞋，一根长长的水烟管盘蜷在她的足畔，锦衣华服的太监们守在一旁。那片遥远而神秘的土地上一切可能和不可能的人类的行为和愿望、还有欢笑与哀泣。

一八九四年九月二十日，去狄革帕提阿的路上

　　大树矗立在洪水里，树干被完全淹没了，枝叶匍匐在水面上。船只都系在芒果树和榕树的树荫里，人们在船背后洗着澡。到处都能看到农舍高出水面，院落则浸泡在水里。

　　我的船沙沙地穿过田里的庄稼，不时地经过大水以前是池塘的地方，从那一簇簇的莲花和捕鱼的潜水鸟可以分辨得出来。

　　洪水无孔不入。我从来没有看见陆地溃败到如此地步。陆地再多退一点，洪水就要涌进农舍里，里面的居民就得在树上搭起平台来住。母牛在这样齐膝的水里待着迟早会死掉。所有的蛇都从洞穴里涌了出来，它们和无数无家可归的爬虫和昆虫都不得不与人类亲密相处，在他屋顶的茅草里避难。

　　蔬菜都在水里腐败，各种垃圾到处漂浮，四肢枯瘦、脾脏胀大的孩子赤裸着身子到处泼水玩，久经忧患耐心的主妇们穿着湿淋淋的衣服在风雨里掖起裙子步履蹒跚地做着日常的工作。到处都是在污毒的空气里盘旋的厚厚的蚊群，活像是一层棺衣。这样的情景实在不能令人愉快。

　　每家每户都有感冒、发烧和风湿的人。患疟疾的孩子成天在哭，没有什么能够拯救他们。人们怎么能够居住在这样不舒服、不健康、肮脏、荒凉的环境里呢？事实是我们习惯了对一切逆来顺受：自然的蹂躏、统治者的压迫、宗教典籍的压力，我们一言不发地全都忍受下来，而它们对我们的折磨将永远的继续下去。

一八九四年九月二十二日,去波利亚的路上

有人告诉我说,我的生命里只有三十二个秋天来了又去的时候我感到十分奇怪,因为我的记忆仿佛可以一直回溯到久远不可追寻的晦暝之中。我的内心世界充溢着光明,感觉像晴朗的秋晨一样,我觉得自己正坐在一座魔宫的窗前,出神地凝视着遥远记忆的一幕,拂面的柔风中隐隐约约可以闻到来自往昔岁月的芬芳。

歌德在临终的时候,要"更亮一些"。如果我到那时候还有愿望的话,那就是同时还要"更开阔一些",因为我非常喜爱光明和空间。许多人因为孟加拉只是一片平地而看不起它,但这恰恰是我对它的风景格外迷恋的原因。它一览无遗的天空像一只紫晶的酒杯,斟满了从天而降的暮色和夜晚的宁静,一直溢到杯沿;寂静无声的中午金色的裙子也无遮无拦地伸展开来,布满杯底。

在哪里还有像这样的一个可以让人如此游目骋怀的地方呢?

一八九四年十月五日,加尔各达

明天是杜尔迦大祭节。去 S 君家的路上,我注意到差不多每一所大房子里都在造着神像。我忽然想到在节日的这几天里,不论老少,大家都变成孩子了。

仔细想来,一切娱乐的准备工作,其实和玩玩具一样,本身是没有什么目的的。从表面上看也许是浪费,但是在整个国家引起如此彻底的情感的轩然大波,这能说是无益的吗?连那最世故冷漠的人也被这无孔不入的情绪所感动,从自我中心的兴趣中跑出来了。

这样,一年都有一段时间,所有人的心都处于一种融融的状态,

适于爱与同情之类感情的流露。迎神送神的歌曲、情人的相会、节日笛管的调子、明净的天空和流金色的秋日阳光,都是这首伟大欢歌的一部分。

单纯的快乐是孩子们的快乐。他们能让任何一件不起眼的东西为创造他们感兴趣的世界服务,所有的东西都是可用的,就连最难看的玩偶也因为他们的想像而变得美丽,因为他们的生命而鲜活起来。长大以后还能保留这种享乐天才的人的确算得上一位理想家。对于他,事物不仅是眼睛看得见、耳朵听得见的,还是心感受得到的。它们的局限或残缺在他自己提供的快乐乐曲中都消失不见了。

不能指望所有的人都做理想家,但是全体人民在这样一个节日里能最接近于这种极乐的境界。这时候,我们平日里当作玩具的东西,就失去了它的局限性,因这理想的光辉而变得无比荣耀。

一八九四年十月十九日,波尔普

我们所认识的人的轮廓都是虚线连成的,也就是说,在我们的认识中,还有许多空缺需要我们自己尽力去填满。这样,连那些我们熟识的人大都也是我们自己想像出来的。有的时候这条线是这样的残破不全,连关键点都没了,画面的一部分依然是模糊晦暗、乱糟糟的一片。如果我们最要好的朋友都不过是穿在想像之线上一个残缺的轮廓,那么我们真正地认识什么人么?或者除了用同样的支离破碎的方式以外,又有什么人又认识我们么?但是,也许正是这些孔洞可以让彼此的想像进入,才造就了亲密的友谊,否则每个人都安居在他的不可侵犯的个性里,除了里面的"居民"外再没别人能够接近了。

同样地,我们对于自己的认识也是破碎的,我们必须凭着这些零碎的材料来塑造我们自传里的主人公,同样,也需要想像力来帮忙。无疑的,上天有意省略掉某些部分,让我们在我们自己的创造中出一份力。

一八九四年十月三十一日,波尔普

今天刮起了第一场北风,冷飕飕的,仿佛税吏到甘余[1]树林里来过一样,一切都失去了常态,叹息着、颤抖着、畏缩着。中午的阳光疲倦而冷漠,芒果树浓荫里鸽子单调的咕咕声,一切给白天这段昏昏欲睡的时光笼上了一层痛苦之色,仿佛有场离别即将来临。

桌上的时钟嘀嗒嘀嗒地走着,松鼠在屋里啪嗒啪嗒地跳进跳出,它们的响动和谐地融入了正午的其他声音之中。

看着这些柔软的、黑灰色条纹的毛茸茸的松鼠,带着它们蓬松的尾巴,念珠般闪烁的眼睛,温柔而老练的地忙碌着,让人忍俊不禁。一切可吃的东西都得收放在屋角的纱橱里,防备这些贪婪的小家伙。于是它们带着按捺不住的渴望来到碗橱周围嗅来嗅去的,想找个窟窿钻进去。如果有些谷粒或是面包的碎片掉在外面,它们准能找到并用两只前爪捧着,卖力地细细嚼着,不时还把食物转个边来适合它们的嘴。我这边稍有动响,它们就立刻把尾巴撅到背上,飞也似的溜走,可是跑到半道又会停下来,坐在门口的垫子上,用后爪挠挠耳朵,然后再跑回来。

这种细小的声音整天继续着,牙齿的啃啮声、跳走的脚步声,还有架子上瓷器的叮当声。

---

[1] 即印度醋栗,果实生食,酸甜酥脆,初食味酸涩,回味甘甜爽口,故又称余甘。

一八九四年十二月七日,谢丽达

每次我在月下沙岸散步,S君总会来找我谈生意上的事。

昨晚他来了。谈完后,四周重归寂静,我感觉到夜色里,那永恒的宇宙就站在我的面前。一个人的琐碎杂谈便足以使模糊宇宙无所不在的展示了。

絮絮叨叨的话语刚一停下星光熠熠的宁静便降临并溢满了我的心房。我在角落里找到了我的座位,和这上百万的光球坐在一起,开始了关于存在的伟大而神秘的会谈。

晚上我必须早些出去,赶在S君跑来啰啰嗦嗦地问我牛奶对我胃口或者我是否已经看完了年度报告之前,让我的心去吸收外界的宁静。

我们在"永恒"和"刹那"之间的位置是多么有意思啊!心里想着精神世界的事情的时候,任何关于胃口的暗示,都显得那么无望地不合时宜,可是灵魂和肠胃却已经同居了那么久了。月光照耀的地方,恰好就是我的地产。月光告诉我,说我的柴明达尔①是个幻象,而我的柴明达尔则说,月光全是空虚的。可怜的我呢,只好被夹在当中左右为难。

一八九五年二月二十三日,谢丽达

为《实践》杂志撰稿的时候我变得相当的心不在焉。

---

① 柴明达尔(Zamindar)一词原是波斯文的复合字,Zamin指土地,dar指持有者,合起来意为土地持有者,此处指的应该是这种制度下拥有的土地。

每条船经过我都抬眼去看,注视着渡船来来往往。然后又回到岸上,我的船附近有一群水牛正把它们宽大的鼻子伸进牧草里,用舌头卷起来送进嘴里,然后咀嚼起来。它们一边心满意足呼哧地喷着气,一边用尾巴赶着背上的苍蝇。

忽然间一个个头瘦小的人类的孩子出现在场景中,他光着身子,正用一根棍子戳着其中的一头耐心的牲口,嘴里发出各种各样的声音,而它只是偶尔对这小家伙瞥上一眼,撕咬路边一簇簇的草叶的动作一点也不耽搁。牲口不动声色悠闲地往前走几步,那个小鬼头仿佛就觉得自己尽到作为牧人的责任了。

我猜不透这个牧童的心思。我不明白奶牛或者水牛选好了自己喜爱的地方,舒服地吃着草的时候有什么必要去惊扰它,像这牧童这样非把它赶到别处去。我推测那是人类在炫耀他驯服了那强大的动物成为它的主人的成就感。不过无论如何,我还是很喜欢看那些水牛呆在葱翠的青草里的。

但是我开头想说的不是这个。我是想告诉你,近来我对《实践》杂志的责任心是怎样被最细枝末节的琐事分散的。我在上一封信[①]里提到过一些蜜蜂,它们嗡嗡地在我的头顶盘旋,孜孜不倦的追求却无果而终。

它们每天早上大约九十点的样子就来了,朝饭桌直冲过去,又急转到书桌下,撞上有色玻璃窗,在我头上绕一两圈,然后嗤嗤地飞走了。

本来我很容易把它们当作冤魂不散的鬼魅,化身为蜜蜂一再地回来,路过的时候对我作一次问候性的拜访。不过我并没有往这些方面想,我确信它们是真的蜜蜂,梵文里所谓的吸蜜者,更罕见的就

---

① 此信本选集没有收录。

是叫做双须类。

一八九五年二月（法尔冈月）十六日，谢丽达

生活中我们每时每刻都得脚踏实地，但是概括起来人生却是小事一桩，两个小时的不间断的思索就能想完了。

雪莱勤奋的三十年人生中找出来的材料只够写两卷书的传记，而且里面相当的一部分还是道登的杂谈。我三十年的生活恐怕连一卷也填不满。

为了这渺小的生命，我们是多么大题小作啊！想想看，为了供给他的粮食需要多大的土地、多少的买卖和商务，想想全世界上每一个人占了多大的空间，虽然一张椅子就能把他整个装下！然而等到烟云散尽，剩下的只有可供两个钟头思索的材料和几页的文章！

如此懒散的这一天，在我那寥寥数页上又将是多么微不足道的一小部分啊！可是这平静河水旁的沙洲上安宁的一天，不会在我永恒的过去与将来的卷轴上，多少留下一个小小的别样的金色印迹吗？

一八九五年二月二十八日，谢丽达

今天我收到了一封匿名信，它是这样开头的：

> 在另一个人的脚下心甘情愿地匍匐跪倒，是所有礼物中最真诚的一种。

信的作者从没见过我，只是从我的文章里了解我的，他继续说道：

不论距离多么遥远,自身多么渺小,太阳①的崇拜者都能分得一份阳光。您是世界的诗人,但是对我来说您却似乎是我自己的诗人!

另外还有一些诸如此类的话。

人是那么迫切地想为自己的爱找个对象,这样他最后爱上的就是他自己的"理想"了。但是我们为什么会认为思想就不如事实真实呢?对于我们通过感官感知的一切背后的物质的真相我们从来都不能肯定,为什么对于大脑的创造物,思想背后的实体的疑惑就要更大些呢?

母亲在孩子身上实现了伟大的"理念",这"理念"是每个孩子身上都有的,但它难以言述的特性却是不为其他的人所了解的。难道我们可以说那把母亲自己的生命和灵魂牵引出来的东西是虚幻的,而没能把我们其余的人牵引到同等地步的东西,却是真正的真实么?

每一个人都配承受无限的爱——他的灵魂之美是没有止境的……但是这么说太宽泛了。我想表达的是,从某种意义上说,我是没有权利接受这位崇拜者献给我的心的;这就是说,看到过我日常情形的话,这个人是决不会产生这些美好的情感的。但是从另一种意义上来说,我是配受这一切甚至更高的崇拜的。

一八九五年七月九日,去帕布纳的路上

我正在小伊茶马缇上泛舟而行,这是一条雨季时才会出现的小河。河两岸的一排排村舍、一片片的黄麻地和甘蔗田、一小块一小块的芦苇地和绿草如茵的浴坡,使得小河如同几行诗句,时常被人吟

---

① 罗宾,作者的姓名,意为"太阳"。

诵,时常为人喜爱。人们不能熟记像巴特马那样的大河,但是这条蜿蜒的小伊茶马缇,随着雨的节奏流动的小河,正渐渐地流入我的心田……

天色已晚,天空中阴云密布。隆隆的雷声断续地传来,狂风吹过,野生的木麻黄树丛像波涛般起伏,一浪接着一浪。竹林深处,墨一般地漆黑。苍白的暮色在河面上闪烁,仿佛预示着某种超自然的事件将要发生。

昏暗中,我伏在案上写这封信。我想轻声低诉心曲来配合这黄昏影影绰绰的氛围。但正是这样的愿望糟蹋了一切的努力。愿望要么得到满足,就是完全得不到。所以准备打一场严酷的仗,比准备说一段轻松的、无关紧要的发言简单得多。

一八九五年八月十四日,谢丽达

工作很重要的一点就是,为了工作一个人必须将私人的苦乐看轻,真正地,尽可能地忽视它们。这让我想起了在沙乍普发生的一件事。有一天早晨,我的仆人来晚了,对于他的迟到我感到十分生气。他走过来站在我面前照例请了安,用微微哽咽的声音解释道,他八岁的女儿昨天夜里死去了,然后便拿起掸子开始收拾起我的屋子来。

在工作场所,我们看到有的人经商、有的人耕田、有的人挑担,而在这一切的底下,日复一日流淌着一条死亡、忧伤、损失的暗流,悄无声息,隐蔽至极。如果有一天这些事情压制不住浮出表面来,那么所有的工作就得立刻停顿。个人的忧伤在下面流淌,上面是一条坚硬的石轨,责任的火车载着人类的负担隆隆地走过,除了指定的车站外,不为任何人停车。事实证明,工作的这种残酷性也许恰好是对人最严肃的安慰。

一八九五年十月五日,库什提

只以外在的经文形式传来的宗教永远不会变成我们自己的。我们和它唯一的连接只是习惯性的。从心底里皈依宗教是人的一生中一次伟大的冒险。它必须在极度的痛苦中诞生,在他生命的血液中存活,然后不论它是否为他带来了幸福,人的旅程将在圆满的欢乐中结束。

虽然"真理"的庙宇在我们心里一天天,一块砖一块砖地砌起来,我们却很少体会到与此同时我们从别人那里听来的或是自己不断重复的那些东西有多虚伪。在流逝的时光中把苦乐孤立开来看待的时候是无法了解这永远建造的神秘的,就像把一句话分解成一个字一个字去读就读不懂了。

一旦发现了这个我们里面进行着的创造计划的统一性,我们就体会到我们和不断展开的宇宙的关系。我们体会到我们和在轨道上旋转的星辰一样,也处在被创造的过程之中。我们的愿望,我们的痛苦,也随即在这个整体里找到它们恰当的位置。

我们也许无法确切地了解正在发生的事情,我们甚至于不能确切地了解一粒尘土。但是当我们感到体内的生命之流和外界宇宙的生命是一体的时候,我们所有的快乐和痛苦看起来便是穿在一根喜悦的长线上了。我存在、我运动、我生长这样的事实放大来看,和世上的一切都是息息相关的,甚至连一粒最小的原子也少不了我。

我的灵魂与这美丽的秋晨、浩瀚的光辉之间也有着一种密切的亲属关系;这一切色彩、芬芳、音乐不过是我们秘密交流的外在表现。不论是否能被体会到,这种不间断的交流都使我的内心处于永远的运动状态之中;在我的内心和外界的沟通里,我领悟了这种宗教,能领悟到多少取决于我的能力。在它的照耀之下,接纳那些经文之前我得要对它们先进行一番考察才行。

一八九五年十二月十二日,谢丽达

有一天晚上我正在读一本英国的文学评论,里面充满了对诗歌、艺术和美等等各式各样的争论。艰难地读完这些矫揉造作的讨论之后,我疲倦的脑子仿佛走进了一个到处都是嘲弄的鬼脸的空幻地带。

夜色已深,我砰的一声合上书,把它丢到桌上,然后吹灭了灯想上床睡觉。灯刚灭,月光便从洞开的窗户一泻而入,我的心不禁为之一颤。

那盏小灯曾经冷冷地讥笑过我,就像那个靡非斯特一样。这个极小的讥笑竟然把这从蕴含在整个世界里深沉的爱里流出来的无限的欢乐之光给屏蔽掉了。我到底在那本空洞啰嗦的书里找些什么呢?这充满了天空、一直在外面静静地等着我的,才是我真正要的啊!

如果我不开窗就上床睡觉因而错过了眼前的一幕,它也会依旧等在那里,不会对里面那盏讥笑的小灯提出任何抗议。甚至于即使我一辈子对它视而不见,让那盏小灯胜利到底,直到我最后一次摸着黑爬上床去,即使在那时,月亮也仍会在那里甜美地微笑着,平静而谦逊地等着我,和她亘古以来一样。

成 就 人 生

一 个体与宇宙的关系

古希腊的文明孕育于其城墙内。实际上,所有的现代文明都有其砖灰泥浆砌成的摇篮。

这些墙在我们脑海里留下了深深的痕迹,使得我们在内心形成了"分而治之"的原则,这一原则又衍生出一种习惯——为了保卫我们所获得的一切建立了堡垒使之相互分离,由此我们分割出国家与国家、学科与学科、人类与大自然。形成这种习惯后,我们便会十分怀疑我们所建造的这一屏障之外的所有的东西,只有经过激烈地思想斗争才会接受某一件事物。

雅利安人到来时,这里还是一片广袤的森林,这些入侵者很快便利用了这一有利条件。这里成了他们躲避骄阳和暴风雨的庇护所,还为牲畜提供了牧场,为祭火提供了燃料,为他们建造房舍提供了木料。不同的雅利安族人跟随各自的首领在森林的不同地带定居了,每个地带都有其非常有利的自然保护条件,有充足的食物和水源。

因此,印度的文明是孕育于森林之中的,特殊的环境形成了其与众不同的特性。它的周围环绕着浩瀚的大自然,可以从她那里获取食物和衣物,并与她进行着最亲密最频繁的全面交流。

可能会有人认为,这样一种生活会让人类降低生活标准,使其愚钝,不再有继续进步的动力,然而我们发现,在古印度,森林生活的环境并没有压抑人类的思想，也没有削弱其活力，而只是为其指引了一个特殊的发展方向，让人类在与充满活力的大自然的接触中不再局限于为扩大领地而为自己的占有物竖起堵墙。他的目标不再是获取，而是实现，去提高自己的觉悟，融入周围的环境，与其共同成长。他认为真理是包罗万象的，根本不存在绝对的孤立，获得真理的唯一途径就是将人类的生命融入万事万物之中，栖居于古印度森林中的圣贤们也在努力实现着人类灵魂与万物灵魂的极度和谐。

后来，这些原始森林被开拓为良田，四处兴建起富裕的城镇，还建立起强大的王国，这些王国与宇宙中所有的强大力量都有联系。然而，即使是在物质生活最繁荣的时期，印度人仍然会怀着敬仰之心时常回顾努力实现自我的早期理想和隐居森林时尊贵的简朴生活，并从其蕴藏的智慧中汲取最多的灵感。

西方人似乎认为他们正在征服大自然，并以此为荣，而我们则好像居住在一个陌生的世界，要通过与难以驾驭的事物作艰苦的斗争才能获得自己想要的东西。这种思想是以城墙习惯训练思维的产物，因为在城市中生活，人很自然地只去关注自己的生活和工作，这就人为地将他与他居于其中的大自然分割开来。

然而，印度人的看法则不同，他们把这个世界与人类一起看成一个伟大的真理，他们看重个体与宇宙的和谐，他们认为如果周围的环境与我们毫不相关，那我们就根本用不着与其交往。人类向大自然抱怨，自己不得不通过努力才能获得自己的所需。是的，但是这些努力并不是徒劳，他每天都在收获着成功，这表明人与大自然之间存在着合理的关系，因为只有当某件事物跟我们真正有关系时，我们才能把它变成自己的。

我们可以从两种不同的角度来看同一条路。一种是把它看成将我们与我们所渴望的目标隔开的一道屏障，这种情况下我们就会认为我们旅途中的每一步都会面临阻挠,每一步都需要付出艰辛的努力。另一种是把它看作是带领我们达到目的地的坦途,这样它就会成为我们目标的一部分,它已经成为我们征程的起点,踏上它,我们反而会从中有所收获。印度人就是通过第二种角度看待大自然的,对他们而言,真正的事实就是:我们与大自然和谐一致;人类能够思考是因为他的思维与事物相一致;人类能够将大自然的力量为自己所用也只是因为他的力量与宇宙的力量是相和谐的,而且从长远看,人类的目的永远不能与其贯穿于大自然中的目的相冲突。

西方人普遍认为大自然只属于那些无生命的事物和野兽,然后由于莫名其妙的突变产生了人性,在他们眼里,任何低级别的生物就只是大自然的,而任何对它智力或道德上的完善才是有人性的。这就好像把花蕾与花朵划分成两种不同的范畴,将其命运归于两种截然不同的本能。但是印度人则会毫不犹豫地承认自己与大自然的密切关系及与所有事物无法割断的联系。

天地万物的根本统一并非只是印度人的哲学遐想,在情感和行动中实现这一伟大统一是他们的人生目标。通过冥想和礼拜以及通过对生活的调整让印度人培养出一种意识:任何事物对他们而言都有神圣的意义。大地、流水和阳光、水果和鲜花对他们而言不只是一种可以使用、用完便抛弃的物理现象,他们要达到完美的理想需要这些事物,就像每个音符对完成交响乐都不可或缺一样。印度人敏锐地意识到这样一个基本事实:这个世界对我们极其重要,我们必须充分地关注它,并有意识地与它建立联系,要带着欢乐、和平的伟大情操,以协调统一的精神实现这一目标,而不只是受对科学好奇的驱使或对物质利益贪婪的诱惑。

科学家都知道世界并不只是我们感受到的那样,他们知道大地和水实际上是自然现象相互作用将其以大地和水的形式展现在我们面前的，至于它们是如何作用的，我们并不完全理解。同样，用心灵看世界的人则知道对大地和水的最终真理在于我们对永恒意志的理解，这一永恒的意志会及时作用并以我们所意识到的外部力量的形式表现出来。这不像科学那样只是知识，而是灵魂对灵魂的感知。它不像知识能让我们学会本领，而是带给我们欢乐，欢乐可是同源事物和谐一致的产物。如果一个人只是用科学知识了解这个世界，而不能更深地去认识这个世界，那他将永远不会明白用心灵看世界的人在这些自然现象中所领悟到的一切。水不只是能清洁他的四肢，还能净化他的心灵，因为水能感化他的灵魂；大地不只是支撑起他的身体，还愉悦他的心情，因为与大地的接触远不止是身体的接触，它是充满生机的神灵。如果一个人意识不到他与这个世界的密切关系，那他就如同居住在被墙壁隔绝的监狱里，对周围一无所知。只有当他遇见一切事物中不朽的神灵时，他才会解脱，因为到那时他才真正意识到他所出生的这个世界的重要意义；到那时他才真正找到完美真理中的自己，才与周围的一切事物和谐起来。在印度，人们必须十分清醒地意识到，无论他们的身体还是灵魂都与周围的事物有着密切的关系，他们要热情赞扬早晨的阳光、流动的泉水和富饶的大地，将它们视为同一种生活真理的体现，他们自己也置身于这种真理的环抱之中。因此，我们每天冥想的主题就是《伽椰特黎真言》，它是所有《吠陀》①的集中体现。我们尝试着通过它来了解世界与人类有意识的灵魂是根本统一的，我们学会去感知由永恒的精神统一起来的和谐，这种精神创造了大地、天空和星球，同时，它也在用意识之光启发着我们的思想，这种意识动态地存在于与外部世界不可分割的

---

① 吠陀是印度最古老的宗教文献文学作品的总称。吠陀本集共四部，是印度婆罗门教最古的经典。

关联中。

　　印度人并不会忽视不同的事物存在的不同的价值，因为他们知道如果不意识到这一点便无法生存；他们也知道人类在天地万物中所处的优势地位，不过他们对自己真正的优势所在有自己的理解，这种优势并不是去占有的力量，而是要和谐的力量。因此，他们把他们的朝圣之地选在壮丽优美之处，这样，他们的心灵便会脱离狭窄的物质世界，从而在无限中找到自己的位置，这就是为什么印度人——一个曾经食肉的民族——从此不再以肉为食，而开始陶冶共同珍爱生命的思想，同类事件在人类历史上实属罕见。

　　印度人明白当我们建立物质的和精神的屏障，强制性地把我们自己与大自然无穷无尽的生命分割开来时，当我们成为纯粹孤立的人类而不是宇宙之中的人类时，我们就会制造出让我们困惑的难题，我们尝试各种各样人为的办法把自己孤立于大自然解决问题的资源之外，这只会让问题一批接一批无休止的涌现。他独自行走在属于人类的孤立的绳索上，要么摇晃，要么摔落，他不得不时刻紧绷着神经和肌肉来保持每一步的平衡，然后在疲惫的间隙，他会大声斥责神明，认为自己受到一切事物不公正的待遇，并在内心为自己的这一行为感到一丝自豪和满足。

　　然而，事态并不能永远照此进行下去。人类必须意识到自己存在的整体性，意识到他在无限中的位置；他必须明白无论他有多么努力，他也无法在自己小小的蜂房中酿出蜂蜜，因为他终生所需要的食物是存在于蜂房之外的；他必须明白如果一个人把自己隔离于生机勃勃的完美的无限之外，完全依赖自我维持、自我恢复，那他会逐渐变得疯狂，会把自己撕成碎片，然后吞噬自己的实体。失去了整体的后盾，人类的贫困就不能用朴素这一崇高的品质来形容了，而只能是卑劣的、无耻的；失去了整体的后盾，人类的富贵也不再是宽宏大量的，而只能是奢侈的；他的欲望无法满足自己生活的需要，受到了自身目标的局限，这成为他致命的原因，这些欲望会为他的生命点燃一把火，在熊熊的火光中弹琴取乐，于是我们的生活彻底被颠覆，在自我表现中去恐吓人而不是去吸引人；在艺术上我们追求新颖别致却忽略了万古常新的真理；在文学创作上，人类完美的见解虽然简单朴实却又超乎寻常，我们却并未领会到它，而是让它看起来像一个心理学问题或是一种激情的体现，这种激情之所以强烈是因为它不正常，因为它受到人为的强光残酷地照耀。如果一个人仅认为他只与他十分贴近的事物有关系，他生命力更深层的基础还没找到永久的土壤，那么他的灵魂始终濒临饥饿的边缘，并通过周围不断地刺激来代替健康的力量。此时，这个人便失去了精神准则，以自己的身躯而不是通过他与无限宇宙的重要联系来衡量他的伟大，以自己的移动而不是通过完美的宁静来评判他的行为，这种宁静存在于星空，存在于天地万物舞蹈时永不停息的节奏之中。

印度遭受第一次入侵基本与欧洲人入侵美洲是同一个时代，他们也遭遇了原始森林并与土著居民展开残酷的斗争，不过美洲的这种人与人之间、人与大自然之间的斗争持续到了最后，从来没有达成和解。在印度，野蛮人居住的森林成了圣贤的庇护所，但在美国，这些大自然中充满生气的崇高的教堂却对人类已无任何深刻的意义。森林为人类带来财富和力量，也许还不时唤起人类对美感享受的喜悦之情，或者激发起一位遁世诗人的灵感。它们从来不会为自己的神圣团体而占据人类的心灵，在那里举办重大的圣灵洁净仪式来让人类的灵魂与宇宙的灵魂相融合。

我丝毫也不希望这些事物变成其他样子。如果历史在同一个地方以同样的方式丝毫不变地重复着，那它纯粹就是在浪费机会。要达到心灵最好的交流，不同情况的人应该把各自不同的产品带到人性这个市场上,这些产品彼此互补、相得益彰。我希望说的是,印度在其发展历程之初就经历了一个环境的特殊结合体,这对它并无不利。它根据自己的发展机遇来思考估量、奋斗抗争,它潜入存在的深渊,取得了伟大的成就,若非如此,人类的发展历程将会是截然不同的。人类要完美地成长需要构成其复杂生命体的生存因素,这就是为什么要在不同的地域耕种食物,然后再送到不同的需求地。

文明是一种模式,各个国家都忙于制定这个模式,并以其最理想的状态来塑造自己的臣民,所有它的机构、立法、审核定罪标准及有意识或无意识的教义都是为这一目标服务的。西方现代文明想通过安排有序的努力培养出体力、智力和思想都完美的人,由此,国家投入大量的资源和精力来扩大人类对周围环境的统治,它充分挖掘融合人类的天赋以占有利用他们所能触及到的一切事物,以铲除他们掠夺道路上的障碍。他们训练有素,以攻占大自然和其他民族,他们的军队日益壮大,他们的机器、设备及组织以惊人的速度在持续扩展。无疑,这是一个辉煌的成就,完美地体现了人类的征服力,为了达到人类超越万物、至高无上的目的,他们是无以阻挡的。

古印度文明有着自己完美的典范,这一典范为其指引着努力的方向,它的目标不是取得统治地位,它不会为了得到财富或者获取军事上和政治上的统治地位而刻意培养自己的能力或者去组织人们进行防卫或者攻击。印度试图实现的理想导致它最优秀的人过着与世隔绝的沉思生活,这个国家通过穿透现实的秘密为人类带来财富,这让它在世俗的成功领域中付出了沉重的代价,不过,这也是一种升华的成就,是人类愿望的至高无上的体现,它没有极限,完全将实现无限作为自己的目标。

印度有贤人,有智者,有勇士,还有政治家,有国王,有君主,那么它会仰慕这些阶层中的哪位并让他成为人类的代表呢?

是圣人。什么样的人才会被称为圣人呢?"这些人从知识中获得了最高的灵魂而充满了智慧;他们发现自己与这一灵魂融为一体时便与内在的我完美和谐;他们抛弃一切自私的欲望而实现最高的灵魂,他们在世间的一切活动中感受到这一灵魂,并且已经获得宁静。圣人就是那些从各个方面领悟到最高神灵的人,他们已经找到永久的宁静,与万物统一并进入宇宙生命中。"因此,在印度,实现我们与万物存在的联系并通过与神灵的结合进入万物就达到了人生的最终目标并实现了人性。

人类可以破坏劫掠、可以获得积累、可以创造发现,然而因为他的灵魂理解万事万物,所以他是伟大的。如果他在冷酷无情的外壳下要孕育自己的灵魂,任凭其他事物像龙卷风一样密不透气地在他周围猛烈地旋转,围堵住他的视线,这对他来说将是一种毁灭性的灾难。这确实扼杀了他存在的灵魂——理解的灵魂。实质上,人类既不是自己的奴隶,也不是这个世界的奴隶,他是热爱自己,也热爱这个世界的,他的自由和成就存在于爱之中,"爱"也就是完美的理解。通过爱的力量和他存在的渗透力,他就会与他灵魂的气息——无处不在的神灵——融为一体。如果一个人通过推挤他人提高自己的地位,通过炫耀自己比他人强而获得荣誉,那他就会被神灵疏远。这就是为什么《奥义书》中认为那些达到人类生命目标的人是"宁静的",是"与神灵一体的",这意味着他们与人类和大自然完美和谐,因此与神灵融为一体,不可分割。

我们在基督教教义中也看到了同样的真理:"让富人进入天堂的王国比让骆驼穿过针眼还要难。"也就是说,我们自己所珍爱的事物往往将我们与他人分割开来,我们的财富就是我们的缺陷。一个专注于积累财富的人,随着自我不断地膨胀,是不会穿过精神世界的,即完美和谐的世界的大门的,他只会被关在他有限的获得物构成的狭窄的堡垒之中。

因此,《奥义书》教义的精神就是:要找到神灵,你就必须拥抱万物。追求财富只会是得到小利而抛弃万物,这样你是不会找到完美的神灵的。

欧洲一些当代哲学家都直接或间接地从《奥义书》中受益,而他们却远远没有意识到这一点,反而认为印度的梵[①]只是一个空想,是对世间存在的一切事物的否定,总之,他们认为无限的神灵除了在玄学中外,其他任何地方都找不到。而且,印度本国也有一些人曾经并仍然这样认为。但是,这与印度人脑海中无处不在的神灵当然不相符,相反,实现和证实无限存在于万事万物行为才会是始终如一的神灵感应。

我们曾得到这样的教诲:"将世间万物都看作是受到神灵的笼罩。"

"我一次又一次向存在于火中和水中的神灵,向存在于终年生长的森林中的神灵,也向存在于一年一度庄稼中的神灵及渗透在整个世界之中的神灵朝拜。"

能够把这个神灵从世界中抽象出来吗?相反,它强调的不只是在一切事物中看到它,而且要在世界万物中赞扬它。《奥义书》中有神灵意识的人对宇宙是充满神圣的敬意的,他的崇拜无时不刻不存在,正是这样一个鲜活的真理才使得现实的一切真正存在,这个真理不仅仅是认识的真理,还是奉献的真理。"南无南无"——无论在什么地方我们都反复向他朝拜,这一点在圣人的情感爆发时得到确认,他突然欣喜若狂地对整个世界说道:"听我说,你们这些不朽的神灵的孩子们,你们这些居住在天国里的人,我已经认识了至高无上之

[①] 印度教主神之一,为创造之神,亦指众生之本。

人,他的光辉透过黑暗照射了出来。"难道我们没感到直接的、积极的体验所带来的极大的欢乐吗?它没有丝毫的暧昧与盲从。

佛陀发展了《奥义书》教义实际的一面,他在布道时也宣讲了同样的信息:"对每种事物,不管是高处的或是低处的,远处的或是近处的,能看见的或是看不见的,你都要保持无限的爱,不带丝毫憎恶,也没有消灭它的想法。而梵天寺院一般不论站或走、坐或卧直至睡眠时,都要生活在这样的意识里,这是梵的寺院,或者说要在梵的灵魂里生活、发展并得到快乐。"

什么是精神?《奥义书》中指出:"那些灵魂之精华被视为万物之光芒和生命的人,那些有世界意识的人就是梵。"能感受到万事万物,能意识到种种事物的存在,这就是梵的精神。我们的肉体和灵魂都融入了梵的意识之中,正是通过他的意识太阳才吸引着地球;正是通过他的意识光波才从一个星球传递到另一个星球。

"这样的光芒和生命,这种能感知一切的存在,"它不只存在于外部空间,还"存在于我们的灵魂之中。"他在宇宙空间或者广袤的世界里对一切事物有意识;他在灵魂中或内心世界里也能感知一切事物。

因此,为了获得世界意识,我们必须把我们的感觉融入到这种无处不在的无限的感觉。事实上,人类真正的进步只与这种感觉范围的扩大有关系。我们所有的诗歌、哲学、科学、艺术和宗教都是为将我们的意识范围发展到更高更大的领域而服务的。人类不是通过占有更大的空间获得权利的,也不是通过外在的行为,他的权利的扩展程度是与他的真实性成正比的,而他的真实性是由他的意识范围来衡量的。

然而,为了获得自由的意识,我们不得不付出代价。那么需要付出什么样的代价呢?就是必须放弃自我。我们的灵魂只有通过对自己的否认才能得以实现。《奥义书》中指出:"你应该通过放弃去获得;你不应该贪婪。"

《薄迦梵歌》[1]教导我们要无私地工作,抛弃所有不良的欲望。许多非印度教人士从《薄迦梵歌》的教义中推断出正是因为印度教宣讲的所谓的无私这一根本原因,才会让世界这个概念变得不真实,然而事实正好与此相反。

如果一个人的目标就是扩充个人的权势,那他就会忽视其他所有的一切事物,同他的自我相比,世界上其余的一切都是不真实的,因此,一个人必须摆脱个人欲望的束缚才可以完全意识到万事万物的真实性。我们必须履行这一行为准则才能准备好接受我们应该承担的社会职责——分担同胞的重担。每一次为获得伟大生命而付出努力都要求人类"通过放弃去获得,切不可贪婪。"这样,个体逐渐意识到与万事万物之间的联系是人类奋斗的目标。

在印度,无限并不是空洞的、虚构的、缺乏实质内容的,印度的圣人们有力地肯定了他的存在:"此生能够认识他,人生就是真实的;此生认识不到他,人生就是不幸的死亡。"那么如何才能认识到他?"要意识到他存在于万事万物之中。"不仅在大自然中,而且在家庭中、在社会中、在国家中,我们越是有万事万物中的普遍意识,对我们就越有益处,如果意识不到这一点,我们就只能濒临毁灭了。

在遥远的过去,我们有诗才的先知就站在印度这片天空慷慨地洒下的阳光中,很高兴,他们认识到了同源关系,并以此来呈现在这个世界面前,我意识到这一点时内心充满了喜悦,对人类的未来也充满了期望。这并非一个虚拟的幻觉,我们看见的并不是人类到处被夸大的荒诞不经的映像,也不是人类在灯光和影子掠过的大自然这个庞大的舞台上表演的戏剧。与此相反,这意味着穿越局限个体的

---

[1] 印度教经典《摩阿婆罗多》的一部分,以对话的形式阐明印度教教义。

障碍,就要超越单纯的人,要与整个宇宙融为一体。这不只是纯粹的想像,而是把意识从自我所有的困惑和夸张中解放出来。这些古老的先知们在他们宁静的内心深处感受到一种同样的能量颤动着并穿越世界无限的各种形式,它在我们的内心体现为意识,他们还感受到这种和谐的力量是坚不可摧的。在这些先知们睿智的目光中完美是没有丝毫缺陷的。他们认为即使是死亡本身也不会在存在的领域产生一丝罅隙。他们说:"存在即在永生中,也在死亡中。"他们认为生命和死亡之间不存在基本的对立,他们更坚定地说道:"生即是死。"他们会以同样宁静的心去颂扬"生命即有呈现的状态,也有离去的状态。"——"离去的只是隐藏了的生命,它最终还会再呈现。"他们认识到单纯的出现和消失就像大海中的海浪一样只是表面现象,然而生命是永恒的,它不会腐朽,也不会衰弱。

"万物从不朽的生命中涌出并与生命共鸣,因为生命是无限的。"

这是先祖留给我们的高尚的遗产,有待我们去认领为我们自己的,这是给意识最大自由的理想,它不仅仅是智力的或情感的,它需要有道德基础,需要转化为行动。《奥义书》中是这样说的:"至高无上的存在无处不在,因此他就是万事万物中固有的善。"在认知、爱和修行方面与万物真正融为一体才能意识到无处不在的神灵那里的自我,这才是善的本性,这也是《奥义书》中教义的宗旨:生命是无限的!

二 灵魂意识

我们已经看到古印度人想通过把无所不知无处不在的神灵——梵的意识领域扩展到全世界而在其中生活和行动,并从中获得欢乐。然而,也许会有人坚决认为这是人类不可能完成的一项任务。如果这一意识的扩展是一个物质进步的进程,那么这一进程将永无止境,就像企图通过舀干大海里的水后再过海一样。如果开始时就试图想实现一切的话,最终将会一无所获。

然而,它实际上并不像听起来那么荒谬。人类可以利用每一天去解决他扩展领域和调整自身重负的问题。他有很多责任重担,多的让他难以负担,不过他知道,通过采用一种方法他就能减轻自身负担的重量。每次当他感到问题太复杂、难以解决时,他就知道他还没找到这种方法,能让所有的事物都在合适的位置,能让其重量分配均衡。寻求这种方法的过程实际上就是寻求统一、寻求综合的过程;我们期望通过内在的调整来获得各种复杂的外部事物的和谐。在这个探寻的过程中,我们逐渐意识到找到个体就拥有了整体,而且我们最终的和最高的特权也确实存在。这种方法建立在统一的法则之上,只要我们明白这一点,我们就会获得永恒的力量。它存在的根本就是真理的力量,即包容多样性的统一的真理的力量。事实可以有很多,但真理只有一个。动物只能理解事实,而人类的大脑却拥有理解真理的力量。苹果从树上掉下来,雨点降落在大地上——你可以通过这些事实来使你的记忆力负重,永远不会结束,但是你一旦掌握了万有引力定律,你就可以不必再去搜集这些无止境的事实,你已经掌握了可以适用于无数事实的真理。发现一种真理对人类来说是一种单纯的喜悦——这是他思想的解放,因为一个纯粹的事实就像一个死胡同,它只能指引向事实本身而无法超越它。然而真理则为我们打开了整个视野,把我们带入无限。这就是为什么像达尔文一样的人发现某个关于生物学的简单普遍的真理后不会再止步不前,而是像一盏灯一样,不只照亮了为之点亮的某个事物,而且还照亮了人类生活和思想的整个领域,远远超越了它最初的目标。因此我们发现,真理虽然包容了所有事实,但它并不只是所有事实的一个聚成体,它在各个方面都超越事实,指向无限的实在。

在意识领域就像在知识领域一样,人类都必须清楚地认识到一些起支配作用的真理,这些真理能够给他尽可能最广阔的视野,这个真理就是《奥义书》里说"领悟你自己的灵魂"时所思考的目标,或者换句话说:在每个人内心实现统一这一伟大的原则。

我们所有自我的冲动和自私的欲望都会让我们灵魂的真正影像变得模糊,因为这一切只能表明我们自身狭小的自我,当我们意识到我们灵魂的存在时才能感知到那个超越自我、与万物有更深层的密切关系的内部存在。

孩子们开始学习一个一个互相孤立的字母时感觉不到乐趣,这是因为他们还没有领会到课程的真实目的。实际上,当要求我们只关注这些字母本身,将它们视为孤立存在的事物时,这只会让我们疲倦。只有把它们组合成单词、句子,能够表达一种思想时,才能让我们从中获得欢乐。

同样,当我们的灵魂被分离,并被束缚在自我狭小的范围之内时,它便失去了意义,因为它真正的本质是统一。它只有通过自己与其他事物的统一才能发现真理,才能获得欢乐。只要人类还没有发现自然界中统一的法则,他就会被困扰,就会生活在恐惧的状态之中,在此之前,这个世界对他来说都是陌生的、不相容的。人类已经发现的准则不是别的,正是感知作为人类灵魂的理性和这个世界的活动之间所存在的和谐。这才是实现统一的连接点,人类通过这个连接点与他所居住的世界相关联。当他发现这一法则时,他会感到非常快乐,因为此时,他是在他周围的环境中实现了自我。要领悟任何事物,就要在这个事物中找到属于我们自己的事物,正是在我们自身之外发现自己才让我们感到高兴。

这种理解的关联是部分的,而爱的关联则是完整的。在爱中,差异的意义被忘却,人类的灵魂充满完美的意志,超越自身的限制,达到了无限的门槛。因此,爱是人类可以获得的最高的福祉,因为单单通过爱他就可以明白他不只是他自己,他是与万物融为一体的。

这种人类灵魂中所拥有的统一的准则从来都是积极地建立着与文学、艺术和科学、社会、国务及宗教深远而又宽泛的联系。那些为人类的爱而放弃自我从而体现灵魂的真正意义的人才是我们伟大的先知。他们通过对爱的奉献来面对诽谤、迫害、贫困和死亡。他们过的生活是有灵魂的,而不是自私的,因此,他们向我们证实了人性的最终真理,我们把他们称为圣人,即"有伟大灵魂的人"。

有一部《奥义书》中这样说道:"你热爱儿子并不是因为你想望儿子,而是因为你想望自己的灵魂。"这句话的意思就是:无论我们热爱谁,我们是在他身上找到了最高意义上我们自己的灵魂,这就是我们存在的最终真理。Paramatma——最崇高的灵魂即存在于我身上,也存在于我儿子身上,我儿子身上有我的欢乐,这便是这个真理的实现。我们所爱的人的欢乐和悲伤也就是我们的欢乐和悲伤,而且不止如此,它们还更甚,这一点已经变成一个极其普遍的真理,然而思量之后,它依然令人惊叹。为什么会这样?因为在他们身上,我们获得了更大的成长,在他们身上,我们触及到了包容整个宇宙的伟大真理。

我们爱我们的孩子,爱我们的朋友,或者爱其他所爱的人,却不再进一步实现自己的灵魂,这是经常发生的事。爱无疑扩大了我们意识的范围,却也限制它自由地发展。不过,这只是第一步,并且所有的奇迹都在于这第一步。它向我们展现了我们灵魂真正的本性。从它身上我们确切地知道我们最大的欢乐来自于打败自私的自我而与他人相统一。这种爱会给我们一种新的力量、新的洞察力以及更绝妙的思维,让它们达到我们所设定的限度,但是,如果这些限度失去了弹性,并且与爱的灵魂相抗争时,我们的力量、洞察力和思维便会停止发展,由此我们的友谊变得排他,我们的家庭变得自私不友好,我们的国家变得孤立并且对其他民族充满了敌意。这就好像是把一盏点燃的灯放在一个密封的空间里,它发着灿烂的光,直到毒气慢慢聚积最后把火焰闷熄。不过在它消失之前,它已经证实了自己的真理,它已经摆脱了黑暗、盲目、空虚和冷酷的控制,让我们明白了自由的欢乐。

《奥义书》教导我们,通向宇宙意识和神的意识的关键是灵魂的意识。舍弃自我而去领悟我们的灵魂是获得最大程度解脱的第一步。我们必须十分确信地明白,我们的本质是精神,要做到这一点,我们可以通过战胜自我,通过超越傲慢、贪婪和恐惧,通过明白世俗的失去和肉体的死亡不会带走真理,也不会带走我们灵魂的伟大,雏鸟突破以自我为中心的孤立的蛋壳并不是它生活的真正的一部分,那个硬壳没有生命,不会成长,也无法让它看到存在于它之外的那个广袤的世界。不管它是多么完美、多么圆润,多么讨人喜欢,都必须给它以一击,然后才能获得自由的阳光和空气,对能完成鸟类生命的最终目的。在梵语里,鸟被称为再生者,一个至少经受了十二年自我抑制和高度冥想的苦行修炼仪式的人,一个最终变得需求简单、心灵纯洁并且愿意以无私高尚的精神来承担一切生命职责的人也可以称为再生者,人们认为他已经获得了从自我的盲目包围到灵魂生命的自由的再生,他与周围的事物建立起生机勃勃的关系,而且与万物融合为一体。

我已经告诫过我的听众,并且必须再一次提醒他们,不要认为印度导师们是在宣扬只能导致消极空虚的一种放弃世界、放弃自我的观念,他们的目的是实现灵魂,或者换句话说,是实现完美真理中的世界。耶稣说"仁慈之人会被赐福,因为他们必将继承土地"时,即指此言。他宣告了这样的真理:当人类摆脱自我傲慢时,他就会得到他真正该得到的一切,他不必再去通过努力抗争来到达自己在这个世界上的位置,拥有他灵魂不朽的权利,任何地方对他而言都是安全的。而自我的傲慢则会妨碍灵魂固有的职能——通过完善它与这个世界和世界之神灵的统一来实现自我。

佛陀布道时对高僧辛哈说道:"辛哈,我谴责行动是真的,但是只谴责那些导致恶言、恶念和恶行的行动。辛哈,我宣扬废除也是真的,但是只是废除傲慢、贪欲、恶念和无知,而不主张废除宽容、仁爱、慈善和真理。"

佛陀所宣扬的获得解脱的学说就是从"无明(Avidya)"的束缚中获得再生。"无明"就是无知,它使我们的意识麻木,试图把它局限在我们个人的自我范围之内。正是这种"无明",这种无知,这种意识的限制让我们难以割舍自我,从而让它变成追逐私利必不可少的所有傲慢、贪婪和残酷的源泉。一个人睡着时,他就会被封闭在他肉体生命狭小的活动范围之内,他活着,但他却意识不到他的生命与他周围环境的各种关系,因此,他也就不了解他自己。所以,当一个人在"无明"中生活时,他就会受到自我的限制,这只是一个精神的睡眠,他的意识并没有完全认识他周围的最高实在,因此,他就领悟不到他自己灵魂的实在。当他获得"菩提(Bodhi)",也就是从自我沉睡中清醒后到达意识的完美时,他就会成为佛陀。

有一次,我在孟加拉一乡村遇见某教派的两位苦行僧。我问他们:"你们能告诉我你们宗教有什么特色吗?"其中一位犹豫了一下,然后答道:"这很难界定。"另一位说道:"不,这很简单。我们认为,首先我们必须在我们精神导师的指引下认识我们自己的灵魂,做到这一点后,我们就可以在我们内心找到他——至高无上的圣灵。"我问他:"你们为什么不向全世界的人们来宣扬你们的学说呢?"他回答:"谁感到渴了,自然会自己到河边来。"我又问:"但是你们发现事情果真如此吗？他们来了吗?"这个人轻轻一笑，没有丝毫不耐烦或者忧虑，沉着地说道："他们会来，全都会来。"

是的，他说得对，这位孟加拉乡村纯朴的苦行僧说得对。人类确实要满足对他来说比衣食更重要的需求，他一直在努力探寻自己。人类的历史就是他去未知世界探寻不朽的自我（即他的灵魂）的实现之旅的历史。历经了帝国的繁荣与衰落；历经了财富的大量积聚和被无情地散落于灰尘之上；历经了能体现他梦想和抱负的许多象征体的创建，然后又像童年过时的玩具一样把它们抛弃；历经了用以解开万物之谜的魔法钥匙的锻造之后又把他数年的劳动成果丢弃而返回他的作坊重新创造某些新的形式；是的，正是通过这一切历程，人类才从一个时代发展到另一个时代，逐渐完美地实现着他的灵魂——这个灵魂要比人类所积累的事物、他所完成的事业及他所创建的理论都要伟大；人类灵魂前进的过程永远不会因为肉体的死亡或腐朽而停止。人类的错误和失败绝对不会是微不足道的，他们已经用大量的废墟铺就了自己的道路；他承受着巨大的痛苦，就像一个庞大的婴儿出生时带来的剧痛一样强烈；这都是获得成就的前奏，这一成就的范围是无限的。人类一直经受着并且仍然在承受着种种巨大的痛苦，人类的组织机构就是他所建立的祭坛，他每天都会祭祀大量极好的祭品。人类内心灵魂通过承受苦难努力展示它神圣的力量，通过放弃证实它永不枯竭的财富。如果他始终感觉不到内心灵魂充满极度的欢乐，那么所有这一切祭祀都毫无意义，也难以忍受。是的，他们来了，朝圣者们都来了，他们来到了他们真正继承的世界上；他们一直在扩大自己的意识范围，在追求更高的统一，在靠近那个包容万物的核心真理。

人类在真正意识到自己的灵魂之前，他的贫困是深不可测的，他的需求也是无穷无尽的。在这之前，世界对他来说是处于一种持续不断的变动状态中的，是一种既存在又不存在的幻影。而对一个领悟到自己灵魂的人来说，就存在一个确定的宇宙中心，万物都能围绕着这个中心找到自己的适当位置，只有从那里他才能获得并享受和谐生活的幸福。

曾经有一个时期，地球也只是一团星云状的物质，它的粒子受到热的扩张力的影响而相互远离；那时，地球还没形成确定的形态，既不美，也没有目标，只有热和运动。渐渐地，地球通过一种力的作用把所有散落的物质都统一到一个中心的控制之下，她的蒸汽也被凝聚为一个统一的球体，此时，她就在太阳系的行星群中占据了自己适当的位置，就好像钻石项链上的一颗绿宝石挂坠儿一样。我们灵魂的进程也是如此。当盲目冲动和激情的热力与运动从四面八方扰乱我们的灵魂时，我们既不能给予也不能接受任何真正的事物。当我们通过自制的力量、通过使一切冲突的事物和谐、让一切分离的事物统一的力量在我们的灵魂中找到我们的中心时，我们所有孤立的印象就会浓缩转化为智慧，我们心中所有瞬间的冲动都会在爱中变得圆满；那时，我们生命中所有琐碎的细节都显示出无限的目标，我们所有的思想和行为都统一于内在的和谐之中，不可分割。《奥义书》尤其强调："你要知晓'一'，即灵魂。它是带你走向不朽的桥梁。"

人类的最终目的就是要找到这个内心深处的"一"，这是他的真理，是他的灵魂，是他打开精神生活之门，也就是天国之门的钥匙。人类渴望的东西很多，他们疯狂地追求世界上各种事物，因为这些事物中有他们的生命，在那里可以获得满足感。然而，他内在的"一"在一直探求统一，探求知识的统一、爱的统一和意志目标的统一；当人类在永恒的统一中达到无限的"一"时，他就获得了最大的欢乐。因此，《奥义书》中说："只有那些内心宁静的人，而不是别人，才可以通过在他们的灵魂中领悟到以多种形式体现唯一本质的人后获得永久的欢乐。"

我们内在的"一"正在通过世界上所有的多样性向万物的"一"慢慢发展,这就是灵魂的本性,这就是灵魂的欢乐。如果它没有自己的光芒来在瞬间看到它所探寻的事物,而只是通过那条迂回曲折的道路,它是永远不会达到自己的目标的。在我们自己的灵魂中看到最高神灵是一种直接的、瞬间的直觉,根本不需要任何推理或论证。我们的眼睛很自然地把一个事物作为一个整体来看,不能把它拆散成部分,而是把所有部分集合为整体。我们灵魂意识的直觉也是如此,很自然完整地在最高神灵那里实现了自己的统一。

《奥义书》中说:"一直在宇宙活动中显现自己的神在人类心目中永远居于最高灵魂的地位,那些通过心灵的瞬间感知认识到他的人将会获得永生。"

他这位神灵就是造一切者(Vishvakarma),他在自然界的外部表现是多种多样的形式和力量,而他在我们灵魂中的内在表现则是统一中的存在。因此,我们是通过分析和渐近的科学方法来探寻自然界领域的真理的,但是对我们灵魂中的真理的理解则是瞬间的,是通过直接的本能的。我们不能通过一点一滴学来的知识的延续叠加来获得最高的灵魂,即使是世世代代也不可以,因为他是一个整体,不是部分的拼凑,我们只能把他看作是我们的心灵之心和灵魂之魂;只有当我们放弃自我,与他面对面而站时,才能在我们感觉到的爱和喜悦中领悟到他。

在古代,人类内心最深处发出的最诚挚的祈祷是这样的:"啊!自显之神啊,在我身上显现吧!"我们境遇悲惨,因为我们自我的创造物——这个自我是顽固狭隘的,它无法反射光芒,对无限是盲目的。我们的自我由于自身不和谐的喧嚣而嘈杂,它并不是和调儿的竖琴琴弦随着永恒的音乐颤动所产生的乐曲。对不满的叹息,对失败的消沉，对过去徒然的懊悔以及对未来的担忧，这一切都困扰着我们浅薄的心灵，因为我们还没有发现我们的灵魂，自显神灵还没有在我们身上显现。因此我们开始祈求："啊！令人敬畏的神啊！用您那仁慈的微笑永远、永远地拯救我吧！"这种对自我的满足，这种无法满足的贪婪，这种占有的傲慢，这种傲慢的疏远，这都是令人窒息的死亡的帷幔。"啊！楼陀罗①，令人敬畏的神啊！请您将这黑暗的覆盖着的幕布撕成两半吧，让您仁慈的微笑发出的拯救之光穿透这昏暗的黑夜来唤醒我的灵魂吧！"

"把我从虚幻带向真实，从黑暗带向光明，从死亡带向永生吧！"然而一个人如何敢奢望他的祈祷被接受呢？因为存在于真理和虚假、死亡和永生之间的距离是无限的，然而，这个巨大的鸿沟是可以在自显之神在我们的灵魂中显现时被跨越的，奇迹就在这里发生，因为这里是有限和无限的汇集之地。"神父啊！请清除我的一切罪恶吧！"因为罪恶之中的人会支持有限而反对他内在的无限，这是以他的自我击败他的灵魂，这是一场非常危险注定要失败的游戏，在这个游戏中，人类以他的全部作为赌注去获得一个部分。罪恶是真理上的污渍，让我们纯洁的意识变得模糊不清。陷入罪恶之中，我们会贪求享乐，这并不是因为享乐是真正值得拥有的，而是因为我们激情的红光让它们看起来称心如意；我们渴望得到某些事物，并不是这些事物本身非常好，而是因为我们的贪婪夸大了它们，让它们看起来非常好。这些对事物观察角度的夸大和歪曲破坏了我们的生活走向和谐的每一步，我们失去了价值的真正标准，而被生活中互相竞争的各种利益的虚假要求所困扰。正是因为人类没有成功将他本性的所有因素都置于最高神的统一和管理之下，他才会感到与神灵分离带来的

---

① 楼陀罗是一吠陀小神，即暴风神。

剧痛,由此最真诚地祈祷:"啊! 神啊! 父啊! 愿您彻底清除我们所有的罪恶吧! 请赐予我们善吧!"善才是我们灵魂每日的食粮。在享乐中,我们受到自己的局限,而在善中我们获得了解脱,我们属于万物。就像在母亲子宫中的胎儿,通过自己的生命与母亲这个大的生命的结合获得自己所需要的营养,我们的灵魂只有通过善才能够汲取营养,善是对灵魂内在亲缘的认识,是灵魂与围绕它、哺育它的无限交流的渠道。因此说:"饥渴慕义的人有福了,因为他们必得饱足。"(《马太福音》5:6)因为正义是灵魂的圣餐,只有正义可以满足人类的饥饿感,让他在无限中生活,并且帮助他在成长的过程中渐渐走向永恒。"我们向您致敬,您为我们的生命带来了欢乐;我们向您致敬,您为我们的灵魂带来了善;我们向您致敬,您是善,是至善。在宁静与和谐中,在善与爱中,我们与万物相结合。"

人类渴望最完美地表现自己,正是这种自我表现的欲望迫使他去追求财富和权力,然而,他不得不发觉到财富和权力的积累并不能让他实现愿望,让他得以显现的是内在的光芒,而不是外在的事物。当这盏内在的灯被点亮时,他就会在瞬间明白,人类最高的显现就是神灵在他身上自觉的显现。人类渴望这一最高的显现,渴望他灵魂的体现,这是神灵在他的灵魂中的体现。当人类的灵魂在无限的存在中充分实现自我时,他就会变得完美,就会得到最充分地体现,这个无限的存在就是"神(Avih)",他的本质就是表现。

人类最真正的苦恼就是他还没有完全表现出来,他在自我遮蔽,迷失在自己的欲望之中。他无从在自身周围事物之外感知自己,他的大我被遮蔽,他的真理变成了迷幻,因此,他就会全身心地祈祷:"显灵之神啊! 愿您在我内心显现吧!"相对于肉体上对食物的饥渴以及对财富和荣誉的贪求,这种对自身完美表现的渴望在人类内心更深切。这种祈祷不仅仅发自于某个个体的内心,它公平存在于万物的深处,这就是神,是永恒体现的神灵在他内心对他不断的激励。在有限中表现无限是万物的目的,这一表现的过程在完美的璀璨星空和美丽花朵中是看不到的,它存在于人类的灵魂之中,因为在人类的灵魂之中,意志探寻着它在自身的体现,而自由则在舍弃中努力赢得它最终的奖赏。

因此,伟大的宇宙之王并没有凭借他的权位去影响人类的自我,而是放手给了他自由。人类在肉体和精神组织上与大自然都有联系,他不得不接受宇宙之王的统治,但是他的自我是自由的,他可以否认宇宙之王。而我们的神灵则必须赢得进入人类自我的许可,不过他是以客人的身份来访,而不是国王,因此他必须等待着被邀请。神灵是从人类的自我中收回了命令,因为他是来追求我们的爱的。他的武力和自然法则都被拒之门外,只有美——他的爱的信使——才能被允许进入他的领地。

正是在意志的这个领域中无政府主义才得以存在;正是在人类的自我中不和谐的虚假和不义才获得统治地位。正是因为如此,事情才发展到这种地步,我们不得不痛哭着喊出我们极度的悲痛:"如果有神灵在,这种极度无序的现象是根本不可能存在的!"的确,神灵已经站在我们自我的旁边,他在那里以无限的耐心看着这一切。假如他被拒之门外,他永远不会强迫这扇门打开,因为我们的这个自我必须通过爱,而不是通过神灵的力量的强迫去获得自我的最终意义,由此,他便在自由中与神灵融为一体。

一个人的精神与神灵合为一体后,他立于人前就是人类最崇高的精华,事实上,人类已经发现他的本质,因为神在人类灵魂中的显现正是神灵对他最完美的显现,在那里,我们看到了最高意志与我们意志的统一,看到了我们的爱与永恒的爱的统一。

因此在印度,真正爱神之人必会受到人们的极大尊敬,这种尊敬在西方人看来几乎是亵渎神灵的。在他身上我们看到神灵的愿望得以实现,阻碍神灵显现的一切艰难的障碍都已经被去除,神灵所拥有的所有欢乐之花也正在人的生命中彻底开放;在他身上,我们发现人类整个世界都充满了神圣的和睦之情,他的生命与神灵之爱共同燃烧,让我们所有世俗的爱都变得灿烂辉煌。我们生命中所有密切的联系,所有欢乐和痛苦的经历都围绕着一场表演各自归位,这场表演是神圣的爱的显现,出自我们在他身上所见证的戏剧。拨动无限的神秘之弦便会穿越平凡和浅薄,让它发出一种言语难以表达的音乐。树木、繁星和青山在我们眼里都表现为象征符号,充满了用语言永远无法表达的意义。当一个人的灵魂拉开自我沉重的帷幕、撩起其面纱与其永恒的爱人面对面时,我们似乎就在创造一个新世界的行动过程中看到了这位受人尊敬的领袖。

然而,这是一种什么样的状态呢?它就像春天的早晨,生命和美丽千变万化,却还是一,是整体。当一个人从混乱的生活中获得拯救时,他就会在灵魂中发现统一,此时,无限的意识就会立刻变得直接自然,就如同光亮对火焰一样。生命中所有的矛盾和冲突都得以调和;知识、爱和行动相和谐;欢乐和痛苦在美中合为一体;享受和放弃在善中彼此对等;有限和无限的缝隙中洋溢着爱;每个瞬间都带来永恒的信息;无形之物在我们眼里形成花、形成果;无限则如父亲般用双臂将我们抱起,也如朋友般行走在我们身边。只有人类的灵魂,即人类中的"一",通过其真正的本性才能克服所有局限,发现它与最高神的密切关系。如果我们还没有达到内在的和谐并获得我们存在的完整性,那么我们的生命也就是众多习惯的组合,世界在我们看来依旧是一台机器,因为有用才去掌握它,要防止危险发生,却从来不会领悟到它与我们之间的伙伴情谊,也不会去了解它的物理特性、它的精神生活以及它的美。

三　恶的问题

为什么存在恶的问题就如同为什么会有不完美的问题一样，或者换句话说，跟到底为什么会存在万物的问题一样。我们必须想当然地认为它不能是其他的，万物一定是不完美的，一定是逐渐发展变化的。问这样的问题是毫无意义的。

我们应该真正提出的问题是：这个不完美是最终的真理吗？恶是绝对的、终极的吗？河流有边界、有岸，但是一条河都是岸吗？或者说河岸就是关于河流的最终事实吗？难道这些障碍物本身没有给水以前进的动力吗？纤绳捆扎在船上，但是这就意味着束缚吗？它不也在同时拖着船前进吗？

世界的进程也是有界限的，否则，世界就不会存在，不过，它的目的并不表现在限制它的界限上，而是表现在趋向完美的运动中。奇妙之处并不在于这个世界上应该有障碍和痛苦，而是应该有法律和秩序，有美丽和欢乐，有善和爱。人类在自身存在中只有神的观念，这更是所有奇迹中的奇迹。他已经在他生命的深处感受到看起来似乎不完美的事物正是完美的体现，正如一个听音乐的人领会到一首乐曲的完美一样，而事实上，他只是在听一系列的音符。人类已经发现这样一个伟大的悖论：受到限制的事物并没有被它的界限所桎梏，它一直在运动，与此同时也在每时每刻摆脱着它的限制。事实上，不完美并不是对完美的否认，有限也不是无限的对立物，它们只是在部分中体现了完整，在界限中表现了无限。

痛苦是我们有限的感觉，并不是我们生命中的固定物。痛苦像欢乐一样，都不是自身的最终目的，遭遇痛苦就会明白，它并不是真正的万物永恒的一部分，它只是我们理智生活中的错误。纵观科学的发展历史就是穿越它在不同时期所犯的错误迷宫，还没有人真正相信科学是传播错误的一个理想的模式。在科学的发展过程中应该记住的重要的事物是对真理不断进步的确认，而不是它所犯的无数错误。错误本质上是不稳定的，它不可能与真理并存，就像一个流浪者，只要他付不起账，他就得搬离他的住所。

就如同知识上的错误，其他形式的恶在本质上也是暂时的，因为它与整体是不相统一的。每时每刻它都被事物的整体性矫正而不断改变着它的方方面面。我们把恶想像为一成不变的，由此夸大了它的严重性。如果我们能搜集到地球上每时每刻发生的死亡和腐败的统计数据，这个数字之大定会让我们极其惊骇。不过，恶是运动着的，纵使它的大难以衡量，它也不会成功阻挡我们生命的发展潮流，我们会发现大地、水和空气对生命而言依旧甘甜，依旧纯洁。所有统计资料都是我们企图用统计数据去呈现运动中的事物的结果，在这个过程中，事物在我们心目中呈现出它们在现实中所没有的重量，因此，如果一个人的职业与生活中的某个特定方面相关时，他就会夸大它的比例，由此他会过分强调这方面事实而失去对真理的把握。一个侦探可能会有机会认真研究罪行，然而他却意识不到它们在整个社会经济中的相对地位。当科学收集种种事实来证明生命王国中一直在进行着生存竞争时，我们脑海中便会浮现出一幅"被牙齿和爪子染红的大自然"的画面。这些画面的色彩和形式都是短暂的，但是我们却把它们固定在我们心中。这就像要计算我们身体中每平方寸的地方中所包含的空气的重量，以证明它重得足以把我们压碎一样。然而，对于每个单位的重量都有一个调节机制，因此，我们的身体轻松地承受着这些负荷。大自然中的生存竞争也存在着相互作用。我们爱孩子、爱同伴，因为爱，就产生了对自我的牺牲，这样的爱是生活中积极的因素。如果我们把观察的探照灯射向死亡的事实,那么这个世界在我们看来就好像是一人巨大的停尸房,然而我们发现,在生物界,死亡的思想影响我们思维的可能性最小,这并不是因为它最不明显,而是因为它是生的否定面,就好像我们每秒钟都会闭眼,尽管如此,重要的还是眼睛的睁开。作为整体的生命从来不会认为死亡非同小可,面对死亡,它会欢笑、舞蹈和游戏,它会发展、积蓄和热爱。当我们把个别死亡的事实从生命的整体中分离出来时,我们看到的就只是它的空虚并由此感到沮丧,此时,我们看不到生命的整体性,而死亡只是它的一部分,这就好像从显微镜中看一块布,它看起来就像一张网,我们只是注视着一个个大大的洞,在想像中颤抖。但是事实上,死亡并不是最终的现实,它看起来是黑色的,就像天空看起来是蓝色的一样,然而死亡并不会让存在变黑,正像天空不会把鸟的双翼染为蓝色一样。

当我们观察一个孩子学走路时,我们看到无数次的失败,很少看到成功。如果我们只把我们的观察限定在很短的时间内,那我们看到的情景是令人痛心的。然而我们却发现,尽管反复失败,但孩子内心却有欢快的动力让他坚持完成这项似乎不可能完成的任务。我们看到,他想得更多的不是他的跌倒,而是他让自己保持平衡的力量,哪怕这个平衡只能保持短短的一瞬间。

就像孩子学走路时发生的种种意外一样,我们在每天的生活中也会遇到各种各样的痛苦,它表明我们在知识、能力及意志应用方面还不完善。但是如果它们只是向我们展现了我们的弱点,那我们就会在极度沮丧中死亡。当我们只选择我们行动中有限的一部分去观察时,我们个别的失败和不幸就会在我们心里渐渐扩大,不过我们的生命本能地指引着我们放宽我们的视野,它给予我们一个完美的理想,一直带领我们超越我们目前的局限。在我们内心有一种希望,它一直走在我们现在有限的经验之前,这种希望就是我们内心对无限永恒的信念。它永远不会把我们任何缺陷看成永久的事实;它从来不为自己限定范围;它敢于宣称人与神是统一的;它狂热的梦想每天都在变为现实。

当我们把思维转向无限时,我们就看到了真理。真理的最终目标并不存在于狭隘的现在,也不在我们瞬间的知觉中,而是在对整体的意识之中,这种意识能够让我们鉴别出我们所拥有的事物中什么才是我们真正应该拥有的。在我们生活中,我们都会有意识或无意识地觉得真理比它的显现要大,因为我们的生活是面向无限的,而且它是运动着的,因此,它的愿望比它获得的成就还要无限得多。当生命延续时,它就会发现真理实现之后永远不会滞留在终结的荒漠上,它会继续前行,去一个更远的地方。恶根本不能阻止生命前进的道路,也无法掠夺它的领地,因为恶必定会消亡,会转变为善,它不可能停下来与万物会战。如果有最小的恶可能会在某处无限期地停留,那么它最终也将下沉到深处并完全嵌入到存在的根部。实际上,人类并不是真正地相信恶,就像他不会相信人类制造小提琴的弦是故意让它们发出不和谐的音符以给人巨大的折磨一样,虽然通过数据统计已经从数字上证明了它产生不和谐之音的几率要比产生和谐之音的几率大得多,但这是因为好几千人中只有一个人会拉小提琴,而其他人都不会。完美的潜在性要比现实中的矛盾更重要。无疑,有人曾断言存在就是绝对的恶,不过人类从来不会把这当真,这些人的悲观主义是智力上或情感上的装腔作势,然而生命本身是乐观的,它需要不断向前发展。悲观主义只是精神狂醉的一种形式,它蔑视益于健康的营养物质,沉迷于谴责的烈酒之中,从而人为地制造沮丧情绪,之后又渴望更强烈地饮酒,如果存在是一种恶,那它是不需要等待哲人来证明这一点的,就好像一个人一直活生生地站在你面前,你却要证明他自杀了一样,存在本身已经证明了它不可能是一种恶。

不完美并不是所有的都不完美,它把完美视为自己的理想,它必须经历一个长久的实现过程,因此,通过虚伪实现真理就是我们智力的机能,知识只不过是不断地烧毁错误从而释放出真理之光。我们的意志、我们的品质,都必须通过不断地克服恶来获得完美,不管这恶存在于我们内部还是外部或者内外兼存。我们的肉体生命每时每刻都在消耗着体内的物质以维持生命之火,我们的精神生命也在燃烧着自己的燃料。这一生命的进程一直在延续——我们了解它,我们已经感觉到了它。我们有一个信念:人性的发展趋向是由恶到善的,任何相反的个别事例都无法动摇这一信念,因为我们感知到善是人类本性中积极的因素,在任何时代,在任何地方,人类最重视的就是他的善的理念。我们已经领悟到善,我们已经爱上了善,我们对那些在其生命中显示了善的本质的人致以最崇高的敬意。

那么就要问这样的问题了:什么是善? 我们的精神本性又意味着什么? 我的回答的就是:当一个人从更广阔的视野中认知自我,当他意识到他要比他现在看起来的样子伟大时,他就开始获得精神本性的意识了,于是他逐渐意识到他将来的情形以及他还没有经历过的状态比他的亲身经历还要真实。此时,他的人生观必定会改变,他的意志取代了他的愿望,因为意志是大生命中的最高愿望,这一大生命的伟大命运是我们目前无法触及到的,它的大部分客体也是我们无法看到的,这样,就出现了我们的小我与大我、我们的愿望与意志、对影响我们意识的事物的渴望与我们内心的目标的冲突,然后,我们就开始辨别什么是我们眼前的欲望,什么是善,因为善才是我们的大我所期望的目标。因此,善的意识来自于对我们的生命更真实的观察,它是对生命领域的整体性的连续观察,它不仅考虑到目前展示在我们面前的事物,也会考虑到没有展现并且可能在人力所能及的范围内永远不会展现的事物。人类是有远见的,他会去感受他还未存在的那部分生命,而且对它的感受要比对他内在已有的生命的感受丰富得多,因此,他就会为他还未实现的未来而牺牲他现在的意向。因为他在这方面领悟到了真理,他就变得伟大。即使是一个人想变得非常自私的时候,他也不得不认识到这真理,不得不控制他瞬间的冲动——换句话说,他必须讲道德。因为我们的道德能力让我们领悟到我们的生命不是由碎片组成的,它不是毫无目的的,不是毫不连贯的。人类的这种道德意识不仅给他以力量让他看到自我在时间上是一个连续体,也让他看到当他把自己只局限于自己的自我之中时,他就是不真实的。在真理中存在的他要多于在事实中存在的他。他真正属于那些未包含于他自己的个性之中的个体,他甚至可能从来都不认识他们。就像他对存在于他目前意识之外的未来的自我有感觉一样,他对他的特性限制之外的大我也有感觉。在某种程度上,不会有人没有过这种感觉,不会有人从来没有因为他人的原故而牺牲自己的愿望,也从来不会有人会因为自己承受的损失或烦恼给他人带来的快乐而不感到高兴。人类是不能互相分离的,他只有宇宙观,这是一个真理,当他领悟到这一点时,他就会变得伟大。即使最具恶倾向的自私在寻求通向恶的力量时也不得不承认这一点,因为它不可能对真理视而不见却依然强壮有力,因此,为了得到真理的援助,在某种程度上自私也不得不变得无私。一群强盗为了结合成一个团体也不得不讲道德,他们也许可以掠夺整个世界,但是不可以互相掠夺。要成功实现某个不道德的意图,他们的某些手段必须是道德的。事实上,正是我们道德的力量会经常最有效地给我们权力去行恶,去为了自己的利益剥削他人,去剥夺他人的权利。动物的生活中是没有道德观念的,因为它的意识只存在于眼前的一瞬间;人类的生活可以是不道德的,但是这只是意味着它必须有一个道德的基础。不道德的是不完美的道德,就像虚假的事物在小范围内也是真实的一样,或者它甚至就不是虚假的。不去看是盲目的,而错误地去看则只是以不完美的方式在看。

人类的自私是他看到生命中某些联系的目标的开端,行动要与他的要求相一致,还需要自制和对行为的控制。一个自私的人会为了自己心甘情愿地遭受苦难,他毫无怨言地忍受艰难困苦只是因为他知道,从短暂的时间内看到的是痛苦和烦恼,而从更长远来看则正好相反,因此,渺小之人眼里看到的损失在伟大之人看来则是获得,反之亦然。

对于一个为理想、为祖国、为人性的善而活着的人来说,生命的意义是广阔无边的,因此,在这种意义上来讲,痛苦对他来说就不再那么重要了。过善的生活就是过完美的生活,欢乐只是针对一个人的自我的,而善则是与人类的幸福一直相关联的。从善的角度看,欢乐和痛苦就会表现出不同的意义,其意义差别之大以至于要回避欢乐,而用痛苦去代替,死亡本身也由于授予了生命更高的价值而受到欢迎。从一个人生命中的这些更高的观点——善的观点来看,欢乐和痛苦都失去了它们绝对的意义。许多殉道者已经在历史中证明了这一点,我们每天也通过我们微不足道的牺牲来证明着这一点。当我们从大海中取一罐水时,它会有自己的重量,然而,当我们潜入海水中时,成千罐的水在我们头上流动,我们却感觉不到它们的重量。我们不得不以自己的力量来背负起自我的罐子,因此,在自私的立场上,欢乐和痛苦都有自己生命的力量,而在道德的立场上,它们就会很轻,轻得让我们感觉一个达到道德高度的人简直像超人一样,承受千斤重压时坚忍不拔,面对恶毒的迫害时耐心宽容。

要生活在完美的善中就是要在无限中实现自己的生命,这就是我们通过固有的力量对生命的整体性进行道德观察后所能拥有的最综合的人生观。佛陀的教导就是将这种道德力量磨练到最高境界，要领会我们活动的范围是不受我们狭隘的自我思想水平的限制的。这也是基督对神圣的天国的看法。当我们获得宇宙生命，也就是道德生命时，我们就会摆脱欢乐和痛苦的束缚，我们的自我腾出的地方就会充满从无限的爱中涌现出来的难以形容的喜悦。在这种状态下，灵魂的活动得到了更大的提高，不过，它的驱动力并非来自欲望，而是源于灵魂自身的欢乐。这就是《薄迦梵歌》中的羯磨瑜伽，它是通过实践无私的善行而与无限的活动融为一体的途径。

佛陀讲述如何让人类从苦难中解脱时，他得到了这样的真理：当人类通过将个体融入宇宙而达到他最高的目标时，他就不再受痛苦的制约了。让我们更充分地来考虑这一点。

有一次，我的一个学生向我讲述了他在一次风暴中的遭遇，他说他一直被一种感觉所困扰，大自然的这一巨大的狂暴让他感觉自己至多不过是一抔尘土，他这个有自己意志的、有明确个性的人对正在发生的事却无能为力。

我说："如果对个体性的考虑可以让大自然偏离她的轨道的话，那么受苦受难最多的也将是个人。"

但是他依然坚持他的怀疑，他说："我们无法忽视这样一个事实，即对我存在的感知力，我们中的这个'我'探寻一种对它而言是独特的关联。"

我回答道："'我'只是与'非我'有一定的联系，因此，我们必须找一个二者共同的媒介，我们必须十分肯定这个媒介对'我'和'非我'都是一样的。"

这就是需要在这里不断重复的一点：我们必须记住我们个性在本质上是被激励着去寻求普遍的。如果我们的身体企图自食其体，那它就会死亡；如果我们的眼睛只看到自己，那它的功能就失去了意义。

正像我们发现想像力越强，纯粹想像的成分就越少，而它与真理相和谐的程度就越大；我们也看到，我们的个体越是充满活力，它通向普遍的路就越宽广。因为个性的伟大不在于它自身，而在于它具有普遍性的实质内容，就好像一个湖的深度不是通过它的坑体范围，而是通过它的水深来衡量的一样。

因此，如果我们的本性渴望实在，我们的个性不会为自己创造的伟大的宇宙而感到高兴，如果这是真理的话，那么很明显，我们的意志最好按照事物的法则去对待它们，而不能随心所欲。这种对实在的坚定的把握有时会阻挠我们的意志，常常将我们带向灾难，就好像坚硬的大地总是会碰伤学走路时跌倒在地的孩子一样，然而正是这种坚硬让孩子学会了走路。有一次从桥下过时，我船上的桅杆撞到了桥的一根大梁上，如果那时桅杆能弯曲一两尺，或者桥能像打哈欠的猫一样拱起它的背，或者水位能降低一点，那我就会一切顺利，但是它们都无视我的无助。这就是为什么我可以利用河流，借助桅杆扬帆启航，这也是为什么水流不顺时，我可以借助桥的根本原因。事物都有自己的本质，如果我们想跟它们打交道，就必须了解它们，我们有了解他们的可能性，因为我们的愿望并不是它们的法则。认识到这一点对我们来说是快乐的，因为它是我们与外界事物保持联系的一种渠道，它会把这些外界事物变成我们自己的，这样就会扩大我们自我的界限。

在每一步上，我们都必须更多地考虑他人，而不是我们自己，因为我们只有在死亡时才是单独的。一个诗人只有在他的个人思想为全人类带来欢乐时，他才是真正的诗人，而他如果没有一个通向所有观众的共同媒介时，他就做不到这一点。这种共同的语言有它自己的法则，诗人必须发现并遵循它，做到这一点，他才能成为真正的诗人,才能达到诗人的不朽。

因此我们看到,人类的个性并不是他最高的真理,他的内心存在的是普遍。如果人类活在这个世界里唯一可考虑的因素就是自己,那么可以想像这个世界对他而言将是一个最糟的牢狱,因为人类最大的欢乐是通过与万物越来越广泛的联系而变得越来越伟大的。正像我们已经看到的,如果万物之间没有共同的法则,那么这将是不可能实现的。只有发现并遵循这一法则,我们才会变得伟大,我们才会实现普遍;相反,只要我们个体的欲望与宇宙法则相抵触,那我们就会遭受痛苦,并且徒劳无益。

我们曾经为获得特殊的权力而祈祷,我们期待着大自然的法则能够中止以方便我们行事,但是现在我们有了更深层的理解。我们知道,我们不能弃法则于不顾,认识到这一点后,我们就变得强大有力了,因为这一法则并不是与我们相分离的,它是我们自己的。在普遍法则中体现出来的普遍的力量是与我们自己的力量相统一的。当我们渺小时,违反事物的发展潮流时,它就阻止我们,而当我们伟大时,与万物和谐统一时,它就会帮助我们。因此,通过科学我们了解到更多的自然法则,我们就获得了力量,我们就会渐渐到达宇宙本体。我们的视觉器官、我们的运动器官以及我们的体力就会遍布全世界,蒸汽和电力就会变成我们的神经的肌肉。因此我们发现,正像有一种关联的原则穿越我们的组织,借助这一原则,我们才能把这个完整的躯体看作我们自己的,才能把它当作我们自己的身体来使用,也有一条无法割断的原则贯穿于宇宙之中,借助这一原则,我们可以把整个世界看作我们延伸了的身体,并恰如其分地使用它。在这个科学的时代,我们要通过付出全部的努力来确立我们对我们的世界自我的权利要求。我们明白,我们贫困,我们受难,这是因为我们没有能力实现我们这一正当的要求。事实上,我们的力量是不受限制的,因为我们并未置身于体现宇宙法则的宇宙力量之外。我们在战胜病魔与死亡,在克服贫穷与痛苦,因为通过科学知识,我们只是一直在认识宇宙的物质方面。当我们取得进展时,我们会发现痛苦、疾病和贫穷的力量都不是绝对的,它只是将个体的自我调整为宇宙自我的需要,是在这一过程中产生的。

我们的精神生活也同样如此,当我们内在的个体人类与宇宙人类受自然规律支配的法则相抵触时,我们在道德上变得渺小,我们就必须承受苦难。我们在这种情况下取得的成功就是我们最大的失败,我们欲望的真正满足就会给我们带来更大的贫困。我们为了自己而追求特殊的利益,我们想要享受他人无法分享的特权,然而,任何绝对特殊的事物都是与普遍的事物处于无休止的战争状态的,在这样的内战状态下,人类总是生活在重重障碍之下,在任何自私的文明中,我们的家不再是真正的家园,而是围困我们的人为的障碍。然而,我们仍然抱怨我们不开心,好像事物的本性中存在某些固有的东西带给我们不幸。宇宙精神期待着给我们戴上幸福的桂冠,然而我们的个体精神却不接受。正是我们自我的生命引起了无处不在的冲突与矛盾,干扰着社会正常的平衡状态,导致了种种痛苦的产生。它把众多事物带到这样一种困境,为了维持秩序,我们不得不建立人为的高压统治和有组织的专制形式,并容忍我们当中存在地狱般残酷的制度,由此,人类时时刻刻都在遭受凌辱。

我们已经看到,为了变得强大有力,我们不得不顺从于宇宙力量的法则,并且在实践中领悟到这些法则就是我们自己的。同样,为了幸福,我们不得不让我们的个人意志服从于宇宙意志的统治,并且确实感受到这就是我们自己的意志。当我们达到这样的状态时,我们内在的有限向无限调整就会变得完美,那时,痛苦本身就变成宝贵的财富,就成为衡量我们快乐的真正价值的标尺。

人类从自己的生命中学到的最重要的东西不是这个世界上有痛苦,而是要依靠自己把它善加利用,他是有可能把痛苦化为欢乐的。我们还没有完全忘记这个教训,没有一个活着的人愿意让自己承受痛苦的权利被剥夺掉,因为这是他作为一个人的权利。一天,一个贫穷的劳动工人的妻子辛酸地向我诉说,她的长子将会有一段时间会被送到一个富有的亲戚家里去,这其中希望减轻她负担的意志是不言而喻的,然而正是这一点让她受到打击,因为一位母亲的负担是作为母亲自身不可剥夺的爱的权利,她不会受任何权宜之计的支配而放弃这种权利。人类的自由永远无法摆脱存在的烦恼,但是自由可以将烦恼为己所用,将烦恼转化为自己快乐的一个因素。当我们领悟到我们个体的自我并不是我们存在的最高意义时,在我们内心存在着不朽的宇宙之人,他不畏惧死亡和痛苦,他仅仅把痛苦看作是欢乐的另一面,只有在此时我们才可以得到这种自由。到达这种境界的人就会明白,痛苦才是我们作为不完美存在的真正财富,是它让我们变得伟大,配得上与完美平起平坐。他知道我们不是乞丐;他懂得要付出实质性的货币才能获得生命中每一样有价值的东西,才能获得我们的力量、智慧和爱;他懂得在痛苦中,完美的无限可能和欢乐的永恒伸展得到了体现;那些接受痛苦中失去所有欢乐的人就会渐渐沉沦,一直沉到贫穷和堕落的深渊。只有当我们唤起痛苦来帮助我们获得我们的自我满足时,她才会变恶,才会为她所承受的侮辱而进行报复,把我们推入悲惨的痛苦中,因为她是奉献给不朽的完美的祭祀用的维斯太贞女[①],当她在无限的祭坛前到达她真正的位置时,她就会抛开她黑暗的面纱,把她显现出最高欢乐的面容展示给观看者。

[①] 古罗马主持对女灶神维斯太的国祭的女祭司。

四　自我的问题

从我存在的一个极端看,我是与无生命之物融为一体的,在这里我不得不承认宇宙法则的条例,那是我存在的根基所在,它深深地潜伏在下面。它的力量在它的存在中,这一存在在包容万物的世界的紧握之下,在它与万物的完全统一中坚定稳固。

但是从我存在的另一个极端来看,我与万物却是分离的,在这里我已经突破了平等的包围圈,作为一个个体独自存在。我是绝对地独一无二的,我就是我,我是无双的。宇宙的全部重量也无法压倒我的这种个性。尽管有万物巨大的引力,我依然保持着我的个性。它看起来是渺小的,但事实上却是伟大的,因为它自己努力坚持抵制着掠夺它特性、让它与尘土融为一体的力量。

这就是自我的上层建筑,它从自己基础的不确定的深渊和黑暗中上升并得以展现,它以孤立为荣,以在设计师头脑中形成一种在整个宇宙都不会重复的唯一的个体思想为荣。如果这种个性被破坏,那么,即使没有失去任何物质,没有破坏一个原子,存在于其中的晶体般的创造的欢乐也已经一去不复返了。如果我们被剥夺了这种特性,那我们就会彻底枯竭,这种个性可是我们能称之为我们自己的唯一的东西,失去它也是整个世界的损失。它是最有价值的,因为它不是普遍存在的,因此,只有通过个性我们才可以更真实地得到比我们躺在其怀抱中却意识不到我们的特性时的宇宙。宇宙一直在特性中探寻它的终结。我们必须要保持我们的个性完整无损的愿望,它实际上是宇宙的愿望在我们身上的表现,正是寓于我们内在的无限的欢乐把我们自己的欢乐带给我们。

自我的这种独立性被人类视为他最宝贵的财富,这一点是人类经受种种苦难并为它犯下种种罪行后得以证实的。但是人类却是饮食了智慧之果后才产生了独立的意识,它曾把人类带向耻辱、罪恶和死亡,然而对它而言,它比自我所在的任何乐园都珍贵,在这乐园里,自我安然地沉睡于大自然母亲纯真的怀抱之中。

对我们而言,要保持我们这个自我的独立性是一个持续的努力奋斗并承受痛苦的过程。事实上,正是这种痛苦衡量着自我的价值。价值的一个方面就是牺牲,即已经付出了多大的代价;价值的另一个方面就是获得,即已经取得了多大的成就。如果自我对我们来说只是意味着痛苦和牺牲的话,那它对我们就没有任何价值,我们也绝对不会愿意作出这样的牺牲。毫无疑问,在这种情况下,人性的最高目标只能是自我的毁灭。

但是,如果有相应的获得,如果结果并非两手空空,而是非常充实,那么,显而易见,它消极的特性,它真正的痛苦和牺牲都会让这一切变得更加珍贵。确实如此,那些已经领悟到自我积极意义并且已经充满热忱地肩负起它的职责同时又毫不退缩经受牺牲的人们已经证实了这一点。

有一次我的一位读者问我:"印度人是不是不把自我的毁灭作为人性的最高目标?"用前面陈述的观点来回答这个问题会容易一些。

首先,我们必须记住这样一个事实:除非是最平常的事,否则人们就不能如实地表达他的思想。人类的言辞通常根本不能算是一种语言,而只能算是有声的哑语,它们可以简要表明意思,但是却无法表达他的思想。他的思想越是重要,他的言语就越是不得不通过他的生活背景来阐明。那些借助字典的帮助去理解他的意思的人们从严格意义上来讲也只是到了他的房子外面,因为他是被外墙阻挡,找不到厅堂的入口。这就是为什么我们伟大的先知们的教义会引起无休止的争论,因为我们只是试图从它们的字面意思去理解,而不是在我们自己的生命中去领悟它们。那些只具备从字面理解事物能力的人是不幸的,他们总是忙于结网而忘了捕鱼。

无私的理念不仅在佛教与印度各家教派中,而且在基督教中也被广泛热烈地宣扬着,在基督教中,死亡的教义曾被用来表达人类从非真实的生命中解脱的思想,这就如同涅槃一样,都象征着灯光的熄灭。

印度独特的思想中认为,人类真正的解脱是从"无明(avidya)"中,也就是从无知中解脱出来。这种解脱并不是消灭那些积极的、真实的事物,因为这是不可能做到的,它是去消灭那些消极的、阻碍我们观察真理的视线的事物。这些无知的障碍物被清除后,唯一剩下的就只是需要睁开眼睑了,而这是无损于眼睛的。

正是我们的无知让我们认为我们的自我作为自我是真实的,自我本身只有完整的意义。当我们持有错误的自我观时,我们就会把自我作为我们生命的最终目标而试图以这样一种方式而生活。那我们注定会失望,就像一个人试图通过紧紧抓住公路边的尘土而达到他的目的地一样。我们的自我无法来支撑我们,因为它的本性是不断前进的,依赖这样一丝穿越生命的织布机的线,我们是不能把它用于正在被纺织的布中的。当一个人在精心计划中安排自我的享乐时,他点燃了火,却没有生面团来做面包,火光摇曳,然后突然旺烧,直到最后烧尽熄灭,就像一头怪兽吞噬自己的幼崽而后死亡一样。

在一种陌生的语言中,词汇专横地突显出来,它们阻拦我们却又沉默不语。为了从词汇的桎梏中获得解救,我们必须摆脱"无明",即摆脱我们的无知,然后我们的头脑才会在内在的思想中找到它的自由。但是,如果认为仅仅通过对词汇的突破就可以消除我们语言上的无知的话,这将是愚蠢的。不!当完美的知识出现时,每个单词依旧保留在它原来的位置,只是它们不再把我们束缚在它们那里,而是让我们穿越它们,并把我们带向解放的思想。

因此,只有"无明"才是使得自我成为我们的桎梏,它让我们认为它本身就是最终目的,它阻止我们看到它包含有超越它自身局限的思想。这就是为什么智者会出来说:"让你们自己摆脱无明吧;领悟你们真正的灵魂,从囚禁你们的自我的掌控下解脱出来吧!"

我们达到我们最真实的本性时,我们就获得了自由。一个艺术家找到他的艺术思想时,他就找到了他的艺术自由,他就从试图模仿的艰辛中获得了解放,从世俗的赞许的困扰中获得了解放。宗教的职能不是要毁灭我们的本性,而是去实现它。

梵文中的"达摩(dharma)",也就是"法",在英文中通常被译为"宗教",而在印度的语言中,它却有更深刻的含义。"法"是万事万物最内在的本性,是其本体,是固有的真理。"法"是存在于我们的自我中的最终目标。做了错事时,我们会说违反了"法",也就是说虚假已经蒙蔽了我们真正的本性。

但是作为我们内在的真理,这个"法"并不是显而易见的,因为它是内在的,甚至有人认为罪恶是人的本性,只有通过神灵特殊的恩典才会让特定的人得到拯救。这就好比是说,种子的本性就是一直被包在它的壳里,只有通过发生某些特殊的奇迹,它才可以长成树。但是难道我们不知道种子的"现象"与它真实的本性是相矛盾的吗?当你对种子进行化学分析时,你可以在种子里面发现碳、蛋白质以及许多其他成分,而不是发现有分支的树的概念。只有在树开始成形时,你才慢慢看到它的"法",然后你才毫无疑问地确定,被扔掉留在地下腐烂的种子穿越了它的"法",成就了它真正的本性。在人类的历史进程中,我们已经领悟到我们内在的有生命的种子在发芽,我们已经看到我们的伟大目标正在我们最伟大的人的生命中形成,我们也已经确信,虽然有许多个体生命看起来毫无成效,然而这样毫无价值并不是他们的"法",他们要冲破外壳,让自己转变成为充满活力的精神芽苗,在空气和阳光中成长,向四面八方长出分支。

种子的自由在于它获得了它的"法",它达到了成为一棵树的本性和命运,如果实现不了这一点,它就会成为自己的监牢。一种事物为达到完满所做的牺牲并不会以死亡而告终,相反,它会抛弃束缚而获得自由。

当我们认识到一个人所拥有的自由的最高理想时,我们就认识到了他的"法"——他本性的实质、他的自我的真正含义。乍一看时,人类似乎是把藉以获得自我满足和提高的无限机遇的事物看作自由,但是无疑,这一点在历史的发展进程中未得到证实。我们的启示者总是那些自我牺牲的人,人类更高级的本性总是在寻找某些超越自身然而又是最深刻的真理的事物,这一事物要能够作出全部牺牲而又将这种牺牲作为自身的回报。这就是人类的"法"——人类的宗教信仰,人类的自我就是将这一牺牲送上祭坛的器皿。

我们可以从两个不同的角度来看我们的自我,一个是展示自己的自我,另一个是超越自己从而显现自身意义的自我。为了展示自己,他会试图变大,站在自己的累积物形成的基座上,为自己拦存一切事物;而为了显现自我,他会放弃它所拥有的一切,由此变得完美,就像一朵花从蓓蕾中绽放,从它美丽的圣杯中倾倒出它所有的甘甜。灯里包含有油,它把它安全地封闭在自己可掌控的油瓶内,不让它有任何损失,因此,它与它周围的所有其他事物就是分离的,它很吝啬。然而当灯被点亮的时候,它就立刻发现了它的意义,它与远远近近的所有事物都建立了联系,它为让火焰继续燃烧而无偿地牺牲了自己储存的油。

这盏灯就是我们的自我,只要它囤积自己的财富,它就把自己围困在黑暗之中,它的行为与它真实的目的是相矛盾的;而当它找到光明时，它就会立刻忘记自我，将自我这盏灯高举，为它奉献出自己拥有的一切，因为在那里就是自我的显现。这种显现就是佛陀所宣扬的自由。他要求灯来燃烧它的油，不过，他并不赞成无目的放弃，这会带来更黑暗的贫困状态。灯必须舍弃它的油才能发光，并因此让它储藏的目的获得释放，这才是解脱。佛陀所指引的道路并不仅仅是实施自我牺牲，而且是爱的扩展，这才是佛陀教义中真正的含义。

当我们发现佛陀所宣扬的涅槃的境界只有通过爱才能达到时，我们就肯定会领悟到涅槃是爱的最高顶点，因为爱是以自身为终结的。其他任何事物都会在我们大脑中形成"为什么"的问题，我们也要求给它一个理由，然而，当我们说"我爱"时，是不需要问"为什么"的，它本身就已经是最终答案了。

毫无疑问，甚至是自私也会迫使一个人去给予，不过，自私的人是被迫去给予的，这就好比是水果还没熟的时候就去摘，你不得不把它从树上拽下来，而且还会破坏树枝。但是，当一个人有爱时，给予对他而言就是一种欢乐，就像树上的果子成熟后自己就会掉下来一样。我们的所有物在我们自私的欲望这个永不停止的引力下产生了重量，变成了负担，我们不可能轻易就把它们从我们身上甩掉。它们似乎也属于我们真正的本性，就像我们的又一层皮肤一样粘附在我们身上，要把它们剥离，我们就会流血。然而，当我们充满爱时，它的力量就会向相反的方向运动，紧紧依附于我们身上的事物就失去了它们的粘附性和重量，我们就会发现它们并不属于我们。我们发现放弃它们绝不是一种损失，而是我们存在的实现。

因此，我们在完美的爱中找到了我们自我的自由，无论带来多大的痛苦，那些只为爱而做的事才会被自由地去做，因此，为了爱而工作是行动中的自由，这也正是《薄迦梵歌》中所教导的无私地工作的含义。

《薄迦梵歌》中指出：我们必须行动，因为只有在行动中才可以体现我们的本性。然而，如果我们的行动是不自由的，这一体现就是不完美的。事实上，受欲望或恐惧的强迫而做的工作会掩盖我们的本性。母亲是在哺育孩子的过程中展现自我的，因此，我们真正的自由不是从行动中衍生出来的自由，而是行动中内在的自由，而这种自由只有在爱的行为中才能获得。

神灵是在他创造的行为中显现的。《奥义书》中指出："智慧、力量和行动都是神灵的本性。"它们并不是从外界强加给他的，因此，神的工作是他的自由，他在创造中实现了自己。《奥义书》的其他地方也用不同的话语表达过同样的意思："万物从喜中生，依喜而养，向喜而进，入喜而终。"意思是说神灵的创造并没有任何需要的源泉；它来自神灵所充满的欢乐；正是他的爱进行着创造，因此，他自己的体现就是在创造之中。

艺术家的艺术理念成熟时，他会有一种欢乐，他会把他的理念客观化，由此，通过与它保持距离而更加充分地获得它。这就是把我们的自我与我们分离的欢乐，然后为了让它更加完美地属于我们自己，在爱的创造中赋予它形式。因此，一定要有这样一种分离，不是排斥的分离，而是爱的分离。排斥只有一种因素，即分离的因素，而爱却有两种：一种是分离的因素，这只是一种表象，另一种是联合的因素，这才是最终的真理。就像父亲把怀中的孩子往上抛，看起来是抛弃，而事实则完全相反。

因此，我们必须懂得，我们自我的意义并不是建立在与神灵及他人分离的基础上的，而是在"瑜伽修行（yoga）"，即融合的不断实现中；它不是在画布空白的背面，而是在它绘有图画的一面。

这就是为什么我们的哲学家把我们自我的分离状态称为"玛耶（maya）"，即一种幻觉，因为它没有自己内在的实在。它看起来充满了危险；它把它的孤立提升到了令人眩晕的高度，然后向现实公正的面庞投下一团黑影；从外表看，它会突然破裂，这个破裂破坏性极强，非常难以处理；它妄自尊大、盛气凌人、刚愎自用；它准备抢劫全世界所有的财富以满足自己一时的欲望；它用鲁莽残暴的手拔光美丽的神鸟身上所有的羽毛用来短时间地装扮自己，以掩饰自己的丑陋；在它的前额永远刻上不服从的黑色印记，人类的确有这样的传说，但是这仍然只是空幻，是无明的包围；它是迷雾，不是阳光；它是预示着爱之火的黑烟。

设想一下，一些未开化之人由于愚昧无知认为纸币票据具有一种魔力，借助这种魔力，持有票据的人就会得到想要的一切。因此，他积攒成堆的票据，把它们藏起来，以各种荒唐的办法来处理它们，然而最后，他厌倦了这样的努力，得出了悲哀的结论：这些票据毫无价值，只适合去点火。但是，聪明的人知道，纸币票据都是空幻，只有把它交给银行，它才可以产生价值。只是由于"无明"，由于我们的无知，我们才会相信我们自我的孤立像纸币票据一样自身是贵重的，如果奉行这样的理念，我们的自我就会变得毫无价值。只有在消除了"无明"时，这个真正自我才会给我们带来无价的财富，因为"神是以他的欢乐所承载的形式显现的"。这些形式是与他相分离的，这些欢乐所拥有的价值也是他的欢乐所给予的。我们把这些形式转变为最初的欢乐，也就是爱时，那我们就是把它们在银行里兑换为现金，我们就发现了它们的真实性。

如果一个人的工作受到纯粹需求的驱使，那它就具有了意外和偶然的特征，它就仅仅成为一种权宜的安排，当需求的方向改变时，这一工作就会被抛弃，被留在一堆废墟里。而当他是出于欢乐而工作时，它采取的形式就会有不朽的因素。不朽之人就会把他自己永恒的品质注入到他的工作之中。

作为神灵欢乐的一种形式，我们的自我是永恒的，因为他的欢乐是"永恒的(amritham)"。这种永恒也存在于我们当中，它使得我们即使死亡已经成为事实不容怀疑时依然对死亡产生怀疑。这种矛盾在我们内心得以慢慢调和时，我们就认识到了生死二元性中存在着和谐的真理。我们领悟到，一个灵魂的生命，其表现是有限的，而其本性则是无限的，在它实现无限的历程中，它必须通过死亡之门。死亡只是一元性，它不包含生命，而生命则是二元的，它既有真实性又有幻象，死亡就是这个幻象，是"玛耶"，是生命不可分割的陪伴者。我们的自我要存活，其形态就要通过不断地改变与成长，因此，这种情况可以被称为同时进行的不断的生与不断的死。如果我们拒绝接受死亡，如果我们希望赋予自我某些固定不变的形态，如果自我感受不到驱使它突破自己的推动力，如果它把它的极限看作是终结并依此而行动，那么它实际上是在招致死亡。因此，我们的导师号召死亡，并不是号召毁灭，而是永生。它是晨曦中灯的熄灭，而不是太阳的废除。实际上，它是要求我们去有意识地实现我们本性最深处所深藏的愿望。

我们的生命中存在着双重的欲望，我们要努力使之和谐。在我们肉体领域的本性中，我们会有我们能意识到的欲望，我们希望享受吃喝的乐趣，我们追求肉体的满足与舒适。这些欲望都是以自我为中心的，它们只在乎各自的冲动，我们的口欲常常会违背我们胃的承受力。

但是，我们还有另一重欲望，它是我们的肉体作为一个整体的欲望，对此，我们通常意识不到。这是对健康的期盼，它一直在做着自己的工作，不断地进行改善修理，并做新的调整以防备意外发生，而且无论什么地方受到滋扰，它都会熟练地让其恢复平衡。它与我们当前的肉体欲望无关，而是超越了现时的需求。它是我们肉体整体的本性,它把我们的生命与它的过去与未来连接起来,并保持着它各个部分的统一。聪明之人领悟到了这一点,这会让他的其他肉体欲望与这一整体欲望保持和谐统一。

我们还有一个更伟大的身体,它就是社会体。社会是一个有机组织,我们作为这个有机组织的部分有我们个体的愿望。我们想要属于我们自己的享受和放纵,我们想比其他任何人都付出的少而获得的多,这样就导致了抢夺和战争。然而,我们内在还有另外一个愿望,它在社会存在的深层部分做着自己的工作,它就是对社会福乐安康的愿望,它超越了现时和个体的限制,它站在了无限的一边。

聪明之人会努力使探寻自我满足的愿望与对社会之善的愿望保持和谐,只有这样,他才可以实现他更高大的自我。

在自我有限的一面,它意识到自己的孤立,此时的它企图获得比别人更多的荣誉,它是残酷无情的;而在自我无限的一面,它希望达到能使它获得完美的和谐,而不仅仅是自我的膨胀。

我们肉体本性的解脱在于获得健康,我们社会存在的解脱在于获得善,而我们自我的解脱在于获得爱。这最后一点正是佛陀所视为的寂灭,即私欲的绝灭,这就是爱的作用,这种绝灭不会导向黑暗,而是导向光明。这就是获得了"菩提(bodhi)",也就是获得了真正的觉悟;它就是在爱的光辉的照耀下在我们内心显现的无限的欢乐。

我们的自我是通过它独立的个性达到和谐的灵魂而实现转化的。这种和谐通过强迫是绝对无法达到的。因此,我们的意志在其成长的过程中必须经历独立和反抗而达到最终的实现。在我们达到爱的这种积极的自由之前,必然会有可能经历自由的消极形式,这种形式是放纵的。

这种消极的自由,任性的自由,可能会背弃它最高的实现,但它绝对不会与这一最高实现完全分离,因为一旦如此,它将会失去它自身的意义。我们的固执有一定程度的自由，它能知道偏离正道意味着什么，它不可能朝着那个方向无限地继续前进，因为在我们消极的方面我们是有限的。我们必须终止我们恶的行为，终止我们不和谐的生涯，因为恶并不是无限的，不和谐自身也不是终极。我们的意志有自由是为了发现它真正的道路是通向善和爱的，因为善和爱是无限的，只有在无限中自由才能够得到完美的实现。因此，我们的意志并不是自由得走向我们自我的限制，不是走向空幻和否定，而是走向无限，走向真理和爱。我们的自由不会背离自由的本性后却依然自由，也不会自杀后还依然活着。我们不可能说我们应该以无限的自由来束缚我们自己，因为一旦说到束缚便无自由可谈。

因此，在我们意志的自由中，我们同样会有幻象与真实的二重性——我们的任性只是自由的幻象，而爱才是真实的。当我们试图将这种幻象独立于真实之外时，那么我们的企图只会带来痛苦并且最终证明这种尝试是徒劳无益的。任何事物都有这种"玛耶"与"萨蒂扬(satyam)"，即幻象与真实的二重性。语言只是声音而且是有限的时候，它就是"玛耶"，而当它能够表达而且是无限的时候，它就是"萨蒂扬"；我们的自我仅仅是个体的、是有限时，它会认为它的分离是绝对的，此时它就是"玛耶"，而当它认识到自己在普遍与无限、在"最高的自我(paramatman)"中的本质时，它就是"萨蒂扬"。其中的含义就同于耶稣所说的"还没有亚伯拉罕就有了我"(《约翰福音》8：58)。这就是通过我内心的"我存在"表达思想的永恒的"我存在"，这种个体的"我存在"在无限的"我存在"中实现了和谐的自由时，它就达到了完美终结。然后就是"从轮回中得到解脱(mukti)"，即从来自于无明或无知的"玛耶"即幻象的束缚中解脱出来；从真理美妙的静谧中，从善的完美的行动中，从爱的完美的统一中得到解脱。

与神灵的分离不仅存在于我们的自我中，它还存在于大自然中，它被我们的哲学家们称为空幻,因为分离并不会单独存在,它不会从外部限制神灵的无限,是它自己为自己加强了限制。就像棋手在棋子的移动上限制了自己的意志一样。棋手非常愿意与每粒棋子构成确定的关系,并通过这些特有的限制来实现他的能力带来的欢乐。并不是说棋手不能随意移动棋子,而是如果他这么做了,就不能称之为下棋了。如果神灵想当然地认为他全能的作用,那他的创造就此结束了,他的神力也就失去了全部的意义。因为权力必须在限定范围之内行动才能称之为权力。神灵之水必定是水,神灵之土也必定是土,不可能成为其他事物。让它们成为水和土的法则就是神灵自己的法则,他按照这一法则把棋和棋手分开,因为此中自有棋手的欢乐。

正如受法则的限制,大自然是与神灵相分离的巩固,受到利己主义的制约,自我也是与神灵相分离的。他很乐意将自己的意志加以限制,并且已经赐予我们掌控我们自己的这个小小世界的权力。就像父亲给儿子一定的零花钱,儿子可以用这些钱自由地做他喜欢做的事情,尽管它依旧是父亲自身财产的一部分,但父亲已经把它从自己意志的权力支配下解脱出去。其原因在于父亲的意志是爱的意志,因而是自由的,只有当它与另外一个自由的意志相统一时,它才会拥有自己的欢乐。暴君必须拥有奴隶来把他们作为达到自己目的的工具,正是这种满足自我需要的意识让他压迫驱赶走奴隶们的意志,以保证他自身的利益绝对安全。这种私利无法容忍他人有丝毫自由,因为它自身就是不自由的。事实上,暴君要依赖他的奴隶们,因此他要让他们屈从于他自己的意志,以此来充分地利用他们。一个爱人要实现自己的爱必须有两种意志,因为爱的最终目的在于和谐,在于自由与自由之间的和谐,因此,我们的自我从神灵的爱中产生,而神灵的爱又让自我与神灵相分离,正是神灵之爱又一次建立起和谐，通过分离将神灵与我们的自我统一起来。这就是为什么我们的自我要不断地经历重生，因为在自我分离的过程中，它不可能永远前进。分离是有限的，分离时它会不断遇到障碍，让它一次又一次回归到无限的根源上。我们的自我为了实现它不朽的青春，不断地抛弃年龄的束缚，不断地摆脱遗忘和死亡的限制。它的个性必须不断地融入普遍之中，实际上要每时每刻穿越普遍，以不断恢复个体生命的活力。它必须在每一步都踏上永恒的节奏，触及根本的统一，这样才能在美和力上保持分离的均衡。

我们在任何地方都能看到生与死的游戏——这种由旧向新的转化。每个早晨白昼都会向我们走来，毫无掩饰，洁白如玉，就像花儿一样。然而我们知道它是古老的，它有自己的年龄。正是在那非常古老的一天在它的怀抱中拖起新生的地球，用自己洁白的光芒笼罩着它，在群星中把它送向朝圣的征程。

白昼的双脚依然不知疲倦，双眼依然光彩明亮，它带着永恒不朽的金色护身符，在它的触摸下，万物前额所有的皱纹都会消失，在世界心脏的真正核心之处矗立着不朽的青春。死亡和腐朽只会在它脸上投下片刻阴影便转而离开，它们不会留下它们步伐的痕迹，真理依旧精神饱满，富有朝气。

我们地球这个非常非常古老的白天在每个早晨一次又一次地诞生，它返回到它的乐曲最初的叠歌部分。如果它的征程是一条无限向前的直线，如果它没有骤然跌入深不可测的黑暗中极大的停顿，也没有在生命无穷尽的开端中反复的重生，那它就会逐渐被玷污，会让它的灰尘掩埋了真理，会让它沉重的步伐为大地带来无限的痛。然后它每时每刻都会留下疲劳的重担，衰朽将在它永远肮脏的宝座上支配最高权。

然而，每个早晨，白昼都会在重新盛开的鲜花中重生，重述着同样的信息,重申着同样的论断:死亡永远地死了,骚动之波只在表面,宁静的大海是深不可测的。夜的帷幕被拉向一边,真理出现了,他的外衣上没有一点尘埃,他的面庞没有一丝年龄的皱纹。

我们看到,万物之前的他今天看起来依旧,他喉咙中唱出的创造之歌的每个音符都是新鲜的。一首古老的歌在事物朦胧的开端一度被唱,产生回音,然后又被孤单地留下,宇宙并不仅仅是一个在天空中回荡的这样一个回声,像一个无家可归的流浪汉一样。每时每刻它都发自主人的内心,它在主人的气息中呼吸。

这就是为什么它会像在诗中形成的一种思想一样布满整个天空而从来不会因为自身不断积聚的重量负荷而摔成碎片。因此,无穷无尽的变化令人惊讶,难以解释的事物在出现,个体在列队不停地前行,所有这些在万物中都是无与伦比的,在最后时如同在最初时一样,开始永远不会结束——世界永远是古老的,也永远是崭新的。

我们的自我应该知道,每时每刻它的生命都必须获得重生,它必须突破一切幻觉,这些幻觉把它包在自己的硬壳之内,让它显得衰老,并让它承担死亡的重负。

因为生命是不朽的青春,它憎恨企图阻拦它行进的岁月——事实上,岁月并不属于生命,但是它都紧随生命,如影随形。

我们的生命就像一条河,它拍击双岸并不是为发现自己受到河岸的阻拦,而是不断重新认识到它有机会不停地奔流向大海。它就像一首诗,每个音步都要押韵,但它并不会因为它严格的韵律变得沉寂,而是每时每刻都在表达着诗歌和谐的内在自由。

我们个性的界限一方面把我们推回到我们的界限之内,而另一方面,它又把我们带向无限。只有当我们企图把这些界限变得无限时,我们就会陷入无法忍受的矛盾之中并导致不幸失败的后果。

这就是人类历史上导致伟大变革产生的原因。每当部分摒弃整体,企图分离整体单独行走自己的路时,万物巨大的牵引力就会猛力扭转它,让它突然停止,并把它变为尘土。每当个体试图阻拦世界力量不断向前发展的潮流,并把限制在个人特定的使用范围之内时,它就助长了灾难的发生。无论一个国王的力量多么强大,他都无法举起旗帜来对抗无限的力量源泉,这一源泉是统一的,并且保持着强大的力量。

曾经有人说过:"人们可以通过不义获得成功,满足他们的欲望,打败他们的敌人,但是最终,他们会被从根砍断,会被彻底灭绝。"如果我们想获得伟大的个性,就必须把我们的根深深地扎在普遍之中。

我们自我的最终目标是探寻统一。它必须在爱与仁中低下头,站在伟大与渺小汇合的地方。自我必须通过舍弃而获得,通过放弃而兴起。如果一个孩子不能回到母亲的怀抱,那他的游戏对他而言就会是恐惧的,而如果我们不能在爱中舍弃我们骄傲的个性,那它就会成为我们的祸根。我们必须明白,只有神灵在我们内心无限的显现才是无穷的新和永恒的美,才会赋予我们的自我唯一的意义。

五 爱的实现

现在我们来谈无限与有限、最高存在与我们的灵魂共存这一永恒的问题。存在的根基存在着突出的自相矛盾。我们绝对不能回避它,因为我们永远无法站在这个问题之外,通过任何其他可能的选择来衡量它。但是问题只是在逻辑上存在,在现实中它根本不会给我们带来任何困难。从逻辑上来讲,无论两点之间的距离有多近,它都可以被说成是无限的,因为它是无限可分的。但是我们在每一步上都确实超越了无限,在每一秒中都与无限汇合。因此,我们的一些哲学家们说没有有限这种事物,它只是"玛耶(maya)",是一种幻觉。真实的事物是无限的,正是虚幻(非真实)使得有限的幻象产生。然而,"玛耶"仅仅只是一个名称,它是无从解释的,它只是在说明这种幻象随着真实而出现,它是真实的对立面,但是它们是如何合为一体又同时存在的呢?这一点是难以理解的。

在梵文中我们称之为"相违释(dvandva)",即宇宙中一系列的对立物,例如正极与负极、向心力和离心力、吸引力和排斥力,这些也只不过是名称,它们也无从解释。它们只是在以不同的方式说明这个世界本质上是许多对对立力量的调和,这些力量如同造物主的左手与右手,它们虽然从相反的方向活动,却也在绝对的和谐中活动着。

我们的双眼之间有一种和谐的约束力,这使得它们能够行动一致。同样,在物质世界中,光与热、光明与黑暗、运动与静止之间,就像钢琴的低音键与高音键之间一样,也存在着一种无法割断的连续关系。这就是为什么这些对立体在宇宙中带来的不是混乱,而是和谐。如果万物是一片混乱的话,我们可以想像两种对立的本能就会各自试图压倒对方。然而,宇宙并不是在战争法则的统治之下的,它不是反复无常的、临时的不稳定的。在这里,我们找不到让人狂暴的力量,或者像流放的犯人一样无限期地走在荒无人烟的道路上,这就彻底打破了与周围事物的和谐。相反,每种力量都在曲线中回归到它的平衡状态。波浪会升起,表面看每个浪头儿都以坚定不移的姿态在竞争中达到各自的高度,然而只是到达一定的高度,因此我们就知道了大海的高度宁静是与所有的波浪息息相关的,这些波浪必须以异常奇特美妙的节奏回复到大海的宁静之中。

事实上,这些波动与震荡,这些起伏,并不是归因于全然不同的躯干毫无规则的扭动,它们是一个踏着节拍的舞蹈。韵律从来不会在战争的无计划的搏斗中产生,它的基本原则必须是统一,而不是对立。

这个统一的原则就是所有奥秘中的奥秘。两重性的同时存在在我们的大脑中提出一个问题,我们在"一"中来寻求它的答案。当我们最终发现这两者之间的关系,并由此明白它们在本质上是融为一体的时候,我们感到我们得到了真理,于是我们表达了这个最惊人的悖论,即一表现为多,幻象是真理的对立面,却又与真理有不可分割的联系。

奇妙的是,当有些人在世界的多样性中发现统一的法则后,他们就失去了神秘感,这可是我们全部欢乐的基础。就好像万有引力也就只是解开了苹果掉落之谜,好像生物从一个阶段进化发展到另一个阶段与一系列创造物相比更耻于解释。不幸的是我们会经常停留在这样一种法则上,好像这就是我们研究的最终目的,随后我们就会发现它甚至还没有开始去解放我们的精神,它只是让我们的智力得到了满足。因为它对我们整体的存在不具备吸引力,它只会在我们内心削弱我们对无限的感知。一首美妙的诗分析起来也只不过是一系列孤立的声音,它的意义是连接这些外部声音的媒介,读者找到了它的意义,发现了贯穿其中的完美法则,这一法则丝毫未被违背,这一法则就是思想发展的规律,是音乐和形式的规律。

然而,法则本身就是一种局限,它只是显示了一种事物无论如何不能成为别的事物。如果一个人孤立地探寻事物的因果关系,那他是逃离了事实的专制,又陷入了法则的控制之中。学习一种语言时,我们会从单纯的单词学习中发现单词的规律,那我们就获得了很多,但是如果我们就此停滞不前,只关注一种语言组合的奇妙,只是探寻它所有表面变化的内在原因,那我们就还没有达到目的——因为文法不能称其为文学,韵律学也不能称其为诗。

当我们谈到文学时,我们会发现,尽管它符合文法规则,它还会令人愉悦,它本身是自由的。诗的美受到严格的规则制约,然而它又超越了这些规则,这些规则就像诗的双翼,它们不会让它坠落,而是把它带向自由。它的形式受到规则制约,而它的精神则在于美。规则是走向自由的第一步,而美则是站在规则的基座之上彻底的自由。美在自身内使其界限和对界限的超越、使法则和自由达到了和谐。

在宇宙这首诗中,发现它的韵律规则,测量它的扩张与收缩、运动与静止,探求其形式和特征的演变,这都是我们思想上取得的真正的成就,不过,我们不能止步不前。这就像一个火车站,站台并不是我们的家,只有当一个人领悟到整个宇宙就是一个欢乐的创造物时,他才达到了最终的真理。

这使得我去思考人类的内心与大自然的关系是多么的神秘。在行动的外部世界,自然有其一面,但在我们内心,在内在的世界,它又呈现出一幅迥然不同的画面。

我们就以植物的花为例吧,不管它看上去多么雅致娇美,它都被迫接受一项巨大的任务,它的颜色与形状都要与这项任务相适应,它的任务就是必须结果,否则植物生命的连续性将会被破坏,大地不久之后将变成沙漠。因此,花的颜色和香味都是为了某种目的,花一旦通过蜜蜂授粉,不久它就会开始结果,那里它就要落下它精美的花瓣,残酷的自然法则迫使它舍弃自己甘甜的芳香。因为它十分繁忙,它没有时间夸耀自己的优雅美丽。从外表来看,必然性似乎是大自然中每个事物为之工作与运动的唯一因素,花蕾开成花朵,花朵结出果实,果实育出种子,种子又长成新的植物,等等,这个运动的链条会不断地运行下去。如果运行过程中意外出现任何干扰或者障碍,任何理由都不会被接受,阻碍其运行的不幸事物会被当作废料,它的下场一定会是尽快死亡和消失。在大自然这个巨大的办公室里,有无数的部门从事着无穷无尽的工作,你在这里看到的娇养的花朵像花花公子一样,色彩艳丽、气味芬芳,然而它绝对不像它的外表那样,而是一位在风吹日晒中辛勤工作的劳动者,它必须递交一份清单清晰地描述自己的工作,它丝毫没有闲暇时间去享受嬉闹的欢乐。

然而,当这同一朵花映入人们内心时,它繁忙的实际景象就消失了,它就真正变成了悠闲与宁静的象征。同一种事物在外部表现为无穷无尽的活动,在内部却是美与和平的完美体现。

此时,科学要告诫我们:我们错了,花的目的也就是它外部所表现的一切,它没有其他目的,我们认为它带给我们的美丽和芳香全部都是我们自己形成的,是毫无根据凭空想像的。

但是,我们的内心却回答说我们一点也没有错。在自然界中,花带着的是一封称赞它有无限能力能做好实用工作的证明,而当它扣响我们的心灵之门时,它带来的则是一封完全不同的介绍信,美丽变成它唯一的资格。在一种场所,它是以苦工的身份出现的,而在另一种场合,它则是自由的。那么,我们为什么要相信它的第一封介绍信而不相信这第二封呢?花已经在因果关系完整的链条中获得了自己的存在,这一点确信无疑,然而这只是外在的真理,内在的真理是:"一切事物都真正地产生于永恒的欢乐。"

因此,花不只是在大自然中才有自己的职能,它还在人类的大脑中发挥着自己另一种巨大的作用。那这是什么样的作用呢?在大自然中,花的工作就如同一名仆人,它必须在规定的时间出现,但是在人类的内心,它就像是国王的信使。在《罗摩衍那》[①]中,当希塔被迫离开她的丈夫在十头魔王的黄金宫殿中痛哭她的厄运时,一位使者来到她面前,为她带来了她心爱的丈夫罗摩占陀罗本人的指环,正是看到这个指环,才让希塔确信使者带来的消息是真的,她立刻相信他

[①] 印度古代梵语四大史诗之一,主人公是罗摩占陀罗(Ramachandra),妻子是希塔(Sita)。相传成于公元前四至三世纪。

确实是从她心爱的丈夫那里来的,她丈夫没忘记她,他即将来拯救她。

这位信使就是来自我们伟大的爱人那里的一朵花。当世俗的富足厚颜无耻地诱惑我们,要求我们作它的新娘时,我们依旧过着流浪的生活,被世俗的浮华和绚丽所包围着,它可能与十头魔王的黄金城有关。而此时花的使者从彼岸带来了消息,它在我们耳边低语:"我来了,是他派我来的,我是美的使者,美的灵魂是爱的乐园。他已经架起了通往这座孤岛的桥梁,他没有忘记你,即刻他就来拯救你。他会把你带到他那里,让你成为他自己的,这种幻觉将永远不会让你受奴役。"

如果我们当时恰好被唤醒了,我们就会问他:"我们怎么能知道你的确是从他那里来的呢?"信使说:"看!我有从他那里带来的指环,它的颜色和样子是多么秀美动人啊!"

啊!指环肯定是他的——确实是,这是我们的结婚戒指。此刻,只有触摸着永恒的爱的这个甜美的象征才让我们内心充满了深切的渴望,除此之外,一切都已忘记。我们意识到我们现在所在的这座黄金宫殿与我们毫不相关,我们要获得的解脱是在宫殿之外的,在那里,我们的爱才结果,我们的生命才得以完满实现。

对蜜蜂实际上来说只是能够显示通向花蜜路径的颜色与香味、符号或标记,这在人类内心都是不受需求限制的美丽和喜悦,它们给心灵带来了用五彩墨水书写的一封情书。

因此我要告诉你,不论我们的行为本性在外表看起来有多么繁忙,她在内心深处都会有一个密室,在那里她来去自由,不受任何计划的牵绊;在那里,工作室的火焰转变为节日的灯光,工厂中的噪音转变成动听的音乐。在大自然外界,因果关系的铁链发出沉重的声音,而在人类的内心可以说它纯粹的欢快之声犹如竖琴响亮的弦音。

这看起来确实令人惊叹，自然界同时存在着如此相反而又融为一体的两个方面——一种是奴役的状态，而另一种是自由的状态。在同样的形态、声音、颜色和味道中听到的是两种相反的曲调，一个是需求的，另一个则是欢乐的。外在的大自然是无休止地繁忙的，而内在的她却是非常寂静与平和的。她一方面辛勤工作，而另一方面又悠闲安逸。你只从外部看她时，你看到的是她所受到的奴役，而她的内心却是无限的美丽。

我们的先知说："万物从喜中生，依喜而养，向喜而进，入喜而终。"

并不是说他无视法则，或者他对这种无限欢乐的沉思来源于对抽象思维的沉迷所引起的陶醉。他完全认可自然界永恒不变的法则，他说："火由于惧怕它（即自然界的法则）而燃烧，太阳由于惧怕它而发光，风、云和死亡也都由于惧怕它而恪守着各自的职责。"这是铁的法则下的统治，如有半点过失都会受到惩罚。然而诗人还在唱颂着欢喜之歌："万物从喜中生，依喜而养，向喜而进，入喜而终。"

"不朽的生命是在欢乐的形式中显现的。"他在万物中显现是出自于他对欢乐的满足，这种无限欢乐的本性是在法则的形式中实现自己的。欢乐是没有形式的，它必须创造形式，必须将它自身转化为形式。歌唱家的欢乐以歌曲的形式表现出来，诗人的欢乐以诗歌的形式表现出来。人类作为创造者一直都在创造着形式，这些形式都源于他无限的欢乐。

这种欢乐的别名就是爱，它为了得以实现就必须在本质上具有二重性。歌唱家有了灵感时，他就把自己一分为二，在他的内心还有一个作为听众的他的另一个自我，外在的听众仅仅是他的另一个自我的延伸。情人则会在他所爱之人那里寻求自己的另一个自我。正是欢乐为了跨越障碍实现统一才制造了这种分离。

不朽者的欢乐已经将自身一分为二,我们的灵魂是他珍爱的,是他的另一个自我,我们是分离的。但是,如果这个分离是绝对的,那么这个世界上将会存在绝对的痛苦和十足的罪恶。那样,我们就无法通过虚假达到真实,我们也无法希望通过恶达到内心的纯洁;此时,所有的对立就会永远保持对立,我们永远无法找到一种媒介好让我们的差异不断趋向融合;此时,我们的生命中将不会有语言、不会有理解,不会有心与心的交融,不会有合作。然而与此相反,事物的分离处于一种不稳定的状态,它们的各种个性甚至在一直发生着变化,它们交汇并且彼此融合,直到科学本身转变为玄学,物质失去了界限,生命的定义也变得越来越不确定。

是的,我们个体的灵魂已经从最高灵魂那里分离出来,但是这种分离并不是因为疏远,而是源于爱的完满。因为虚假、痛苦和罪恶并不是静止不动的,人类的灵魂可以反抗它们,可以征服它们,不仅如此,还可以将它们完全转化为新的力量和美。

歌唱家将他的歌曲转变为歌声,也就将他的欢乐转变为形式,而听众又会把这个歌声转换回最初的欢乐,此时,歌唱家与听众之间的交流就完成了。无限的欢乐正在以多种多样的形式表现着自己,并让自身接受法则的约束,当我们从形式回到欢乐,从法则回到爱,当我们解开有限的结又返回到无限时,我们就完成了天命。

人类的灵魂正行进在从法则到爱、从戒律到自由、从道德阶段到精神层面的征程上。佛陀宣讲过自我克制和道德生活的戒律,这是对法则的完全接受。但是法则的这种束缚并不是它自身的最终目的,我们要通过充分掌握它来获得超越它的手段。它会回归到梵,回归到无限的爱,此时,它就通过法则的有限形式让自己得以表现。佛陀把它称为"梵的寺院(Brahma-vihara)",即生活在梵中的欢乐。遵照佛陀的教导,那些想达到这种境界的人"要不欺骗人,心中勿存憎恨，不要在生气时伤人；他对万物要有无限的爱，甚至要像母亲对待她唯一的孩子一样，用自己的生命去呵护他；他的爱没有边际，不受阻碍，他的爱摆脱了所有的残酷和对抗，他会把他的爱向四面八方扩展；当他站着、坐着、走着、躺着、直至睡眠时，他要让他的思维在行使这种普遍的善意中保持敏捷。"

　　缺乏爱就是一定程度的冷酷无情，因为爱是意识的完美表现。我们没有爱是因为我们没有领悟，或者确切地说，我们没有领悟是因为我们没有爱。因为爱是我们周围万事万物最根本的意义。爱不仅仅是一种感情，它还是真理，是万物之根基的欢乐；它是从梵中放射出的纯洁的意识的白色光芒。Sarvanubhuh——这个全部知觉的存在——它既存在于外部的天空中，也存在于我们内在的灵魂中，要与它融为一体，我们必须达到意识的那个顶点，也就是爱。"如果天空不是充满了欢乐，充满了爱，谁还能呼吸，谁还能移动？"正是通过将我们的意识升华为爱，并让它遍及全世界，我们才能获得梵中的欢乐，才能共享这种无限的欢乐。

　　爱在不计其数的礼物中自发地奉献着自己。如果通过这些礼物我们没有领悟到奉献者所给予的爱，那么这些礼物就失去了它们最完美的意义。为了领悟到这份爱，我们自己心中必须首先拥有爱。心中没有爱的人对其爱人所赠予的礼物只会根据它们的实用性来对其进行评价，然而实用性只是暂时占据我们的整体生命，有用性只能在我们有某种需要这个点上触及到我们，当这种需要满足后，如果事物的实用性还依旧存在的话，有用之物就会变成一种负担。另一方面，如果我们心中有爱，哪怕是一个象征性的纪念品，对我们来说也具有永恒的价值的，因为它不是为了任何特定用途的，它自身就是最终目的，它是为了我们整个生命的，因此永远不会让我们厌倦。

　　问题是我们该以何种方式接受这个世界——这个欢乐的完美礼

物呢？我们在内心珍藏着对我们来说有永恒价值的事物，那我们能在内心接受这个世界吗？我们正在极度忙于利用宇宙的力量来获得越来越多的权力；我们从宇宙丰富的储藏物中获取食物和衣物；我们掠夺它的财富；它变成了我们进行残酷竞争的场所。难道我们是为此而生的吗？是为了将自己的所有权扩展到这个世界并将其变为可销售的商品而生的吗？当我们的全部思想只是集中于充分利用这个世界时，它对我们而言就失去了真正的价值。我们通过自己贪婪的欲望让它变得廉价，这样继续下去到我们最后的日子，我们就只能从它身上获取食物而领会不到它的真理，就像贪食的孩子从一本珍贵的书上撕下书页想把它们吞掉一样。

在食人习俗盛行的地方，人类将人类视为自己的食物，在这样的国度里，文明永远不会繁荣昌盛，因为这里的人失去了他更高层面的价值，甚至确切的说是粗野的。但是还有其他的一些食人者可能不会如此粗野，然而其凶残程度也同样令人发指，这种情况不需要走太远就可以看到。在文明程度较此高一些的国家里，我们发现人有时只被看作是纯粹的肉体，在市场上以他身上的肉的价格被买卖；有时候他通过自身的有用性而获得自己唯一的价值，他被当作一台机器，有钱人利用他来为自己赚取更多的金钱。这样，我们的欲望、我们的贪婪以及我们对舒适的迷恋便导致人类的价值被贬到最低，这是最大程度上的自我欺骗。我们的欲望让我们看不到存在于人类之中的真理，这是我们自己对我们的灵魂所犯下的最大的错误。它麻木了我们的意识，是一种慢性的精神自杀。它在文明的躯体上制造丑陋的恶疮，它带来了贫民窟和妓院，带来了恶劣的处罚法规，带来了残酷的监狱制度，带来了对外来民族有组织的剥削方式，通过剥夺他们自治的原则和自我防卫的手段来造成对他们永久的伤害。

当然，人类对人类来说也是有实用性的，因为他的身体是一台不可思议的机器，他的大脑有着奇妙的功效，然而，他也是一种精神，这种精神只有通过爱才能被真正了解。如果我们根据我们所期望的一个人能带来的市场劳务价值来评价一个人的话，我们对他的了解就是不完整的。由于在我们这边有着一些残酷的优势，我们能够在他身上得到比我们的付出更多的事物时，我们对他的这种有限的认识很容易让我们对他造成不公，并且抱有洋洋得意的、自我庆幸的感觉。但是当我们把他当作一种精神去了解时，我们就会如同了解我们自己一样了解他，我们就会立刻感到对他残忍就是对我们自己残忍，让他变得低微就是盗取我们自己的人性，而在单纯为个人利益去寻求对他的充分利用中，我们仅仅获得了我们实际上所付出的金钱或者享受。

  有一天，我乘船外出去恒河[①]，这是秋天一个迷人的傍晚，太阳刚刚落山，宁静的天空充满着难以言喻的静谧和美妙，浩瀚的水面没有一丝涟漪，映照出落日余辉不断变换的光影。沙滩上没有人烟，连绵数里，就像躺着远古时代的两栖类爬行动物，它发光的鳞片闪闪发亮。当我们的船沿着布满群鸟巢穴的陡峭的河岸静静地向前滑行时，一条大鱼突然跃出水面，随即又消失，在它突然消失的身影上展示出傍晚天空所有缤纷的色彩，顷刻间，它将这五彩缤纷的帷幕拉向一边，幕后是一个充满生命欢乐的寂静的世界。它以一个优美的舞姿从它深潭中神秘的住所出现，为即将结束的一天这首寂静的交响曲增添了一点自己的伴奏。我感觉自己仿佛置身于异国，受到了异国语言表达出的友好的问候，它让我的内心触及到了一丝喜悦的光芒。这时，舵手突然以一种明显的遗憾语调大声喊道："啊！好大的一条鱼啊！"他的面前立刻展现出一幅大鱼被捕后准备晚餐的画面，

[①] 恒河发源于喜马拉雅山脉南坡，流经印度和孟加拉国，注入孟加拉湾。

他的欲望只能让他看到鱼而看不到鱼存在的全部真理。然而人类还不完全是动物,他还追求一种精神的视觉,也就是对全部真理的看法,这给了他最高层次的快乐,因为它为人类显现出他与周围事物之间存在的最深层的和谐。正是我们的欲望限制了我们自我实现的范围,阻挠了我们意识的扩展,并导致了恶的产生,恶是让我们与我们的神灵分离的最深处的障碍,它引起了分裂和孤立的傲慢。因为恶不只是一种单纯的行为,它还是一种对生活的态度,它理所当然地认为我们的目标是有限的,我们的自我就是最终的真理,我们本质上是不统一的,而是为各自独立的个体存在而存在着。

因此我还要说一遍,除非我们爱人类,否则我们永远不会对他有正确的认识。文明必须被判断和评价,但不能依据它发展出的权力的大小,而是要依据它通过法则和制度发展和体现出的人类爱的多少。它应该回答的第一个和最后一个问题都是:它是否能将人类看作是一种精神,而不是一台机器,它应该在多大程度上这样认为?无论什么时候一种古代文明的衰败和灭亡都是因为人类开始有了一颗冷酷无情的心,从而导致了人类的价值得以贬低;此时,一个国家或者某个有权力的群体开始把人仅仅看作他们权力的工具,人类强迫弱小民族去受奴役并试图通过各种手段压制他们,人类这样做是在毁坏他的伟大——他自己对自由与公正的爱的基础,文明绝对不能承受任何形式的同类相食,因为只有文明的人类才是真实的,文明只有在爱和正义中才能得到滋养。

对人类而言是这样,对这个宇宙而言也一样。当我们通过欲望的面纱来看待这个世界时,我们只能看到一个渺小狭隘的世界,领悟不到它全部的真理。当然,世界为我们服务并能满足我们的需求,这是显而易见的,但是我们跟世界的关系并非到此为止,我们通过一种比需求更深刻更真实的联系与它结合在一起。我们的灵魂受它指引，我们对生命的爱实际上是我们希望延续我们与这个伟大世界之间的关系，这种关系就是一种爱。能够寓于其中我们很高兴，我们通过无数条丝线依附于它，这些丝线可以从地球延伸到群星那里。人类愚蠢地试图通过想像他与他称之为的物质世界的彻底分离来证明自己的优越性，在他盲目的狂热中，他有时会完全忽略他的物质世界，而将它视为自己最可怕的敌人。人类的知识进步得越多，他建立起这种分离就越困难，他在他周围设立的幻想中的边界就会一个接一个逐渐消失。我们依赖绝对的特征授予我们的人类将自身与它周围的事物保持分离的权利，当我们失去这些有绝对特征的标记时，它就会给我们一种蒙受耻辱的冲击。但是我们必须忍受这种情况。如果我们在自我实现的道路安置上我们的傲慢以制造分裂与不合，那它迟早会被压在真理的车轮下碾得粉碎。不，我们不会背上某些丑恶的优越性的包袱，它的单独分离是没有意义的。居住在一个灵魂品质比我们自己渺小得多的世界对我们来说完全是一种耻辱，就好像从生到死日日夜夜都被一群奴隶包围服侍着令人憎恶、有辱人格一样。正相反，这个世界是我们的同伴，不止如此，我们与它还融为一体。

通过我们在科学上取得的进步，我们越来越清楚地意识到世界的整体性以及我们与它的统一性。当这种对统一的完美的认知不仅仅停留在智力层面上时，当它打开我们的整个生命之门将其呈现在万物光辉灿烂的意识之中时，它就会变为一种光芒四射的喜悦，变为一种普遍存在的爱。我们的精神在整个世界中找到了更大的自我，并且为它那不朽的绝对的信念所充满。它在自我封闭中会死亡一百次，因为分离注定是要死亡的，它不可能成为永恒。但是当它与万物融为一体时，它就永远不会死亡，因为这里有它的真理，有它的欢乐。当一个人能感觉到整个宇宙的灵魂生命脉搏在他自己的灵魂中有节奏地跳动时,他就是自由的,那里,他就会参加一场神秘的婚礼,婚礼上美丽的宇宙新娘蒙着多彩的"有限"面纱,新郎,即"最高我",穿着洁白无瑕的礼服;此时他就会明白,他是这场盛大的爱的庆典的参与者,他是这场不朽盛宴上尊贵的佳宾。此时他就会明白先知诗人所唱的赞歌的含义:"宇宙从爱中生,依爱而养,向爱而进,入爱而终。"

在爱中,存在的全部矛盾都互相融合并最终消失。只有在爱中,统一和二重性才不会存在分歧,爱必须同时是一又是二。

只有爱是运动和静止的统一。我们的心一直在变换它的位置,直到它找到了爱才开始平静。但是这种平静本身就是一种强烈的活动形式,在这种活动中,绝对的静止和不断的运动在爱的同一点上汇合了。

在爱中,得与失得到了和谐;在它的决算表中,贷方和借方的账目都在同一栏内,利润中增添了礼物。在万物这个美好的节日里,在这个神灵自我牺牲的伟大的礼仪中,有爱之人不断舍弃自己以在爱中获得自己。的确,爱将放弃与接受两种行为带到一起,并将它们联系起来,使其不可分割。

在爱的两极上,你会在一极上发现个人,而在另一极上发现非个人;在一极上你会明确断言——我就在这里,而在另一极上你又会强烈否认这一点——我不存在。如果没有这个自我,爱会是什么呢?而如果只有这个自我,又怎会可能有爱存在呢?

束缚和自由在爱中并不是对立的,因为爱是最自由的,同时又是最受约束的。如果神灵拥有绝对的自由,那将不会有创造物。无限之人将有限的神秘呈现在自己身上,正是在爱的无限之人的内心,有限和无限才融为一体。

同样,当我们谈论自由和非自由的相对价值时,它就变成了纯粹的文字游戏。我们并不只是渴望自由,我们也希望有束缚,爱的最高功能就是接受一切局限并超越它们,因为没有任何东西会比爱更具有独立性,我们又在别的什么地方能找到这么多的依赖性?在爱中,束缚与自由是同样光辉灿烂的。

毗湿奴教派大胆地宣称:神灵已经将自身融入人类,在这种融合中存在着人类生命最大的荣耀。在有限的美妙节奏的魅力中,他每一步都桎梏着自己,因此,他会在他最完美的美丽之词形成的音乐中显示出他的爱。美是他在我们内心的追求,它不可能有其他目的。美告诉我们无论在任何地方,炫耀权力都不是万物最终的本意,无论在哪里,只要有一点颜色、有歌曲的一个音符、有一种形式的优美,那里就会发出对我们爱的呼唤。饥饿强迫我们去服从它的命令,但是饥饿对一个人而言并不是最终的指示。曾经有人蓄意反抗它的命令以显示人类的灵魂是不受需求的压迫和痛苦的威胁所牵引的。事实上,不管是地位最低的人,还是地位最高的人,我们每天都不得不违抗它的命令,然而,另一方面,世界上还有一种美,它从来不会危及我们的自由,甚至从来不会竖起它的小指来强迫我们认可他的统治地位。我们可以完全无视它的存在而不会因此受到惩罚。美对我们来说是感召,而不是命令,它在我们内心寻求爱,而爱是永远无法通过强迫去拥有的,强迫对人类而言的确不是最终的吸引力,而欢乐却是。欢乐无处不在:它在覆盖着大地的绿色草坪上,在碧蓝的天空的宁静中,在春天的毫无顾虑生长茂盛的草木中,在灰冷的冬天苛刻的节制中,在激发我们世俗之躯的生机勃勃的肌肉中,在人类高贵而又挺直的体形的完美姿态中,在生活中,在我们全部力量的运用中,在知识的获取中,在与邪恶的斗争中,在我们一直渴望却从未分享到的收益中。处处都有欢乐,它过于多余,没有必要了,不仅如此,它还常常与必然性的紧急需求发生矛盾。它之所以存在是为了表明法则的束缚只能通过爱来得到解释,它们就如同肉体与灵魂。欢乐是同一性的真理的实现,即:我们的灵魂与宇宙的同一,以及宇宙灵魂与至高无上的爱人的同一。

六 在行动中获得实现

只有当一个人明白了欢乐是通过法则来表现自己的时候,他才能学会去超越法则。这并不是说法则的束缚对他们而言已经不再存在,而是这种束缚在他们眼里已经变成自由的化身。这种获得解脱的灵魂愉快地接受束缚,它不会试图躲避任何形式的束缚,因为在这些束缚中它都可以感受到一种无限能量的体现,这种无限能量的欢乐就在于创造。

实际上,没有束缚的地方就会有放纵的疯狂,灵魂也就不再自由,在那里,它就会受到伤害,它会从无限中分离出来,尝到罪恶的痛苦。每当灵魂受到诱惑的驱使而远离法则的束缚时,他就像被从母亲怀抱的呵护中夺走的孩子,他会大声呼喊:"不要打我!"他会祈祷:"请将我束缚吧!啊!请用您的法则来束缚我,束缚我的身与心吧!请将我紧紧约束,请让我在您的法则的紧束之下与您的欢乐结为一体吧!用您坚定的约束保护我摆脱罪恶致命的放纵吧!"

有些人受到法则是欢乐的对立面这种观念的支配,他们错将陶醉当作欢乐,因此,在印度,有许多人将行动理解为自由的对立面。他们认为行动是处于物质阶段的,它是对灵魂的自由精神的限制。但是我们必须记住,正如欢乐表现自己一样,灵魂是在行动中找到它的自由的。这是因为欢乐不能在它自身内部单独体现,所以它请示有外部的法则,同样,由于灵魂不能在它自身内部找到自由,所以它要求有外部的行动。人类的灵魂一直在通过自身的活动不断摆脱着自身的束缚,如果不这样,它就不可能自觉完成任何工作。

人类越多地行动,越多地将自身潜在的东西变为现实,他离遥远的彼岸(Yet-to-be)也就越近。在这个现实化的过程中,人类正在不断地让自己变得越来越清晰,正在他各种各样的活动中,在国家和社会之中清晰地看到日新月异的各种神态下的自己,这种视觉让他走向了自由。

自由既不在黑暗之中,也不在蒙昧之中,没有比蒙昧的约束更可怕的束缚了。种子奋力发芽,花朵努力绽放,正是为了摆脱这种蒙昧。正是为了将自身从这种蒙昧的外壳之下解脱出来,我们思维中的各种观念才一直不断地寻找机会以一种外在的形式表现出来。同样,我们的灵魂为了从蒙昧的迷雾中解放出来并走向光明,它也正一直为自己创造着新的活动领域,正忙于设计新的活动形式,甚至有些活动形式对它世俗的生活目的并不重要。那它为什么还要这么做呢?因为它希望自由,它希望看清自己、实现自己。

当人类砍倒瘟疫般的丛林,将它开辟为自己的田园时,他就这样将美从丑恶的包围之中解放出来,这种美正是他自己的灵魂之美——如果不给它这种外部的自由,它就无法从内心获得自由。当他把法则和秩序注入到社会难以捉摸的进程中时,他从恶的阻碍中解放出来的善就是他自己灵魂的欢乐,如果不这样从外部获得自由,它就无法从内心找到自由。因此,人类要在行动中不断地解放他的力、他的美、他的善以及他真正的灵魂。他这样做时获得的成就越多,他就越能看清自己的伟大,他对自我的认知范围也就变得更加广阔。

《奥义书》中指出:"只有在活动中你才有希望活一百年。"这正是那些充分体验到灵魂欢乐的人的格言。充分实现了灵魂的人们从来不会以令人忧伤的腔调来谈论生命的忧伤或行动的约束,他们不像柔弱的花朵,其主干茎梗是如此细巧,以至于还没有结出果实它就已经凋落了。它们竭尽全力维持着自己的生命,并且说:"不到果实成熟之时,我们决不放弃。"他们渴望在欢乐中表现生活和工作中勤奋努力的自己。痛苦和悲伤不会让他们绝望,他们也不会因为自己内心的重负而屈服于尘埃。就像凯旋的英雄一样,他们昂首阔步行走在生命的征程上,通过欢乐和痛苦,在越来越灿烂的灵魂之光中认识自己,展现自己。他们生命的欢乐步伐与建立并突破宇宙的能量的欢乐步伐协调一致,阳光的欢乐、自由空气的欢乐与他们生命中的欢乐互相交融,形成一种支配身心内外的轻松和谐的权力,他们会说:"只有在活动中你才有希望活一百年。"

这种生命的欢乐,这种工作的欢乐,它们在人类内心是绝对真实的。把它说成是我们的一种幻觉,并且说除非我们将它抛弃,否则我们就无法走上自我实现的道路,说这些都是没有用的。企图离开行动的世界去实现无限是永远都不会有丝毫益处的。

说人类是被迫行动的,这并不是真理,如果有被迫的一面,也就会有情愿的一面;一方面是迫于需要而行动,另一方面则是急于达到自己本性的完善。这就是为什么随着人类文明的进步,他会自愿为自己创造一些事业而增加自己的义务。一个人原以为大自然已经赋予他太多事情让他保持繁忙,实际上是让他在饥渴的鞭笞下走向死亡——但事实并非如此。人类不能以此而满足,他不能像禽兽一样只做大自然赋予他的工作就心满意足了,他必须超越万物,甚至是在行动中。没有任何其他生物可以像人类一样辛勤工作,他被迫在社会中为自己创造出一片广阔的活动领域,在这片领域中,他要不断地建设与摧毁,不断地制定和废除法律,不断积累大量的物资,他要不停地思索,探寻并承受苦难;在这片领域中,他已经进行了最强有力的战斗,获得了持续更新的生命,让死亡变得光荣,他非但不逃避灾难,还心甘情愿、持续不断地肩负起新困难的重担。他已经发现了这样的真理,即在他周围环境的禁锢之中,他是不完善的,他要比他现在的状态伟大,他还发现平静地停留在一个地方也许非常舒适,但是这种对生命的抑制破坏了他真正的作用及他存在的真正目的。

这种巨大的破坏对他而言是不能忍受的,因此为了超越现在获得成长,为了成为未来的他,他会去辛勤劳动并承受苦难。人类的荣耀就在这艰苦劳动之中,这是因为他明白,他所追求的并不是为自己划分出活动范围,而是要不断地去拓展这个范围。有时候他会在徘徊中走远,他的工作好像要失去自身的意义;他来回奔波围绕着不同的中心制造出可怕的漩涡——如自我利益的漩涡以及傲慢势力的漩涡,然而,只要这股潮流的力量没有减弱,就不用害怕,他行动中的障碍物和无用的积累物都会随之被驱散卷走,这种推动力会修正它自身犯下的错误。只有当灵魂停滞不前处于睡眠状态时,它的敌人才会获得有征服性的力量,这些障碍物也会变得异常顽固,难以清除。因此,我们的导师们告诫我们:为了工作我们必须生存,为了生存我们必须工作,生命和行动是密切相关,不可分割的。

生命最真实的特征就是它无法在自身内部获得完善,它必须显现。生命的真理在于内在和外在的交流。为了生存,身体必须与外界的阳光和空气保持多种多样的联系——不仅仅是为了获得生命力,还要表现出生命力。细想一下身体是如何忙于从事它内在的各种活动的:它的心脏一秒也不能停止,它的胃、它的大脑必须不停地运转,然而这还不够,身体在外界也是无休无止地活动着。身体的生命将其引向外界工作和娱乐的无止境的舞动中;它无法满足于自身内部组织的循环,只有在它外界的远足中才能找到欢乐的满足感。

灵魂也是如此,它无法生活在自己内在的感觉和想像中,它永远需要外在的对象,这不只是为了满足它内在的意识,而且要让自身付诸于行动,这不只是接受,而且要给予。

现实的真理就是：如果我们把真理本身分割为两部分，我们就无法生存，我们的身心内外都必须停留在真理之中。不论我们在哪一方面拒绝真理，我们就是在欺骗自己，并会遭受损失。"梵不会舍弃我，我也不会舍弃梵。"如果我们说我们通过单纯的内省就可以领悟到梵，而在外界的活动中不必考虑他的存在；或者我们只通过内心的爱就可以享受到梵，而不必通过外在的信奉活动去朝拜它；或者与此相反，总之，如果我们在生命探求的征程中只重视一个方面而忽视另一个方面，我们将会跌跌撞撞，最终走向灭亡。

在伟大的西方大陆我们看到，人类的灵魂主要是将自身向外扩展，他们的权力行使到的宽广领域都是自己的领地。他们的喜好就是全心全意进行世界的扩张，他们不会去考虑作为完美领域的内在意识领域，不止如此，他们根本不相信这一点。他们已经在领地扩张的路上走得太远，所以最高的内心完美对他而言是没有空间可以存在的。西方科学一直都在谈论世界的发展是永无止境的，西方哲学现在也已经开始谈论神灵自身的发展，他们不会承认神灵存在，他们会说他是正在形成中。

他们没有意识到无限总是比任何指定的界限都要大，可是无限又是完善的；梵一方面在发展，另一方面它又是完美无缺的；从一方面看梵是本质，而从另一方面看它又是表现——两方面同时共存，就好像歌曲和歌唱的行为共存一样。这就好像不顾歌唱者的意识，只表明歌唱这一行为在进行，而不存在歌曲的问题。毫无疑问，我们只是直接意识到歌唱这一行为，在任何时候都从来没有意识到作为整体的歌曲，但是，我们不是一直都明白完整的歌曲是存在于歌唱者的灵魂之中的吗？

正是由于西方人这种对行动和变化的强调使得我们在西方国家感知到他们对权力的迷醉，这些人似乎已经决意通过力量来掠夺和掌控每件事物。他们会一直固执地做事,而且永远也不会做完——他们决不允许事物在按其计划发展的过程中毁灭在它天然的场所——他们不懂圆满的美。

在印度,危险则来自相反的方向,我们偏爱的是内心世界,我们傲慢地将权力和扩张的领域抛弃,我们只愿意通过冥想梵完美的方面而实现梵,我们决意不会通过与宇宙交流而在梵进化的方面认识梵。这就是为什么在我们的探寻者中,我们常常会发现对精神的陶醉以及它必然导致的堕落。他们的信仰中只承认没有法则约束,他们想像力会无拘无束地翱翔,他们的行为鄙视对原因作出任何解释。他们的智力枉费心机试图见到与万物不可分割的梵,却让智力本身在这一过程中化为枯石,而他们的心试图将梵禁闭于自己洋溢着的思想之中,自己却迷醉于心醉神迷的情感恍惚之中。他们甚至没有任何标准可以衡量人类所维持的力量和品性的损失,从而忽视了法则的约束和在外部世界中对行动的要求。

但是,真理的精神应该像我们圣典中所教导的那样,在力量上,在内外的相互关系上是应该在宁静中保持平衡。真理有它的法则,也有它的欢乐。一方面它在歌唱:"火由于畏惧它而燃烧。"而另一方面它又唱道:"从欢乐中产生了万物。"没有对法则的屈从,就不可能获得自由,因为梵一方面被他的真理束缚,另一方面也在他的欢乐中享受着自由。

对我们自身而言,只有当我们完全服从真理的束缚时,我们才能充分获得自由带来的欢乐。为什么呢?这就好像是被绑在琴上的弦,只有真正给琴装上弦,并且绑缚的力量没有丝毫松弛时,然后琴才能产生音乐,此时在旋律中超越自身的琴弦才在每根弦上找到它真正的自由。正是因为它一方面受到如此严格有效的制度的制约,它才能在另一方面从音乐中找到这个范围内的自由。然而,如果竖琴的弦没有真正被上紧，它实际上也就只是轻轻绑在上面，这种对束缚的放松是不会走向自由之路的，只有被缚得越来越紧直到它达到自己真正的音高标准时，它才能充分获得自由。

如果我们不能按照真理的法则将人类职责上的低音弦和高音弦坚定不移地调好音，那它们就只是纯粹的束缚，我们不能将这种使之松弛的无行动的无称之为自由。这就是为什么我会说探求真理、寻求达摩中真正的努力不是忽视行动，而是要努力让它协调，从而越来越靠近永恒的和谐。这种鼓励奋斗的经文就应该是："无论你做什么工作，都要将它们奉献于梵。"也就是说：灵魂通过自己所有的活动将自身奉献于梵，这种奉献就是灵魂的歌声，在奉献中它获得了自由。当所有行动都走向与梵结合的路，当灵魂不再反复向自己的欲望回归时，当我们自我奉献的意识越来越强烈时，欢乐就会主宰一切，之后就会有完美，有自由，这个世界就是神灵的王国。

是谁坐在他的角落里嘲弄人类在行动中这种伟大的自我表现，嘲弄这种持续不断的自我献身呢？是谁认为神灵与人类的结合是在他自己的幻想中的一些与世隔绝的欢乐中，是远离全人类经历数世纪在风吹日晒中辛勤劳动所建立起来的伟大人性的高耸入云的寺院的呢？是谁认为这种与世隔绝的交流是宗教的最高形式呢？

啊！是你心烦意乱的漫游者，是你这个遁世者，你畅饮着自我迷醉的美酒，难道你还没有听到人类灵魂沿着公路穿越人性广阔的原野时前进的脚步声吗？它凯旋的战车前进时的雷霆万钧之力注定会超越阻止它向宇宙扩展的任何束缚。阻拦它的这座高山被劈碎为其让路，战旗在空中迎风招展，耀武扬威，一路向前；面对它势不可当的前进力量，混沌模糊的物质也像日出前的薄雾一样逐渐消散。痛苦、疾病和混乱在它的进军面前步步退缩，它把无知的障碍用力推向一边，它突破了盲目的黑暗的包围。看啊！期望中的乐土它正在逐渐展现出来,这只是富有和健康的乐土,是诗歌和艺术的乐土,是知识和正义的乐土。在你无精打采时,你是不是非常想问:这驾人类的战车沿着历史大道前进的过程中其胜利的步伐却震撼着这块大地,难道就没有战车御者将它带向目的地吗？是谁拒绝响应号召,不肯加入这胜利进军的队伍中呢？是谁如此愚蠢从这快乐的人群中逃离而在无为的倦怠中去寻求他呢？是谁如此沉湎于虚假中,竟敢将这一切——人类这个伟大的世界、人类发展的这种文明、人类这种永恒的努力,这一切经历痛苦的深渊、经历高兴的巅峰、经历内内外外无数的障碍后而赢得了权力的胜利——谁敢将这些也称为是不真实的呢？那个将这种巨大的成就看作是莫大欺骗的人,他能真正相信作为真理的神灵吗？那个想通过逃离世界而到达神灵那里的人,他期望何时何地与神相会呢？他能逃多远呢？他能一直逃啊逃,直到逃入空无的境地吗？他不能！想逃跑的儒夫无论在哪里都找不到神灵,我们必须十分勇敢地说出:此时此刻,就在这里,我们就要到达神灵那里;我们必须让自己深信不疑,正像我们在行动中实现我们自己一样,我们也可以在自身中实现神灵,也就是我中之我;我们必须通过自身的努力清除我们行动道路上的一切障碍、一切混乱和一切冲突,以此来获得毫不犹豫去说话的权利;我们必须要说:"在我的工作中存在着我的欢乐,而在这个欢乐中又存在着我欢乐的欢乐。"

《奥义书》中会将什么样的人称为"最最知梵者"呢？对他的限定是:"在梵中有欢乐,在梵中有行动的积极行动者。"没有欢乐行动的欢乐根本不是欢乐——没有活动力的行动也不是行动。活动力是欢乐的行动。在梵中有欢乐的人,他怎么能生活在无为之中呢？因为如果他没有活动力,梵的欢乐如何形成并得以显现呢？这就是为什么知梵并在梵中有欢乐的人也必须在梵中进行他的一切活动——包括他的吃喝、他的谋生和他的善行。诗人的欢乐在他的诗中,艺术家的欢乐在他的艺术中,勇敢之人的欢乐在他的勇气的发挥中,智者的欢乐在他对真理的洞察中,正如他们各自的欢乐在他们各自不同的活动中寻求表现一样,知梵者的欢乐也在他每天大大小小全部的工作中、在真理中、在美中、在条理和善行中寻求着对无限的表现。

梵本身也是在用同样的方式表现着他的欢乐。"他各种各样的活动延伸向四面八方,通过这些活动,他满足了他的不同的创造物固有的需求。"这种固有的需求就是梵本身,因此,梵通过各种方法通过各种形式奉献着自己。他工作,因为如果不工作,他如何去奉献自己呢?他的欢乐就是在奉献中,即在他的创造物中奉献自己。

我们自身真正的意义也正是在这种真实的行为中,正是在这里我们才与我们的父(即梵)相像。我们也必须在有各种各样目标的多方面的活动中奉献自己。在《吠陀》中,他被称作是"自身的给予者,力量的给予者"。他不满足于将他自身给予我们,他还要赐予我们力量,好让我们也能同样奉献我们自己。这就是为什么《奥义书》的先知会向满足我们需求的神祈祷说:"愿您赐予我们行善之心吧!"愿他通过赐予我们行善之心而满足我们这个最大的需求。也就是说,神以独自的力量通过工作来清除我们的欲望是不够的,他要给我们愿望和力量以同他在他的行动中以及在他行善的过程中一起工作。然后,我们才能确实完成与神的统一。这行善之心就是将另一个自我的需求作为我们自身自我固有的需求展现给我们;就是显示出我们的欢乐存在于我们的多方面力量在人类事业的各种目标。当我们在行善之心的指导下工作时,我们的活动就会变得规则化,但不是变得机械化;它并不是受到欲望驱使的行为,而是受到灵魂的满足感所激励的行为。这样的行动不再是对大众行为的盲目模仿,这种模仿只是对潮流的怯懦追随。在这样的行动中我们开始领悟到:"神既存在于宇宙之始,也存在于宇宙之终。"我们也同样领悟到我们工作的源泉和灵感就是神,我们工作的最终目标也是神,因此,我们的全部活动中都渗透着和、善、乐。

《奥义书》中指出:"知识、力量和行动都是神的本性。"正是因为这种本性并不是我们与生俱来的,所以我们才会将欢乐和工作分割开来。我们的工作日并不是我们的欢乐日——因此,我们要求有节日,因为我们很不幸,我们在工作中找不到我们的节日。河流在它不断向前的流动中找到节日;火在它火焰的迸发中找到它的节日;花香通过它在大气中的弥漫找到自己的节日;但是在我们的日常工作中,我们却没有这样的节日。正是因为我们没有释放自己,因为我们没有愉快地、全身心地投入工作,所以我们的工作以其较强的力量压倒了我们。

啊!您这自身的给予者,在您欢乐的显现中,让我们的灵魂像火一样为您燃烧,像河流一样向着您流动,像花香一样弥漫于您的存在中吧;给我们力量去爱我们的生命吧,在欢乐与悲伤中、在得与失中、在兴与衰中都充分地去爱我们的生命;让我们拥有足够的力量去充分地观看和聆听您的宇宙,并精力充沛地在其中工作;让我们充分地生活在您给予我们的生活中,让我们大胆获取,也大胆地给予吧。这就是我们对您的祈祷。让我们彻底根除我们大脑中虚渺微弱的幻想吧,这种幻想会让您的欢乐与行动相分离,会让它变得空洞、杂乱并且不持久。无论在哪里,只要农民在坚实的土地上耕种,您的欢乐就会在那里涌现于绿色的农作物中;无论在哪里,只要人类清除了纷繁杂乱的丛林,铲平了坚硬如石的地面,为自己清理出一片家园,神灵的欢乐就会在有序和宁静中围绕着那里。

啊!宇宙的劳动者,我们向您祈祷,愿您宇宙能量的不可抗拒的潮流像春天猛烈的南风一样袭来吧;愿它快速涌流过人类生命这块广阔的原野吧;愿它带来各种花朵的芬芳和众多森林的低语吧;愿它将我们枯萎干涸、毫无生气的灵魂生命变得甜美、变得响亮吧！让我们新觉醒的力量在绿叶、花朵和果实中大声呼喊出无限的成就吧！

七　美的实现

如果我们从一些事物中得不到欢乐，那它们就是我们心灵上的一种负担，我们要不惜一切代价将其去除；或者是因为它们有用，因而它们与我们之间只是短暂的和部分的关系，一是它们失去了功用，它们就会成为累赘；或者说他们像四处漫游的流浪者，在我们认知范围的边缘上游荡片刻后便消失了。只有当一种事物对我们而言是一种欢乐时，它才能真正地完全属于我们自己。

这个世界的大部分对我们来说似乎是不存在的，但是我们不能容许它继续保持这样，因为这会让它轻视我们的自我。整个世界被赐予我们，我们全部的力量都有它们最终的意义，它们相信通过它们的帮助我们将会继承属于我们的财产。

但是我们的美感在我们的意识的扩展过程中有什么作用呢？难道它是要把真理分为强烈的阳光和阴影，并将美和丑以互不妥协的区别带到我们面前吗？如果是这样的话，那我们就不得不承认这种美感在我们的宇宙中制造了分歧，并在指引每件事物与万物交流的道路上竖起了一堵阻碍之墙。

然而，这不可能是真的。只要我们的认知是不完全的，在已知的和未知的事物之间、在愉快的和不愉快的事物之间必然会存在分歧。但是，不管一些哲学家们有什么样的断言，人类不会接受给他可认识的世界作出任何武断的和绝对的限定。人类的科学每天都会渗入到过去在他地图上标记为未经勘探和不可勘探的地区。同样，我们的美感也正在积极地推进着它的探测范围。真理无处不在，因此，任何事物都是我们认识的对象。美也无处不在,因此,任何事物都可以赋予我们欢乐。

在人类早期的历史发展进程中,他把每一种事物都当作一种生命现象,人类的生命科学始于在生命和无生命之间建立起一种明显区别之时,但是随着这一进程越来越深入地进行,生命和无生命之间的这个分界线变得越来越模糊了。在我们理解力的初始阶段,这些明显的对比界线对我们是有帮助的,但是当我们的理解越来越清晰时,它们也逐渐消退了。

《奥义书》中曾经指出万事万物都是通过无限的欢乐得以创造和维持的。为了实现这种创造的基本信念,我们不得不从一种分歧开始——即美与不美之间的分歧。然后美的理解力就带着一股强劲有力的风将我们的意识从最初的昏睡状态中唤醒,它就通过对比的驱使达到了它的目标。因此,我们最初与美相识时,它是身着五彩斑斓的外衣的,我们的认知受到了它那条纹和羽毛的影响,不止如此,还被它那被损毁的外形所影响,但是当我们对美的认识成熟以后,这种明显的不协调就会变成为有节奏的韵律。最初我们把美从它周围的事物中分离出来,把它与其他的一切事物分开,但是最终我们意识到它与万物的和谐。此时,美的音乐不再需要通过喧闹的噪音来刺激我们,它放弃了暴力,以"温和继承土地"的真理感染着我们的心灵。

在我们成长道路上的某个阶段,在我们历史发展中的某个时期,我们试图建立起对美的一种特殊的膜拜,我们缩减到一个狭小的范围之内,以此来让它成为少数精选出来的事物中的骄傲。之后它就会在它的信徒的迷恋与夸张中滋长,就如同印度文明衰落时期婆罗门族的情况一样,当对更高真理的感知背离时,迷信就会不受抑制地滋长。

在美学发展的历史中也曾有过一个解放的时代,当时不管是在伟大的还是平凡的事物中都能够轻而易举地发现美,而且在普通事物质朴的和谐之中比在有非凡特质令人惊奇的事物中能发现更多的美。因此,在表现美时,我们不得不经历一些对抗的阶段。我们试图避开一切看上去明显令人满意的以及得到习惯高度认可的事物。为此,对夸大平凡事物的平凡性以使其显得极其不平凡的做法,我们会进行反抗。所有的对抗都有一个特征,即为了恢复和谐,我们制造冲突。我们已经在当代看到了这种美学对抗的迹象,这一点证明了人类终于认识到正是狭隘的认识才将美学意识的领域明显地分为丑和美。如果一个人能够从自身利益及对感官欲望的急切追求中解脱出来去看待事物,那他自己就可以真正看到美是无处不在的,此时,他才能领悟到在我们看来不愉快的事物并不一定就不美,它在真理中有它的美。

当我们说美无处不在时,我们并不是指可以将丑这个词从我们的语言中废除,正如说不存在虚假这个概念同样是荒谬的一样。虚假无疑是存在的,只是它不在宇宙的体系中,而是作为消极的因素存在于我们的理解力中。同样,在我们的生活和我们的艺术里对美的歪曲表现中也存在着丑,这源自于我们对真理的不完美的认识。从某种程度上来讲,我们可以让自己的生命与存在于我们内心和存在于万物中的真理的法则相对抗,那么同样,我们也可以通过与无处不在的和谐的永恒法则相对抗而导致丑的产生。

我们通过我们的真理意识领悟着万物中的法则;我们也通过我们的美感认识到宇宙中的和谐。当我们认识了自然界的规律时,我们就增强了对自然界驾驭的能力从而变得强大;当我们领悟到我们道德本性中的法则时,我们就能够控制自我从而变得自由。同样,我们对物质世界中的和谐理解得越充分,我们的生命就能在万事万物中分享更多的快乐,我们在艺术中对美的体现也就变得更加具有真理的普遍性。当我们意识到我们存在于灵魂中的和谐时，我们对世界中精神极乐状态的理解就会变得普遍，而且在我们的生命中对美的表现也会在善和爱中向着无限移动。这就是我们存在的最终目标，即我们必须永远明白"美即真，真即美"；我们必须在爱中来认识整个世界，因为爱让它产生，使它持续，并带它回到爱的怀抱；我们必须让心灵得到彻底的解脱，它会给我们力量，让我们站立在事物最核心的位置，并能体验到属于梵的无私的欢乐带来的满足感。

音乐在形式和精神上是统一的和单一的，它极少受到来自任何外界事物的烦扰，它是最纯粹的艺术形式，因而也是美最直接的表现。我们似乎感觉到音乐本身正是在万事万物有限的形式中对无限的体现，它寂静无声却又清晰可见。夜晚的天空不知疲倦地再现着各种闪闪发光的星座，好像一个孩子无意间惊奇地触及到自己第一声发音的奥秘，然后口齿不清一遍又一遍地不断重复着同样的词，并沉浸于聆听它的无限喜悦之中。在七月多雨的夜晚，厚重的黑暗覆盖着草场，不断下落的雨滴为沉睡在寂静中的大地拉上了一层又一层的幕幔，雨滴嘀嘀哒哒单调的声音好像就是声音自身的黑暗。昏暗中树林浓密的线条隐隐约约；长满荆棘的灌木丛稀疏地散布在光秃秃的荒野上，好像满头湿发的游泳者浮在水面上的头；潮湿的青草和湿透了的大地散发出的气息；模糊不清的团团黑暗聚积在乡间小屋的周围，上空耸立着的螺旋状的层层庙宇——一切都好像是从夜晚的心脏中跃出的音符，将自身融合并消失在洒满天空的不停的雨声中。

因此，真正的诗人，他们是先知，他们寻求通过音乐的角度来表现宇宙。

他们很少会通过绘画的符号来表现多种形式的展开，无数的线条与色彩时时刻刻都会在蓝色天空的画布上进行融合。

他们这样做自有他们的道理。因为绘画之人必须要有画布、画笔和颜料盒。他画出的第一笔远远不能表达出它完整的思想,最后当作品完成时,艺术家就离开了,窗内的画孤零零地放在一边,创造者已经收回他那带着爱而不断对它进行触摸的手。

然而歌唱家的内心却拥有一切,音符会从他自身的生命中迸发出来,它们并不是从外界收集来的材料。他的思想和他的表现如同兄弟姐妹,常常又是孪生的一对,在音乐中内心能立刻得以展现,它不会遭受任何来自外界素材的干扰。

因此,虽然音乐像任何其他艺术形式一样,其完善也需要一个过程,然而它在每一步上都能体现出整体的美。甚至作为表达介质的语言也会是障碍,因为人们必须通过思考才能构造出它要表达的含义。而音乐却不依赖任何明确的含义,它所表现的是用语言永远也无法表达的。

而且音乐和音乐家是不可分离的。一个歌唱家离开这个世界后,他的歌声也就随着他永远消逝了;这歌声是与它主人的生命和欢乐永远结合在一起的。

这首宇宙之歌与它的歌唱者永远都不会有片刻分离。它不会为任何外在的素材所改变。正是歌者的欢乐自身形成了永无止境的形式;正是这颗伟大的心中散发出了震撼天空的激情。

这部乐曲中的每一个乐段中都存在着完美,这正是圆满在不圆满中的显现。它的任何一个音符都不是最终的,然而每一个音符都映出无限。

即使我们无法推出这种伟大和谐的确切含义又有何妨呢?这难道不正像手触及到弦后,就在触摸的一刹那便弹奏出它全部的音调吗?正是来自宇宙中心的这美的语言,这爱抚,它直接触及到我们的内心。

昨夜,我独自站立在黑暗弥漫的寂静中,倾听着歌唱家歌唱这永恒的旋律。我入睡时闭上双眼,脑中最后思考着,即使我在睡眠中毫无意识,生命之舞依旧会进行在我沉睡的身体这个寂静的舞台上。心脏会依旧跳动,血液也会在血管中跳跃着向前流动,我身体中数百万个生机勃勃的原子还会振动,这振动的节奏附和着竖琴的主人触摸琴弦时所发出的音调。

八　无限的实现

《奥义书》中指出:"人如果在一生中能够领悟到神灵,那他就会成为真实的;如果不能,这就是他最大的不幸。"

那么,能够到达神灵的本质是什么呢? 显然,无限并不像众多事物中的某一个,它已经被明确分类并保存在我们的所有物中,可以让它在我们的政治、战争、谋利或社会竞争中给我们特殊的支持。我们不能把神灵列入我们消夏别墅、汽车或银行贷款的清单中,然而许多人似乎都想这样做。

我们必须去了解一个人的灵魂渴望神灵时他的愿望的真实本质。他是不是还希望不管多少都能为他增加一些财产呢? 显然不是。这种不断增加我们的储存的任务,它是令人无限厌倦的。事实上,当灵魂寻求神灵时,她是希望能够从永无结束之日的不断的聚敛和积累中寻求最终的逃避。她所寻求的并不是事物的再一次增加,而是在短暂的万物中寻求永恒,这是将万物的欢乐统一起来的最高的永恒之乐。因此,当《奥义书》教导我们要在梵中实现万物时,这并不是在探寻外加的事物,也不是在制造一些新的事物。

"领悟宇宙中受神灵包容的万物。享受神灵赐予你的一切,不要对不属于你的财富怀有贪婪之心。"

当你领悟到所存在的一切都是神灵赋予,你所拥有的一切都是神灵赐予你的礼物时,你就在有限中实现了无限,在礼物中认识到给予者。然后,你就会明白现实中的所有事实在唯一真理的体现上都有自己独一无二的意义,你所拥有的一切对你而言也都有各自独特的意义,但不是在它们的自身中,而是在它们与无限所建立起来的关系中。

因此,不能说我们可以像发现其他事物那样去发现梵,在探求梵的过程中不存在一物优于另一物、以一地取代另一地的问题。我们不必跑到杂货店去看黎明之光,只要我们睁开眼睛,它就在眼前,因此,我们只需要舍弃自我就会发现梵无处不在。

这就是佛陀为什么告诫我们要将我们自身从自我生命的束缚中解脱出来。如果没有其他任何更加积极完美和令人满意的事物去取代自我的位置,那样的训诫就会变得毫无意义。舍弃所拥有的一切而去追求一无所有,任何人都不会认真考虑这个忠告,更不会对它产生任何激情。

因此,我们每天对神灵的朝拜实际上并不是逐渐获得他的过程,而是每天在奉献与服务中、在善与爱中舍弃自我,去除结合路途中一切障碍及扩展我们对神灵的意识的过程。

《奥义书》中指出:"在梵中失去一切,就如同一支箭完全穿透了它的靶。"因此,要达到有意识地让梵完全包容并不是一种纯粹的精神专注的行为,它必须是我们整个生命的目标。我们必须在所有的思想和行动中都有无限的意识。在我们每天的生活中把这个真理的实现一天天变得容易一些,"如果无处不在的欢乐的能量没有布满天空,那么任何人都无法生活,或者无法行动。"让我们在我们的所有行动中来感受这种无限能量的推动力并且高兴起来吧!

也许会有人说无限是我们无法企及的,因此,它对我们而言就好像是不存在的。是的,如果在达到无限这个词的过程中含有任何占有的想法,那就不得不承认无限是无法到达的。但是我们必须记住:人类最高的欢乐不是拥有,而是获得,它同时又是不得。我们肉体的欢乐没有给未实现的一切留有丝毫空间,这些欢乐如同地球的死气沉沉的卫星,其周围几乎不存在气体。当我们获取食物以满足我们的饥饿感时,这完全是一种占有的行为,只要饥饿没有得到满足,吃就是一种享受,因为此时,我们吃的欢乐在每一点上都触及到了无限。但是当吃的欲望得到实现,或者换句话说,当我们吃的欲望到达它无法实现的终端时,肉体的享受也就到达了终点。在我们智力的全部乐趣中,留下的空间更广阔一些,界限也十分遥远。在我们所有更深层的爱中,得与失总是并驾齐驱的。在我们毗湿奴教派的一首抒情诗中,一个情人对他的爱人说:"我感到仿佛自我出生以来我就一直凝望着你,但是我的眼睛依然热望;我感到仿佛我将你紧抱怀中已有几百万年,然而我的心仍然不能满足。"

这首诗清楚地表明,我们在欢乐中探寻的实际上是无限。我们变得富有的欲望并不是渴望得到特定金额的一笔金钱,我们这种欲望是无限的,我们最快乐的那一刹那正是触及到永恒的那一瞬间。人类生命的不幸就在于我们妄图扩展事物那永远无法变成无限制的界限——希望通过在有限的梯子上增加梯级这一荒谬的做法而达到无限。

这一切明确表明,我们灵魂真正的愿望是超越我们的一切财物。当她被她能触及到和感受到的事物所包围时,也会呼唤:"我已经厌倦了获有。啊!那从来没有得到的他在哪里呢?"

在人类历史发展过程中,无论在哪里我们都可以看到,舍弃的精神是人类灵魂最深处的实在。当灵魂提到任何事物时说"我不需要它,因为我在它之上"时,她道出了她内在的最高真理。当一个女孩长大不再需要玩具娃娃时,当她意识到她任何方面都超越了她的玩具娃娃时,她就会把它扔掉。正是通过占有这一行为我们领悟到我们要比我们占有的东西更伟大,把我们与比我们自身渺小的事物束缚在一起完全是一种灾难。这正是玛特列依①在她丈夫离家前夕把财产交给她时她所感觉到的。她问丈夫:"这些物质的东西会帮助一个人达到最高吗?"——或者换句话说:"对我而言,它们比我的灵魂还要高贵吗?"她丈夫回答说:"它们会让你拥有富足的物质财产。"听到丈夫这么回答,她立刻说道:"那我要这些东西能干什么呢?"只有当一个人真正意识到他的财产是什么时,他才会对它们抱有更多的幻想,此时他就会知道他的灵魂远远高于这些东西,从此他就从它们的束缚中解脱出来。以此方式人类通过超越他的财物而真正实现了他的灵魂,人类通过一系列的舍弃在永恒生命的道路上获得了进步。

我们无法完全拥有无限的存在,这并不一个纯粹理智的命题。它必须被体验,而这种体验是一种福祉。鸟儿在天空中飞翔时,它在翅膀的每一次振动中都能体验到天空是无边无际的,它的翅膀永远不能把它带到天际之外;而在鸟笼中时,天空是有限的,也许它能十分满足鸟儿生活的所有目的,但它却无法超越这些必需品。鸟儿在必然的限制上是无法尽情欢乐的。只有在它感到自己所拥有的要远远超过它一直渴望或者包容的事物时,它才能感到快乐。

因此,我们的灵魂必须翱翔,她必须时刻感觉到在无法达到她成就的终极的感觉中存在着她最高的欢乐,也就是她最终的自由。

人类永恒的幸福并不在于得到任何事物,而是舍弃自我去追求比自我更伟大的事物,去追求比他个体生命更伟大的信念,即祖国的信念、人类的信念、神灵的信念。这些信念让人类更容易舍弃他所拥

---

① Maitreyi 是古印度的吠陀哲学家,她是著名圣贤和哲学家 Yajnavalkya 的第二个妻子。

有的一切,甚至包括他的生命。如果人类没有发现能够索取他的一切的伟大观念即能够让他从他完全依附的所有财物中解脱出来的伟大观念,那他的生活在此之前都是不幸的和可悲的。佛陀和耶稣,以及我们所有伟大的先知们,他们都体现了这些崇高的信念,他们在我们面前抓住了舍弃我们一切的机遇,当他们捧出他们神圣的钵盂时,我们觉得我们就不得不施舍,我们发现在施舍中有我们最真实的欢乐和自由,因为它让我们与无限达到最真实的结合。

人类并不完美,他有待于达到完美。在他的"存在"中,他是渺小的,如果我们会设想人类就此永远止步不前的话,那我们的想法就是人类可以想像出的最可怕的地狱。在他的"未来"中,他是无限的,那里有他的天国,有他的自由。他的"存在"时时刻刻都忙碌于思考他能得到什么和他如何利用这一切;而他的"未来"则渴望某种比能获得的更多的事物,这种事物他永远不会失去,因为他从来没有将其据为己有。

我们存在的有限的极点在有限的世界中有它自己的位置,在这个需求的世界中,人们四处寻找食物以得到生存,寻找衣物以取得温暖。在这个范围即本能的范围内获取东西是人类的职能,自然的人忙于扩充他的占有物。

然而,这种获取的行为只是部分的,它受到人类必需品的限制。只有当我们对某种事物有一定程度的需求时,我们才会去拥有它,就如同一个容器,只有在它存在一定程度的空间时,它才能盛水。我们与食物的关系仅是进食,我们与房子的关系仅是居住。只有当一种事物适合我们某种特定的需求时,我们才会把它称为恩惠。因此,获取始终是局部地获取,它绝对不能成为其他的,所以这种对得到的渴望只属于我们有限的自我。

但是我们存在的另一个极点,其方向是朝着无限发展的,它寻求的并不是财富,而是自由和欢乐。在那里,需求的支配权得以停止;

在那里，我们的职能不再是去获取，而是去成就未来。那如何成就呢？要与梵融为一体，因为无限的领域是统一的领域。因此，《奥义书》中指出："如果人类领悟了神灵，那他就会成为真实的。"在这里，他正在逐渐变成真实的，而不是去拥有更多。当你懂得大量词汇的含义时，这些词就不会堆砌在一起，它们通过与思想融为一体而变成了真实的。

在西方国家，一个勇敢地宣称自己与圣父合为一体的人，一个激励他信徒要像上帝一样完美的人会被奉为导师，虽然如此，它永远无法和我们的观念——与无限存在融为一体的观念相一致。它谴责人类任何想成为上帝的想法，视其为一种对上帝的亵渎。这肯定不是耶稣宣扬的信念，可能也不会是基督教神秘主义的信念，而这种思想看起来似乎在信奉基督教的西方却普遍存在。

但是在东方，最高的智者认为：去"获得"神灵，为了某种特殊的物质意图去利用神灵，这不是我们灵魂的职能。我们所追求的一切就是逐渐与神灵融为一体。在自然的范围中，即在多样性的领域中，我们依靠获取得到成长；在精神世界中，即统一的领域中，我们通过舍弃自己、通过结合统一获得成长。正像我们已经说过的一样，获取一种事物在本质上只是部分的，它只局限于某种特殊的需求；然而"存在"是完整的，它属于我们的整体。它并不是从任何需求中，而是从我们与无限的密切关系中涌现出来，这种与无限的密切关系是我们在我们的灵魂中所拥有的完美信念。

是的，我们必须成为梵，我们必须勇敢坦率地承认这一点。如果我们甚至无法期望去实现存在着的最高完美，那我们的存在就是毫无意义的。如果我们有一个目标，然而却永远也无法达到它，那么这个目标根本就不是目标。

那么我们可不可以说梵与我们个体的灵魂之间不存在区别吗？

当然不能，这种区别很明显。不管你把它称为幻觉或者无知，还是称为你想用的任何名字，这种区别依然存在。你可以提供解释，但是你不能通过解释将这种区别消除，甚至幻觉本身作为幻觉也是真实的。

梵就是梵，他是完美的无限目标。但是我们却不是实际上的我们，我们一直想变为真实的，想变为梵。在这种存在和转化的联系中存在着爱的永恒的游戏；在这个奥秘的深处存在着一切真和美的根源，它维持着万事万物永无止境的进程。

在奔腾的溪流谱成的乐曲中可以听到充满欢乐的自信之声："我要成为大海。"这并不是自负的臆断，它是真正的谦恭，因为这是真理，河流没有其他可选择的余地。在河流的两岸边有无数的田野和森林、村庄和城镇，河流可以通过各种方式为它们服务，为它们清洁，为它们提供食物，把它们的产物从一个地方带到另一个地方，但是河流与它们之间只存在着部分的联系，不论它在它们中间可以逗留多久，它与它们都是分离的，河流永远不可能变为一座城镇或者一片森林。

但是河流却能够并且已经变成大海，它细小而流动着的水与大海中伟大而静止的水已经密不可分。河流在它不断向前的过程中流过了数千种对象，只有当它到达海洋时，它的运动才达到了最终目的。

河流可以变成大海，然而它却永远无法让大海成为它自身的一部分。如果通过某个偶然的机会，它围起了一大片宽阔的水域，从而自称它已经让大海成为它自己的一部分，那我们立刻就会知道事实并非如此，它的水流依然要在伟大的海洋中寻求憩息，它永远不可能对海洋设置任何边界。

同样，就像河流能够成为大海一样，我们的灵魂也可以成为梵。灵魂在它的某一个点上触及到其他任何事物后，它都会离开，然后继续前行，但是她永远无法离开梵后再继续走到梵的外面。一旦我们的灵魂实现了它安歇于梵之中的最终目标,它所有的活动就获得了目的。正是这无限静止的大海赋予了无止境的活动以意义;正是这存在的完美将美的品质赋予给了转化的不完美,这种美的品质在所有诗歌、戏剧和艺术中得以表现。

必须有一种完整的思想才能赋予诗歌以生命,诗中的每一句话都要触及到这个思想。当读者读这首诗时,他就能领悟到这个贯穿其中的思想,那阅读这首诗对他来说就充满了欢乐,那么,这首诗的每一个部分都会在整体光辉的照耀下光芒四射、意义非凡。但是,如果一首诗冗长不堪,无法表达一个整体的思想,只是随意描绘出一些支离破碎的映像,那么不管这些映象有多么优美,它最终也会变得令人厌倦、徒劳无益。我们灵魂的进程就如同一首完美的诗歌,它有一种无限的思想,一旦领悟到这种思想,所有的活动都会变得充满欢乐、意义无穷。但是如果我们将这种活动从最终的思想中分离出来,如果我们看不到无限的静止而只看到有限的运动,那么在我们看来,存在就如同是可怕的恶,它会狂暴地冲向一个无尽的不存在的目标。

我记得小时候,我们有一位老师,他经常让我们去记整本书的梵文文法,这些文法是用符号写的,他也不给我们解释这些符号的含义。我们日复一日地刻苦努力着,但是努力的方向是什么,我们对此一无所知。因此,对于我们的课程,我们只是站在悲观主义者的立场上关注着这个世界上令人窒息的活动,却看不到完美的无限静止之处,在这里,这些活动时时刻刻都在绝对的适应及和谐中获得着它们的均衡。我们在这种凝视的存在中失去了所有的欢乐,因为我们没有领悟到真理。我们看到舞蹈家优美的舞姿,我们会设想这些舞姿是受到或然性这个冷酷无情的暴政所支配的,然而我们却没有听到那永恒的音乐,这音乐让舞蹈中的每一个姿势都必然成为自发的和优美的。这些舞姿一直都在步入完美的音乐之中,并与它融为一体,在每一步中都为这美妙的旋律奉献出它们不断创造出的多种多样的形式。

这就是我们灵魂的真理,这就是我们灵魂的欢乐,它必须一直成长为梵,它所有的行动都应该由梵这个最基本的思想所调整,它所有的创造物都将作为祭品奉献给完美的最高精神。

《奥义书》中一句值得注意的话说:"我并不认为我十分了解他(神灵或梵),或者我了解他,或者甚至我不了解他。"

在学习知识的过程中,我们永远都不会明白无限的存在,但是如果它完全在我们所能企及的范围之外,那它对我们而言根本就不存在,然而真理就是:我们不了解他,我们也了解他。

这一点在《奥义书》的另一句话中得到了解释:"梵的话语让我们感到困惑,梵的思想也会让我们感到困惑,然而通过梵的欢乐而知梵的人会摆脱所有恐惧。"

知识是局部的,因为我们的智力是一种工具,它只是我们的一部分,它只能为我们提供关于事物的一些信息,这些信息可以被分类,可以对其进行分析,这些信息的特性能够被一部分一部分地归类。然而梵是完整的,只是部分的知识永远不会是关于梵的知识。

不过梵是可以通过欢乐、通过爱去领悟的,因为欢乐是完整意义上的知识,它已经是我们全人类的认知。理性将我们与需要认知的事物互相分离,而爱却通过融合了解它的对象,这样的认识是直接的,是不容置疑的,这就如同了解我们的自我一样,而且只会比这更深刻。

因此,正如《奥义书》中所说,理智永远无法领悟梵,语言永远无法描述梵;他只能通过我们的灵魂、通过我们的灵魂在梵中的欢乐、通过我们灵魂的爱来领悟。或者换句话说,我们只能通过结合与梵取得联系——通过我们整个存在的结合。我们必须与我们的圣父融为一体，我们必须像他一样完美。

但是我们如何才能达到那一步呢？在无限的完美中不可能存在级别，我们不可能一级一级地逐渐成长为梵。梵是绝对的一，在梵中不可能存在多或者少。

的确，在我们内在的个体灵魂中实现最高灵魂是需要一种绝对完美的状态的，我们不能认为最高灵魂不存在，而要依靠我们有限的力量将它逐渐建立起来。如果我们与神灵之间的关系完全是我们制造出来的一种事物，那我们如何将其作为真理而依赖它呢？它又如何给我们以力量呢？

是的，我们必须知道，在我们的内心有这样一个地方，在那里，不再受时间和空间的支配，在那里，发展的各个环节得到了融合统一。在我(ataman)即灵魂的这个永恒的住所里，最高我(paramatman)即最高灵魂已经是完美的。因此，《奥义书》中指出："知梵者是真实的人，是具有全部意识的人，是隐藏在灵魂深处即最高天空(意识的内在天空)中的无限，他在与知一切的梵的融合中享有所期望的所有目标。

融合已经完成，最高灵魂已经亲自将我们的灵魂选作他的新娘，婚礼也已经结束。庄严的誓词已经说出："让你的心与我的心同在。"在这个婚礼上，没有"演化"去执行司仪这个角色的空间。eshah 除了被描述为"这"——无名的直接的存在外，它不可能有其他意思，它一直在这里，在我们存在的最深处。"这个 eshah，或者'这'是另一个这的最高目标；这个'这'是另一个这的最高财富；这个'这'是另一个这的最高寓所；这个'这'是另一个这的最高欢乐。"因为至爱的婚礼已经在永恒的时间里完成，现在爱的游戏(lila)正在无止境地继续下去。已经在永恒中到达他那里，现在他正在时间和空间里、在欢乐和悲伤中、在这个世界和这个世界之外的世界中被追求着。当灵魂新娘充分领悟到这一点时，她的内心就是充满幸福和宁静的。她知道她像河流一样,已经在她存在的一端到达了她成就的海洋,而在另一端,她一直在到达海洋的路途中;在一端,它是永恒的静止和实现,而在另一端,它则是不断的运动和改变。当她领悟到这两端紧密相联不可分割时,她就会通过明白世界之主正是她自己的君主而把这个世界作为自己的家庭。此时,她全部的奉献都变为爱的奉献,生命中所有的苦恼和磨难都是对她爱的力量的考验,而她成功经受了这些考验,从而微笑着从她的爱人那里赢得誓约。但是,如果她固执地停留在黑暗中,不揭开自己的面纱,不认识自己的爱人,只知道这个与他分离的世界,那她在这里就只能作一名侍女,而她本来是有权力成为女王而在这里获得统治的,她在疑虑中彷徨着,在悲伤与沮丧中哭泣着。"她从饥饿走向饥饿,从烦恼走向烦恼,从恐惧走向恐惧。"

我永远不会忘记我曾经听过的一首歌中的一个片断,那是一个黎明,参加前夜节日晚宴的人们在喧嚣中唱到:"船家,把我渡向彼岸吧!"

在我们全部工作的喧扰中传出一声呼唤:"渡我过去!"印度的车夫赶着他的大车时会唱到:"渡我过去!"流动的杂货商把他的货物卖给主顾时会唱到:"渡我过去!"

这声呼唤有什么样的含义呢?我们觉得我们还没有达到我们的目标,并且我们知道,通过我们全部的努力和奋斗,我们也无法达到终点,达到我们的目标。正像一个孩子不满足于他的玩具娃娃一样,我们的心也在呼喊:"不是这个,不是这个。"但是那另一个是什么呢?更远的岸又在哪里呢?

它是我们所拥有的事物之外的其他某种事物吗?它是我们所在的地方之外的其他某个地方吗?它是从我们全部的工作中停下来以得到静止,是从生命所有的责任中解脱出来吗?

不!我们正在我们各种活动的真正的内心探寻着我们最终的目

标。为了渡向彼岸,我们正在呼喊着,完全就在我们站着的地方呼喊着。因此,当我们的双唇发出会被带走的祈祷时,我们繁忙的双手也从未闲下。

事实上,欢乐的海洋啊,在你身上此岸和彼岸就是一个整体,它们是同一的。当我把这个(此岸)称为是自己的时候,另一个(彼岸)就会被疏远;而一旦我失去内心中那个完整的意识时,我的心就会不停地呼唤着另一个。我的全部这个以及那个都在期待着在您的爱中完全融合。

我的这个"我"为了这个他认为是属于自己的家日夜操劳。啊!只要他不能把这个家也看作是你的家,他的苦难就永远没有尽头,这时他就要继续拼搏,他的内心总会呼唤着:"船家,渡我过去!"当我的这个家也成为你的家的时候,即使还有古老的墙包围着它,他也会在这一瞬间被渡过去。这个"我"是永不停歇的,他努力工作就是为了获得,但是这获得是他的精神永远无法吸收消化的,是他的精神永远无法抓住并保留的。他用自己的双臂努力地紧紧抱住本该属于万物的事物,他伤害了别人,又反过来让自己受到伤害,他在呼喊:"渡我过去!"但是一旦他能够说出:"我的所有工作都是属于你的",此时一切依旧保持着原来的样子,只是这个"我"已经被渡了过去。

除非在这个属于你的我的家里,我还能在哪里遇到你呢?除非在转变为你的我的这个工作中,我还能在哪里加入你呢?如果我离开我的家,我将永远不会到达你的家;如果我停止工作,我将永远不会加入到你的工作中,因为你完全寓于我身而我也完全寓于你身,你中无我或者我中无你都是空无。

因此,在我们的家里和我们的工作中会有这样的祈祷:"愿把我渡向彼岸!"因为这里大海汹涌,这里甚至存在着有待于到达的彼岸——是的,这里就是永恒的现在,它并不遥远,它也不在任何其他地方。